チャンキ

改訂版

森　達也

論創社

チャンキ

1　ハナヂ、静脈、そして軟骨「そうそう紹介しとくね、あれチャンキ」

校門のすぐ手前でチャンキは立ちどまり、思わず校舎の方向を振り返った。

「チャンキぃ！　おおいぃ、チャンキったらチャンキぃぃ！」

振り返ると同時に声がかなり遠くから響いていることに気づき、失敗したとチャンキは思う。聞こえなかったふりをしてこのまま歩いてゆくべきだった。もう一度歩き始めようかと一瞬だけ思ったけれど、柔道部主将と応援団長を兼任する校内一の有名人アニマル小早川《こばやかわ》のだみ声は、校庭を横切りながらみるみる近づいてくる。帰宅のために校門に向かって歩いていた周囲の何人かが、少しだけ驚いたように後ろを振り返る。小さな吐息をついてからチャンキはカバンを足もとにおろし、傍らのコンクリートの門柱に背中を凭《もた》せかけた。

ふと顔を上げれば、すぐ前を歩いていた三人連れの一年女子が、立ち止ってじっとこちらを見つめている。三人とも髪をピンクやオレンジに染めて素顔がほとんど分からなくなるほどに化粧も濃いが、でも互いに見交わす一瞬の視線の動きや短くつぶやきあう半開きの口もとには、十七歳になったばかりのチャンキにもわかる十五歳のあどけなさが見え隠れしている。

「チャ、チャンキ、おまえ、帰るのか」

ようやく駆け寄ってきた柔道着姿のアニマル小早川は、一八五センチ一〇〇キロの巨体をくの字に折り曲げ両膝に両手をついて、瀕死の象かノックアウト寸前のプロレスラーのように荒い息をつきながらきれぎれに言った。チャンキは「帰るよ」と短く答える。

「本気で帰るのか」

「本気だよ。約束がある」

「だって」と小早川は言った。「地区大会もうすぐだぜ」

「わかってる。でも悪いけれど今日はだめだ」

チャンキがそう言うと同時に、立ちどまってこちらを見つめていた三人連れの一年女子が、何が面白いのかくすくすと笑いながら歩きだした。遠ざかる三人の後ろ姿をしばらく見つめてから、「頼めばやらせてくれるんじゃないか」と小早川は真顔で言った。何を言っているんだこいつは。思わず周囲を見渡してから、チャンキは「とにかく今日はだめだ」ともう一回言った。

「部活さぼっておまえは何するんだよ」

「まあいろいろ」

「いろいろ？　たくさんあるのか」

「そうじゃなくて」

答えかけようとして口ごもるチャンキに、「デートか」と小早川は言った。「そうだよな」

「まあそうかな」

顔中に噴きだしている汗の滴をごしごしと柔道着の袖で拭ってから、「やるのか」と小早川は言った。

「やらないよ」

「やったのか」

「やってない」

「やったら言えよ」

「やったらな」

「それとさ、今度紹介しろよ」

チャンキは無言で小早川の顔を見つめる。意味がわからない。

「何だって」

「おまえの彼女の友だち紹介してくれ。それなら今日は見逃す。ロボタンには俺からうまく言っておく」

ああそういうことかと思いながら、「ロボタン、もう道場に来ているのか」とチャンキは訊いた。柔道部顧問で体育教師のロボタンの今の段位は四段だ。二年前には中量級の全日本選手権で準決勝まで進んでいる。このレベルになれば、締めや関節技で誰かを再起不能にしようと思えば数秒でできる。

「とっくに着替えて正座して待ってるぜ。なあ、紹介してくれるよな」

そう言ってから小早川は、「できればミラ・ジョヴォヴィッチみたいなタイプがいい。紹介してくれるならロボタンにはうまく言っておく」ともう一回言った。

「ミラ・ジョヴなんだって？　うまくってどう言うつもりなんだ。今日は体育があったから、学校に来ていることはロボタンにばれているぞ。風邪で学校休んでますなんて言うなよ」

「ミラ・ジョヴォヴィッチ知らないのか。『バイオハザード』の主演女優だ」

「あれが小早川のタイプなのか」

そう言いながらチャンキは、数年前にテレビの水曜ロードショーで見たミラ・ジョヴ何とかの顔を思い浮かべる。とにかく眼と口が大きい女性だ。何十人ものゾンビたちをあっさりと一人で殲滅《せんめつ》していた。もしも闘ったらロボタンとどちらが強いだろう。

「……喧嘩したら切り刻まれそうだな」

「だからいいんだよ」

「ロボタンにはなんて言うつもりなんだ」

一瞬だけ考えこむような表情をしてみせてから、アニマル小早川は「ハナヂにしよう」と重々しく言った。

「ハナヂ？」

「奥の手だけどなこれ」

「ハナのチのハナヂ？」

「他にどんな鼻血があるんだ」

「鼻血くらいで部活に来れない理由になるのか」

「鼻の奥の静脈が切れて血が止まらなくなったって言えば、普通は大ごとだって思うだろ」

「鼻の奥に静脈なんてあるのか」

「あるだろ静脈ぐらい。中学んとき一人、それで授業中に病院に運ばれたんだよな。……動脈だったかなあのときは。でも動脈じゃちょっと話がおおげさになるから静脈でいいよな」

鼻血が止まらない自分をチャンキは思い浮かべてみる。こよりのように丸めて突っ込んだティッシュが次から次へと真っ赤に染まり、端から濃い血が糸を引きながらぽとぽとと滴り落ちる。光景としては相当に凄惨だ。確かにロボタンもこれを聞けば、バカヤロウそんなことが部活を休む理由になるかとは言いづらいだろう。

「いいな、ハナヂだぞ。それと静脈。明日の部活でロボタンに訊かれるかもしれないから、ちゃんと覚えとけよ。軟骨のこの辺りに太い静脈があって、そこが切れるんだからな」

しゃべりつづける小早川の顔をぼんやりと眺めながら、チャンキは小さくうなずいた。


……ハナヂ、静脈、そして軟骨。


校舎の裏手にある武道場へと小走りに戻るアニマル小早川の後ろ姿を見送ってから、チャンキはカバンを持ちなおし、空を見上げた。細い銀の糸のような雨が、いつのまにか降りはじめている。

校門を出て二分ほど歩いてから信号を右に曲がればバス停だ。その少し手前の路上に数人の人だかりがあった。地面にある何かを取り囲んでいるようだ。その横を歩き過ぎながら、チャンキはちらりと視線を送る。何人かのズボンやスカートのあいだから、地面に投げだされたような剝きだしの腕が見えた。作りものじゃないかと思いたくなるくらいに色が白い。肩から肘にかけて一筋の血がこびりついている。男か女かはわからないし、年齢ももちろんわからない。でも黒ずんで見えたから、あれはきっと静脈の血の色だ。

視線を上にずらしながら、信号脇にあるビルの屋上から飛び降りたのだろうとチャンキは考えた。それほど高いビルではない。たぶん四階か五階。もしも落ちた直後であるならば、まだ息があるかもしれない。人だかりの誰かが「救急車は呼んだのか」と少しだけ緊迫した声で言った。誰かが「意味ないだろ。もう死んでるよ」とのんびりとした口調で答える。遺体を上から覗き込みながらもう一人が「タナトスですよねえ」と確認するように言い、「まあ間違いないですね」と誰かがうなずいた。大人たちの脚のあいだから覗き込んでいた数人の子供たちが悩みそだ悩みそだと口々に叫びながらチャンキのすぐ横を走り去り、買物帰りらしい主婦が傍らを通り過ぎながら、あらあらと小声でつぶやいた。

主婦の後ろ姿を見送ってから、チャンキは顔を上げる。雨足は少しずつ強くなっている。

下校する高校生で混雑したバスの中は、人いきれと湿った制服からたちのぼる水蒸気で、中学時代の修学旅行で行った伊豆熱川バナナワニ園の熱帯シダ館のようにじっとりと蒸し暑い。しかも商業高校前のバス停で、急な雨に降られた二〇人以上の女子高校生たちがさらに乗りこんできた。吊《つり》革《かわ》につかまりながらチャンキはほとんど身動きできない。ありえないほどの混雑だ。しかも周囲は女子ばかり。

かつて商業高校の男女数はほぼ半々だった。ところが十数年ほど前から入学する女子生徒の数が男子生徒を上回りつづけ、今ではほぼ九割が女子生徒になった。その理由はよくわからない。たまたま女子生徒向きの入学試験がつづいたとか、面接担当の教頭が女子の制服フェチだったとか、たぶんそんなところだ。でもその程度ではあっても、何らかのスイッチが入った。そしてそれ以降、少しずつ、しかし確実に、入学する女子生徒の数は増えつづけ、男子生徒は減りつづけた。

吊革につかまりながら、マンモスの牙に似ているとチャンキは思う。進化は時として何かの弾みで、一方向に頑迷なまでに加速しながら進行しつづけることがある。つまり定向進化。巨大なだけで何の役にもたたない牙の重さに耐えかねた最後の毛むくじゃらの巨大な象が足をよろめかせながら倒れこんで息絶えるまで、その加速はとまらない。原因、動機、理由など最初からない。その意味ではタナトスにも似ている。世の中のことすべてに、原因、動機、理由があるわけではない。そうであったとしても、もう誰にもわからない。こうして少しずつ、しかし確実に、タナトスは増えつづけ、人々は街中で死体を見かけることに馴れ始め、そして商業の女子生徒も増えつづける。

バスはゆっくりと停車した。市役所前だ。数人が降りたけれど数人が乗り込んできた。吊革につかまったまま身動きができない状態は変わらない。

乗り込んできた乗客の中に、明和学園の制服を着た三人の女子生徒がいた。路線が違うこのバスに明和の女子生徒が乗ることは珍しい。乗り込むと同時にバスの中の圧倒的多数派である商業の女子生徒たちから強い視線を向けられた三人は、困惑したように押し黙り、混雑したバスの隅で、三本の棒のように硬直して寄り添いながらじっと俯《うつむ》いている。

市役所前を発進してすぐ、対向車をかわそうとしたバスが大きく揺れて、隣の吊革につかまっていた髪の長い商業の女子生徒が、短い悲鳴をあげながらチャンキの腕にしがみついた。微かなリンスと甘酸っぱい汗の香りがした。上気しながら軽く会釈をしたその女子生徒の半袖のブラウスの袖口から、白い腋の下がちらりと覗いた。

あわてて視線を逸らしながらチャンキはこっそりと身をよじり、歪《いびつ》に盛り上がりかけていたズボンの一点を、手にしていた学生カバンで押さえつけた。メトロノームが鳴るたびに餌を与えられて唾液の量を測定された犬よりも明快で単純な条件反射。周囲の女子生徒たちの視線がすべて自分に注がれているような気がして、カバンを前にまわし窓を真直ぐ見つめた姿勢のまま、チャンキは湿っぽい深呼吸を何度もくりかえした。

図書館前でバスを降りる。先に降りた明和の女子生徒三人を小走りに追い抜きながら駐車場を斜めに横切り、正面玄関へとつづく石造りの階段を、三段ずつ一気に駆け上がる。

ガラスの自動ドアが音もなく開くと同時に、黴臭くて饐《す》えたような空気に鼻先が包まれた。しんと静まり返った通路を歩きながら、アンブレラ社の本部に忍び込んだミラ・ジョヴ何とかのように足音をしのばせている自分に気づく。

一階の人文学系のコーナーには、ゾンビどころか誰もいない。ならば二階だ。階段横の自然科学のコーナーでは白髪の品の良さそうな老人が、目の高さにある書棚をじっと見つめている。突然ゾンビ化して歯を剝き出して襲ってきたら自分はどうするだろうと考えながら、チャンキはしばらく老人の横顔を見つめる。闘うべきだろうか。逃げるべきだろうか。視線に気づいたのか、老人がふいに顔をこちらに向けてきた。あわててチャンキは通路を進む。闘うべき理由は見つからない。たぶん逃げるべきだ。

二階の最奥部、宗教学と文化人類学のコーナーに挟まれた狭い空間で、書架のあいだに置かれた小さな椅子に腰を下ろした梨恵子《りえこ》は、膝の上に広げた分厚い本にじっと視線を落としていた。

息を整えながら梨恵子に歩みよるチャンキに、案内カウンターの中の女性事務員がちらちらと視線を送ってくる。動きが不審だと思われたのかもしれない。同じ姿勢のまま本の頁に視線を落としつづける梨恵子の後ろで立ち止まり、何て声をかけようか、それとも肩にそっと手を置いてみようかと躊躇した瞬間に、梨恵子はくるりと振り返った。

「一四分遅刻よ」

「一二分だよ」

思わず腕の時計に視線を送りながらチャンキは言い返す。

「ならばチャンキの時計は二分遅れているよ」と言って椅子から立ち上がった梨恵子は、制服のスカートの皺を指先で伸ばしてから、手にしていた二冊の分厚い本をチャンキの目の前に差し出した。

「戻してよ。どちらもいちばん上の棚」

受けとった本をチャンキは爪先立ちに、書棚の梨恵子が指示する位置に戻す。

『求聞持法・メディテーションとセルフコントロール』

『両界曼荼羅の秘儀と実証』

戻した本の背表紙を興味深げに眺めるチャンキに、梨恵子がつまらなそうに「密教よ」と言った。

「ミッキョウ?」

「親密に教えるの密教よ」

「……密教に興味があるなんて知らなかったな」

「試したのよ、興味を持てるかどうか」

足もとに置いていたカバンを手にしてから、梨恵子は閲覧室裏口の方向にゆっくりと歩きだす。

「何でもいいのよ。密教でもイスラムでもカタリ派でもゾロアスター教でも。要するに自分が宗教的な人間がどうか知りたかったのよ」

歩きながら「宗教的な人間?」とチャンキは首をかしげ、「宗教的な人間」と前を向きながら梨恵子はくりかえした。

そんなことを知ったとして何の意味があるのだろうと思いながら、チャンキは梨恵子の後につづく。裏口の扉のノブに手をかけた梨恵子が、「質問しないの?」と言いながら振り返った。

「何を?」

「そんなことに何の意味があるのかって」

「……そんなことに何の意味があるのだろう」

「目次と前書きを読んだくらいじゃ判断できないわ」

言い終えると同時に扉を開けた梨恵子は唐突に立ち止まり、その背中にぶつかりかけたチャンキは何だよどうしたんだよと言いかけてから、後につづく言葉を咽喉《のど》の奥に押し戻した。

閲覧室裏口の扉の外には、タバコの煙とシンナーの揮発臭が一面に漂っていた。下へとつづく階段脇の長椅子の周囲にたむろしていたパンチパーマやスキンヘッドの高校生たちが、上目づかいにチャンキと梨恵子を睨んでいる。反射的にチャンキは視線をそらす。集団でいるときにはヤクザでさえ道を譲ると言われている工業高校のワルたちだ。逃げるべきか闘うべきか。いや、この場合はどちらでもない。いくら工業高校のワルたちでも、ここでは行動を抑制するはずだ。振り返った梨恵子が小さな声でささやいた。

「……関わりあっちゃだめよ」

うなずき返そうとするチャンキの視線に、長椅子に腰をかけて脚を投げ出していたスキンヘッドの視線が交錯した。口もとには歪んだ笑みが浮かんでいる。目をそらしながらもチャンキは、梨恵子とスキンヘッドのあいだに身体を割り込ませた。行き過ぎる二人を目で追うスキンヘッドが、チャンキのすぐ後ろを歩く梨恵子に、「かーのじょ」とふいに言った。「一発いくら？」

思わず立ち止まりかけたチャンキの背中を、梨恵子が強く押した。階段を数段降りかけてからもう一度立ち止ったチャンキは、呼吸を整えてから振り返った。じっとチャンキを見つめるスキンヘッドの長ランの裏地で、極彩色の龍がとぐろを巻きながら火を吹いている。その隣に坐っていたパンチパーマがよろよろと長椅子から立ち上がる。眼にはとろんと焦点がなく、唇の端には唾が白い泡となって貼りついていた。傍に寄ったならきっと、息が塗りたてのペンキのように匂うに違いない。チャンキの視線に気づいたパンチパーマは、目を細めながら口もとを歪め、やんのかこら、と唇の形でつぶやいた。

同時にチャンキはバランスを失って倒れかけた。階段の数歩下にいた梨恵子の腕が、チャンキの学生服の袖を思いきり引っぱったのだ。あわてて体勢を立て直そうとするチャンキの袖を摑みながら、梨恵子は階段を小走りに駆け降りる。二人の背後で笑い声が響いている。西部劇の酒場で、無口で辛抱強い主人公をからかう下品で粗野な小悪党たちがあげる笑い声だ。たぶんこのシーンが映画のオープンニングとなる。梨恵子に引っぱられて階段を駆け下りながらチャンキは思う。一瞬の後には奴らは全員、撃たれた下腹を押さえながら床の上でもがき苦しんでいるはずだ。

学生服の袖を摑んだまま梨恵子は裏玄関の扉を開けた。少しだけ汗ばんだ肌を風が吹きすぎる。すぐ前を早足で歩く梨恵子に、チャンキは声をあげた。

「どうでもいいけどさ、もう手を離せよ」

「どうでもいい？　何よそれ、言っとくけど騒動を起こして出入り禁止になって被害を受けるのは、図書館をちゃんと利用しているあたしなんだからね」

どうやら本気で怒りかけているようだ。腕を引かれながらチャンキは黙りこんだ。やっと実現した二週間ぶりのデートなのに、出逢って数分で終わりにはしたくない。それに十七歳が今日で終わる。たった一回の昏の表面が触れ合っただけのキスで十七歳を終わりにしたくない。十七歳最後の日なのだから、せめて舌は入れたい。高望みはしないけれど、それくらいは求めてもいいはずだ。

正面玄関の公衆電話ボックスの傍で、三人の明和の女子生徒が、額を寄せ合うようにして話しこんでいた。同じバスに乗り込んできた三人だとチャンキが気づくと同時に、ポニーテールに髪をまとめた一人の女の子が顔を上げた。あら！　というように口もとが動く。つんのめるように立ちどまった梨恵子は、摑んでいたチャンキの腕を素早く振りほどく。毛先をレイヤーしたショートボブの女の子が一歩足を踏み出しながら、芝居っけたっぷりに頭を振った。

「まあまあ、こういうの奇遇っていうのかしらね？」

「試験前に図書館で高校生が出会うことが何で奇遇なのよ」

いくぶん上気したような表情になって片手で髪をかきあげながら、梨恵子が観念したように言う。

最初に顔を上げたポニーテールの娘が、ちらちらとチャンキに視線を送ってくる。その口もとには微かな笑み、何でも知ってるのよというような表情だ。今ごろすました顔をしても遅いわよ。バスの中でチンチン固くして真っ赤になってカバンで前を押さえていたくせに。

「今まで何してたのよ」とロングヘアの子が言った。「若い男女が二人っきりで」

「二人っきりって図書館よ。お勉強よもちろん」

「それにしては余裕ねえ、もうお帰り支度のようですけど？」

言ってからポニーテールは、もう一度チャンキに視線を送ってくる。そういえばアニマル小早川がデートの相手の友人を紹介してくれって言ってたなとチャンキは思い出す。でもこの場面でそんなこと言えるはずがない。それにどう見ても、三人ともミラ・ジョヴ何とかには似ていない。

「あきらめがいいだけよ。古文はもう赤点覚悟」

梨恵子が言った。ショートボブの女の子がすかさず言い返した。

「お上手ねえ。じゃあ赤点じゃなかったら、明朗軒のパフェあたしたちに奢ってね」

「いいわよ。でも赤点だったらどうするの？　あたしパフェ三つも食べられないわよ」

数歩先を行ったところで立ちどまっていたチャンキは、四人の女子生徒の笑い声を背中に聞きながら、どんよりと灰色に曇った空を見上げる。雨足はまた強くなり始めている。背後で数秒の沈黙の後、ふいに梨恵子が言った。

「そうそう、紹介しとくね、あれチャンキ」

思わずチャンキは振り向いた。四人の女子高生は妙に生真面目な表情で、じっとチャンキを見つめている。

「……皇族みたいだな」

梨恵子が差し出した傘の下で、二つのカバンを両手に持ったチャンキは言った。

「コウゾク？」

「さっきの三人。いまどきの女子高校生であんなに深々とお辞儀をするなんて、ちょっと見当たらないよな」

「本気で言ってるの？」と梨恵子は言った。「ふざけてたのよあの娘たち、先にお辞儀したのはあなたでしょ。今にも内ポケットから名刺でもとりだしそうな勢いだったわよ。今ごろあなたの話題で大笑いしているわ。……ね、もっとこっちに寄りなさいよ」

最後の言葉の意味が、あなたの体温をもっと感じたいとか腕を組んで歩きたいとかではなく、ちゃんと傘に入らないと濡れちゃうわよ、であることはわかっている。しかしチャンキはぐっしょりと湿った学生服の袖口を気にするふりをしながら、短い深呼吸を何度もくりかえした。近づいた梨恵子の髪の匂いを嗅いだからだ。確かエッセンシャルのオーガニック・クリームリンス、化学物質は一切使っておりません。世界で最も良い匂いだ。

「……先週ね、クラスメートが一人いっちゃったのよ」

数歩の間をおいてから、梨恵子が静かに言った。「三年になって初めて一緒のクラスになった娘だし、特に親しくしていたってわけじゃないんだけどね……」

語尾が少しだけ曖昧《あいまい》に溶ける。チャンキは小声で「苦しんだのかな」とつぶやいた。答えを知りたいというよりも、ほとんど相槌代わりの質問だ。梨恵子は大きく首を振った。

「マンションの九階よその娘の家、ベランダから飛び降りたんだって、きっと即死だったと思う」

タナトスが訪れたとき多くの人は、咽喉が渇ききった犬のように脇目もふらず死に急ぐ。周囲に誰もいない海岸を捜して睡眠薬を飲んだり密閉した車内で練炭に火を付けたりといった手間と時間のかかる死にかたは、ほとんどの場合は選択されない。確実に死に至るだけの手段が身近に見当たらない場合には、両手に握った紐や布で自らの首を絞める。洗面器いっぱいの水に顔をつけて溺死した例もあるという。

ただし衝動性が高いだけに失敗も多い。布や紐で自分の首を絞めた場合には、意識を失うと同時に腕から力が抜ける。地上六階から跳び下りたが植え込みにバウンドしたり、脈拍が止まる直前に首を吊っていた紐が切れたりすることも、事例としては決して珍しくはない。一度始まったタナトスの衝動は目的を果たすまで中断しないが、意識がなくなった状態で保護された場合には、衝動はおさまって覚醒する場合がほとんどだ。

病院のベッドで意識を取り戻した彼らの証言のほとんどに共通していることは、「その瞬間にどうにも抗いようのないほどに強烈な死への衝動にがっしりと捉えられた」ということだ。自らの意志をもってこの衝動を撥ねつけたものは、これまで一人もいないだろうと言われている。

もちろん、自分は精神力でタナトスに打ち勝ったと主張する人も少なからずいる（その多くは宗教家や政治家だ）。でも彼もしくは彼女がそのときに正確な意味でタナトスであったのか、あるいは衝動的で一過性の自殺念慮状態だったのか、あるいは狂言や売名行為なのか、その判断は本人以外の誰にもつかないし、本人にすらわかっていない可能性もある。

そもそもこの国における自殺の人口比は、先進国では例外的なほどに高かった。ところが二〇年ほど前に何かのスイッチが入ったかのように、さらに急激に増加し始めた。世をはかなんだり追いつめられたりしたうえでの自殺ではない。死ぬ理由などまったくないはずの人が、唐突に自らの命を絶ってしまう事例が急増した。遺書はない。死ぬ直前まで大笑いしていた。結婚が決まったばかりだった。宝くじで一〇〇〇万円が当たった直後という人もいた。

ならば自殺の理由は当人に内在するものではない。明らかに外在的な力が働いている。でもその外在的な力のメカニズムや由来がわからない。原因や理由もわからない。ならばやっぱり「外在的な」ではなく「内在的な」力の可能性だってある。その有力候補の一つは遺伝子だ。

アメリカとEUが中心になって世界中の科学者を集め、突然日本が陥ったこの症候群的な状況を解明するためのプロジェクトチームを作ったのは一八年前、ちょうどチャンキが生まれた年だ。タナトスで命を絶った遺体の血液の組成や脳内物質の変化などが徹底して調べられ、遺伝子や他の疾患との関連性なども何年もかけて調査された。世界でもトップクラスの医療関係者が集結し、原因や理由を究明しつづけた。

でもやっぱりわからない。解明されたことはほとんどない。フランスの医療チームが数年前に遺伝子の異常を発見したと発表して話題になったが、すぐにサンプルの選択と実験手法に不備があったとして発表を取り下げている。それに仮に遺伝子に原因があったとしても、この時期の日本で急に発現し始めた理由がわからない。

その後も自殺する人は増えつづけて、五年ほど前には一日八〇〇〇人を超えた。年間でおよそ三〇〇万人。この時期における広島県の人口とほぼ同じ数字だ。あるいはモンゴルやジャマイカの総人口。二十一世紀初頭におけるこの国のガンによる年間死亡者数のほぼ一〇倍であり、交通事故死者数の六〇〇倍だ。最近は一日当たり六〇〇〇人前後が平均だ。ピーク時に比べれば少し減ったけれど、その理由は分母である人口が減少したからだ。タナトスの確率はほとんど変わっていない。むしろさらに増えているとの統計もある。

自分や自分の愛する人が、いつ自殺するかわからない。そしてその可能性は、どうやら日本国籍を持つすべての人にあるらしい。多くの人は思う。この国は何らかの呪いをかけられたのだ。

海外から日本に来る旅行者は激減した。在日外国人の多くは母国へと戻り、ほとんどの外資系企業は日本から撤退した。この国の産業構造は大きく変わり、国内総生産はありえないほどに落ち込んだ。

ちょうどチャンキが生まれた時期、日本はそんな混乱期だったようだ。対応や防御はできない。タナトス防止の気持ちが昂じて自分に手錠をかけさせてから眠ることを日課にしていた男性が、ベッドわきの壁に何度も頭を打ちつけた血まみれの状態で発見された。頭蓋骨を骨折した男性は一命をとりとめたが、その後に激しい後遺症に苦しんで結局は自殺した。まるで都市伝説のようだけど事実らしい。タナトスは手段を選ばない。後先など考えない。本気で死のうとするなら手段はいくらでもある（それに夜とは限らない）。自分の手のひらで鼻と口を押さえて死ぬことだって可能なのだ。防ぐことなどできない。原因もメカニズムも解明できない。

でもそのような日々を過ごすうちに、日本人は生に対して諦めはじめた。人は死ぬ、必ず死ぬ。それは明日かもしれないし今夜かもしれない。そもそも日本人にだけ発症する理由がわからない。何らかの意図があるのだと考えた人は、信仰に救いを求めた。とにかく抗いの時期はすでに過ぎた。あきらめるしかない。

諸外国は日本人の順応力の高さと適応力の強さに驚嘆した。だからこそ日本人が選ばれたのだとSNSに書き込んだのはイスラエル政府の広報官だ。日本政府は抗議した。だって何に選ばれたのだ。日本人は世界にとって贖罪の子羊なのか。イスラエルの広報官は宗教的な意味はなかったし書きかたが不適当だったと謝罪した。でも多くの日本人はこのニュースに大きな関心を持たなかった。

だってそれどころではない。愛する人がいつ死ぬかわからない。自分がいつ死ぬかもわからない。でもそれは以前も同じだった。愛する人や自分がいつ死ぬのか、人はその直前までわからない。死ぬときは死ぬ。ならば楽しく生きたほうがいい。考え込んでも仕方がない。日本民族の最後の一人が息絶えるまで、肥大しつづけたマンモスの牙のように、タナトスの動きは止まることなどきっとない。

「マンモスの牙?」と言ってから、梨恵子は首をかしげた。

「生物で習わなかった? 定向進化だよ」とチャンキは言った。

「でもそれは仮説よ」と梨恵子は言った。「まあ進化論そのものが壮大な仮説との見方もできるけれど、定向進化は最近かなり旗色が悪いわ。マンモスの牙ならば性淘汰で説明できるんじゃないかな」

歩きながら「セイトウタ?」と首をかしげるチャンキに、「クジャクの羽やカブトムシの角などが典型よ」と梨恵子は説明する。「オスの極端な形状や振る舞いは、メスがより著しい形質を持ったオスを選択することでさらに進化するというメカニズム。マンモスの牙も大きいのはオスよね。ならば性淘汰で説明できる可能性は高いよ」

「選ばれるのはオスばかりなのか」

「性淘汰のほとんどは、クジャクやカブトムシもそうだけど、オスに特徴が現れる。つまり選択権を持つのはメスね」

進化の選択権を持つのはメス。オスは選ばれる側なのだ。なるほどなあと思いながら考え込むチャンキに、「……周囲では最近誰かいっちゃった?」と梨恵子が話題を変えた。

「先週、中学のときのクラスメートのお姉さんがいっちゃったな」

「親しかったの？」

「前はよく一緒に遊んだ」

三歳上の彼女は中学時代には生徒会副会長で、お節介なくらいに面倒見のいいお姉さんだった。クラスメートの家に遊びに行ったときはトランプとかテレビゲームとか、何度も一緒に遊んでいる。こっくりさんを教えてくれたのも彼女だった。こんなの嘘に決まっているとクラスメートに強がるチャンキに、祟《たた》りって本当にあるんだからね、と顔を近づけて微笑みながら言ったときの表情を覚えている。綺麗だなと思うと同時にとてもいい匂いがして、少しだけドキドキしたのだ。

一年前に東京の大学に入学した彼女は、入部した軟式テニス同好会の部室で友人たちと雑談していたとき、いきなり手もとにあったボールペンを口に咥《くわ》え、そのまま渾身の力で咽喉の奥に突きたてようとした。タナトスだと気づいた友人たちはあわててボールペンをひったくったが、口から血を吐きながら部室を飛び出した彼女は地上六階建ての校舎の屋上へと凄まじい速度で階段を駆け上がり、必死に追ってきた友人たちの目の前で屋上フェンスをするするとよじ登ってから、迷う気配もなく頭から地上へとダイブした。

葬儀には珍しく僧侶が来ていた。昔は当たり前だったようだけど、葬儀が大幅に簡略化された最近では僧侶を呼ぶことは珍しい。黒い喪服を着た父親は僧侶が読経しているあいだ、ずっと顔を上げなかった。彼の妻は五年ほど前に自宅ガレージで首を吊っている。遺書も動機もないからおそらくはタナトスだ。かつての四人家族は父親と息子の二人だけになっていた。

父親の隣の椅子に座ってスマホの画面を見つめていたクラスメートは、チャンキと目が合うと少しだけ瞬きしてから、両肩をすくめてみせた。何を言おうとしたのかはわからない。焼香してから両手を合わせ、チャンキは目の前の遺影を見つめる。大学入学時に撮られた写真らしい。会わなくなってから数年が経つけれど、にこにこと微笑むその表情は、トランプやテレビゲームやこっくりさんをやっていたころに比べれば、すっかり大人の女性になっていた。席に戻りながらちらりとクラスメートに視線を送ったが、姉を亡くしたばかりの彼は、やっぱり手にしたスマホを見つめていた。


「……学校ではどう？」

梨恵子が言った。歩きながらチャンキは首をかしげる。

「どうって？」

「最近三人くらいいっちゃったって聞いたよ」

「三人じゃなくて二人だよ。どちらも二年の男子。でも名前も知らない。身近って意味では最近ないな」

うなずくかわりに、梨恵子は傘の柄をくるりと半分回す。

「私のカバンは重い？」

「だいじょうぶだよ、今んとこ」とチャンキは答える。実は重い。何冊も本が入っているからだ。

「ね、今のうちに言っておくけど」と梨恵子は言った。「今日はあまりゆっくりできないよ」

唐突な言葉の意味を理解するためには数秒の間が必要だった。黙りこんだチャンキの顔を、梨恵子は下から覗き込む。

「さっき聞いてたでしょ。月曜から試験が始まるの。古文は今夜が勝負なのよ」

赤点覚悟じゃなかったのかよとチャンキは思わず言いかける。一週間遅いけれど中間試験が控えていることはこっちも同じだ。柔道の地区大会だってもうすぐだ。ハナヂがとまらないなんて馬鹿げた嘘までついて、今日はロボタンが来る日なのに稽古をサボってきたんだ。冗談じゃない、そんなのってあるか。十七歳が今日で終わるのに、今日こそ舌を入れるつもりでいたのに。

「じゃ、どうするんだ。今すぐ帰るか？」

舌裏に精一杯の怒気を含んだチャンキの言葉には答えず、梨恵子は数歩小走りに前に回り込むと、振り向いてチャンキの顔を正面からまじまじと見つめる。それから空を見上げ、雨がやんできたわねとでも言いたげな動作をしてから、ゆっくりと傘をたたむ。

「ね、海浜タワー行こうか。入場券おごってあげる」


海岸沿いの空はどんよりと切れめのない灰色の薄い雲に覆われていた。海浜タワーのすぐ前の小路を右に曲がって五分ほど歩けば、一カ月前に二人が初めてのキスをかわした海岸通りの松林に出る。二人はそこでキスをした。唇の先が触れ合うだけだったけれど、とにかく一生に一度の初めてのキスだ。梨恵子だってそうだと思う。

でも数歩前を歩く梨恵子は、松林へとつづく小路の前を、それまでとまったく変わらない速度で通りすぎた。その方向にちらりと視線を送ることさえしなかった。迷いなく歩くその後ろ姿を眺めながら、あのとき本当にキスしたんだっけと、チャンキは本気で考えた。

チケットの自動販売機に小銭を入れる梨恵子の指先をぼんやりと眺めながら、こうして一日が終わるんだとチャンキは思う。こうして一日が終わり、日々は過ぎる。たった一度の人生だというのに、まだ一七年と三六四日しか生きてないというのに、今夜にでもタナトスがやってきてすべてが終わるかもしれないというのに、クラスメートのほとんどが複数の女子高生や近所の人妻と当たり前のようにメイクラブしているというのに、自分は恋人の口に舌を入れることさえできずにいる。

唇と歯の表面が微かに触れ合っただけのキスしか体験できないまま、バスに乗っていた商業の女子生徒の髪の香りだけで痛いほどに勃起して身悶《みもだ》えして、十七歳の最後の日を終えようとしている。

振り返った梨恵子が、無言でチャンキの目の前にチケットを差し出した。


市の文化施設である海浜タワーは、最上階である三階は全面ガラス張りの展望台で、一階と二階は江戸時代の農機具だの古代の土葬品だの人体模型だのが脈絡もなく展示された博物館、そして地下一階は水槽の半分以上が空《から》のまま放置された水族館となっている。地上三階建ての建造物がなぜタワーと呼ばれるのかわからない。昔は最上階のさらに上に、鉄骨でできた電波塔とかが建っていたのかもしれない。

もう何度も目にしているはずなのに、入口からつづく通路の壁に貼られたパネル一点一点の前で、梨恵子はじっと足を止めている。市の歴史を伝える何枚ものモノクロ写真だ。昭和と平成と令和、通路の奥には大正に明治時代もある。タナトスなどまだ影も形もない古き良き時代。馬車に乗ったりシルクハットを被ったりダンスを踊ったりしている人たちの表情は、どれも皆静かで一様に優しく、しっとりと満ち足りているように見える。

「……思いこみかもしれないけど、何だかみんな、ほのぼのと幸せそうに見えるね」

写真を眺めながら、しみじみとした口調で梨恵子が言う。うなずきながらチャンキは目の前の写真をしばらく見つめる。大きな会場で黒や紺のスーツ姿の若い男女が、はじけるような笑顔でレンズを見つめ返している。一人残らず本当にうれしそうだ。パネルの下には、「一九八八年、バブル期の入社式」と書かれた札が貼られている。チャンキと梨恵子が生まれる二七年前だ。

「考えたら不思議だな」

チャンキが言う。梨恵子が振り返る。

「なにが?」

「昔だって事故や病気はあったはずだろう? 明日急に死んでしまう可能性は、いつの時代だってあった。そもそも人は必ず死ぬのに、どうしてこんなに幸せそうにしてられるのかな」

しばらく間をおいてから、「……忘れてるのよ、きっと」と梨恵子は静かに言った。「あたしたちみたいに、毎日毎日死ぬことばかり考えなくても生きていけたのよ」

そこまで言ってから、梨恵子は小さく息をつく。「この差は大きいわ」

パネルの前を離れた梨恵子は、中央の展示台の上に組み立てられた巨大なシロナガスクジラの骨格標本の周囲をゆっくりと三周した。

「クジラの骨にそれほど興味があるなんて知らなかったよ」

四周めを歩き始めようとする梨恵子に、チャンキがたまりかねて言った。

「あたしも自分がクジラの骨にこんなに興味があったなんて今知ったわ」

足を止めて梨恵子が答える。「ねえ、これ本物よね?」

「本物だよ、骨だけど」

「圧巻ね。ここには何度も来てるはずなのに、こうして目の前にするとそのたびに、ただもう大きさに圧倒されちゃうね」

「イメージって刺激を与えないと、頭のなかでどんどん縮小しちゃうんだってさ」

「どうして?」

「世界は広い」

シロナガスクジラの頭蓋骨を見上げながら、真顔でチャンキは言う。

「でも頭は小さい。収納だって大変だよ」

ガラス窓を通して見える中庭には小さな池があり、数羽のペンギンが飼われている。骨格標本じゃない。肉が貼りついて生きているペンギンだ。でも皮膚病なのかコンクリートの角でこするのかストレスなのか、ペンギンたちは一羽残らず頭や肩や下腹の羽毛が抜け落ちて薄桃色の地肌が覗き、雨に濡れながらじっと彫像のように立ちつくしている。

辺りに人の気配はまったくなく、二人の靴音がとだえると、息苦しいほどの静寂が老朽化した壁や柱の隙間からじんわりと滲みだして周囲を包み込む。一羽のペンギンが小さく身震いをした。チャンキはすばやく深呼吸を二回くりかえす。動悸がこめかみで激しく脈うち、胃袋が口腔までせりあがってきた。窓枠に両手をかけじっとペンギンを眺めている梨恵子の後ろ姿に「振り向け」と念じる。振り向いた瞬間に賭けるんだ。一七年と三六四日のすべてを。これからの人生を。

「ね、ちょっと見て、あの端のペンギン……」

言いながら振り向きかけた梨恵子の肩に、チャンキは右手を置いた。驚いたように見開かれた瞳がみるみる視界いっぱいに広がった。唇が小さく何かをつぶやきかけたような気がしたがかまわず、その両肩に両手を置いて引き寄せた。

唇の感触は薄い紙のようだった。前歯が当たりカチカチと微かな音をたてた。温かくて湿っぽい息を鼻先に感じた。そっと眼を開けると、両眼を閉じた梨恵子の顔がすぐ目の前にあった。舌は入らなかった。舌のことなど忘れていた。舌を入れたり嚙んだりしごいたり吸ったりすることなど、きれいさっぱり意識から抜け落ちていた。

……一羽のペンギンが突然激しく身を震わせた。ずっと思いあぐねていたことの決断をたった今つけたとでもいうような、唐突な激しい動きだった。無言で見つめる二人の目の前で、ペンギンはそれっきりまた動かなくなった。宙空の一点を見つめるその姿勢のまま、彫像のように静止しつづけている。

「……大事にしなくちゃ」

やがて、静かに、そっと息を吐きだすかのように、梨恵子が言った。

「何を？」

一拍おいてからチャンキが小声で訊ねる。両腕はまだ梨恵子の両肩にのせたままだ。もう外すべきだろうか。でももう一度キスをしたい。いやもう一度じゃない。何度でもしたい。

「愛おしいのよ、大事にしなくちゃ」

「……何を？」

「すべてよ」

チャンキは黙り込んだ。すべてって何だ。全部のことか。全部が好きだって言ってるのか。何だって今このときに、そんなこと言われなくちゃいけないんだ。愛してるわとかあなただけよとか言うべきところじゃないのか。二回めのキスだ。一生に一度の二回めのキスの後で、どうして全部が好きよなんて言われなくちゃいけないんだ。

すぐ目の前の梨恵子の視線が少しだけ動く。階段を降りてくる靴音が聞こえる。施設内には二人しかいないと思いこんでいたけれど、三階の展望台に先客がいたらしい。でもチャンキはそれどころじゃない。ねえ言ってることがわからないよ、と言いかけて、梨恵子の瞳孔《どうこう》の表面に滲む涙の薄膜に気づき、言葉を咽喉の奥に押し戻した。涙の意味はわからないけれど、迂闊なことは言えないぞと直感的に思う。一七年と三六四日しか生きてないけれど、そのくらいの察しはつく。そっと梨恵子の肩から手を離す。

階段を降りてきたのは、役所をこの春に定年退職したばかりといった感じの白髪の紳士と、その妻らしき初老の女性の二人連れだった。肩を並べ、ぴったりと寄り添うようにして、一段ずつゆっくりと階段を降りてきた二人は、擦れちがうときに軽く頭を下げた。こんにちは。目尻の涙を素早く拭った梨恵子が、小さく会釈をかえす。

一つひとつの展示の前で、二人は足を止めてしばらく静止する。ときおり婦人が小声で紳士の顔を覗き込むように何事かをささやきかけ、紳士がやはり小声でそれに答える。

……そっと腕を引かれ、チャンキはまじまじと二人を眺めていた自分に気づく。展望台へとつづく階段を上りながら、「感動的だな、あんな歳になるまで二人で生きてこれたなんて」と梨恵子が小声でつぶやいた。

タナトスが最も頻繁に起こる十代後半から三十代前半までの時期に、この世代のほぼ半分は消滅する。昭和の後期に世界第一位の長寿国となった日本の現在の平均寿命は、内閣府の統計によれば四十歳とちょっと。病気はすべて悪霊の仕業だと信じるパプアニューギニアのジャングルの奥に暮らす部族の平均寿命よりも短い。パートナーと共に人生を晩年まで過ごせる確率はとても低い。白髪の紳士と婦人が必ずしも夫婦とは断言できないが、でももしもそうならば、確かにちょっと感動的な光景だ。

階段の途中で梨恵子とチャンキはどちらからともなく立ちどまり、もう一度後ろを振り返る。白髪の紳士が一枚の写真を指さしながら、婦人に何か説明していた。窓から差しこむ夕暮れの淡い陽光に包まれながらぴったりと寄り添う二人は、まるで印象派の一枚の絵のように、しみじみと幸福そうに見えた。

2　チャンキは十八歳「思春期なんかとっくに終わっている」

隣家の何とかスパニエルだかテリヤだかのけたたましい吠え声で目を覚ましたチャンキは、枕もとの目覚し時計を引ったくるように手にとってから、何だよ冗談じゃないぞと咽喉《のど》の奥でつぶやいた。表示されている時刻は午前六時四二分。最悪だ。たった一度の十八歳の誕生日なのに、欲求不満の室内犬のキンキン声で七時前に目覚めてしまった。そしてたった一度の十七歳が昨日で終わったというのに、自分はまだ一度も恋人の口の中に舌を入れることさえできずにいる。

上体を起してから、チャンキは壁に耳を押し当てた。隣には不動産会社の経理だか総務だかの仕事をしているという四十過ぎの女性が一人で暮らしている。夫にタナトスで先立たれた一人暮らしの中年女性は珍しくない。しかし隣の女性は最初から一人らしい。「一度も結婚してないらしいわよ」いつだったか夕食のときマユミさんが言ったことがある。「喋ったの、あのオバさんと?」「オバさんなんて言いかたはよしなさい、あたしよりきっと年下なんだから、直接聞いたわけじゃないわよ、エレベーターとかでばったり出会っても、あの人ろくに挨拶も返してくれないんだもん。そういう噂を聞いただけよ」

耳を壁に押し当てたまま、チャンキは壁を指の背で軽くたたく。チャウチャウチャウチャウチャウ、何とかテリヤだかスパニエルだかが、スイッチが入ったかのように再び激しく吠え始めた。狭いマンションの一室に毎日毎日閉じ込められて、きっとノイローゼ寸前になっているのだろう。中年女性の声はしない。日曜日のこんな早朝に出かけるはずはないと思うけれど、犬の吠え声以外は物音一つしない。

　壁から耳を離す直前、カーテンを閉めきった部屋の真中で中年女性が両膝を抱えるようにしてじっと蹲《うずくま》っている情景が、ふいに瞼《まぶた》の裏に浮かんだ。もちろん想像だ。でもまるで実際に眼にしたかのように鮮明な映像だった。生まれてから今日まで中年女性はずっと、口の中に舌を入れられたことがないのかもしれない。舌を誰にも入れてもらえないから、廊下で会ってもろくに挨拶もできないし、何とかテリヤだかスパニエルをノイローゼ寸前にするような飼い方しかできないんだ。

　キッチンのテーブルには、ラップをかけた野菜サラダとキウイフルーツ、昨夜の残りのオニオンスープが入ったカップなどが並べられていた。顔を洗い終えたチャンキは、テーブルの上に置かれていたメモ用紙をつまみあげる。右隅でミッキーマウスとミニーマウスが大汗をかきながらジルバを踊っているメモ用紙には、出かける前にあわててボールペンで書いたマユミさんのメッセージが記されている。スマホにラインするほうが楽だろうと思うのだけど、昔からここぞというときにマユミさんはラインやメールを使わない。なぜか自筆にこだわる。

HAPPY　BIRTHDAY!　18歳だなんて分不相応よね
ともかくおめでとう
帰りは少し遅くなります
でも夜は思いっきり派手にやろうね

最愛の母より

読み終えると同時に、テーブルの上に置いていたスマホが鳴った。ラインやメールではなくて電話の着信だ。音を数えながら冷蔵庫の扉を開け、取り出した紙パックの野菜ジュースを一口飲み、八回目の着信音が鳴り終わる寸前に耳にあてた。

「起きてた？」

「うん」

「電話はこれが初めて？」

「何が初めてだって」

「電話よ。今日、あたしのこの電話の前に、他の誰かからメールか電話はあった？」

「……三〇分前に起きたばかりだ。マユミさんは取材みたいで起きたらもういないし、そもそも今日、人と喋るのはこれが初めてだよ」

「メールかラインは？」

「今日はまだ誰からも来ていない」

「忘れちゃだめよ」

「何を」

「十八歳になって初めてしゃべった人のことを」

スマホを手に思わずうなずいたチャンキの耳もとで、「今日の御予定は？　逢っていただける時間なんてあるのかしら」と梨恵子は言う。なぜ急にとってつけたような言葉づかいになるのだろうと思いながらチャンキは、「だって試験勉強があるって昨日言ったじゃないか」とつぶやいた。

「おかげさまで昨夜とってもはかどったの」

「一日空いてるよ。どうすればいい？」

「じゃあ一一時に待ち合わせましょう」

「どこで？」

チャンキのこの質問に、梨恵子は当然のように「図書館よ」と答える。もしも一〇年後の誕生日に会うことになったとしても、やっぱり彼女は待ち合わせ場所を「図書館よ」と言うのだろう。

電話を終えてから皿に盛ったコーンフレークに牛乳をそそぎ、ラップにつつまれたオニオンスープを電子レンジに入れてスイッチを押す。椅子に腰を下ろして、テーブルの隅に置いてあるタブレット端末の電源スイッチを入れ、画面をテレビに切り替える。朝のニュースの時間だった。天気予報が終わると同時に「今日未明、山梨県と神奈川県の県境を走る県道七三〇号線でバスの転落事故がありました」と、テレビカメラを真直ぐ見つめながらえらのはったローカル局の男性アナウンサーが言った。「ここ数日降りつづいた雨のため、現場である山中湖村周辺はいたるところで土砂崩れがおきており、ぬかるみにタイヤをとられたと思われるバスは二〇メートル下の谷川に転落して、乗客二四名のうち八名が死亡し、一四名が重軽傷のため近くの病院に収容されました」

現場から一〇メートルほど離れた雑木林でバスの運転手の遺体が発見されたとアナウンスすると き、えらのはったアナウンサーは明らかに言葉に力を込めた。実直で責任感の強い男でしたと同僚や上司が口をそろえる運転歴三〇年の彼は、凄惨な事故を引き起こした自分の責任に耐えかねて、傍らの櫟《くぬぎ》の枝にネクタイを輪にして結びつけて首を入れたのだ。遺書はない。炎上しているバスの横で黒焦げになったり腹を潰されて呻き声をあげたりしている乗客たちを眺めながら遺書を書ける神経があるのなら、たぶん自殺などしない。

えらのはったアナウンサーは「覚悟の自殺」と三回発音した。一緒にされたくないとの気持ちが声に込められていた。いいですか皆さん。声にならない私の声を聴いてください。ぎりぎりまで追い詰められた運転手は、精一杯の謝罪の意味をこめて、自らの意志で自らの生命を絶ったのです。これはタナトスとは違います。崇高な自死なのです。一緒にしてはいけません。まったく違う行動です。

電子レンジがチンと音をたてた。湯気を立てるオニオンスープのカップをテーブルに置いているあいだに、タブレット端末の画面はスポーツニュースになっていた。北京で行われているアジア大会。でも日本の選手は参加していない。観客席にも日本人は一人もいない。配信された競技の映像を観るだけだ。こんなニュースを観る人はいるのだろうか。タブレット端末の電源スイッチを切ってから、チャンキはニュージーランドから運ばれてきたキウイフルーツを頬張った。

自然科学コーナーの円形ソファにすわって膝の上の分厚い本に視線を落としていた梨恵子は、近づいてくるチャンキの靴音に顔を上げてから、ゆっくりとした動作で本を閉じ、顔を左右に軽く振るようにして髪を後ろへはらってから立ち上がった。お尻のまるみがぴっちりとわかるリーバイスのスリムジーンズにニューヨーク・ヤンキースのロゴが入ったスタジアムジャンパー、それにコンバースのブラックバッシュ。

……背骨がとろけそうだとチャンキは思う。背骨がとろけるという表現は知っていたが、そんな感覚が現実にあることを、十八歳になった今日初めて知った。

「六分遅刻よ」

「バスが遅れたんだ」

「バスは遅れるものよ。こんなにいい天気なのに、自転車で来るとか思いつけなかったの？」

「バスが好きなんだ」

手にした本をチャンキに差しだして、梨恵子は書架のいちばん上の棚を指で示す。本のタイトルは『日本原色食虫植物図鑑』。日本国内に生息する食虫植物の写真やイラストと解説だけで、どうしてこんなに分厚い本が作れるのだろう。いやそれよりもなによりも、誕生日を迎えたばかりの恋人を待ちながら、どうして彼女は日本の食虫植物の写真やイラストを見たいだなんて思いつくのだろう。

本を棚に戻して振り返ったチャンキを真直ぐ見つめ、少しだけ厳かな声で、梨恵子は言った。

「十八歳おめでとう」

窓の外に見える中庭のポプラの葉が風に揺れている。コーヒーカップに唇を近づけてから窓の外をしばらく眺め、小さく息をつき、もう一度カップに唇を近づけてから、とうとう梨恵子はたまりかねたように言った。

「ねえ、いったいどうしたってのよ」

「何が？」

「苛ついているわよあなた、動物園のサイみたいよ」

「動物園の何みたいだって？」

「サイよ」

「動物園のサイって苛ついているのか」

「知らないわよ。ねえ一生に一回の十八歳の誕生日よ、気分良く過ごさないと、後から身悶えするほど後悔するよ」

グラスに半分ほど残っていたメロンジュースをチャンキは一気に飲みほした。もしも今の自分が苛ついているのだとしたら、その理由はわかっている。何とかテリヤだかスパニエルでさえ刻々と失われる時間に気も狂わんばかりに焦燥して悲痛な声で吠えつづけているというのに、今夜にもタナトスに捉えられてすべてがぷっつりと断ち切られるかもしれないというのに、十八歳になったばかりの自分は恋人の口の中に舌を入れることさえいまだに達成できないまま、果汁一〇パーセントのメロンジュースの氷を意味もなくストローでつついているからだ。

氷の欠片をチャンキは思いきり噛み砕いた。薄いメロンの味が奥歯に微かに沁みた。窓の外の花壇に面したベンチにヨシモトリュウメイがいた。初夏を思わせる暑さだというのに、あいかわらず冬物の厚ぼったい背広の上下を着こみ、いつものナイキのロゴ入りボストンバッグを、足のあいだに大事そうに抱えこんでいる。

チャンキの目線をたどるように振り返り、梨恵子も窓の外のヨシモトリュウメイに気づく。二人の視線に気づいたヨシモトリュウメイはやや狼狽《うろた》えながらも、自分はこのベンチで日向ぼっこをしているだけなんだと言いたげに、両腕を上げてわざとらしく伸びをしてみせた。

「ヨシモトリュウメイ、久しぶりなんじゃない？」

口もとをほころばせながら梨恵子が言う。チャンキは黙ってうなずく。確かに久しぶりだ。この二週間くらいは姿を見かけなかった。

「誕生日だからご挨拶に来てくれたのかな」

「まさか」

「ねえ、今日だったら話ができるかもしれないわよ」

「一〇〇パーセント無理だよ、店を出た瞬間にあいつは消えている」

無表情に言ってから、チャンキはグラスの底の氷を残らず噛み砕いた。コーヒーをオーダーすればよかったとふと思う。大人の男ならメロンジュースではなくてコーヒーだ。もちろんブラック。でも実はこれまで、ブラックコーヒーをおいしいと思ったことはない。だって漢方薬みたいな味だ。好む人の気持ちがまったくわからない。

「あいつなんて呼んじゃダメよ。あなたの学校の教師なのよ」

「ヨシモトリュウメイだってあだ名だよ。それにもう何年も前から休職している。彼が僕にとって教師だった時期は一度もない」

声が聞えているはずはないのだけど、自分が話題になっていることに気づいているかのように、ヨシモトリュウメイはそわそわと落ち着かない、わざとらしく欠伸《あくび》などをしている。少なくとも演技力はゼロだ。梨恵子に視線を戻しかけてからチャンキは、テーブルの上に水玉模様の紙で包まれた小さな箱が置かれていることに気づく。同時に「ハッピーバースデイ」と梨恵子が言った。

「開けていいのよ。気に入ってもらえると嬉しいけれど」

包み紙を開けながら、小さな声でチャンキは「わあ」とつぶやいた。中から現れたのはSONYのウォークマンだ。色は黒。ボディには傷一つない。まるで新品のようだけど、でもそんなはずはない。

チャンキが中学生のころ、SONYはウォークマンの製造を完全に中止した。東芝もパナソニックも日立も、あらゆる家電メーカーがこれまでのような操業は不可能と判断して、業務規模は大幅に縮小している。技術は海外へと流出し、品質やメンテナンス対応は大幅に低下した。だから新品のはずはない。ネットのオークションだろうか。だとしたらかなり高額のはずだ。

「ネットで見てもこのタイプがいちばん評判いいのよ」

「すごくうれしい。ありがとう。大事に使う」

言いながらチャンキはイヤフォンを耳に入れて電源のスイッチを入れる。少しだけ私のお気に入りを入れておいたから。梨恵子がそう言うと同時に、クリーデンス・クリアウォーター・リバイバルの「プラウド・メアリー」のイントロが響き始めた。もう半世紀以上も前のサザンロック。梨恵子がこの時代の音楽をよく聴いているので、チャンキも多少は知っている。

「やっぱりメイド・イン・ジャパンはすごいな。iPodとは音の奥行きと深みが違う」

そう言いながら顔を向ければ梨恵子の口が動いている。チャンキはイヤフォンを外す。

「何だって?」

「奥行きと深みは同じ意味だと思うよ」

「とにかく違う」

「音には好みがあるからね。前のiPodはどうしたの?」

「すぐに壊れた。メンテナンスがまったくない」

ウォークマンをジーンズのポケットにしまいこもうとするチャンキを見ながら、「……コードがからむのよね」と梨恵子は言った。チャンキは首をかしげる。

「イヤフォンのコードよ。特にジーンズのポケットの中に入れていると絶対にからむのよ。それも何重にも複雑に。不思議よね。何もしていないのに」

そう言ってから梨恵子は、とても優雅な仕種でコーヒーカップをソーサーの上に置いた。

「そろそろ行こうか。今日は私がおごる」

外へ出れば、予想どおりヨシモトリュウメイの姿は消えていた。彼が坐っていた花壇の脇のベンチでは幼い子供を膝の上に抱いた若い二人の母親が、まるで三〇分も前からそうしていたかのように、親密そうに話しこんでいる。そっと膝から下ろされた二人の子供が危なっかしい足どりでよろよろと歩き、二人の母親は手を打ちながら歓声をあげる。どうやらどちらかの子供が、たった今初めて歩いたらしい。転びかけた子供の手を、母親が素早く握る。半ばは身体を持ち上げられながらも、子供は嬉しそうに足をバタバタと動かした。

そんな光景をぼんやりと眺めながら、さっき梨恵子は「そろそろ行こうか」と言ったけれど、行く場所など決まっていないのだとチャンキは考える。正確には「行こうか」ではなく「この場を離れようか」なのだ。喫茶店にいても映画館にいても図書館にいても、二人はいつも「どこかへ行く」ことではなく「ここから離れる」ことばかりを考えている。でも今日は十八歳の誕生日。行く場所を決めたい。決めてから移動したい。そして決める権利は、誕生日を迎えた自分にあるはずだ。

玄関傍の石造りの柱に背中を凭せかけた姿勢で梨恵子を待ちながら、チャンキは顔を上に向けて大きく口を開け、酸欠の金魚のように深呼吸をくりかえした。どうしよう。どこに行こう。十八歳の誕生日に、恋人と二人でどこに行くべきなのだろう。

「ねえ、やっぱりほんとに変よ。困ったな。どうしちゃったの？」

会計を済ませて店から出てきた梨恵子は、スタジャンを肩に羽織りジーンズのポケットに両手を突っ込みながらチャンキの前に回りこむようにしてつくづく顔を眺めてから、真剣な口調でそう言った。ピンクのポロシャツの袖から覗く二の腕は白く清らかで、繊維のように細く半透明な産毛が風に微かにそよいでいる。チャンキはからからに渇ききった咽喉から声を振り絞り、かすれた声でつぶやいた。

「行こう」

「どこに？」

「ホテル」

「……ばか」

「本気なんだ」

「絶対いやだ」

「絶対に何もしない。誓うよ。本当に何もしない。行くだけだ」

言いながら自分の声が哀願調になっていることに気づく。隣家の何とかスパニエルだかテリアになったような気分だ。お願いやらせてお願いやらせてお願いやらせて嫌なら何もしない絶対しない誓うよ何もしない嫌なら何もしない。

友人のほとんどはメイクラブをすでに終えている。柔道部で自分以外にまだ童貞なのは、顔を合わせるたびにやったら言えよと口癖のように言うアニマル小早川だけだ。クラスにもほとんどいない。それほどに少数派だ。同じ柔道部のナシメからは毎日のように、おまえと小早川は絶滅危惧種だとからかわれている。でもそれだけが哀願する理由じゃない。愛する人とひとつになりたいのだ。誰とでもしたいわけじゃない。他の誰かなど考えられない。……そこまで考えてから、数秒前に「絶対いやだ」と言われたことに今さら気づき、チャンキは下を向いて黙り込んだ。とても絶望的な気分になっていた。だってこれは明確な拒否だ。ポーズや建前でそういうことを言うタイプじゃない。実際に彼女は「絶対いやだ」と思ったのだ。なぜそこまで拒絶されなくてはならないのだろう。結局のところ愛されてなどいないのか。今夜にもこの世界からいなくなるかもしれないというのに、自分はずっと勘違いしていただけなのか。

すぐ横で二人の母親の笑い声が響く。子供が滑稽な仕種をしたらしい。手を叩いて笑いながら、二人ともにこにこと幸せそうだ。そんな光景を眺めながら、この子供たちは天から授かったわけじゃないと考える。こんなに品の良さそうな二人なのに、それぞれのパートナーとメイクラブして身ごもったのだ。だから時おり不思議になる。なぜみんなあんなことができるのだろう。子供を連れながら恥ずかしくないのだろうか。造化の神の失敗だ。せめて小指と耳の穴とかにしておけば、もっとハードルは下がっていたはずなのに。……じっと俯いていた梨恵子が顔を上げた。

「家に来て」

「家？」

「久しぶりよね。和代さんも会いたがっていたし」

数秒だけチャンキは考える。家に行きたいわけではない。でもホテルは絶対に無理だ。それに家に行けば、梨恵子の部屋に通されるはずだ。喫茶店や図書館や公園とは違う。狭い空間で二人きりになれる。少なくともキスはできる。ベッドに押し倒すこともできるかもしれない。もしも家に誰もいなければ、もっと大胆なことだってできる。梨恵子もそのつもりで家に誘ったのかもしれない。いやおそらくそのつもりだ。そうでなければ「家に来て」などと言うはずがない。

小さな商店が軒を連ねる本町通り商店街を歩きながら、チャンキはきょろきょろと周囲を見渡した。通りの雰囲気は昔とほとんど変わっていない。すぐ横を歩きながら、「いつ以来かしらね」と梨恵子が言う。うーんとつぶやきながらチャンキは記憶をたどる。

「少なくとも二年以上は来ていない」

「思い出した。高一のときのお正月よ」と梨恵子が言った。「マユミさんと一緒に来たわよね。たまたま近くまで来たからって」

「そうだっけ」

「そうよ。忘れたの」

実は覚えていた。でも高一にもなって母親と一緒に行動していたとの記憶は気恥ずかしい。できればなかったことにしたい。いつだったか梨恵子に、少しマザコンのきらいがあるわねと言われたことがある。そのときはマザコンの意味がわからなかった。コンピューター関連に詳しいと言われたのかと本気で思い、家に帰ってネットで調べてから、何でそんなことを言われなくてはならないんだと腹が立った。

路地を曲がる。角から二軒目。駐車場の隅で日向ぼっこをしていた白い大きなネコが、近づいてくる梨恵子とチャンキに気がついてンニャアと物憂げに鳴いた。鼻の脇に大きな斑がある。二年前の正月に訪ねたとき、居間のストーブの横で丸くなっていたネコだ。梨恵子が嬉しそうに声をあげる。

「チョビも覚えているみたい」

「そうかな」

「だっていつもなら、知らない人がこんなに近づいてきたら逃げるわよ」

言いながら玄関の前で立ち止まった梨恵子が振り向いて、チャンキの上から下までをチェックするかのようにしばらく見つめてから、引き戸に手をかけた。ちょうど玄関にいてスマホで誰かと話していた和代さんは、「あらまあ」と言いながら目を丸くした。

「ごめんなさい。娘が今、友だち連れてきたのよ。とにかく二〇〇ロールを五セットお願いね。納期は来週いっぱいということで大丈夫? ええそうよ。了解。それではよろしく」

そう言ってスマホを耳から離す和代さんに、チャンキは「ご無沙汰しています」と頭を下げた。

チョビが足もとにまつわりついてくる。

「まあ驚いた。本当に久しぶりねチャンキ」

「ねえお母さん、チャンキは今日が誕生日なのよ」

「あらまあ。どうしましょう」

「別に何もしなくていいわよ」

「ねえチャンキ、マユミさんはお元気？　来るなら来るでもっと早く知らせてくれれば、いろいろ用意できたのに」

「はい。元気です。すみません。急にお邪魔しちゃって」

「今日子はいる？」と梨恵子が言った。

「今日子ちゃんはお出かけよ。友だちと映画観て帰るって。あなたたち夕ご飯どうするの」

「チャンキは家でマユミさんと食べるみたいよ」

「じゃあ何しに来たのよ」

　そう言ってから和代さんは、正面に立ったチャンキの顔をまじまじと見つめる。

「ねえチャンキ。何年ぶりに会うのかしら」

「二年前のお正月にマユミさんと一緒に来て以来よ」と靴を脱ぎながら梨恵子が言う。

「この距離であたしが覚えているあなたは頭のてっぺんよ」と和代さんはしみじみとした口調で言った。「しゃがまないと顔は見えなかった。でも今は見上げなくちゃならない。二年でそんなに背が伸びるものかしら」

「頭のてっぺんを見たのはもっと前だと思うよ」

　冷静な口調で梨恵子が言う。「いくらなんでも二年でそんなに背は伸びないわよ。私たちは部屋に行くね」

「バースデイケーキくらいは食べるでしょ？　ヨーカドーで買ってこようか。でも不思議ねえ。どうしてイメージは小さいままなのかしら」

「世界は広いのよ」

そう言いながら、梨恵子はチャンキにちらりと視線を送る。「そして頭は小さい。収納だって大変よ。部屋に行くね」

永井家の現在の家族構成は梨恵子と妹の今日子、そして和代さんの三人暮らしだ。和代さんの夫は梨恵子が小学校を卒業する頃に亡くなった。タナトスではない。肺ガンだ。その後に和代さんは夫が切り盛りしていた鋳物製造の小さな工場を引き継いで、二人の娘のために懸命に働いた。そもそも事業や経営に才覚があったのだろう。少しずつではあるけれど得意先は着実に増えて、五年前には株式会社にした。正社員は和代さんの弟や従兄など血縁ばかり数人だったはずだけど、今ではアルバイトも入れて二〇人ほどの従業員がいる。

玄関横の階段をのぼりかけた梨恵子とチャンキに、「もう一度確認するけれど、チャンキは夕食をマユミさんと食べるのよね」と和代さんが声をかける。「とにかく今からヨーカドーに行ってくるわ。せっかく来てくれたんだもん。チャンキ、餃子は好き？　手作りよ。確か好きだったわよね。昔三〇個くらい食べたのよ。覚えている？　頭のてっぺんを見ていたころ。今なら倍は食べるわよね。すぐに作るから。それを持って行ってオカズの足しにして。それとも好みは変わった？」

「今も大好きです」

「でもバースデイディナーに餃子って変かしら」

「マユミさんも餃子は大好きです。今日は一日取材だから手の込んだ料理はできないと思うので、持って帰ったらきっと大喜びします」

間が空いた。和代さんは口を開けてチャンキを見つめている。二階への階段の真中あたりで足を止めた梨恵子が振り向いた。

「どうしたの？　何に驚いているの」

「……感慨に耽《ふけ》っているのよ」

「カンガイ？」

「大人になったなあと思って」

「当たり前でしょ。今日で十八歳よ」

「だって『きっと大喜びします』だって。子供の台詞じゃないわよね」

「だから子供じゃないってば。実はこっそりタバコを吸っているのよ」

「吸わないよ」

チャンキはあわてて言った。少しだけ語尾が裏返った。

「何であたしの母親の前ではいい子ぶるのかしら」

「大丈夫よチャンキ。あたしはあなたを信じるわ。とにかく行ってくるわね。今日子もじきに帰ってくると思うし」

言いながら和代さんは背中を向けた。その後ろ姿にちらりと視線を送りながら、最後に付け足した「今日子もじきに帰ってくると思うし」とのフレーズは、あたしが買い物に出ているあいだに部屋で破目を外さないほうがいいわよとの警告なのかもしれないなとチャンキは考えた。十八歳になったばかりではあるけれど、そのくらいの察しはつく。

階段を上りきった梨恵子につづいて部屋に足を踏み入れたチャンキは、ちらりと部屋の隅のベッドに視線を送る。擦り切れたくまのプーさんのぬいぐるみには見覚えがある。二人が中学生のころからベッドにいたはずだ。壁の一面に据えられた作り付けの大きな本棚には、ぎっしりと隙間なく本が詰められていて、入りきらない本がフローリングの床の上に積み重ねられている。ドストエフスキーにスティーブン・ホーキングにマーク・トウェイン。夏目漱石にアイザック・アシモフ。チャンキが知っている著者はそれくらいだ。あとは名前も知らない多くの人たち。初めて目にする書名。じっと本棚を見つめるチャンキに、「私の部屋は小さいの」と梨恵子が言った。「でも読みたい本はたくさんあるのよ」

「電子書籍にすればいい」

「図書館に通う理由は、紙でしか読めない本がたくさんあるからよ」

紙の文字と電子の文字の違いがよくわからない。どちらも読むことに変わりはないのに。曖昧にうなずきながら、チャンキは無意識に息を深く吸い込んだ。この部屋に入るのは数年ぶりだけど、以前とは微かに匂いが違う。本の乾いたインク。ファウンデーションや乳液やリップクリーム。そして十七歳の梨恵子の吐息。それらが混然とした仄かな甘い香りにうっとりしながら、できることなら眼を閉じて何度も深呼吸したいくらいだとチャンキは思う。ふと視線を戻せば、梨恵子はじっと自分を見つめている。

「どうかしたの?」

「どうもしない」

「何か変よ」

同時に身体が動いた。すぐ目の前に梨恵子の顔がある。階段を上ってきたチョビが扉をがりがりとひっかいている。少年少女は何をしている。今すぐここを開けなさい。梨恵子が目を閉じた。チャンキも目を閉じた。温かい息を鼻の先に感じながら唇を重ねる。それから少しだけ舌を伸ばす。このあいだ動画投稿サイトで見たハチドリの映像が頭に浮かぶ。空中でホバリングしながら細長い舌の先を熱帯の大輪の花弁に差し込んで、ハチドリは無心に蜜を吸っていた。吸うハチドリも吸われるピンクの花も、なんとなくうっとりとしているように見えた。とても幸福そうな構図だった。そのとき梨恵子の温かい湿った柔らかな唇が、おずおずとではあったけれど、十八歳になったばかりのハチドリの舌を、上下からそっと挟み込んだ。

……どのくらい時間が過ぎたのかわからない。やがて顔を離してから梨恵子が、上気した表情で「いやだ」とつぶやいた。「カーテン開けっぱなしだったわ」

梨恵子の両肩に回した腕に、チャンキは少しだけ力を込めた。バランスを失ってあっけなくベッドに倒れ込みながら、梨恵子は低い声で「チャンキやめて」と言う。でも今さらやめられるはずがない。仰向けになった梨恵子の唇に唇を重ねながら、チャンキはその細い肩を思いきり抱きしめる。柔道の寝技の稽古で抑えこんだり抑えこまれたりはほぼ毎日だけど、汗臭い男たちとは明らかにまったく別の生きものかと思うくらいに骨格も匂いも感触も違う。

とにかく誕生日だ。何度もキスをしながら、匂いでスイッチが入ってしまったチャンキは熱っぽく思う。一生で一度の十八回目の誕生日だ。これでは終われない。キスだけでは帰れない。首筋に唇を押しつけるチャンキに、「ねえ本当にダメ。お母さんが来るかもしれない」と梨恵子が小声で言う。

「さっきヨーカドーに行った」

「すぐに帰ってくる。今日子もいつ帰ってくるかわからない」

「帰ってきたらやめる」

「チョビが部屋の外でうなっている」

「もうどこかに行った」

言いながらチャンキは、ゆっくりと息づく梨恵子の胸の隆起に顔を押しつける。微かな弾力が頬に当たる。まるでスポンジケーキのようだと思う。芳香を胸いっぱいに吸う。それだけで蜜を吸うハチドリのように幸せな気分になれる。隆起の上に右手を置く。指先に力を込める。

「……お願い。もうやめようよ」

頭の上で梨恵子が、冷えびえとした低い声で言った。十八歳になったばかりのチャンキにも、これ以上の無理強いはしないほうがいいと判断できる声だった。動きをとめたチャンキは、ゆっくりと顔を起こす。片手で顔を覆うようにしながら、梨恵子はじっと天井を見つめていた。下から見ると、まるで泣いているようにも見えた。

長い時間が過ぎた。顔の上に片手を置いたまま梨恵子はぴくりとも動かない。そしてチャンキも動けない。自分が嫌われているとは思わない。でもならばなぜ梨恵子は、これほどまでに最後の一線を越えることを拒むのだろう。それがどうしてもわからない。やがてゆっくりと上体を起こした梨恵子は、小さなくしゃみを一つしてから「ごめんね」と小さくつぶやいた。

チャンキは無言だった。何と答えるべきなのかわからない。ごめんねとはどういう意味だろう。言葉どおり謝っていると考えてよいのだろうか。ならば謝らなければいけない落ち度が自分にはあると梨恵子は思っているのだろうか。それはどんな落ち度なのだろう。そしてもしもどんな落ち度なんだと訊いたとしたら、梨恵子は何と答えるのだろう。そのとき階下で玄関の引き戸が開く音がした。ただいまあ、と大きな声。和代さんだ。「梨恵子は部屋にいるのかしら。餃子作るから手伝って」

「いま下に行く」

すぐに梨恵子が言った。思わずその表情を覗き込みたくなるほどに、いつもとまったく変わらない声だった。

「行くぞチャンキ」

　十八回目の誕生日の翌日、月曜の五限英語グラマーの授業が終わると同時にチャンキの耳もとで、すぐ後ろの席のナシメがささやいた。

「どこに？」

「第九だよ」とナシメは言った。「どこにっておまえ、オレと動物園に行ってベンチでソフトクリームでも舐めて楽しいか？」

　ううむとチャンキは唸る。第九は校門から歩いて二分ほどの場所にあるラーメン屋だ。店名を第九にした理由はわからない。この国にもっと人が多くいた時代には第一から第八まで支店があったのかもしれないし、先代だか先々代の店主が実はベートーヴェンやドヴォルザークの交響曲の愛好家だったという可能性だってある。

　店名はともかく第九のラーメンは量が圧倒的に多い。メガ盛りの丼はほとんど洗面器だ。しかもランチタイムのラーメンには餃子三個とライスを無料でつけてくれる。三時間おきに腹が空く体育会系男子高校生にとってはとてもありがたい存在だ。でも昼休みは終わったばかりだ。チャンキは学食で天ぷらうどんの大盛を食べたし、ナシメだって昼食は済ませているはずだ。

「まだ腹に入るのか」

「ライスは無理かもな。でも餃子と味噌ラーメンくらいなら入る。正明とヒロサワも行くってよ」

「だって次の授業は？」

「ホームルームだ」とナシメは言った。「サボるに決まってる」

「……先週は教室に六人しかいなかったらしい」

「だから何だよ」

そう言われてチャンキは口ごもった。先週のホームルームの時間も、ナシメや正明たちと第九に行ってラーメン食べてから、屋上でタバコを吸いながら終了チャイムを待った。教室に戻ったチャンキに副級長の風間裕子《ひろこ》は、「サクジがかわいそう。あなたたち、ちょっと露骨すぎるわよ」と静かな声で言った。授業を受けたのは風間も入れて六人だけだったらしい。教壇に立って教室内を見渡してから「今日は六人か」と寂しそうにつぶやいたというサクジの気弱そうな表情を思い浮かべながら、チャンキは何も言えなかった。

五〇になった去年、たてつづけに妻と一人娘をタナトスで失ったサクジは、葬儀を終えてから二カ月近くも休職し、失踪したと噂された。五〇になってから家族を失うことの辛さは想像すらできないけれど、三五人中六人の生徒にしか相手にされていない自分を直視しなくてはならない辛さは何となく想像がつく。だからそのとき、来週のホームルームはサボらないと風間裕子に約束してしまった。思わず口にしてしまったことではあるけれど、約束したのだから守りたい。

「今日は受ける」

「何を受けるって」

「今日は授業を受ける。第九にはおまえたちだけで行けよ」

おまえはいったい何を言っているんだというような表情でナシメが口を開けると同時に、廊下で「ちょっと待ちなさい!」とよく通る声が響いた。副級長の風間裕子の声だ。明らかに怒っている。声のトーンがいつもよりかなり高い。

「あなたたちまたサボるつもりなの?」

誰かがぼそぼそと反論している。ナシメとチャンキは顔を見合わせる。正明の声だ。ヒロサワも隣にいるようだ。

二人の言い分をしばらく聞いてから、風間裕子は「卑怯よ、あなたたち」と言った。さすがにヒロサワが気色ばんだように「卑怯って何だよそれ?」と声をあげる。でも副級長は引かない。

「サボるのなら他の授業も平等にサボりなさいよ。内申書に関係ないとか担任がおとなしいとかの理由でホームルームだけサボるなんて絶対に卑怯よ」

正論だ。正明とヒロサワの反論の声は聞こえない。立ち上がりながらチャンキはナシメに「行こうぜ」と声をかける。一〇〇パーセント風間裕子が正しい。反論のしようがない。しかし残念ながら人は、いつもいつも正しい選択ができるわけじゃないし、正しい選択が現実に即しているわけでもない。

教室から廊下に出れば、両手をズボンのポケットに入れた正明とヒロサワが、ふてくされたような表情で立っている。急げよ。そろそろサクジが来るぞ。チャンキの後につづいたナシメが二人に言う。チャンキは二人から風間裕子に視線を移す。目が合うと同時に腰に手を当てて大仰にためいきをつく風間を、きれいだなと唐突に思う。顔も腕も脚もまるくて決してスマートとは言えないが、バドミントンで鍛えたその四肢は両端がきりりとすぼまり、全身にラグビーボールのような緊張感が漲《みなぎ》っている。くっきりとした濃い睫《まつげ》と切れ長の二重瞼の眼が、強い意志を湛えながらチャンキを真直ぐに見つめている。

「もしかしてチャンキも一緒なの」と風間裕子は落胆したように言った。「あきれた。先週言ったことは嘘なのね」

数秒の間を置いてから、低く押し殺した声でチャンキはつぶやいた。

「……うるせえなブス」

「副級長、唖然としてたな」

味噌バターコーンラーメンを食べ終えたナシメが、ニヤニヤと口もとをほころばせながら言った。最後の餃子をライスと一緒に頬張りながら、「たぶん面と向かってブスだなんて言われたの、あいつ初めてなんじゃないかな」とヒロサワが言った。

「ちょっとかわいそうな気もするけどな」

「かわいそうなもんかよ、本当にブスならそりゃかわいそうだけど」

「自信持ってるもんな、あの女」

じっとスマホの画面を見つめていた正明が、「四組の後藤が風間裕子に付き合ってくれって告ったときの話って知ってるか」と言ってから三人の顔を見回した。「あたしとあなたは住んでる世界が違うのよって答えたらしいな」とヒロサワが言い、咥えたマルボロ・ライトに火をつけながら、「さすがにそれはデマだろ」とナシメが笑う。煙がテーブルの周囲に漂う。欧米では喫煙者の人口比は一割を切ったが、この国では今も半数以上がタバコを吸う。理由の一つは価格が安いからだ。そして安い理由は、外国からほぼ無償で援助されているからだ。もちろんタバコだけではない。酒なども含めて嗜好品の多くは、輸入物を中心にとても低い価格に設定されている。少し前のホームルームでサクジは、「いわば少数民族への保護政策みたいなものだ」と説明した。その結果として酒やタバコに依存する人が増える。国内総生産も減少する。働かなくても最低限の生活は維持できる。皮肉なことにこの国は今、とても社会保障が充実している。「負の連鎖ではあるけれどこの状況では仕方がない」とサクジは言った。モルヒネを射たれつづけているガン末期の患者から酒やタバコを求められたら断れない。今この国はまさしくその状態にある。でも自棄《やけ》になってはだめだ。国全体は末期かもしれないが、君たち一人ひとりは末期ではないのだから。そう言ってからサクジは小さな吐息をついた。いなくなった家族のことを思い出しているようにも見えたし、きれいごとを言ってしまった自分に少しだけうんざりしているようにも見えた。

手にしたフィリップ・モリスの先端に一〇〇円ライターで火をつけながら、「本当らしいぜ。オレは後藤本人から聞いた」と正明が言った。視線はチャンキに向けられている。何の話だっけ。そうか。四組の後藤が風間裕子から「あたしとあなたは住んでる世界が違うのよ」と言われたという話だ。「本人だから信用できねえよ」とヒロサワが言って、「俺もそう思う」とナシメがうなずいた。「世界が違うのよって台詞はちょっとできすぎって気がするけどな」「それじゃ漫画のキャラクターだ」「チャンキ、吸うか」

目の前に差し出されたフィリップ・モリスの箱をチャンキは見つめる。本音は満腹すぎて煙だって身体に入れたくない。でも一本をくわえる。ナシメに火をつけてもらいながら、子供の頃に日曜洋画劇場で観た映画を思いだした。タイトルは覚えていないけれど西部劇だ。騎兵隊との闘いの前にネイティブ・アメリカンの男たちは、無言で儀式のようにたばこを回していた。


「何でこんな煙を吸いたくなるのかな」

「何だよ突然」

「ときどき吸っている理由がわからなくなる」

「チャンキの様子が変だな」

「いろいろ悩んでいるんだろ」とナシメが言った。「なあチャンキ。昔から性格きつい女だったからな」

二口目の煙を吸ってからチャンキは顔を上げて、にやにやと笑うナシメの顔を見つめ返す。クラスメートで同じ柔道部員でもあるナシメの本名は横川だ。なぜナシメと呼ばれているのかわからない。眼が細いからだと誰かに説明されたような気もするが、だとしたら呆れるほどに身も蓋《ふた》もない。由来はともかくとしてナシメのあだ名は入学時から決まっていた。同じ出身中学校の連中がナシメと呼んでいたからだ。

……中学？　そういえばナシメの出身中学ってどこだっけ。

「なんだよいきなり、白山《はくさん》だよ」

答えながらナシメはもう一度にやにやと笑う。「白山中学だよ、永井とは三年間同じクラスだぜ」

「誰だよ永井って？」

ヒロサワがそう言うと同時に、テーブルの上の水が入っていたコップが転がった。チャンキの肘がぶつかったのだ。あわてて紙ナプキンでテーブルの上を拭くチャンキを眺めながら、「動揺してるぜ」と正明が言う。「説明しろよナシメ。永井って誰だ」と首をひねるヒロサワに、「だいたい想像はつくけどな」と正明が言う。「チャンキの今の彼女とナシメは中学が一緒だったってことなんだろ」

正明のこの説明に、ナシメが大きくうなずいた。

「そういうこと」

「いい女か」

「男子からかなり人気はあったな。成績は優秀だし三年間級長で生徒会長もやってたし」

「そういうタイプか」

「そういうタイプだ。とにかく目立つ」

「意外とナシメと付き合っていたりとかしてな」

「それはない。しっかり彼氏がいた。オレも苦手なんだよな。ああいうずけずけモノを言うタイプは」

濡れた膝を紙ナプキンで拭いていたチャンキが顔を上げる。

「……本当か」

「嘘なんかつくかよ。しょうがねえだろ苦手なもんは。いい女だとは思うけどな」

「そうじゃない」

「男がいたって話だろ、なあチャンキ」

「……本当なのか」

もう一度確認するチャンキに、「何だよマジになるなよな、三年前の話じゃないか」とナシメが笑い、「で、チャンキはその女とやったのか」とヒロサワが言った。「やってないわけないだろ」「そうなのか」「チャンキは童貞じゃなかったのか」「こっそりやってるんだよ」

フィリップ・モリスの先端をアルミの灰皿に押しつけてから、「……言っとくけどやってないぞ」とチャンキは言った。数秒の間をおいてからヒロサワが、「やってないって何だよそれ」と肩をすくめる。

「動物じゃないんだからな」

「なに急に気どってんだこいつ」

「やらせてくれないのか」

「やらなくてもいいんだよ」

「……正明、どうした」

不審げなナシメの声に、全員が正明に注目した。ゆっくりと顔を上げた正明は、それまでとは一変した表情で正面のチャンキに視線を据える。

「……カッコつけるなよ」

「何だって」

「やりたくないって何だよそれ」

「……やりたくないなんて言ったか。やらなくてもいいって言ったんだよ。やりたくない男なんているか？」

「じゃ何でやらないんだよ、やらせてくれって頼まないんだよ」

「余計なお世話だ。バカじゃないのか」

「いらつくんだよおまえのそういうところ。やりたきゃ土下座してでもやらせてもらえよ」

「おい正明やめようぜ」

「不愉快だって言ってんだよバカ」

「不愉快なのはおまえだ」

にらみ合いながら二人がほぼ同時に椅子から立ち上がりかけたとき、剣道部主将でモヒカン刈りで身長は一八〇センチ近くあるヒロサワが「おまえらいいかげんにしろ！」と上段から面を打ちこむときのような大声で一喝し、他の客たちも含めて店内は一瞬だけ沈黙した。

ヒロサワと正明のあとにつづいて店の外に出れば、通りから少し離れたところにヨシモトリュウメイが立っていた。冬物の黒の背広の上下とナイキのボストンバッグは相変わらずだが、今日のヨシモトリュウメイは携帯電話を耳に当てていた。初めて目にする光景だ。現れたチャンキに気づいたヨシモトリュウメイは、携帯電話を顔の横に貼りつけたまま、あわてて小走りに駆けていった。携帯電話そのものよりも、ヨシモトリュウメイに携帯電話で話す相手がいることが不思議だった。

信号二つぶん離れたところで立ち止まったヨシモトリュウメイは、携帯電話を耳に当てながら振り返った。誰かと会話している、という雰囲気はない。もしかしたら耳に当てているだけかもしれない。ごちそうさまと大声で言いながら店から出てきたナシメが、「ヨシモトリュウメイじゃないか」とつぶやいた。

「そういえばチャンキと一緒にいるとヨシモトリュウメイをよく見かけるな」

「ストーカーなんだ」

「誰の？　チャンキのか？　パンツ盗まれたりするのか」

こいつは本当にバカだと思いながら、「付きまとっていることは確かだ」とチャンキはつぶやく。少し間が空いた。横を見るとナシメの口もとから、ニヤニヤ笑いが消えている。

「何だかよくわからないけどさ、……悪かったなさっき」

「何でナシメが謝るんだ？」

「彼氏っていっても三年も前の話だしさ、あまり気にしなくてもいいと思うぜ、正明もムチャクチャ言ってるみたいだけど、少しわかるような気もするんだよな」

「わかってる。気になんかしていない」

前を歩くヒロサワと正明の後ろ姿を眺めながら、みんな本当は余裕なんかないんだとチャンキは思う。悪いのはすべて梨恵子だ。彼氏がいたなんて知らなかった。今まで思いつきもしなかった。だってそんな素振りもみせなかった。だからホームルームをサボってまで手に入れた貴重なこの時間に、男四人でこんなに不愉快な思いをしなくちゃいけない羽目になってしまった。舌を入れたばかりだというのに。やっと舌を入れたというのに、梨恵子には恋人がいた。そしてその事実を隠していた。二人の足音に振り返った正明が、「悪かったなチャンキ」と低い声で言った。たぶんヒロサワに謝れと言われたのだろう。ちょっと苛ついていた、ごめん俺が悪かった。

　気にするなよと言いながら、すべて梨恵子が悪い、とチャンキはもう一度思う。


「土曜に会えるか？」

　その日の夜、スマホに電話をかけてきた梨恵子にチャンキはいきなり言った。少しだけ間をおいてから梨恵子が訊き返す。

「土曜？　何で土曜なの」

「だって試験は水曜までだろ」

「こっちはね。でもそっちは来週から中間試験でしょ？」

　スマホを耳に当てながら、テーブルの上に置かれていたサラダの皿のラップをチャンキは外す。

「今さらじたばたしても仕方がない」

「何か食べているの」

「セロリ」

「直前の勉強ってけっこう有効よ」と梨恵子は言った。「あたしにはいつだって会えるけど、あなたにとっての高校三年の一学期の中間試験は、人生に一回しかないのよ」

　噛みくだいたセロリを飲み込んでから、いっちゃったらどうするんだよとチャンキは思う。いつだって会えるとかいつだってできるとか、どうして気軽に言えるんだ。十代後半でいっちゃう可能性はほぼ五人に一人。今のクラスメート三五人のうち七人は、成人式を迎える前に世界からいなくなる。確率的には二〇パーセント。それでなくてもクジ運が悪いんだ。幼いころにマユミさんと行った歳末セールの東急ストアで、子供向けの福引に三回つづけて外れたことがある。そもそも外れは少ないです。普通はスーパーボールが当たるんですけどね。半被《はっぴ》を着た中年の店員が、三回目の外れ札を手にしながら困ったようにマユミさんに言った。三回つづけて外れはすごいです。私は毎年この福引を担当しているけれど……。そこまで言ってから店員は急に話を止めた。たぶんマユミさんがそれ以上は言うな的な顔をしたのだと思う。大人からは頭のてっぺんしか見えないような時期だったけれど、そのときのマユミさんの困惑した表情は、実際に見たかのように記憶に残っている。

クジ運が信じられないくらいに悪くて明日にでもいっちゃうかもしれないのに恋人と信じてきた女に騙されつづけてきたことにようやく気づいたばかりの男に、シャルルの法則や微分方程式や安政の大獄が今さらどんな意味を持つっていうんだ。それとも土曜には会えない理由があるのか。十八歳まであと三カ月の女子高校生が、中間試験の終わった週の土曜の夜に、誰と会い何をしながら時を過ごすつもりなんだ。

「じゃあ来週の水曜は？」

黙りこんだチャンキの耳もとに微かな吐息を響かせてから、梨恵子は少しだけ声の調子を変えた。

「ね、水曜なら試験終わりで部活も休みでしょ。試験前の土曜にしなくて良かったって、後から絶対思うわよ、保証する」

これ以上は話せないとチャンキは思う。電話では話せない。もちろんラインやメールもだめだ。絶対に会って話すべきだ。会って顔を見ながら、一語一語を区切るように、時には余裕たっぷりに微笑みさえ浮かべながら、ゆっくりと話すべきだ。そしてじわじわと追いつめる。これまで隠してきたことを、最大限に後悔させてやる。

「ヤッホー」

　スマホを耳から離すと同時に背後で声が響く。振り返れば風呂上がりのマユミさんが、トレパン姿でにこにこと微笑んでいる。

「ヤッホー」

「何だよ」

「お風呂あいたわよ。入れば？」

「今日はパスする。ちょっと風邪気味なんだ」

「だめ、入ってよ」

「いいだろ、一日くらい」

「いやよ、あなたね、自分じゃ気づかないんだろうけど思春期の男の子の匂いってすごいのよ、苦手なのよあたし、今日だってバスの中で、ニキビの親方みたいな男子高校生に隣に坐られただけで気持ち悪くなっちゃったんだから」

「ここにいるのは息子だよ。それに思春期なんかとっくに終わっている」

「ガールフレンドと喧嘩して母親にあたるようじゃまだまだね、残念ながら」

「あたってないし喧嘩もしていない」

「じゃあ別れ話？」

　黙り込んだチャンキに、「言っておくけれど、母親の勘ってすごいのよ」と意味ありげに微笑んでから冷蔵庫の扉を開けて缶ビールを一本とりだしたマユミさんは、キッチンテーブルの端に腰をかけて脚を組みながらプルタブを引いた。濡れた髪を片手で押さえながらビールを飲むその姿は、確かに思わずヤッホーと口走りたくなるくらいに刺激的だった。実年齢は四十を越えているけれど、三十代前半と言っても十分通用する。

小学校に入りたてのチャンキがマユミさんと東京で暮らしていた頃、彼女は毎日のようにテレビの画面に顔を出していた。母子家庭で頑張る美人レポーターとして、レギュラーを週に三本抱えていた。いいよなおまえんとこは母ちゃんキレイでさ、とクラスメートに言われるたびに、子供心にも複雑だった。

チャンキには父親の記憶はない。生まれて一年が過ぎるころ、電子機器メーカーの販売促進部で働いていた父親は、深夜の職場で残業中にネクタイを使って首を吊った。二人の出会いは大学時代のボランティア・サークルで、二つ年上の父はマユミさんが卒業して三年後にプロポーズした。それ以上の説明をマユミさんはしないし、幼いチャンキも訊かなかった。だって片親のクラスメートは何人もいる。自分もごく当たり前の環境にいると思っていた。

でも小学校三年の春休み、マユミさんの写真と〝子連れ美人レポーター、真夜中の不倫密会！そのお相手は何とあの！〟とのフレーズが表紙に刷り込まれた女性週刊誌をコンビニでたまたま見つけたとき、とても嫌な気分になったことは覚えている。このときは相手の男性が「理想の父親像」などと称される人気俳優だったこともあって、テレビのワイドショーでも何度もとりあげられた。ネットでこっそり検索をしながら、父親がいればこんなことになっていないのにと考えた。もちろんタナトスについて知ってはいたけれど、夫はいなくて美人で擦れちがう人のほとんどが振り向いて、でも小学生の息子がいて真夜中に妻子ある人気俳優が宿泊しているホテルを訪ねるマユミさんが恨めしかった。

それからもマユミさんは何度か恋愛沙汰のスキャンダルを起こし、週刊誌やワイドショーを賑わすことをくりかえした。最後にテレビ局の妻子あるプロデューサーとの泥沼不倫をきっかけにするように東京を離れたマユミさんは、生まれ故郷である日本海側の小都市にチャンキを連れて引っ越して、友人たちと地元ミニコミ誌の編集プロダクションを始めた。

バカばっかりよテレビの奴らなんて。最後の番組の送別会で泥酔して深夜に帰ってきたマユミさんは、玄関口に迎えに出た中学生のチャンキの肩にしがみつきながら、涙混じりに言った。あなたの父親にふさわしい男があんなところで見つかるはずないわ、ねえ、底の浅い父親だったらいないほうがいいよね、男は深みよ、絶対よ、覚えておいてね、浅い男なんて生きてる価値ないからね。

それから数年が過ぎる。今のところマユミさんの生活は落ち着いている。以前のように夜中や朝方に帰ってきたり朝食を食べながら突然泣き出したりすることはなくなった。仕事も順調なようだ。相変わらず一緒に外を歩けば男性の三人に一人は振り返るけれど、今はおそらく恋人はいないと思う。

「……ねえ」

「何だよ」

「今まであなたにちゃんと言わなかったけど、あたしあの娘大好きよ」

そう言うと同時に缶ビールの残りを飲みほしたマユミさんは、テーブルの上のサラダの皿を冷蔵庫に入れてから、片付け洩れはないわねというように腕を組んでキッチンを見まわした。

「さてと、寝るわよあたし。青少年は試験勉強頑張ってね」

3　梨恵子のいる場所「あなたを好きだった自分をあたしは恥じるわ」

「なかなか面白そうねその本」

　とつぜん背後から声をかけられて、チャンキは言葉が出なくなるほどに硬直した。約束の水曜日、梨恵子は待ち合わせ場所にいつもの市立図書館ではなく、駅前のブックオフを指定した。きっと探したい本があるのだろう。中間試験最後の科目である日本史のテストを終えてからすぐに学校を出たチャンキは、約束の時間より一五分早くブックオフに到着した。雑誌コーナーで数年前の男性週刊誌を拾い読みしているうちに、「月刊エロトピア」の特集記事『十代に贈るＴＰＯで使い分けるハウ・ツー・セックス！』が目にとまった。

　声をかけられて一瞬だけ硬直してから、「彼女もこれでフェラチオが好きになる！」と大見出しで書かれたそのページを、チャンキはあわてて閉じた。耳が付け根まで熱い。何を言えばいいのかわからない。そんなチャンキの様子をじっと見つめながら、とても冷静な声で梨恵子は言った。

「ゆっくり読んでいていいのよ。次の予定が決まっているわけじゃないし」

　ページを閉じた「月刊エロトピア」を棚に戻しながら、「いいよもう」とチャンキは蚊の鳴くような声で答える。「ごめん聞こえなかった」「別に読みたい本があるわけじゃない」「じゃ行きましょ。あたしのほうの用事は済んだから」「……用事って本探し？」「そうよ」「見つかった？」「見つからない」

そう答えてから梨恵子は肩で小さく息をつく。「たぶん見つからないだろうなと思ってはいたけどね」

「どんな本?」

「あっしりあについて知りたいのよ」

少し間を置いてから、「あっしりあ?」とチャンキはくりかえした。なんだそれ。

「アッシリア帝国があった時代。紀元前よ。アッシリアは世界最古の文明のひとつ。初期にはシュメール文字を使っていたらしいから、そのあたりを調べたいの」

「図書館には?」

「あればここに来てないわ」

「Ａｍａｚｏｎは?」

「ずっと在庫切れ。中古も見つからない。とても興味深い文明なのよ。昔とはいえ何冊か本が出版されたのだから、興味を持つ人はそれなりにいたはずなのに」

店の出口に向って歩く梨恵子の後ろ姿を眺めながら、それは仕方ないだろうなとチャンキは思う。だって時代は変わっている。明日も今日のように目を覚ますことができるかどうかすらわからないのだ。人生最後かもしれない今日一日を、アッシリア帝国について書かれた本を読むことで終えたいと思う人は少なくなって当たり前だ。

もちろん昔も今も、死はすぐ身近にあった。一本の血管が詰まっただけでも人は死ぬ。それほどに脆弱な生きものだ。少年ジャンプの連載漫画「メタルキング」に登場する邪悪な宇宙人のゴア総統は、自らが操縦桿を握るＵＦＯで地球上の都市を破壊しながら、人間とは何と脆弱な生きものなのだと呆れたように笑う。コンクリートの破片が頭にぶつかっただけで、あるいは数分息がとまるだけで、こんなにあっさりと死んでしまう。そして二度と戻らない。何と不合理だ。たった一回の命しか持っていない。こんな生きものは宇宙でも珍しい。そう言ってから総統はレーザービームで都市を破壊する。確かにそうだと読みながら思う。人は弱い。理不尽なほどに脆い。小学校に入ったばかりのころ、近くのホームセンターのペット売り場で見つけたアカハライモリをどうしても飼いたくて、マユミさんに必死にねだって買ってもらった。でも一緒に買った小さな水槽で飼い始めてすぐにイモリは逃げ出した。水槽に蓋がなかったからだ。それから三日くらいが過ぎるころ、キッチンにいたマユミさんが悲鳴をあげた。冷蔵庫の下で乾きかけたイモリの死体を見つけたのだ。庭に埋めなさいと言われたけれど諦めきれずに水槽の水の中に戻したら、数時間でイモリは蘇生した。水槽をマユミさんに見せながら、「ザオリクだ」と思わず言った。ドラクエで魔物に攻撃されて死んだキャラクターを生き返らせる呪文。マユミさんは困ったようにしばらく考え込んでから、「あのね、生き返らせる呪文なんてないのよ」と説明した。

ザオリクはゲームの中だけ。死んだらもう戻らない。そのトカゲも死んだように見えただけで、実は死んでいなかったのよ。

トカゲじゃなくてイモリだよ。

とにかく死んだら生き返らないのよ。だから命は大切なの。

幼かった自分はこの説明に納得できなかった。だってアカハライモリは確かに死んでいた。でもマユミさんの口調は強かった。これだけは絶対に譲らないとの意思を感じた。だからこのときは反論しなかった。命は戻らない。小学校に入ったばかりではあるけれど、それは何となく理解できた。

肩をならべて駅前通りを歩きながら、梨恵子はフェラチオという言葉の意味を知っているのだろうかと考える。知らないはずがない。先月の「高三コース」Q＆Aコーナーにだって、彼にフェラチオをせがまれて困っています、拒む私が異常でしょうか？（愛知　E子）と載っていた。街角にもコンビニにもテレビにも美容院にも、フェラチオは捜せばいくらでも見つかるほど氾濫している。アッシリア帝国の文字文化に興味を持つほどに好奇心旺盛な女子高校生が、十七歳と九カ月までフェラチオの意味を知らずに育つなんて不可能だ。

そこまで考えてから、チャンキは梨恵子の横顔にちらりと視線を送る。自分が今考えるべきは、梨恵子の以前の男が、どこまでを彼女に要求したかだ。そして彼女がどこまで応じたかだ。この国の女の子の平均的な処女喪失年齢は、初潮の年齢から数年後だ。以前とはまったく違う。だって明日も今日のように生きているかどうかわからない。そんな時代にそんな国に生まれて、中学時代はクラスのほとんどの男たちのマスターベーションの材料になっていたような女が、高校三年になるまで処女でいられるはずがない。

「試験お疲れさま」

「うん」

「おもわしくなかったの？」

「どうして？」

「口数が少ないわ」

しばらく黙りこんでからチャンキは、「海浜タワーにでも行こうか」と言った。この台詞はほぼ予定どおり。でも口にしながら耳にした自分の声に違和感がある。想定していたトーンとは明らかに違う。もっと重々しく言うべきだったし唐突すぎた。先に言うべき言葉があったはずだ。できることならもう一度、「試験お疲れさま」からやり直したい。

「試験お疲れさま」

「うん」

「おもわしくなかったの？」

「どうして？」

「口数が少ないわ」

「そう感じる理由は何だろう？」

「わからないわ」

「わかるはずだよ」

「わからないわ。教えてちょうだい」

（一拍を置いてから）「ならば行こう」

「どこへ？」

「海浜タワーだよ」


「海浜タワー、今から？」

言いながら現実の梨恵子は、眉間に微かな縦じわをよせる。

「クジラの骨格標本は当分いいわ」

「じゃあどこでもいい」と答えてから少しパニックになりかけたチャンキは、さらに予定とは違う台詞を口にした。「なるべく人がいないところに行こう」

言い終えると同時に、なるべく人がいないところに行こうは露骨すぎた、と後悔する。下心見え見えじゃないか。でも待てよ、自分はこれまで控えめすぎたのかもしれない。だって中学時代に男を知ってフェラチオまで経験した女だ。ストレートな表現は嫌いじゃないはずだ。数秒だけ考えてから梨恵子は、「マクドナルドに行こうよ。あたし今日はお昼を食べそこねてお腹ぺこぺこなの」と言った。「空いてれば望みどおり人はいないわよ」

夕刻のマクドナルドの店内は下校途中の中高生で満席だった。通りに面した自動ドアの横に置かれたベンチに腰をかけ、チャンキは照り焼きバーガーとファンタグレープのSを、梨恵子はダブルチーズバーガーとマックフライポテトとホットコーヒーを膝の上に広げた。ポテト食べていいわよ、梨恵子が言う。その代わり照り焼き一口ちょうだい。

自分が齧《かじ》った照り焼きバーガーの同じ部分に歯を立てる梨恵子を見つめながら、チャンキはかすかに緊張していた。どうしてこんな大胆な行為を、彼女は当たり前のようにできるのだろう。マックが日本から撤退しようとしていたって話は知っている？　もぐもぐと口を動かしながら梨恵子が言った。あたしたちが生まれる少し前のころ。でもそれは日本国民に対しての差別になるとか国連で議論になったんだって。わけわかんないよね。撤退する理由もわからないけれど、それが差別になるという理屈もやっぱりわからない。……通りを歩く痩せた野良犬に気を奪われているふりをしながら、チャンキは戻された照り焼きの同じ部分を一口齧る。

「ねえ聞いてる」

「聞いてるよ」

「そういえば地区大会もうすぐよね、今度の日曜だっけ」

「うん」

「応援行ってあげようか」

「いいよ」

「どうして？」

「いいよ、とにかく」

「チャンキの柔道着姿って一度見てみたいしさ」

「つまんないよ」

「……ねえ、なにかあったの」

「あったって何だよ」

「知らないわよ。あたしが訊いているのよ」

「考えすぎだよ。何もないよ」

チャンキはファンタグレープの最後の一口を飲んだ。通りかかった何人かの女子中学生が、擦り寄ってきた野良犬に悲鳴を上げげた。よく見れば骨と皮だけに痩せた野良犬は、片方の瞳孔が焼き過ぎた目玉焼きの白身のように白く濁っていた。誰かが傍らを通るたびに見えるほうの眼を向けるために、野良犬はくるくると忙しく回転する。壊れた玩具みたいだ。チャンキは深く息を吸う。言うなら今しかない。

「……ナシメって知ってるか。うちの高校の」

「知ってるよ」

あっさりと梨恵子は答える。「中学校で三年間クラスが一緒だった。このあいだ同窓会で会ったよ。そういえばあの子も確か柔道部よね」

「あの子って学年は同じだぜ」

「そうよ」

当然よというように梨恵子はうなずく。十代後半の女の子は男の子より三年は成長が早いのよ。

追いつくのは二十代後半を過ぎてから。もちろん個人差はあるけどね。言いながらポテトを三本まとめて頰ばった梨恵子の唇のあいだに、ピンク色の舌先がちらりと覗く。何て綺麗なピンク色なんだとチャンキは思う。この世にピンク色はたくさんあるけれど、梨恵子の舌より綺麗なピンク色など絶対に存在しない。

「……ナシメに聞いたんだけどさ」

話しだそうとして、口の中がすっかり水気を失ったかのようにぱさぱさになっていることに気づく。舌の先が口蓋の裏に貼りついたかのようで、思うように動かない。でも話さなくては。ゆっくりと。余裕たっぷりに。時には微笑まで浮かべながら。彼女を追い詰めるために。彼女に後悔させるために。

「何を」

「彼のことだよ」

「彼って」

「彼氏だよ。昔の」

言い終えた瞬間に違うと思う。また間違えている。少なくともこんな切りだしかたをするつもりじゃなかったはずだ。でも口にしてしまった言葉は取り戻せない。もう後には引けない。しばらくチャンキの顔を見つめてから、梨恵子の唇の両端がゆっくりと左右に伸びて口角が上がる。

「なるほど」

そう言われてチャンキは沈黙した。少し間を置いてから、「それで」と梨恵子が言った。「なにを訊きたいのかしら」

「別に訊きたいことなんてない。今まで知らなかった自分がこっけいなだけだ」

「……特に話す必要はないと思ったからね、じゃあ何から言おうか。身長は一七五センチ、はっきり言ってかなりイケメンよ。中学の陸上部の二年先輩で、種目は短距離と走り幅跳び。走り幅跳びではインターハイに出場しているわ。一浪して今は慶應の経済の一年生のはずよ。趣味はパソコンとクラシック音楽の鑑賞、兄弟は青学にいっているお兄さんが一人……こんなところかな、他に何か訊きたい？」

趣味はクラシックって何だよそれとチャンキは言葉に出さずにつぶやく。十代半ばでクラシックなんて本気で聴くやつがいるのか。オアシスとかレッチリとか、まずはそっちから入るべきじゃないのか。

「……つきあった期間は長くないよ。私が中学三年に進級したころの一時期だけ。その後はお互いいろいろ忙しくてなかなか時間がとれなかったし、そのうちにあたしも何だか面倒になってきちゃって、受験勉強もあるからしばらく間をおきませんかって言ったらそれっきり……」

「どこまでいった」

言葉を止めた梨恵子は、顔を上げてまじまじとチャンキを見つめる。……たぶん見つめているのだろうと思うけれど、視線を横に向けることができない。チャンキは短く息を吸った。ごめん冗談だよと咽喉の奥がひくつきかけたが、ここで引くべきではないと考えて、息を吐きながらもう一度言った。

「答えろよ。どこまでいった」

「どこって何のこと」

「やったのか」

視線をチャンキから外して、膝の上にあったポテトやチーズバーガーの包み紙を丁寧にまるめて備えつけのゴミ箱に入れてから、梨恵子はゆっくりと立ち上がった。軽く手をはらってから、低く、しかしはっきりとつぶやいた。

「あなたを好きだった自分をあたしは恥じるわ」


空の紙コップを握りしめながら、チャンキは遠ざかる梨恵子を見送った。その後ろ姿が交差点を曲がったあともしばらくは、指一本動かせず声一つだせなかった。片目がサニーサイドアップの野良犬が顔の片側を向けながら、手の中の照り焼きバーガーの残りを狙って近づいてきた。ええ天気ですなだんさんとでも言うように口の両端がめくれあがり、唾液が白い泡となって張りついていた。しばらくその状態のまま固まっていたチャンキは、やがて照り焼きバーガーの残りを、野良犬の不自由な顔の片側めがけて投げつけた。地面にバーガーが落ちる直前、野良犬は体を半回転させながら、見事に口の端でキャッチした。


日曜の朝は快晴だった。顔を洗って着替えてから一リットルパックのオレンジジュースを半分だけ飲んで、玄関にしゃがみこんでバスケットシューズの紐を締める。ポケットに入れていたウォークマンを取り出しかけたとき、背後で寝室の扉が開き、パジャマ姿のマユミさんが眼をこすりながら顔をだした。

「家出でもするつもり？」

「普通は学ラン着て家出はしない」

「だって日曜の朝六時半よ、まともな高校生が出かける時間じゃないわ」

「試合だよ。高校生活最後の公式試合」

「あらまあ、応援行こうかあ、今日一日なにも予定はないし」

「疲れてんだろ、いいよ」

「考えたらナマの柔道って、これまで一度も見たことないのよね」

「賭けてもいいけど三分見たら来たこと後悔するよ。父兄なんて絶対一人も来ない」

言いながらチャンキは、ポケットの中でありえないほどにからみ合っていたイヤフォンのコードのもつれをほぐし始める。

「ネットとかで中継しないのかしら。このあいだバスケットの試合は配信してたわよ」

「バスケとかサッカーなら高校生レベルでも見る人はいるかもしれない。でも柔道の高校地区大会を中継したって誰も見ない。見る可能性のある人は会場にきている関係者だけだ」

「断言するわね」

「自信あるもん」

キッチンのテーブルの上にどっかりと腰を下ろして男物のパジャマからつきだした二本の脚を組んだマユミさんは、チャンキが飲み残した紙パック入りのオレンジジュースを手にとると、白い咽喉をあらわにひとくち飲んだ。それから大きく息をつき、どうして柔道なんか始めたのかしらとつぶやいた。あなたはお父さんに似てぜったい太れない体質だってのに。私はテニスをやってほしかったのよ。それなら二人でできたのに。まさか母親と息子で柔道やるわけにもゆかないし。ねえ朝ごはんは食べないの？

「減量だよ。中量級は六二キロまでだからさ、今ぎりぎりなんだ。これ以上食べるとたぶんオーバーする」

言いながらチャンキは、やっとコードのもつれをほぐしたイヤフォンを耳に差し込んだ。

「減量までやんなきゃいけないの？　育ちざかりの青少年にふさわしいスポーツとは思えないわね……ねえ、あたしの声は聞こえてるの」

「スイッチはまだ入れていない」

「あなたね、人と話しているときにそれは失礼よ」

「だからスイッチは入れていないってば」

「そんなの他人にはわからないわよ。大切なことは実際にどうかではなくてどう見えるかよ。当たり前じゃない」

声に苛立ちがあった。バスケットシューズの靴紐を結びながら思わず顔を上げたチャンキをしばらく見つめてから、「……まあ、それはちょっと言い過ぎか」とマユミさんはつぶやいた。

「でもそういうことは、世の中にたくさんあると思っておいたほうがいいわよ。とにかくがんばってね。テレビのワイドショーでも見ながら、一人息子の栄光を祈ってるわ」

曖昧にうなずきながら玄関のドアノブに手をかけたチャンキに、「ねえ、それとさ」とマユミさんは声をかける。

「最近、梨恵子ちゃんと何かあったの」

「どうして」

「だから母親の勘よ」

「別に」

「これだけは言っておきたいけれど、あなたにはもったいないくらいに聡明で綺麗な娘よ」

無言で扉を開けるチャンキの背中に、「聞こえてる？」とマユミさんが言う。二回目だ。

「聞こえてる」

「返事は」

「わかった」

「それだけ」

「時間がない」

そう言ってからドアを後ろ手に閉めたチャンキは、学生ズボンのポケットに右手を入れて、手探りでウォークマンの電源を入れた。曲順の設定はシャッフルだから、何がかかるかわからない。

歩き始めると同時に、ヴァイオリンの音色が響き始めた。梨恵子がダウンロードしたチャイコフスキーのヴァイオリン協奏曲ニ長調だ。やっぱり音質は圧倒的にいい。でもヴァイオリン協奏曲は歩くテンポにまったく合わない。それに何よりも、梨恵子の前の男が聴いていたクラシックなど今は聴きたくない。

第一楽章の主旋律をソリストが奏でる直前に、チャンキは選曲スイッチを押した。響き始めたのはアコースティックギターの軽快なイントロ。クロスビー、スティルス&ナッシュの「青い眼のジュディ」だ。別れた恋人であるジュディ・コリンズへの未練を、スティーブン・スティルスが切々と訴える。僕は君のもの。君は僕のもの。でも君は君そのもの。……二回目のサビの直前に曲を替えた。今度はローリング・ストーンズの「悲しみのアンジー」。君はとてもきれいだ。まだ愛している。でもそろそろ別れる時期だ。二人で泣いたあの夜を覚えているかい。

何だこれ。歩きながらイヤフォンを耳から外してウオークマンの電源を切る。女々しい曲ばかりだ。少なくとも高校生活最後の公式試合の前に聴く音楽ではない。

バス停には誰もいない。待つほどもなくバスがゆっくりと近づいてきた。最後尾の席に腰を下ろしてから、平均時速三〇キロで後方へと流れてゆく窓の外の景色を眺める。かつての街道筋であるこの一帯には、ずっしりと黒光りした瓦屋根の古民家が多い。でも日曜早朝だから人影は少ない。人々は家の中にいる。その半数以上はまだ眠っているのだろう。ただし時おり救急車のサイレンが聞こえる。街のあちこちの家の軒下で、死がスズメのようにさえずりながら飛び交っている。間断なく死がくりかえされている。でもそれが今のこの国では、いつもと変わらない朝であり、いつもと変わらない日常だ。朝になれば東の空から太陽が顔を出すように、冬になれば地面に霜柱が立つように、昨日まで笑っていた夫や息子がビルの屋上からダイブして、ダイエットを始めたばかりの妻や娘が洗濯ロープで自らの首を絞める。

言われなくてもわかっている。梨恵子は聡明で綺麗だ。自分とは釣り合わない。なるべくしてこうなった。早いか遅いかだ。どちらにせよ、もうどうしようもない。もうどうでもいい。

試合会場の県立総合体育館の正面玄関前に、チャンキは集合時間の二〇分前に着いた。気合い入ってるじゃないかチャンキ。審判を務めるためにアイビージャケットを着てストライプのネクタイを締めたロボタンが、めずらしく冗談を言った。……冗談なのだと思う。思うけれど顔は真顔なので、実際のところはよくわからない。確かなことは、試合の日のロボタンはいつも機嫌がいいということだ。柔道四段で空手は二段。週末には総合格闘技系の道場にも通っているらしい。よほど闘争本能が旺盛なのだろう。高校の体育教師などよりも自衛隊に入っていたほうが、間違いなく適性を発揮できていたはずだ。

ただし現状においてこの国の自衛隊は、存在意義をほとんど失っている。なぜなら敵がいない。自衛する理由がない。資源もなく外貨準備高はゼロに近く、さらには得体の知れないウィルスか遺伝子か化学物質か呪いか悪霊に汚染された極東の小さな島国を侵略しようとする国など、どう考えても存在しない。ならば自衛隊を廃止するという選択もあったかもしれないけれど、それはそれで自分たちの国は価値がなくなったと認めるようで辛い。だから自衛隊は今も存続はしている。ただし予算や規模は大幅に縮小されたし、実質は災害救助隊だ。

会場の隅では優勝候補筆頭の戸張農林高校のスキンヘッドの一群が、早くも柔道着に着替えて円陣を組み、柔軟や屈伸運動を始めている。柔道着の下にトレパンを着こんだ藤田博が、こわばった表情で近づいてきた。

「一〇時から計量開始だってさ」

藤田がそう言い終わると同時に、奇声が館内に響き、チャンキは後ろを振り返った。柔軟運動を終えた戸張農林高校の選手たちが、二人ずつ向かい合って打ち込みを始めている。

「……ほんとに高校生かよ、あいつら」

横に立っていたナシメが、整然と動くスキンヘッドの一群を眺めながら小声でつぶやいた。「表情がぜんぜんないぞ。実は全員がサイボーグだと言われても俺は信じるな」

じっと戸張農林の打ち込みを眺めていた藤田が、そのとき「あれ？」と声をあげる。

「あのバカでかいのがいないな。名前は何だっけ。前の大会の個人戦で優勝した……」

「ああ。栗林だろ。いっちゃったってさ。ついこのあいだらしい」とナシメが言った。

「いっちゃったってタナトスで？」と藤田が確認する。神妙な表情でナシメがうなずいた。

「授業中に窓からダイブしたらしい」

「窓ってせいぜい二階か三階だろ、それくらいでいっちゃうのか、あんなバケモンが」

少し藤田の声が大きい。二人に向かって右手の人差し指を自分の口に当ててみせてから、「受け身はできなかったのかな」とつぶやくチャンキに、ナシメが小声で「うさぎ小屋だか鶏小屋だかのフェンスが真下にあったらしい」とささやいた。「金網の支柱が脳天から背中に突き抜けたって話だ」

ナシメのこの説明に、さすがにチャンキと藤田は黙り込んだ。少しだけ間を置いてから、「何だよ鶏小屋って。小学校じゃあるまいし」と藤田が言った。声が少しだけ尖っている。「だいたい学校の窓は開け閉めできないようにすることが常識だろ」

「古い校舎だからな」

ナシメが言った。すぐに藤田が言い返した。「古いとか新しいとかの問題じゃないだろ」

正論だ。でもまた声が大きくなっている。幼稚園児かこいつら。

「おまえたち、声が大きいぞ」

少し離れたところで腕組みをしながら戸張農林高校の打ち込みを見つめていたアニマル小早川が、たまりかねたように振り向いてナシメと藤田をたしなめたとき、打ち込みをしていたスキンヘッドが一人、激しい音をたてて体育館の板張りの床に倒れこんだ。周囲にいたほぼ全員の視線が集中する。

「立てえ、バカヤロウ！」

起き上がれないスキンヘッドに、すぐ後ろにいた顧問教師のイッテツが、顔を真っ赤にして罵声を浴びせかける。あーあ、やりやがったなとナシメが小声で言う。

「何をやりやがったって？」

「イッテツが後ろから足払いでもくらわしたんだろ」

そんなことしたら怪我するじゃないかとつぶやくチャンキに、知らないのかイッテツのしごきはすさまじくて殴ったり蹴ったりは当たり前らしいぜ、とナシメは小声で言う。

「本当か」

「現に今、目の前でやっているじゃないか」

言われてチャンキは視線を前に戻す。倒れたスキンヘッドは床の上で苦しそうに左膝を抱えて悶えている。その横に仁王立ちしたイッテツが、起きろバカヤロオ！　と怒鳴る。スキンヘッドはオス！　と呻くように答えるが、なかなか立ち上がることができない。立たんかァ！　イッテツがもういちど怒鳴る。カンザキファイト！　傍らのスキンヘッドが、低い声をかける。一人が二人になり、やがて全員が低く唱和する。カンザキファイトオ！　オスッ！　カンザキファイトオ！　オスッ！

カンザキがやっと立ち上がる。小柄なイッテツより頭一つぶんでかい。苦痛に歪む顔は発情したマンドリルのように真っ赤だ。その様子を見ながら、あの痛がりようはただの打撲のレベルじゃないとチャンキは思う。すぐに医務室に行くべきだ。でも本人やイッテツも含めて戸張農林の誰一人、そんなつもりはないようだ。もしも鼻の奥の静脈が切れて血が噴き出したとしても、きっとイッテツは立てえバカヤロオ！　と叫びつづけるのだろう。

いいか忘れるな！　腰の位置だバカヤロオ！　オスッ！　腰の位置が高すぎるんだ！　オスッ！

カンザキファイトオ！　つづけろ！　オスッ！

……洗面所で手を洗うチャンキの横でじゃぶじゃぶと顔を洗いながら、「強烈すぎるぜ、あいつら」と藤田が言った。「あれはもう高校の部活のレベルじゃねえよ。ほとんど宗教団体って感じだよな」

藤田の嘆息を聞きながら、チャンキは水道の栓を締める。でも栓が緩んでいるのか水は止まらない。手のひらに跡がつくほどに力をこめて締めたけれど、蛇口からはぽとぽとと水滴が垂れつづれる。

壊れた蛇口。サイボーグ。頭から串刺し。

意味なく指先を濡らしつづけながら、確かに死にきれないとチャンキは思う。頭はスキンヘッドに近い坊主刈りでイッテツからは毎日のように蹴られたり殴られたりしながら朝から晩まで練習漬けで耳は当然のように血管がつぶれてカリフラワーだ。もちろん土日もない。学校は男ばかりだから女の子とキスどころか手を握ったこともなく、校庭にも豚小屋や鶏小屋があって他の高校の連中からは百姓だの肥料臭いだのと言われる。精力だけは人一倍あるからオナニー毎日二回ずつやって、それで挙句の果てに試合の直前にタナトスでフェンスの支柱に頭から串刺しじゃ、まったく何のために生まれてきたのかわからない。

「トーナメント表見たか」

柔道着の袖で濡れた顔をぬぐいながら藤田が言った。

「まだ見ていない。抽選終わったのか」とチャンキは答える。

「さっき終わった。壁に貼りだしてる。おれたちもしも一回戦で勝ったら、次はどこだと思う」

「だからまだ見てない」

「戸張農林だって」

「……嘘だろ」

「マジだよ。よりによって、だよな」

クジ運のあまりの悪さに茫然としかけたとき、「フジタクン！」と背後で声がした。振り返れば三人の女子高校生が上気したような表情で並んでいる。真中の髪の短い娘に視線を送ってから、「何だよやっぱり来たのか」と抑揚のない調子で藤田が言う。「だって藤田君の試合、一回くらい見たいもん」と言ってから、髪の短い娘は唇を尖らせた。やれやれ参ったなあというような動作と表情で藤田が顔をしかめる。まるでテレビの青春ドラマのワンシーンのようだ。ただしこの二人は絶対に脇役だ。少なくともヒロイン役の女の子はもっと端正でミステリアスでなければならないし、藤田は致命的に品がなさすぎる。

「だいたいさ、ユッコは柔道のルールも知らないだろ」と藤田が言った。そうかユッコというのか。やっぱりヒロインの名前じゃない。

「プロレスは見たことあるよ」

「柔道に場外乱闘はない」

「ロープもないよね」

「当たり前じゃん」

「とにかく投げれば勝ちよね。あとは何だっけ。カンセツワザだっけ。相手の骨を折れば勝ち」

「まあ、そういうことでいいよ」

そう言ってから藤田は、ユッコの両隣でちょっと困ったように立っている二人を見つめる。

「紹介してくれないのか」

「今しようと思っていたとこ。この子は恭子でこっちが和美、今日は無理言って、二人につきあってもらったんだからね」

「初めまして、藤田です。これがチャンキ。ユッコ、ハンカチ持ってないか」

少しだけ気取った声の藤田に紹介されて顔を上げたチャンキは、明和の制服を着た恭子とユッコに軽く会釈をしてから、和美と紹介された髪の長い娘の顔に視線を送り、そのまま動けなくなった。なぜなら彼女の目の形が、大粒のアーモンドにそっくりだったからだ。

ユッコから手渡されたスヌーピーのハンカチで藤田は顔と手を拭き、返しながら何かを言った。

たぶん品のない冗談だ。大仰に身をよじりながらユッコが発情期のメス猫のような甘えた声をあげたとき、じっと自分に向けられている視線に気づいたアーモンドの瞳が、やや不安げに瞬いてから、チャンキを真直ぐに見つめ返してきた。

ナシメに言わせれば商業高校との第一試合は、今大会の実質上の最下位決定戦だ。会場の誰一人としてこんな弱小同士の試合に注目していないし、どちらが勝っても誰も気にしない。

それでもさすがに午後の個人戦重量級部門で優勝候補の一人であるアニマル小早川の名前が先鋒として呼ばれたときには、会場の一部がどよめいた。試合開始からたったの一二秒で、小早川は相手の身体が一回転するほどに豪快な内股をあっさりと決めた。次鋒の藤田は試合時間が終わる直前に支えつり込み足で技ありを取ってそのまま横四方固めで抑え込み、中堅のケンジは有効を二つ取って判定勝ちをおさめ、あっというまに三勝で勝ち越して二回戦進出を決めた。気楽になったぜと言いながら立ち上がった副将のナシメは開始早々の足払いでよろめき、背負いで担がれて見事に宙を舞い、主審が一本を宣告すると同時に、仰向けの姿勢から四つん這いになって、青畳を叩いて悔しがった。

「何のつもりだあいつ」延々とつづくナシメのパフォーマンスを眺めながら、アニマル小早川があきれたような口調でつぶやいた。「世界選手権にでも出場しているつもりなのか」

立ち上がったチャンキの尻を、藤田やケンジが後ろから交互に叩く。「いけるぜチャンキ、あれなら勝てる」耳もとでささやいた藤田の言葉にうなずきながら、チャンキは同じタイミングで立ち上がった対戦相手の顔を見つめる。手足がひょろ長くて顔はヒラメのように平べったく、粘土に竹べらで溝をつけたような細い両眼が吊りあがった対戦相手は、髪をがちがちのリーゼントに固めていた。ヒラメ顔にリーゼントは似合わない。そしてリーゼントに柔道着も似合わない。何から何まで溜息がでるほどにミスマッチだ。

開始線まで足を進めながら壁の時計に視線を送ったチャンキの視界の端を、アーモンドの瞳が横切った。テレビドラマならばヒロインの引き立て役のユッコと二人で並んでいる。もう一人の娘がいなくなった理由は、初めて見る柔道の試合があまりにつまらないからだろう。

開始線に立って主審の合図を待ちながら、チャンキはもう一度、会場の右横に視線を送る。アーモンドの瞳は同じ位置にいた。じっとチャンキを見つめている。

視線をヒラメ顔に戻しながら、勝ちたいとチャンキは思う。ギャラリーもほとんどいない実質上の最下位決定戦に等しい団体対抗戦で（しかも勝負の決着まですでについている）、対戦相手はヒラメ顔にリーゼントに柔道着という泣きたくなるようなセンスの男だけど、この試合にだけは絶対に勝ちたい。

組み合うと同時に、ヘアワックスの強い香りが鼻をついた。耳にはピアスの穴が二つ開いていた。さすがにピアスは外していたが、何のつもりか爪が異常に長かった。組み合うと同時にヒラメは腰を思いきり後ろに引き、前方に突っ張った両腕に力をこめた。この体勢で構えられると、よほどの実力差がないかぎり勝負はつきにくい。負けないが同時に勝てない柔道だ。互いに中途半端な技の応酬が三分過ぎまでつづき、試合終了まで残り時間一分をきったとき、たまりかねた主審は試合を中断してヒラメに指導を与えた。薄笑いを浮かべながら審判の指示にうなずくヒラメの顔を見つめながら、「おまえは何を考えているんだ」とチャンキは声を出さずに言った。どちらにせよ団体戦の決着はついている。ならば思いきりやるしかない。わざわざ判定に持ち込もうとする意味がわからない。何も考えていないとしか思えない。

顔を上げ、体育館の壁時計に視線を送りながら、チャンキはアーモンドの瞳を探す。もういないかもしれないと思っていた。でもいた。ただしユッコはいない。一人だけだ。主審ですら欠伸をかみころさねばならないような退屈極まりないこの試合を、彼女は会場の片隅からじっと凝視していた。

……だってしかたがないんだ。再び組み合ったリーゼントの髪の匂いから顔をそむけながら、チャンキはアーモンドの瞳につぶやいた。現実は映画や小説とは違う。ドラマチックに話が展開することなどほとんどない。何も考えずにヒラメ顔にピアスをつけて爪をだらしなく伸ばして平然と生きていける男子高校生は決して珍しい存在ではない。むしろ多数派かもしれない。そしてこんな奴らが、呪われた瀕死の国家である日本の未来を担うんだ。

そのときリーゼントが視界から消えた。腕が下に引きつけられた。身体がふわりと宙に浮く。ゆっくりと天井が回り、もがいた足が畳ではなく宙を蹴った。冗談じゃないぞ何のつもりだヒラメ顔のくせに一本勝ちだなんてありえない。主審の顔が回り、口をあけたナシメや藤田や小早川の顔が回る。そしてアーモンドの瞳が静かに閉じた次の瞬間、主人公になるはずだったチャンキは青畳に仰向けに、見事な背負い投げで大の字に叩きつけられていた。

「惜しかったなチャンキ」「残り時間あと一〇秒だぜ一〇秒」

団体としては一回戦突破で上機嫌のナシメと藤田は、洗面所で顔を洗うチャンキの背中に大声で言った。その横ではアニマル小早川が、汗まみれの巨体を濡らしたタオルでごしごしと勢いよくこすっている。腕を動かすたびに肩や背中の筋肉が、皮膚の内側に別の生きものが寄生しているかのようにむくむくと動く。

「二回戦は戸張農林だ」

声に振り返ればロボタンだ。ああそうだったとナシメが呻く。

「どっちにせよ二回戦で終わりか」

無口なケンジがぼそりとつぶやいた。しかしロボタンは上機嫌だ。

「いい機会だ。思いきり胸を借りろ」

そう言ってから審査員席に戻るロボタンの後ろ姿を眺めながら、ナシメが「何であんなに嬉しそうなんだよ」と小声でぼやき、「三〇校はあるのに、よりによって戸張農林かよ」と小早川が吐息をつく。「でも少しはギャラリー集まるかもな」と藤田が言えば、「あんなサイボーグ相手にトータル何分もつかな」とナシメが首をかしげる。「エースはいなくなった」「戸張農林は別格だろ」「アニマルは別にしても残りの四人は絶対に一本負けだ」「だってサイボーグだぜサイボーグ」

大声で「サイボーグ」を連発するナシメの腕を、小早川がそっと後ろから引いた。何だよと言いかけたナシメとその場の全員が、小早川の視線の方向を見て黙りこんだ。戸張農林のレギュラー五人が、廊下の端をこちらに向かってゆっくりと歩いてきた。たった今一回戦の試合を終えたばかりのはずなのに（おそらく五対ゼロで圧勝だろう）、一人として汗ひとつかいていない。スキンヘッドと柔道着の組み合わせは、学食のカレーライスと福神漬け以上にマッチしていた。しかも五人の物腰は同じ高校生とは思えないくらいにゆったりと自信に満ちあふれていて、もし声でもかけたならこのあいだ動画配信サイトで見たカンフー映画の高弟たちのように、はて私たちに何のご用でしょうか、とでも言いだしそうな雰囲気だった。

ゆっくりと歩を進めながら先頭の一人が、アニマル小早川にちらりと会釈を送る。他の四人もそれに倣って少しだけ首を傾ける。しかし立ち止まるわけではない。全員が沈黙している。県大会はほぼ毎年優勝でインターハイでも上位入賞常連校として名高い戸張農林の柔道サイボーグたちは、歩調を変えることなく歩きつづける。

「……俺たち次の対戦相手だってのにさ、もうちょっと意識しないか普通？」

無言で遠ざかる五人の背中を眺めながら、藤田が小声で言った。ナシメがうなずいた。

「アニマル以外は全然眼中にないって感じだな」

「地区大会なんか試合のうちに入らないんだろ」

「……やった女の数ならぜったい負けねえんだけどな」

そう真顔でつぶやくナシメに、「童貞ってことであいつらと張り合えるのは、アニマルとチャンキぐらいだもんな」とケンジが珍しく冗談を言った。小早川とチャンキ以外の全員がくすくすと笑ったあとで、真顔になった藤田が「一度でいいから二回戦突破してえよな」とつぶやいた。

今大会の優勝候補である戸張農林との試合は、有効を二つとったアニマル小早川の判定勝ちで始まった。主審が小早川の勝利を宣言したときにも、残りのサイボーグたちは落ち着きはらっていた。一敗は計算済みといった表情だった。ちくしょうナメやがってとつぶやきながら立ち上がった次鋒のナシメは開始早々に送り足払いで転がされ、そのままあっさりと抑えこまれた。だめだ大人と子供だと藤田がつぶやいた直後、上になっているはずのサイボーグの脚がふいに不自然な形で突っ張った。あわてて駆け寄った主審が、ぐにゃぐにゃに意識を失ったサイボーグの背中に膝を当てた。マジかよと藤田がかすれた声で言う。抑えこまれながら相手の襟に腕を回したナシメが、下から瞬間的に締め落としたのだ。俯せのままサイボーグは動かない。副審に頰を張られてやっと目を覚ます。きょろきょろと周囲を見渡す。おそらく記憶が飛んでいるのだろう。自分はどこにいて何をしているのか、まったく理解できていない表情だった。

真っ赤な顔で立ち上がったナシメが両腕を上げたとき、戸張農林の予期せぬ連敗に会場全体が大きくどよめいた。あと一人だ。いいかあと一人勝てば準々決勝だ。ブレザーの両袖をまくりあげ目を血走らせたロボタンが、振り向いて選手たちに叫ぶ。

チャンキその次は何だ。

はい？

準々決勝の次は何だ。

準決勝です。

そうだよそして次は決勝だ。いいかケンジ、慎重にいくんだ。勝ちにいくな。あせるな。じっくりいくんだ！

興奮状態の全員が口々に叫ぶなか、組み合って数秒でケンジの身体がくるりと宙に弧を描いた。オーケーオーケーまだ大丈夫だ、完璧な内股で一本とられて半ベソで引き返してきたケンジの肩を叩きながら、アニマル小早川が大きな声をだした。藤田いいか。無理に勝つな。引き分けでいいんだ。とにかく逃げろ！

アドバイスどおりに徹底的に逃げまわった藤田は、三分を過ぎたころに相手の焦りに乗じて小内刈りで幸運な有効をとった。後はとにかく逃げて逃げて逃げ回った。勝ちたいのはわかるがえげつないぞ、と他校の生徒から野次がとんだとき試合終了のベルが鳴り、消極的な試合運びで指導は二回受けたが有効のポイントでプラスマイナスゼロとなって、主審が引き分けを宣告した。いいんだそれでいいんだ、熱に浮かされたようにロボタンが言う。いいか、チャンキ、おまえは一本負けさえしなければいいんだ。引き分けならポイント合計でこっちの勝ちだ。判定負けしたってポイントはそれで五分だ、代表戦ならアニマルに分がある。だから勝ちにいくな、絶対あせるな、守りに入ったら駄目だ、思いきれ、いつもの調子でいいんだ、じっくりいけ！

……いったいどうすればいいんだよと思いながらチャンキは立ち上がる。二勝一敗一分けとなって大将戦。大番狂わせの可能性に、会場はほとんど総立ちとなっている。チャンキは周囲を見回した。会場のほとんどの視線が自分に集中している。とてもたくさんの目だ。数が多すぎてアーモンドの瞳を見つけられない。

およそ二メートルの距離で向かい合ったサイボーグは、アニマル小早川以上の大男だ。柔道着の襟の部分には、油性マジックで黒々と神崎と書きこまれている。ああそうか。試合前に顧問のイッテツに足払いをくらわされて床の上で呻いていたカンザキだ。

組み合った瞬間に、工業用の圧搾機械と組み合っているみたいだとチャンキは思う。まともにやったら絶対に三〇秒ともたないだろう。腰を思いきり引いたチャンキは出足払いを狙うように見せかけながら、試合前にイッテツに蹴られていた左膝に右足を飛ばした。かすかに会場がどよめく。カンフー映画の悪役になったような気分だ。でも今は勝つことを優先する。よろめきながら神崎は小さな呻き声をあげた。膝のダメージは相当に深刻なようだ。おそらくここまでの試合では対戦相手に弱点を気づかれないように、あえて何でもないふりをしていたのだろう。でも残念でした。こっちは左膝を痛めるその瞬間をすぐそばで見ていたのだ。ならば狙う。弱点を責めるのは勝負の鉄則だ。恨むなら試合前にあんなパフォーマンスをやるイッテツを恨め。どんな手を使ってでも勝つ。だってこの試合は絶対に負けられない。

チャンキはもう一度足を飛ばす。すぐ目の前にある神崎の表情は、明らかに痛みに苦悶している。スピードもがくんと落ちた。勝てる。これならきっと勝てる。会場全体が、そしてきっと会場のどこかにいるアーモンドの瞳も、この試合を見ている。進学校の弱小柔道部に突如現れたスーパースターがこれから起こすかもしれない奇跡に、これだけの人たちが手に汗を握っている。

もう一度後ろに退がりながら、左膝に足を飛ばすと同時にチャンキは相手の懐に飛びこんだ。得意の右の体落としだ。ダメだチャンキよせ！　アニマル小早川が絶叫した。大丈夫だ。完璧な体勢で入った。これならいける。一本勝ちだ。

でも次の瞬間に宙に浮いているはずの神崎の巨体は、その位置で微動すらしない。まるで強力な磁石で青畳に両足が吸いついてでもいるかのようだ。体落としの姿勢のまま、しまったこれはまずいこれは絶対にまずいと思った瞬間、ふわりと身体が持ち上がった。裏投げだ。体育館の天井の鉄骨が頭の上で回転した。咄嗟《とっさ》に体をひねりながら、チャンキは右の肩から畳に叩きつけられた。受け身がほとんどできない。激しい衝撃に息が止まる。一瞬の間をおいてから、ワザアリ！　と主審が宣告する。同時に俯せになったチャンキの首に、木の幹のように太い神崎の腕が巻きついた。必死に首をひねると、息がかかるほど間近に神崎の顔があった。やっぱり必死な眼をしていた。オレはすべてを柔道に捧げているんだとその眼が語っていた。進学校で髪を伸ばして女と毎日やりまくっているような奴に柔道だけは負けるわけにはゆかないんだ。ちょっと待て確かに進学校で髪は長いけれど女とまだやってないことはこっちも同じだ。

逃げろチャンキ逃げろ！　ナシメや藤田が口々に叫ぶ。顔を左右に振りながらロボタンが天を仰ぐ。神崎の腕がじわじわと咽喉もとにくいこむ。頸動脈が抑えられて血流が頭に届かなくなる。意識が少しずつ遠ざかる。声は出ない。参ったの意思表示をしようにも、両腕はがっちりと固められて身動きひとつできない。困った。このまま落ちたらオシッコ洩らすかもしれない。

薄れつつある意識の底で、会場のどこかにいるはずのアーモンドの瞳を、チャンキは確かに見たと思った。アーモンドの瞳は泣いていた。出会ったばかりの恋人が目の前でオシッコ洩らすのを目撃しなくてはならない悲しい運命に、身をよじるようにして泣いていた。

駄目だ落ちるぞ。誰かの声が耳もとで聞こえたような気がした。駄目だ落ちるぞ駄目だ落ちるぞ駄目だ落ちるぞ、……同時に意識がとだえた。

4　アーモンドの瞳「あたし昨夜から女の子になっちゃったのよ」

グラタン専門店アダムとイブにチャンキは一一分早く着いた。メニューを三秒眺めてから、ウェイトレスにバドワイザーを注文した。隣の椅子の上に置いた制服とカバンにちらりと視線を送ってから、髪の赤いウェイトレスは無言でうなずいた。待ち合わせ時間の四時になるまでに、チャンキはマルボロ・ライトを一本吸って、グラスに注いだバドワイザーを半分飲んだ。でも味がまったく感じられない。胸の動悸も心なしか速いような気がするし、呼吸もうまくできない。要するに自分は今、相当に緊張しているようだ。

大きな深呼吸を二回くりかえしてから、チャンキは二本目のマルボロ・ライトにジッポーのオイルライターで火をつけた。アメリカのタバコと輸入ビールとジッポーは、この場面においては重要な小道具だ。オシッコは洩らさなかったとはいえ赤沢和美の目の前で不様に白眼を剝いて失神したマイナスはもう取り返せないけれど、とりあえずは市内の秀才ばかりが集まる進学校の男子生徒がさりげなくタバコを吸いながらビールを飲んでいる光景は、きっと彼女の意表をつくはずだ。少し前にナシメも、不良は女の永遠の憧れだぜと言っていた。でもなチャンキ、頭が悪いワルじゃだめだからな。適度に頭がいいワル。その点うちの高校は、まずは第一条件をクリアしている。あとは適度なワルを足せばいい。とりあえずはそれで完璧だ。

適度に頭が良くて適度にワル。適度ばかりで何が何だかわからない。とにかく少しだけワル。たぶんそういうことだ。チャンキは吸いかけたマルボロ・ライトを灰皿に置く。少し頭がくらくらすることに気がついたのだ。立てつづけに二本は無謀だったかも知れない。

四時を六分過ぎたころ、背後でドアが開く音がした。髪の赤いウェイトレスがいらっしゃいませえと物憂げにつぶやくと同時に、チャンキが座る椅子のすぐ傍に制服姿の赤沢和美が、頬を微かに上気させながら立っていた。

「ごめんなさい部会が長びいちゃって」

ああうんとうなずきながらチャンキは、思わず黙り込んでいた。あらためて近距離で見る赤沢和美は、それほどに綺麗だった。しかも気品がある。まるで一昔前の映画女優のようだ。カウンター席に坐っていた二人連れの年配のサラリーマンが、ちらちらとこちらを気にしては小声でささやき合っている。その表情から何を言っているかは想像がつく。すごいですよ部長あの女子高校生モデルみたいですよ。わかってるよ課長わたしもびっくりしていたところだよ。見てくださいよあの眼の形アーモンドそっくりですよそれにあの制服は明和ですよ。それじゃあ成績も優秀だし家柄もさぞいいんだろうね。あれあれビールなんか飲んでますよあのガキ、部長きっとあいつらこれから不純異性交遊ですよ許せませんね。

席についた赤沢和美は灰皿の中のマルボロ・ライトの吸殻にちらりと視線を送ってから、アイスティのガムシロップ抜きをオーダーした。それからチャンキに向き直り、暑いわねとでもいうように扇の形にした手で上気した顔をあおぐ動作をしてから、走ってきたのよと言ってにっこり微笑んだ。

グラスに残った生温いバドワイザーを飲みほすあいだにチャンキは、「走ってきたって明和からここまで?」と「部会って何の部だっけ?」と「映画なんてよく観る? 最近は何を観た?」と訊ね、アイスティを少しずつ飲みながら赤沢和美は、「まさか。暑くて死んじゃうわよバス停からよ」

と「登山部なのよラインに書かなかったっけ。でも人数が少なくて弱小クラブなのよ」と「最近あまり観てないなあ、あたしアーノルド・シュワルツェネッガーとチャールトン・ヘストンが大好きなのよ」と答えた。

「チャールトン・ヘストンってもう死んでるよね」

「ずいぶん前よ。彼自身というよりも、彼が出ていた映画が好きなんだと思う」

「何に出ていたっけ。確か『猿の惑星』だ」

「初期のシリーズね。『猿の惑星』や『ベン・ハー』も悪くないけど、あたしは『大地震』って映画がいちばん好き。子供のころに観たのだけど」

「知らないなそれ」

「チャールトン・ヘストンがね、奥さんとあまりうまくいってないのよ、それで恋人ができちゃうんだけど、大地震が起きて恋人と一緒に逃げてたら、奥さんが目の前の川を流れてくるのよ」

桃太郎みたいだなとチャンキがつぶやく。川じゃなかったかしら下水道だったかもしれないわ、と赤沢和美は自信なさそうに小声で言う。

「ともかくラストでね、流れてくるのよ奥さんが、もう死んだようにぐったりしちゃって。そうしたらチャールトン・ヘストンが傍らの恋人をじっと見つめてから、その手をふりほどいて奥さんを救いに自分もとびこんじゃうのよ」

「……変な映画だ」

「説明しながら自分でもそう思ったわ」と赤沢和美はうなずいた。「子供のころに観た映画だから、ディテールは少し違うかもしれないけれど」

「でもそれがラストシーンってちょっとすごいね」

「でしょう？　どう見たって恋人のほうが魅力的なのに。でも最後の最後にその恋人を振り切って、嫉妬深くて太ってて可愛げなんか全然ない奥さんを選ぶのよ。……太ってなかったかしら。よく覚えていないけれど、とにかくちょっと意味深いでしょ、いろいろ考えさせられる映画よね」

　曖昧にうなずきながら、深い意味なんかないぞとチャンキは思う。要するに頭が悪くて幸せになれないバカな男の話だ。自分が何を求めているかさえもよくわかってない男はぜったい幸せになれずに無意味に死んでゆくという、それだけの話だ。赤沢和美が訊いた。

「シュワルツェネッガーの映画は観ている？」

「だいたい観ているよ。『ターミネーター』は子供のころにテレビで観た」

「私は2が好き。覚えている？　最後のサムズアップ」

　言葉の意味がわからない。チャンキは赤沢和美の顔をぼんやりと見つめ返す。

「サムズアップ。覚えていない？　最後にシュワルツェネッガーが溶鉱炉に沈みながら、右手の親指を立てるシーン」

　ああそれかとチャンキはうなずいた。そのシーンなら覚えている。あの仕種はサムズアップというのか。でもなぜサムなのだろう。誰かの名前だろうか。

　チャンキは英語が苦手だ。いつも赤点すれすれ。だって覚える意味や理由がわからない。仮に必死に勉強して会話できるようになったとしても、その能力を発揮できる場はほとんどない。この先に外国に行くことなどまずありえないし、外国人は日本にほとんどいない。実際にチャンキはこれまでの人生で、外国人に会ったことは一度もない。ただし微妙な立場の人はいる。東京で暮らしていたころにクラスにいたパク君は在日五世の韓国人だ。日本国籍は持っていない。だからタナトスの心配は（おそらく）ない。家が近所だったから、帰り道はよく一緒になった。パク君には親戚がいない。みな韓国に帰ってしまったという。親戚だけじゃなくて在日の友だちも日本からいなくなった。じゃあどうしてパク君は他の人たちと同じように韓国に帰らないのと訊いたとき、とても大人びた表情でパク君は、「帰ったらいじめられるんだって」と言った。

「誰に？」

「えーとね、ドーホー」

「何それ」

「よくわかんない。日本にいたから怖いばい菌がついているって」

「言われたの？」

「言う人がいるって」

「ばい菌いないよ」

「僕もそう思う。でもそう言っていじめるドーホーがいるってママが言ってた」

ドーホーの意味はわからなかったけれど、仲良しのパク君がこれからもクラスにいることはうれしかった。だから十一歳のチャンキは、「今日さ、帰ってから何して遊ぶ？」と話題を変えた。何だかいろいろめんどくさい。それよりも早く重いランドセルを家に置いてパク君と遊びたい。

……何を考えていたんだっけ。そうだ英語だ。パク君だって英語をしゃべるわけじゃない。韓国語もしゃべれなかった。日本語だけだ。だから外国人には見えない。子供時代から現在に至るまで、チャンキにとっての外国人は、シュワルツェネッガーやブリトニー・スピアーズやトム・クルーズだ。ポール・マッカートニーやダスティン・ビーバーもいる。動画か写真でしか見たことがない。それはきっと、これからも変わらない。どう考えても英語は必要ない。

「チャールトン・ヘストンが出演している『猿の惑星』は観たのね？」

ゆっくりと時間をかけてグラスの底のアイスティをストローで飲み終えてから、赤沢和美が言った。二人が店を出たあとに、カウンター席のサラリーマン二人がこのストローを奪い合う光景をチャンキは想像した。部長それはないですよ私だってずっと目をつけていたんです。その手を離せ課長のくせに誰が君の上司なんだ社長に言うぞ。いやこれだけは譲れませんこれは私のストローです。これは命令だ手を離せああ舐めやがったなこいつ！

「ねえ聞いてる？」

チャンキは顔を上げて、自分をじっと見つめる赤沢和美の顔を見つめ返す。「……ごめん。何を観たって？」

「『猿の惑星』」

「ああ。中学生のころにＤＶＤで観た」

「あの原作を書いたフランス人、戦争中に日本軍に捕虜にされたときに、この物語を思いついたって言われているのよ。知ってた？」

「知らなかった」

「ネットの情報だからね。本当かどうかはわからないけれど」

「……つまりそのフランス人から見れば、日本人はみなサルに見えたということか」

「その情報が本当だったらね」

たぶん本当だろう。中学校の社会の時間に戦争中に米軍が撮った日本兵捕虜の映像を見せられたことがあるけれど、坊主頭で小さくてがりがりに痩せ細って小刻みに震える日本兵のモノクロ映像を眺めながら、まるで動物みたいだと思ったことがある。人類とは別系統の生きものたち。日本人である自分でさえそう思うのだ。日本人を初めて見る栄養たっぷりのアメリカの兵士たちが、自分たちと同じ遺伝子を持つ生きものだと思えなかったとしても無理はない。ならば今は何だろう。呪われた極東の島国で隔離された数千万匹のサル。たぶん二度と他国の人たちと交わることはない。ここは閉じた系なのだ。四方を海で隔離された小さな水槽。蓋はないけれど誰も出ようとはしない。だって出ても意味はない。アカハライモリは蘇生できたけれど僕たちは生き返らない。この水槽で世界から与えられた餌を食べながら死ぬのを待つだけだ。これまでも。そしてこれからも。

支払いをすませるチャンキを、赤沢和美は扉の傍でじっと待っていた。カウンター席に坐るサラリーマン二人が、粘っこい視線で何度もちらちらと扉の傍の赤沢和美を振り向いている。部長部長あいつらこれからどこへ行くんでしょうね。課長なぜ私に訊くんだね私にわかるわけないじゃないか。悔しいなあ悔しいですよ部長絶対にあいつらこれから不純異性交遊するんですよ。大きな声を出すんじゃないよいい大人がみっともない。だってあんな美人なのにあんなガキとやるなんて悔しいなあ悔しいですよ。うるさい私だって悔しいよ世界はアンフェアなんだそんなことわかっていたはずじゃないか。

扉を開ければ、外は日没前のオレンジ色の薄明かりに満ちていた。そういえば夏至なのよね今日、と赤沢和美が空を見上げながら言った。へえそうなのかとチャンキはうなずく。生命の繁栄が否定された極東の島国が、すべての生命の源である太陽に、一年でいちばん長く照らされる日というわけだ。

やっと一歳を過ぎたばかりといった感じの男の子が、二人のすぐ眼の前をよちよちと横切っていった。思わず足を止めた二人の前を、赤いポロシャツを着た若い父親が、小声ですいませんすいませんと詫びながら前屈みにあわてて走り過ぎていった。その向こうには三つくらいの女の子の手を引いた若い母親が、にこにこと微笑みながら立っている。父親に抱きかかえられた男の子は、舗道の反対側で餌をついばんでいる鳩の群れを、不思議そうにじっと見つめている。

「これからどうしようか」

そう言ってからチャンキは、優柔不断な男は嫌われるからなとナシメが言っていたことを思い出した。あのなチャンキ、どんなに気が強そうな女でも、結局は男にリードされたいんだからな、あしろこうしろって言ってほしいんだからな、女はそういう生きものなんだ。

ナシメの言葉を全面的に信用したわけじゃないけれど、同じようなことは藤田にも言われたことがある。付きあった女性の数なら校内では誰にも負けないと自慢する二人が言うのだから、ある程度は事実なのだろう。でも梨恵子に対してはどうしてもリードできなかった。させてもらえなかった。彼女は絶対に自分のペースを崩さない。愛おしいのよ、大事にしなくちゃ。咽喉が渇いたね。忘れちゃだめよ。家に来て。海浜タワー行こうか。あたし入場券おごってあげる。今日は新刊を買いたいから図書館じゃなくて書店で会いましょう。絶対ダメ。

……彼女の言葉を一つひとつ思い出しながら腹が立ってきた。結局はいつも梨恵子が目的地を決めている。時おり意見を訊かれるけれど、それが採用されたことはほとんどない。冗談じゃない。十八歳になったんだ。女は先に成熟するのかもしれないけれど、でもそろそろ追いついていい頃だ。これからはリードする。未来世界から来たターミネーターのような強い男になる。でもどこに行こう。いきなりホテルはさすがに無理だ。時刻はそろそろ夕暮れ。今自分は赤沢和美をどこにリードすべきなのだろう。そして何をすればいいのだろう。何をすべきなのだろう。

薄闇がしのびよる白山公園の片隅のベンチで、チャンキは赤沢和美にキスをした。ペンキや木片が所々剝げ落ちたベンチのすぐ前には、六匹のニホンザルがいる赤錆びた鉄の檻《おり》がある。ゆっくり歩けば一周するのに小一時間はかかる広い公園だけど、敷地内には荒れ果てた神社と雑草が生い茂る日本庭園、ほぼ干からびた池とニホンザルの檻があるだけだ。街灯の多くには監視カメラが設置されているけれど、そのほとんどはレンズが破損しているし、ケーブルがどこに繋がっているかもわからない。いたるところに置かれた木の立札には、すべて油性マジックで同じ文章が書かれている。

「夜間九時以降の公園内は危険地帯となるため入園を厳禁する。万一の事故が起きても市および当局は一切の責任を負わない」

今から四年前、チャンキが中学二年の夏休み初日、クラスメートの女の子がこの公園で惨殺された。翌朝発見された遺体は無残だった。まるで進軍する一個小隊の兵士たちすべてに強姦されたかのような状態だったという。しかも眼球や性器など身体の一部が欠損していた。

彼女は父親を数週間前にタナトスで亡くしていた。そして身の回りからいつも売春の噂が絶えない女の子でもあった。その真偽はわからないが、クラス全員で焼香のために訪れた彼女の家では、真新しい仏壇に、よく太った父親と娘の写真が供えられていた。たてつづけに家族二人を失い一人残された母親は、クラス全員の焼香が終わるまでハンカチで顔を押さえてじっと俯いたまま、一度も言葉を発さなかった。手を合わせながらチャンキは顔を上げた。十四歳とはとても思えないほど派手で大人びた女の子が口もとに薄く笑みを浮かべながら、じっとチャンキを見つめ返していた。

うっとりと眼を閉じた赤沢和美の肩に手を置きながら、チャンキは檻のほうに視線を向ける。暗い檻の金網の隙間から、枯れかかった小枝のように痩せ細った真黒い手が一二本、こちらに向かって突きだされている。

糞便がうずたかく積もるニホンザルの檻の周囲には、茶色に変色したリンゴの芯とか雨でぐしょぐしょに溶けかかったポテトチップスとか乾ききった生米などが散乱している。匂いもすごい。近づくだけで胃がむかむかする。距離はあるのに息を止めながら、チャンキは暗い檻の中に目を凝らす。よく見れば二匹の雌ザルは、それぞれ産まれたばかりらしい仔ザルを抱いている。

もう何年も前から公園には管理人はいないし、飼育係ももちろんいない。樹を剪定《せんてい》したり檻の中の獣に餌を与えることが生業《なりわい》になるような世の中じゃない。数年前までは近所の物好きな老人が時おりイモやリンゴなどを与えていたらしいが、最近は誰もその姿を見ない。それでも六匹のニホンザルは、痩せ衰えながらも生きている。クラスでも年に何回かは、餌を与えられないままに生きつづけているサルたちのことが話題になる。いろいろな意見が出る。夜中に餌を持ってくる闇のボランティアがいるとか、投げこまれるお菓子だけで生き延びているとか、赤ん坊を産んでは食べることをくりかえしているのだとか。

「どうしたの?」

考え込んでいたチャンキの頬を盲人が指先の感触を確かめるように、赤沢和美の手がゆっくりと撫で下ろした。数センチの距離でアーモンド・アイがまばたいた。完璧な美しさだった。まるで絵画か写真と話しているかのような気分になる。

「……サルがこっちを見てるんだ」

赤沢和美が薄闇のなかで微笑んだ。あなたってヘン、つぶやくように言ってから、チャンキの顔を両手で挟むようにしながら引き寄せた。舌がこんなにすばやく動けるものだということをチャンキは初めて知った。赤沢和美の舌は生温かく、口の中に寄生した別の生きもののように俊敏に跳ね回り、そよそよとそよぎ、次の瞬間には誘い出されたチャンキの舌を上下の唇が思いきり締めつけた。チャンキは薄く眼をあける。自分の顔からすぐ数センチの距離に赤沢和美の顔がある。こんなに綺麗な女の子がうっとりと眼を閉じて自分の舌を吸っているという状況が、どうしても現実とは思えなかった。一瞬だけ梨恵子の表情が意識の隅に浮かびかけて、あわててチャンキは頭を左右に振った。唐突なその動きに薄く眼を開けてから、五分前と同じ言葉を赤沢和美はもう一度口にした。

「どうしたの?」

「どうもしない」

即答しながらチャンキは、赤沢和美の肩に置いた手を少しずつ下にずらす。このベンチに来るまでも公園の舗道を歩きながら、赤沢和美はしきりにチャンキの身体に触ってきたような気がする。ベンチに腰を下ろしたチャンキのすぐ横にぴたりと密着した赤沢和美は、話しながら何度も顔を近づけてきた。唇は半開きで吐息がかかる。チャンキは思わず視線を逸らす。アダムとイブを出ると同時に急に積極的になった彼女の態度に、実のところ少しだけたじろいでいた。梨恵子とはだいぶ違う。だから実感としては、「キスをした」よりも「気がついたらキスしていた」か「キスされた」に近い。そもそも白山公園に行こうと先に言ったのも赤沢和美だった。これでリードしているといえるのだろうか。何か違うような気がする。

ブラウスの布地越しに、ふくよかに息づく感触が指先に伝わった。指に力を入れるたびに赤沢和美は低く呻き声をあげた。いける。これならきっといける。そう思いながら右手を赤沢和美の膝の上に置き、次に匍匐前進させるかのように、スカートの中へと差し入れた。動悸がこめかみで激しく脈打っている。爪の先がストッキングの生地にひっかかるような感触があった。赤沢和美の右手が手首をそっとつかんだ。ねえだめよ。赤沢和美はかすれた声で言った。十八歳になったばかりで童貞のチャンキにも、このだめは絶対にだめじゃないと自信を持って判断できる甘ったるい声だった。

唇と舌を嚙んだり吸ったりしごいたりしながら、人差指の先をコの字形に曲げて赤沢和美の腹の側からパンストのなかに指先を入れる。肩にまわされた赤沢和美の手に力が加わった。やれるとチャンキは頭のなかでつぶやいた。やれるやれるやれるやれるやれる。指の先がパンストの下に潜り込み、パンティの生地に触れた。赤沢和美が咽喉の奥で声をあげた。アとウの中間のような声だ。火曜サスペンス劇場の再放送やネットのアダルトサイトのサンプルビデオで聴いたことはあっても、現実に耳にするのはこれが初めての呻き声だ。

狭い隙間を必死に動く人差指と中指は、パンティの下の数本の繊維に触れた。繊維の感触は日向の芝のようだった。同時に赤沢和美は身体を硬直させ、さらに奥へ侵入しようとするチャンキの手を両膝で挟みこんだ。

「もう行かなくちゃ」

唇を離し、深々と吐息をついてから赤沢和美は言った。「そろそろ暗くなっちゃうわ」

「まだ行きたくない」

「今日はだめ」

そう言ってから赤沢和美は、何のつもりかチャンキの両瞼に、片方ずつそっとキスをした。たぶん映画でこんなシーンがあったのだろう。川だか下水道に飛びこむ前のチャールトン・ヘストンが、その魅力的な恋人に、こんなふうにキスされていたのかもしれない。

「これは私のルール。初めてのデートでそうなりたくない」

「……そうって？」

「わかってるくせに」

薄闇のなかで、チャンキは歯を剝きだして声をださずに笑った。次はＯＫよということなのだろう。そして笑い終えてから、きっと今の自分の顔は犬に似ていただろうと考えた。マクドナルドの店先で人が通りかかるたびにへらへらにやつきながらくるくる玩具のように回っていた片眼がサニーサイドアップの犬の顔だ。あなたを好きだった自分をあたしは恥じるわ。そう言ってから数秒だけ梨恵子は沈黙した。自分はあのとき何かを言うべきだったのかもしれない。でも言えなかった。口にするべき言葉を見つけられなかったし、一本の指を動かすことすらできなかった。なぜ自分は今、梨恵子のことを考えているのだろう。アーモンドの瞳と何度もキスをしたばかりなのに。

「そろそろ行かなくちゃ」

もう一度言ってから赤沢和美は、ふいに声をひそめる。「そういえば明和のあたしのクラスメートがね、ここで夜、アメリカ人を見たって前に話していたわ」

少しだけ周囲を見渡してから、チャンキは首をかしげる。

「……見まちがいじゃないかな。街灯だってほとんど壊れているし、ここで夜に誰かに会ったとしても、顔はよく見えないと思う」

そう言うチャンキに、「でも身長が二メートルくらいあって金髪だったみたいよ」と赤沢和美は言った。チャンキは考え込んだ。真夜中にこの界隈を完全武装した二人のアメリカ人が徘徊しているという噂は、実際にかなり前からあった。表沙汰にならないだけで、実のところはかなりの数の人が白山公園で行方不明になっているとの説もあった。二人のアメリカ人の正体は欧米の科学者グループがサンプルとして日本人を採集するために雇った傭兵だとも、本国の司法の手から逃れるために日本に密入国した海兵隊かグリーン・ベレー崩れの凶悪な犯罪者だとも言われている。ただしこれらの噂話のほとんどは、学校の昼休みのおしゃべりで誰かが言ったとか聞いたとかのレベルだ。

巨大で狂暴な二人のアメリカ人という設定は噂話のほとんどに共通しているけれど、「どうしてアメリカ人と断定できるのか」と質問しても、きっと誰も答えられないだろう。要するにその程度の噂なのだ。

発生からほぼ二〇年。日本人以外にタナトスの症状が確認された実例は、今のところ報告されていない。外国人には感染しない。つまり彼ら外国人と日本人は、「何か」が根本的に違うのだ。でもその「何か」が「何なのか」がわからない。分子生物学者や遺伝学者や医学者たちが必死に抗体やDNAやニューロンとシナプスの変化や神経伝達物質や脳の活動電位などを比較しながら調べてきたけれど、日本人特有の「何か」はいまだ見つかっていない。

とても不思議な国です。フキンシンと生徒からこっそり呼ばれている（本人は知らない）日本史の矢部は、特に日本の近現代史を教えるとき、度の強い眼鏡の縁に触りながら口癖のようにこれを言う。とても不思議な国です。鎖国をして男は丁髷《ちょんまげ》を結って女は歯を黒く染めていた時代が終わってからまだ二〇〇年も過ぎていないのに、開国後にはあっというまに自他共に認めるアジアの盟主となり、アメリカやヨーロッパを相手に戦争を起こし、同盟国のドイツやイタリアが降伏しても戦いをやめず、結局は東京が焼け野原となって、さらには世界で初めて、そして今のところは最後に、核兵器を投下された国となりました。ところが戦後から数年で経済は驚異的な復興を示し、遂には西ドイツを抜いてGDP世界二位を達成します。まさしく奇跡です。ところがこの少し前に発覚した水俣病が、世界で初めて公式に認定された公害として国際的な問題になります。世界で唯一の核兵器被爆国でありながら、原子力発電所を一時は五四基も保有して、結局は致命的な事故を起こし、世界のエネルギー政策に大きな影響を与えたこともあります。五四基ですよ。世界第三位。こんなに小さくて地震が多い国なのに。どう考えても普通じゃない。極端すぎます。要するにこの国はいつも、一斉傾斜して一つの方向に突き進み、そして大きな失敗を犯すことをくりかえしてきました。だから他国にとってこの国の失敗は、意味ある反面教師となる。それがこの国に与えられた役割なのかもしれないと時おり思います。

いつもは誰も反応しない。だって口癖なのだ。でも先週、「この国に与えられた役割とは何ですか。先生はタナトスのことを仰っているのでしょうか」と副級長の風間裕子が静かな声で質問して、虚を突かれたようにしばらく沈黙してからフキンシンは、「……それはまだわかりません」と下を向いて眼鏡の縁にしきりに触りながら言った。

「私は歴史の教師です。すでに終わったことを君たちに教えることが仕事です。タナトスはまだ終わっていない。だからまだ私の分野になっていません。でも一つだけ言えることは、アジアにおいても世界においても、この国はいつも、いろんな意味で、良い意味でも悪い意味でも突出した位置にあったということです。それは本当に、……近現代史を知れば知るほど実感します」

一匹のサルが突然、甲高い吠え声をあげた。他のサルもそれにつづく。思わず両耳を押さえたくなるほどに大きく、そして不吉な声だった。たまりかねたように立ち上がりながら、「ねえ本当にもう行きましょう」と赤沢和美が少しだけ尖った声で言った。

歩きながらチャンキは後ろを振り返る。檻からはまだ数本の痩せ細った腕が突き出されている。時おり思い出したときに誰かが檻の中を眺め、時おり気が向いたら誰かが湿ったポテトチップスやリンゴの芯やバナナの皮を網越しに投げ入れる。周囲にできることはそれだけだ。それ以上は介入しない。中に入ろうとは誰も思わない。サルたちはいずれ死ぬ。明日かもしれないし、一年後かもしれない。いずれにせよ檻から出ることはできない。彼らにとっては、この隔離された世界がすべてだ。閉ざされている。そして完結している。ここで生まれてここで死ぬ。彼らが閉ざされた世界の外に出ることは不可能だ。

公園の出口で振り返る赤沢和美の表情に、安堵の色が浮かんでいる。土曜に会えないかなとチャンキは訊いた。二度目のデートなら最後までしていいんだよねと確認したいけれど、それは言葉にしないほうがいいだろうと考えた。そのくらいの判断はつく。いいわよ、即座に答えてから赤沢和美は、土曜って明後日よと言って笑い転げた。何がそれほどにおかしいのかチャンキにはわからない。ひとしきり笑ってから赤沢和美は、「ああおかしい、やっぱりあなたってちょっぴり変よ」と言った。「でもあたし、変な人って嫌いじゃないわよ。あたしもちょっと変らしいの」

それほど変じゃないよ、むしろ普通だよ、と言いたいけれど、それも言わないほうがいいかもしれない。たぶん子供のころから可愛いよとか綺麗だねなどと言われつづけてきたから、「ちょっと変よ」は彼女にとってほめ言葉になるのだろう。そんなことを思いながら曖昧に微笑むチャンキをしげしげと見つめてから、赤沢和美は「ねえ、言われない？」と言った。

「なにを」

「トム・クルーズに似てるって」

「一回もないよ。リック・フレアーに似てるって言われたことは二回ぐらいあるけど、トム・クルーズは一回もない」

「リック誰」

「知らないの、アメリカのプロレスラーだよ。チャンピオン」

「今の人？」

「チャンピオンだったのはずいぶん前。ニックネームは狂乱の貴公子」

もう一度笑い転げる赤沢和美を、チャンキはぼんやり眺めていた。綺麗な娘はどんな表情をしても綺麗なんだなと思いながら。二人の後方では六匹のサルが、不満そうな叫び声を断続的にあげている。もう帰るのかよ。一匹が叫ぶ。何もくれないのか。もう一匹が呼応する。ふざけるな何しに来たんだこの二人はキスばかりしやがって。横を歩く赤沢和美にちらりと視線を送りながら、自分は土曜日に彼女と最後まで体験できるのだろうかともう一度考える。二人がひとつになったその瞬間、彼女はどんな表情になるのだろう。ああとかいやとかそこよとか、呻くように言うのだろうか。

明後日だ。チャンキは自分に言い聞かせる。きっと明後日には体験できる。ああとかいやとかそこよとかを耳もとで聞くことができる。これから四八時間タナトスが来なければの話だけど。

土曜の授業をチャンキは放棄した。赤沢和美との約束は午後の四時だから、午前中の授業を受けることはできる。でも朝に目を覚ましてからベッドでしばらく考えて、今日は休もうと決めた。コーンフレークとカリフォルニアオレンジだけの遅い朝食を一緒に食べながら、ところで何であなたここにいるのよとマユミさんがふと思いついたように訊いた。日曜は明日よ、いつからあなたの学校は完全週休二日になったのよ、文科省はゆとり教育をずいぶん前に見直したはずよ。風邪だよ熱があるみたいなんだ。抑揚をほとんどつけずにチャンキは答える。

熱があるの？　まだ微熱だと思うけど寒気がするからこれから上がるんじゃないかな。私は今日は夜遅くまで取材よ。知ってるよ。看病できないからね。大丈夫寝ていれば治る。

しばらく沈黙してから、「……よからぬことを考えてるんじゃないでしょうね」とマユミさんは言った。

「どういう意味さ」

「言葉のままよ」

「仮病だってこと？」

「信じてるわよ、たった一人の息子だもの、でもねあたし、いつのまにかあなたを溺愛しちゃいそうで怖いのよ」

そう言ってからマユミさんは食べ終えた皿を持って立ち上がる。「それでなくても母一人息子一人の母子家庭なんだからね。うちの息子に限って、が口癖のバカな母親にだけはなりたくないのよ」

「なってないと思うよ、少なくとも今のとこは」

「抑えてるからよ。でもね、残念ながらあたしってそういう要素あるみたいなのよね」

「女ってみんなそうだろ。大丈夫だよ、少なくとも今はバカな母親じゃないよ」

皿をキッチンのシンクに入れてから振り返ったマユミさんは、ねえねえそういえば最近隣の犬吠えないでしょ？　といきなり調子を変えて言う。おちんちん切っちゃったんだってさ。唐突な話の展開についてゆけず、チャンキは口いっぱいに頬ばったコーンフレークを吐きだしそうになる。

「去勢したってこと？　ちんちんじゃないよキンタマだろ」

「まあお下劣」

「じゃあ話したのか隣のオバさんと？」

「だからオバさんはやめなさいって言ってるでしょ。廊下で立ち話だけどね、話したら意外と気さくでいい人よ。ねえそこがないってどんな感じかな」

「そこ？」

「そこよ。あそこ。あったものがないってどんな感じなのかな。わたしはこれまでの人生であったことがないからわからないの」

母親が息子にする質問じゃないよなと思いながらチャンキは、「これまでの人生でなかったことがないからわからない」と冷静に答える。

「そうか。わたしはあったことがない。そしてあなたはなかったことがない」

ゆっくりと言ってからマユミさんは、「何かのタイトルになりそうね」と真剣な表情でつぶやいた。笑いながら言うところだろうと思いながらチャンキは仕方なく、「映画とかね」と同意した。

「あらもうこんな時間。そろそろ出かけるわよ。とにかく信用しているからね」

出勤するマユミさんを見送ってからシャワーを浴びて、最近急激に濃くなったような気がする髭を入念に剃った。バスタオルで髪を拭きながら、リビングのテーブルの上に置かれていたタブレット型端末のスイッチを入れてテレビ画面に切り替える。新人アイドルのユキエちゃんは幼稚園の学芸会でとんでもない失敗をしでかしてお母さんを赤面させました、さてとんでもない失敗とは何でしょう。下ぶくれの司会者が満面に笑みを湛えながら言う。眼ばかりが異様に大きい女性アシスタントが正解を書いたプラカードを客席に見せる。客席からは大きなどよめきと笑い声が起こる。司会者の隣に腰を下ろした新人アイドルのユキエちゃんがアップになり、肩をすくめてぺろりと舌をだす。ひな壇に並んだ若手芸人たちが、客席の反応に大仰に首をひねりながら頭を抱える。誰かがぼける。残りの芸人が手をたたいて笑う。

……質の低い娯楽番組があまりに氾濫しすぎていると、数日前の日本史の授業でフキンシンが言っていた。その前に一人ひとりに配布されたのは、プリントされた毎日新聞電子版の社説だった。かつてテレビは斜陽産業と言われていた。特にネットが広まり始めた二十一世紀初頭、若年層を中心にテレビ離れが急激に進行した。でもその後にタナトスが始まって蔓延する過程と並行して、テレビは再びその地位を取り戻した。受像機の主流はパソコンに移ったけれど、人々はテレビなしではいられなくなった。ただし娯楽番組がほとんどだ。いわゆるスタジオバラエティやグルメ番組。ただ笑うだけ。ただ消費するだけ。あとにはなにも残らない。なにも深まらない。スポーツや芸能を別にして、報道と教養番組は地上波テレビからほぼ消えた。つまり現実からの逃避なのだろう。

でも考えてほしい。癌を宣告された人の一〇〇パーセントが現実逃避するわけではない。死期を宣告されると同時にそれまで漫然と眺めたり接したりしてきていた風景や人の心遣いが、かけがえのないほど愛おしく、また充実して見えるようになる。ましてや日本民族はまだ癌と確定されたわけではないのだから、世界が日本に注目している今このときこそ日本民族の誇りと伝統を再認識すべきなのだと、毎日新聞電子版の社説は訴えていた。その個所を読みあげてからフキンシンは、「日本人の誇りと伝統はともかく、確かに日本人は世界で最もテレビが好きな国民になったと私も思う」と言った。理由はわかるかな。何も考えずに済むからだ。テレビは人から思考を奪う。情報をわかりやすく加工してから提供する。視聴者はただ口を開けて飲み込むだけ。咀嚼はほとんど必要ない。だからテレビはこの国でかつての地位を取り戻した。テレビが勝手に変わったわけではない。社会が変わったのだ。ここを勘違いしないでくださいね。

……正解は舞台でオシッコを洩らしたでした、どんなにかお母さんは赤面なさったことでしょう、さて今日はそのお母さんにスタジオまでお越し願っています、それではお母さんどうぞ！　ええ、嘘オ、やだあ！

タブレット型端末のスイッチを切ってから、洗面所に行ってもう一度歯を磨いた。髭剃り跡を点検しながら、久しぶりの隣の何とかテリヤだか何とかスパニエルだかの啼き声に気づく。以前と比べて声が微妙に変化していた。怒りが哀願に変わっていた。鏡に向かって思いきり舌を出しながら、キンタマがない自分に気がついたんだとチャンキは思う。ないという事実はつらい。恋人と妻のどちらが自分にとって必要なのかわからなくなったチャールトン・ヘストンは救いようのないバカだ。失うことのつらさが全然わかってない。失って初めて大切さに気づくならば、結局それにはそれだけの価値しかなかったということだ。なかったことはこれまでないにしても、ないことを想像することくらいはできるはずだ。今さら泣こうがわめこうが、切除されたキンタマは絶対に戻らない。生えてもこない。ならば大切なのは残された時間をどう生きるかだ。泣いたり怒ったり恨んだりする余裕はない。だっていつタナトスに捉えられるかわからない。おまえが今考えるべきは、キンタマなしの人生をどのように過ごすかだ。

ストッキングの中に滑りこもうとしたチャンキの右手首をそっとつかみながら、「あたしね、昨夜から女の子になっちゃったのよ」と赤沢和美はかすれた声で言った。「女の子」の言葉の意味がしばらくわからなかったチャンキは、上体を起こしてからぼんやりと赤沢和美の顔を眺める。どういうことだ。本当は男の子だったのか。実はおちんちんとキンタマがあったのか。去勢されたのか。でも昨夜からとはどういう意味だ。

「わかんない？　あれよ、予定では明後日くらいだったんだけど始まっちゃったの」

一瞬の間を置いてから、ああそうかあれか、とチャンキは弱々しくうなずいた。野鳥の鳴きかわす声がすぐ頭上から響く。……ああそうか。あれなのか。だから出会ってすぐに白山公園に行こうと言ったとき、すぐに返事をしなかったのか。

「ごめんね、がっかりした？」

「うん、……いや――」

握りしめたチャンキの右手を顔の前まで持ってくると、赤沢和美は音をたててその小指を吸った。野鳥がまた鳴いた。指から口を離した赤沢和美はゆっくりと眼を開けて周囲を見回し、人影のないことを確かめてから、ね、つらい？　と訊ね、チャンキの答えを待たずに、つらいよね指でしてあげようかと耳もとでささやいた。

　指でしてあげようかの意味を理解すると同時にチャンキは、「いや、それはいい」と答えていた。数秒の間を置いてから赤沢和美は、「それはいい？」と口の中でくりかえした。言葉の意味がよくわからないというような表情だ。だからチャンキはもう一度、「うん。それはいい。大丈夫だから」と言い、赤沢和美は視線をチャンキの膝に移しながら「ふーん」と言った。しばらく気まずい時間が過ぎてから、「……無理しなくていいのに」と赤沢和美が言った。一昨日に「これは私のルール」と言ったときと語調が似ていた。何となくイラついた気分になって、「無理はしていない」と言ってからチャンキはベンチから立ち上がり、息を止めて目の前にある檻へと歩み寄った。梨恵子は今どうしているのだろうとふと思う。そして自分はいま何をしているのだろう。梨恵子はもう僕のことなど考えていない。思いだすことすらない。終わったのだ。もう戻らない。

　かさかさと足もとで音がする。袋の口が開いたカルビーのポテトチップスだ。中身は半分ほど残っている。昼に親子連れでも来て檻の中に投げ入れていたのかもしれない。摘み上げた袋の中に右手を入れたチャンキは、ひとつかみの湿ったポテトチップスを檻の隅めがけて何度も投げこんだ。仔ザルを抱いた二匹の雌ザルを取り囲むように四匹の雄ザルがいた。ポテトチップスが投げこまれるたびに、雄たちは見苦しいほどの興奮状態で歯を剝き出し奇声をあげて糞便を踏み散らかしながら、檻の内側を走り回った。よこせ。俺のだ。ふざけるな。殺すぞ。そこをどけ。……袋の中身がほとんどなくなりかけたとき、背後から赤沢和美が、「ねえ、もう行こうよ。暗くなっちゃうわよ」

とつぶやいた。その声には明らかに、うんざりしたという気配がある。

投げこまれたポテトチップスのほとんどは、走り回る雄ザルたちに一瞬のうちに食べつくされていた。二匹の雌ザルは仔ザルを抱えたまま蹲ったその位置からほとんど動かない。動きたいのだが動けない。片手を伸ばしてやっと届く距離に落ちた幾片かのポテトチップスにおずおずと手を伸ばすたびに、周囲の雄ザルたちは鼻のつけねに皺をよせて威嚇の声をあげた。抱きかかえられた仔ザルの頭ががくがくと上下に揺れている。眼窩《がんか》が黒くぽっかりと落ち窪んだ顔が一瞬こちらを向いた。

「ねえちょっと、あの仔ザル……」

近づいてきた赤沢和美が語尾を飲みこんだ。曖昧にうなずきながらチャンキは、最後のひとつかみのポテトチップスを思いきり檻の中に投げ込んだ。二日前には仔ザルは確かに生きていた。二匹とも針金細工のように細い手足をぶるぶると震わせながら、母親の痩せた乳房に必死にむしゃぶりついていた。それから四八時間のあいだに仔ザルは生命活動を停止した。もしかしたらつい一時間前、檻のすぐ前に置かれた朽ちかけたベンチの上で赤沢和美が女の子になっちゃったことをまだ聞かされていないチャンキがキスに熱中しているそのあいだに、二匹の仔ザルはひからびた紐のような乳房に必死に吸いつきながら力つき、ひっそりと息絶えたのかもしれない。

檻の中にはポテトチップスの欠片すら残されていない。母親になりそこねた二匹の雌ザルはしきりに指先を舐めながら、乾いた棒のように四肢が硬直した仔ザルをそっと抱き直し、それぞれ毛づくろいを始めていた。

……サルたちを眺めながら、次々と産まれてくる子供が大切な栄養源になっているという噂をチャンキは思いだしていた。もちろん論理としては矛盾している。エントロピーや熱力学第二法則を持ち出すまでもなく、そんな循環はありえない。いずれにせよこんな環境で子供が育つはずがない。死骸は食べなきゃ腐るだけだ。日本のサルは檻に隔離され、日本の民族は列島に隔離される。檻に隔離されたニホンザルは日本人に見つめられながら子供を栄養源とし、そして島に隔離された日本人は「女の子になっちゃったのよ」と言われて湿ったため息をつく。指なんてぜったいに嫌だ。だって初めての体験なのだ。

そのとき背後の藪《やぶ》の中で、小技を踏みしだくような微かな足音が響いた。振り向いたチャンキの視線が、赤沢和美のおびえたように見開かれた視線と交差した。藪の中は薄暗く人影を確かめることはできないが、何人かが息を殺しながら動きまわっているような気配が確かにある。

しまった。

そう思うと同時に、呼吸がうまくできなくなった。赤沢和美の顔が歪んでいる。綺麗だけど歪んでいる。だから言ったじゃないと無言で訴えている。チャンキは周囲を見渡した。陽はいつのまにかほとんど沈みかけている。きっとすぐに暗くなる。気配は少しずつ、だが確実に二人を包囲するように近づいている。この状況はまずい。絶対、確実に、相当まずい。

「合図をしたら全速力で逃げるんだ」

赤沢和美の耳もとに顔を近づけてチャンキはささやいた。四年前にクラスメートを惨殺した犯人は、狂信的な宗教集団であるとか日本に密入国した海兵隊かグリーン・ベレー崩れの凶悪な男たちなどと噂されたけれど、結局は今も不明のままだ。その後に事件は起きていないけれど、クラスメートを猟奇的に惨殺した犯人たちが今もどこかにいることは確かなのだ。

「檻の後ろに抜け道がある。思いきり走れば間違いなく逃げられる」

小声ですばやくささやいたが、赤沢和美の反応はない。思わずその顔を覗きこむチャンキの眼に、恐怖に虚脱したように見開かれたアーモンドの瞳が映った。視線を前方の藪に戻しながら、逃げきることは無理だとチャンキは絶望的に思う。抜け道を必死で走ったとしても、公園の出口までは一〇〇メートル近くある。仮に赤沢和美の意識がしっかりしていたとしても、何人もの追跡者を女の足で振りきることは不可能だ。視線を周囲に巡らせながら武器になりそうなものを捜すが、棒一本見つからない。ただならぬ気配を察したかのように、檻の中の一匹のサルが、ふいにけたたましい声をあげた。

　数人の黒い影がゆっくりと藪の中から現れた。チャンキは汗ばんだ手のひらをジーンズの布地で拭う。先頭の男らしき影が一歩前に進みでる。四人がそのあとにつづく。暗くて表情まではわからないが、髪の色は五人とも黒い。つまり海兵隊かグリーン・ベレー崩れの欧米人である可能性は低い。さらに五人とも同じような形の服を着ている。色はやっぱり黒。おそらくは背広か学ランだ。そこまで観察し終えてから、チャンキは小さく肩で息をついた。どちらかといえば安堵の吐息だ。五人全員が学ランを着ているとするならば、このあたりを徘徊している工業高校のワルたちである可能性が高い。頭の中は空っぽだ。しかもシンナーで脳細胞が溶けかけている。眼をくり抜かれたり血を抜かれたり祭壇に供えられたりすることはないだろうけれど、このままあっさり二人を帰してくれるとは思えない。五つの影はゆっくりと近づいてくる。早く逃げないと。

　そのとき左横の思いもかけない距離と方向から、すぐ背後にいたはずの赤沢和美の悲鳴が聞こえた。振り返ろうとしたチャンキの下腹に、真横から何かが深々と突き刺さった。

　地面に膝をついたチャンキは、下腹を抑えてのたうちまわった。男が横にいる。下腹にめりこんだのは硬そうな革靴の先端だ。ひょっとしたら喧嘩用に鉛でも入れているのかもしれない。気づかなかった。前から来る五人に気をとられているあいだに、後ろからも何人かが近づいていたらしい。揺れる視界の端を、駆け寄った別の男に手首をつかまれて羽交い締めにされる赤沢和美の姿が一瞬横切った。激痛をこらえながら立ち上がりかけたチャンキの無防備の顎に、横から誰かの右フックがきれいに入った。夜空が回り、瞼の裏が白くなった。倒れこむと同時に、横腹を左右から交互に何発も蹴り上げられた。

芋虫のようにごろごろと地面を転がりながら、苦痛と恐怖でチャンキは震えあがった。男たちは無言だった。無言で正確だった。こいつら本気だ。おまけに見事なほど手慣れている。下手をすると今夜自分は半殺しにされる。そして（女の子になったばかりの）赤沢和美は（女の子になったばかりなのに）ぼろ布のように犯される。

そのとき蹴りがまともに顔に入った。一瞬気が遠くなりかけたチャンキの目に、倒れこんだ赤沢和美の上に馬乗りになる二人の男の影が映る。布が引き裂かれるような音が闇に響く。それとも赤沢和美の悲鳴だろうか。助けないと。でも身体が動かない。激痛で胃の中のものを戻しそうだ。膝をついて立ち上がることすらできない。

「ちょっと待て」

すぐ傍らで誰かが低くささやいた。ずっと無言だった彼らが初めて口にした言葉だ。

「誰かいる」

同時に周囲の動きがぴたりと静止した。血の泡を唇の片端から垂らしながら、チャンキは顔を上げる。すぐ目の前に黒々とそびえる檻の中では、さっきまで大騒ぎしていたはずのニホンザルたちが、虫の蛹《さなぎ》のような形になって、金網の内側にじっと貼りついている。

俯せの姿勢のままトカゲのように腕で上体を支える姿勢をとろうとして、すさまじい激痛にチャンキは低く呻き声をあげる。右手の小指が外側に向かって、異様な角度でぐにゃりと折れ曲がっていた。

そのとき一本だけ点いていた街灯の下の藪が、音をたてて数回揺れた。まるで巨大な肉食獣が現れる直前のように、唐突で大きな動きだった。動きを止めた工業のワルたち全員の視線が、街灯の下の一点に集中している。でも藪はそれきり動かない。虫の声がすぐ耳もとで聞こえている。舌の先にざらつく異物感があり、チャンキは血に染まった何かを地面に吐き出した。たぶん歯だと思うけれど、それを確かめる勇気はない。

ベンチの傍で半裸のまま蹲る赤沢和美の横に立つリーゼントが、沈黙にたまりかねたように藪に向かって、「出てこいこら！」とかん高い声で絶叫した。裏返りかけた語尾は子供の声のようだ。集団でいるときはヤクザすらよけて通ると言われている工業のワルたちだけど、年齢的には第二次性徴期を終えたばかりだとしても不思議はない。本当なら家で両親と一緒にテレビ見ながら夕飯を食べて三杯目のお代わりにあらあらすごいわねえと微笑まれる年頃だ。でも彼らは夜中に公園を徘徊する。徘徊しながら見つけた誰かを殴ったり蹴ったり犯したりする。何かが不自然だ。何かを無理している。そう思いながら頭を振れば、耳の奥でがさがさと小石が転がるような音がする。困ったな。頭蓋の内側の骨の一部でも欠けたのだろうか。再起不能になるかもしれない。そのとき藪がまた揺れた。明らかに藪の中に何かがいる。何かが枝をかき分けながら現れようとしている。金網の内側にへばりついていたニホンザルたちが一斉に叫び始め、藪の横にいた五つの影が後ずさる。

小枝を踏みしだきながら、巨大な影がのっそりと二つ現れた。誰かが短く息をのむような声をあげる。街灯で影が滲みながら逆光になっていることを差し引いても、二つの影は共に二メートル近くあった。一つの影がもう一つの影の耳もとで何事かささやき、もう一つの影は大きくうなずきながら、さらに数歩足を進めた。影はさらに大きくなった。まるでＣＧアニメを観ているようだ。

「コレイジョウハダメデス、オシマイニシナサイ」

ゆっくりと周囲を見渡しながら、よく響くバリトンと不思議なイントネーションで、巨人は言った。これに応えるようにサルが甲高い金切声をあげる。巨人はもう一歩前に進み出た。街灯の灯りの下に、唇を真一文字に結んだアーノルド・シュワルツェネッガーの顔が、ゆっくりと浮かび上がった。

数秒後、工業高校のワルたちは一人残らずその場から姿を消していた。二人の巨大なアメリカ人が真夜中に公園内に出没するという噂はデマではなかった。デマどころか現れた二人のうち一人は、未来からタイムトラベルしてきた最強のアンドロイドであり、地球外生命体のプレデターと闘って勝利したコマンドー部隊指揮官であり、有史以前の時代に侵略者タルサ・ドゥーム一派と戦った勇者コナンでもあるアーノルド・シュワルツェネッガーなのだ。まさしくアメリカを体現するタフで強靭な肉体と精神を持つ男は、地面を這うことをあきらめたチャンキに無表情のままゆっくりと近づいてきて、顔のすぐ横で片膝をついた。巨大なワークブーツが視界の半分を覆っている。それからチャンキの肩に腕を回して抱え起こしながら、「アンシンシナサイ、タスケル」とアーノルド・シュワルツェネッガーは低い声で言った。

その声の方向に顔を向けながら、蹴られた右眼がほとんど視力を失っていることにチャンキは気づく。左眼を閉じると闇になる。不思議なことに恐怖感はない。感覚の回路が麻痺しているのかもしれない。たぶん奥歯が折れて右手の小指の関節は逆に曲がっているのに、痛みもほとんどない。でも歯や指はともかく眼はちょっとまずいかもしれない。

もうひとりの見事な鷲鼻で金髪がくしゃくしゃにカールした男は、ほぼ素裸にされていた赤沢和美の傍らで、困ったように立ちつくしていた。その裸の肩に自分が着ていたトレンチコートを羽織らせようとするのだが、パニック状態の赤沢和美は男の腕が伸びるたびに短い悲鳴を断続的にくりかえすばかりなのだ。あなたが行ってあげればいいんだ、チャンキはアーノルド・シュワルツェネッガーにそう伝えたかった。あの娘はチャールトン・ヘストンとあなたの大ファンなんだから、あなたの顔を見ればきっと安心するよ。しかし左右に振るたびに幾つもの小石がざらざらと転がる音がする空っぽの頭では、いくら考えても適当な英語構文がでてこない。You had better じゃなくて You should のほうがいいんだっけ。それとも Please とお願いすべきなのだろうか。

考えつづけるチャンキの腰に手を回したアーノルド・シュワルツェネッガーは、ゆっくりとチャンキの身体を担ぎあげた。ありえないほどの怪力だ。もしも柔道の試合をしたら、組み合うと同時に持ち上げられているだろう。

地面から両足のつま先が離れると同時に、止まっていた時間が解凍されたかのように痛覚が甦った。右の足首がありえない角度で捩れながら左右にぶらぶらと揺れている。いつ折れたのだろう。まったく記憶がない。激痛に呻き声が洩れた。「アンシンシナサイ、タスケル」、アーノルド・シュワルツェネッガーは再び同じ日本語の構文をくりかえした。同時にチャンキは、甘ずっぱい腋臭の匂いが漂うアーノルド・シュワルツェネッガーの広い背中で、意識を失っていた。

「あーのるど・しゅわるつぇねっがー?」

病院の処置室で意識を取り戻したチャンキに、明和の校章が入ったジャージ（おそらくカバンの中に入っていたのだろう）に着替えた赤沢和美は、ぼんやりとした口調で言った。

「何のこと？　何を言ってるの？」

「見たんだろ、あいつの顔」

少しだけ間を置いてから、「だってここまで、彼らが運転する車に乗せられて来たのよ」と、赤沢和美は何となく投げやりな口調でつぶやいた。

「だから見たよね、あいつの顔」

赤沢和美は答えない。ゆっくりと視線をチャンキから外す。もう一度「見たよね」と訊こうとして、赤沢和美の唇の下が微かに青黒く変色していることに気がついた。でも他にはこれといった外傷はないようだ。相変わらずとても綺麗だけど、ジャージ姿のせいか少しだけ幼く見える。数秒が過ぎてから、視線はチャンキから逸らしたまま、「見たわよ、それで？」と赤沢和美は小声で言った。

「それで？」とチャンキは赤沢和美の言葉をくりかえした。

「それで何？」

「……だってアーノルド・シュワルツェネッガーだったよね」

赤沢和美は無言で短くため息をついた。がちがちに包帯を巻かれた右手を動かそうとしてチャンキは小さく呻く。包帯は頭と右足にも巻かれていて、ドラゴンクエストに出てくるミイラ男のモンスターを思いだした。

「マミーみたいだ」

思わずそうつぶやくチャンキに、「何のこと？」と赤沢和美が言う。

「何でもない」

「言ってください」

不意に丁寧語を使われて少しだけ面喰らいながら、「……ドラクエのモンスターだよ」とチャンキは言う。ドラクエ？　と口の中でくりかえしてから、「どうして今、こんなときに、そんな話になるのよ」と赤沢和美は強い調子で言った。

「何を言っているのかわからない。もういい加減にしてほしい。何でアーノルド・シュワルツェネッガーなの？　本気で言ってるの？　どうかしている。頭がおかしいよ」

そのとき扉が開き、白衣の上に紺のカーディガンを羽織った若い女性看護師が、治療用具を載せたワゴンを押しながら現れた。深夜だというのに彼女は濃い化粧をしていた。アダルトビデオに出てくる色情狂の看護師のように、白衣が借り物のようで様になっていなかった。

点滴液がなくなりかけていることを確認してから、看護師はチャンキの左腕から無造作に点滴の針を引き抜き、右眼の湿布を取り替えながら、「お家に連絡しておきました」と冷静な声で言った。実はとても有能な看護師なのかもしれない。声には少なくとも色情狂の気配はない。

「お母様がすぐいらっしゃるそうです」

「眼が見えないんですけど」

チャンキは言った。少しだけ眼を見開いてから看護師は、「だって今、眼に湿布をしているのよ」と言った。

「超能力者なら別だけど普通は見えません。でも大丈夫、たぶん眼はたいしたことはないと思います。心配なのは頭です。意識を失うってあまりいいことじゃないのよ。吐き気はないですか」

首を横に振るチャンキの口の中に何錠かの薬を放りこみ、とりあえず今夜はここで寝てもらいます、夜中に痛みどめがきれるかもしれないけれど、ぎりぎりまで我慢してくださいね、明日の朝に病室に引っ越しますと言ってから、彼女はふいに騒がしくなった扉の外にちらりと視線を送る。頭の中で小石が転がっていたことを伝えるべきかどうか考えながら、チャンキも扉の外を見る。半分ほど開いた扉の隙間を、白衣姿の医師や看護師たちがストレッチャーを押しながら小走りに横切った。

「……またタナトスです」

ベッドの傍の赤沢和美に視線を戻してから、うんざりしたように看護師はつぶやいた。表情が別人のように険しくなっている。

「今夜はこれで六人めよ。満月の夜には多いんです。しかも今運ばれていった六人めはこの病院の看護師よ。二時間前には一緒にナースルームで三色団子食べていたのに……」

そこまで言ってから、彼女はふいに黙り込んだ。両手はてきぱきとチャンキの身体に巻かれた包帯や湿布を換えながらも、身体の奥底から込み上げる何かを必死に押し戻しているかのように、じっと上の歯で薄い下唇を嚙みしめている。

ドアが閉められ、化粧の濃い看護師が押すワゴンの音が遠ざかってから、チャンキは赤沢和美に、「赤沢さんは怪我はないの?」と訊ねる。ゆっくりと吐息をついてから、「今ごろ気になったの」と赤沢和美は言った。少しだけ跳ね上がった語尾には明らかな刺がある。でも確かにそうだ。最初に訊くべきだった。チャンキは「ごめん」とつぶやいた。

「どうして公園になんか誘うのよ」

「公園?」

「どうかしている。危険だと思わないの」

最初に誘ったのはそっちじゃないかと言いたいけれど、それは口にするべきではないだろう。チャンキはもう一度だけ「ごめん」と言ってから口を閉ざした。赤沢和美も黙りこんでいる。重苦しい沈黙がしばらくつづく。顔は動かさずに眼の動きだけで赤沢和美の横顔を見ながら、ほんの数時間前まで自分たちは熱っぽいキスを何度もしていたんだとチャンキは考える。それなのに今のこの距離は何だろう。指でしてあげようかとも言われた。もしもあのときにうんと答えていたら、自分は彼女の手の中で射精していたはずだ。なぜ拒絶したのだろう。自分でもよくわからない。もしもあのとき拒絶しないでうなずいていたならば、今のこの状況はどうなっているのだろう。二人の距離は違っているのだろうか。あるいはやっぱり同じように責められているのだろうか。

「これだけは説明してよ」

やがて顔を上げた赤沢和美は言った。チャンキはあわててその横顔から視線を逸らす。いつのまにか激しく勃起していることに気がついたのだ。でも気持ちは何となく冷えていた。気持ちが冷えているのに勃起していることが不思議だった。それともチンチンに血液が集中したから気持ちが冷えたのだろうか。

「あのアメリカ人たち、あなたと知り合いなの?」

「ごめん、何だって」

「ごまかすの」

「そうじゃない。ちょっと考えごとをしていたから……」

「あのアメリカ人たちとあなたは前から知り合いだったの」

「まさか」とチャンキは言った。「初めて会った奴らだ。アメリカ人だかドイツ人だかも知らない」

「初めて会った外国人と、何であんなに親しそうにしてられたのよ」

「親しそうになんかしてたかな」

少し驚きながらチャンキは訊き返す。赤沢和美は短い吐息をつく。

「おびえているふうには全然見えなかったわよ」

「だからさ、アーノルド・シュワルツェネッガーだと思ったからさ」

「さっきはドイツ人かもしれないって言ったじゃない」

「ドイツ人かもしれないなんて言ってない。シュワルツェネッガーじゃないならドイツ人かもしれないとは思ったけれど」

言いながら自分が何を言っているのかわからなくなった。勃起はとっくに収まっているけれど、気持ちはどんどん冷えてくる。自分は本当にバカで頭の中が空っぽなのかもしれないと悲しくなりかけたとき、処置室の扉が音もなく開いた。その場に立ちつくすマユミさんに、赤沢和美は無言で会釈をした。怪我は必ず治るわ。ベッドに横たわるチャンキと赤沢和美の顔を交互に見比べてから、黒のサマーセーター姿のマユミさんは、赤沢和美に向き直って早口に言った。「だけど問題はあなたよ」

赤沢和美は答えない。少しだけ唇の先をとがらせながら、ゆっくりと窓の外に視線を送る。微かに苛立ちを滲ませた声でマユミさんが言った。

「ねえ。大丈夫なの？」

「……大丈夫です、あたしなら」

マユミさんから視線を逸らしたまま、赤沢和美は一言だけ答えた。

「お家のかたに連絡しなくていいのかなあ」

赤沢和美が帰ったあとにマユミさんが言った。

「いくら怪我がないといってもさ、あたしの立場としては、向こうの家の方にまったく挨拶しないってわけにはいかないんじゃない？」

「家族に今夜のことを話す気はないみたいだよ」

「話す気はなくたって、娘が強姦されて気づかない母親なんていないわよ」

「されてないよ、されかかったんだよ」

「母親にとっては同じことよ。制服もぼろぼろにされたんでしょう？　気づかないはずがないと思う」

「腹が減ったよ、何かないの」

「腹が減った？　二ヵ所も骨折して失明しかけて脳波の検査を受けて連れの娘は強姦されかけたその夜に君は腹が減ったの？」

「要素としてはもうひとつあるよ」

チャンキは言った。

「病院に運んでくれたのは二人のアメリカ人なんだ」


ベッドサイドの椅子に腰を下ろして病院の前のコンビニで買ってきたリンゴの皮をペティナイフで剝きながら、「確かに綺麗な娘よね。でも申し訳ないけれど、ちょっと勘は鈍そうよ」とマユミさんは言った。チャンキは顔を上げて、「勘？」と訊き返した。マユミさんはゆっくりとうなずいた。

「何でそう思うの」

「だから勘よ」

「……そうかな」とつぶやきながら、チャンキは女の子と勘について考える。確かに赤沢和美は勘の良いほうではないかもしれない。でも仮にそうだとしても、勘の良い女と悪い女、幸せになるのはどちらだろう。

「どっちかな」

「何が？」

「何でもない」

「……これは参考意見として聞いといて欲しいんだけど、あたしは梨恵子ちゃんのほうが好きよ」

「好き嫌いは今関係ないだろ」

「だから参考意見って言ったのよ」

数秒の間をおいてから、チャンキは「さっき驚かなかったね」とつぶやいた。

「何が？」

「アメリカ人に助けられたって言ったのにさ」

「さっきはアメリカ人に運ばれたって言ったわよ」

「助けられて運ばれたんだよ」

「同じ人間よ。助けたとしても不思議じゃないわ。まあ実はここに来る前に、息子さんにはアメリカ人の知り合いがいるのかとかいろいろ訊かれたから、何があったかはだいたい知っていたわ」

「訊かれたって誰に？」

「刑事さんよ。三人いたわ」

「刑事が三人？　何だそれ」

「病院の人が通報したらしいから」

「通報？　わざわざ？」

「まあ、当然じゃない」

「……で、何て答えたの？」

二個めのリンゴの皮を剝きながら、マユミさんは答えない。

「フォークがないわね、君の手はきれい？　きれいなわけないわね」

「ねえ、何て答えたの」

「アメリカン・ニューシネマが好きなことは知ってるって答えたわ。『イージー・ライダー』とか『いちご白書』とか『ワイルドバンチ』とか。『ランボー』は違うんだっけ」

『ランボー』は時代が違う、ただ、ジャンルとしてはアメリカン・ニューシネマに入る。パート1はね。２以降はただのアクション映画になっちゃったけれど。」

「とにかくアメリカン・ニューシネマは好きよね」

「好きだけど意味ないじゃん」

「だって他に何て言えばいいのよ」

無表情に言いながらマユミさんは、皿に並べたリンゴを一切れ口の中に放り込み、次にチャンキの口の前に差し出した。

「うん。なかなか甘いわよこのリンゴ。その刑事がね、君が回復したら一度話を聞きたいんだって」

「……もしかして迷惑かけちゃうかな」

「何が？」

「息子がアメリカ人と通じてるなんて噂が広まったら、会社にいづらくなるとか引越しなくちゃならなくなるとかさ」

「そんなことないよお、気のまわしすぎよ。だいいちアメリカ人だかスウェーデン人だかもはっきりしてないでしょ」

「ドイツ人かもしれない」

「ねえ食べかたが変よ」

「こっちの奥歯折れちゃったんだよ」

「涙がでるほど親孝行ね、差し歯って高いのよ」

「奥歯は保険が利くってさ。……ねえリンゴなんかじゃなくってさ、もうちょっと腹にたまるもの何かないのかな」

マユミさんは答えない。俯いたまましゃくしゃくとリンゴを食べている。聞こえなかったのだろうかと思いながらマユミさんの顔を覗きこもうとして、その頬を伝う涙に気づき、口にしかけていた言葉をチャンキは噛み砕いたリンゴの破片と共に飲みこんだ。

時間だけが静かに過ぎる。リンゴの甘みはまだ舌の上に残っている。マユミさんは無言で洟《はなみず》をすすりながらリンゴを食べつづけている。ずるずるしゃくしゃく。ずるずるしゃくしゃく。……流れていた涙の意味はわからない。とりあえず大事に至らなかったことへの安堵なのかもしれないし、トラブルばかりを起こす息子に絶望しかけているのかもしれない。あるいは久しぶりに病院に来たことで、夫が死んだときのことをフラッシュバックのように思いだした可能性だってある。何でもありだ。でもたったひとつ確かなことは、ずるずるしゃくしゃくと音をたてながらマユミさんは、じっと何かを耐えているということだ。

みんな耐えている。こらえている。無理をしている。マユミさんも、三色団子を食べていたのに……と言ってから黙り込んだ厚化粧の看護師も、医師も刑事たちも、もちろん赤沢和美も彼女なりに、主婦もサラリーマンも老いた人も工業のワルたちも、戸張農林の柔道部員たちも商業の女子生徒たちもアダムとイブにいたサラリーマン二人も、みな何かを必死にこらえている。耐えながら生きている。

自らの命を自らが絶つことが摂理になりつつあるこの国では、自然に生きてゆくことが難しい。だって自然な感情が自分でもわからない。笑うときも怒るときも、きっと何かを無理している。多くの人が暴力的な自分への殺意に悶えながら生涯を終える。自然な感情はひとつだけ。不安と恐怖に怯えながら耐えることだけだ。

リンゴを食べ終えたマユミさんがサマーセーターの袖で素早く頬を拭いながら、「おなかすいたって?」と小声で言った。

「……そうでもなくなってきた」

「ならば今夜はリンゴだけで我慢しなさい」

チャンキは小さくうなずいた。確かに胃にこれ以上のものを入れないほうがいいような気がする。

バッグを手にしながらマユミさんが立ち上がる。半開きの扉の外を、ストレッチャーに乗せられた(おそらくその夜七人めのタナトスの)患者が運ばれていく。

5　ヨシモトリュウメイ、チャンキを見舞う「時おりカメ地区に行きます」

病院に担ぎ込まれてから一週間が過ぎた。いちばん重傷が予想された右足首も単純骨折と診断され、手術はせずにギブスで固めるだけの処置で済んだ。アニマル小早川とナシメは二回ずつ、藤田や正明、ヒロサワたちは一回ずつ見舞いに来た。副級長の風間裕子は全科目のノートを持って三回訪ねてきた。平均すれば二日おきだ。ヨシモトリュウメイは二回来た。正確に言えば病室の入口に立ってこちらを窺っているところを二回目撃した。いずれも眼が合った次の瞬間には消えていた。予想通りではあるけれど、赤沢和美からは一度の電話すらなかった。

八日めの面会時間がそろそろ終わるころ、松葉杖をつきながら洗面所で歯を磨きトイレをすませて病室に戻ってきたチャンキは、ベッドの周囲を囲むカーテンに手をかけたその姿勢のまま、約三秒静止した。

ベッドのすぐ傍の椅子に腰を下ろしていた梨恵子は、立ちつくしたままのチャンキをゆっくりと振り返りながら、小さな声で「おっす」と言った。そして黙ってうなずくだけのチャンキの顔を真下からつくづくと眺めてから、「顔色はいいみたいね」とつぶやいた。

「……病気ってわけじゃないから。マユミさんに聞いたのか」

「電話でね、こだわるタイプじゃなかったら行ってあげてって言われたわ。歯を磨いてきたの？」

「うん」

「じゃプリンはだめね」

「明日食べるよ」

「悪くなっちゃうわよ。冷蔵庫ないんでしょ、何人いるんだっけ」

「何が」

「入院している方よ、この部屋に。ベッドは八つあるみたいだけど、チャンキ以外に何人いるの」

「……五人、じゃないな、昨日一人退院したから四人だ」

「オーケー、あなたを入れて五人ならちょうどいいわ」

膝の上のプリンの箱を持って梨恵子は立ち上がる。隣のベッドには元ハンコ職人だとかいう老人が入院している。いつも仏頂面のその老人が、梨恵子にプリンを勧められて嬉しそうな声をあげている。その隣はバイクで四トントラックの下に滑りこみながら太腿の単純骨折で済んだ三十代のサラリーマン。その向かいは酩酊してマンションの階段を転げ落ちたという駅前のステーキハウスのチーフコック。その隣は仕事中にタナトスの発作に襲われて足場から飛び降りたという中年の鳶職人。その向かいはヘルニアの手術をしたばかりの頭の悪そうなサーファー大学生、……プリンを口に頬張ったままチャンキは顔を上げる。しまった。自分を入れれば六人だ。

空の紙箱を左右にぶらぶらと振りながら戻ってきた梨恵子は、「どうすんのよ、知らないわよ、あたし」と小声でささやく。チャンキも小声で返す。

「残ったの誰だ」

「知らないわよ、手ぶらでカーテン開けるわけにいかないでしょ。いちばん奥のベッドよ」

「寝てたんじゃないかな」

「しっかり灯りはついてたよ。次は俺の番だって絶対息をひそめて待ってたわ。どんな人？」

「奥のベッドなら大学生だ。彼女が二人いるみたいで、このあいだかち合って大騒ぎになってた」

「その人、かっこいい？」

「頭んなか空っぽみたいな奴だぜ」

言ってからチャンキは短く息をつく。

「ため息ついたの今？」

「他人のことなんか言えないと思ってさ」

「何のこと？　あなた、頭のなか空っぽなの？」

とぼけやがってとチャンキは思う。これだけ派手に事を起こしたのだし、なんといっても梨恵子と赤沢和美は同じ学校なのだ。昼食時に十七歳の女子高校生たちが、ねえねえ聞いた？　と話題にしないはずがない。

「聞いてんだろどうせ」

「何よいったい、はっきり言いなさいよ」

「知らないのか本当に？」

「だから何のことよ」

「……そのうち話すよ」

「そのうちっていつよ」

「だからそのうちだよ」

「ねえ、言っときますけど」と言いながら、ベッドの端に両手をついた梨恵子は、正面からチャンキの顔をじっと見つめる。「そのうちなんてないからね」

「……なんだよそれ」

「マユミさんからわざわざ電話を頂いたから見舞いには来たけど、退院したらもう会う理由はあたしにはないわ」

「じゃあ何しに来たんだよ」

「言ったでしょ。見舞いよ」

「退院したら二度と会わない人の見舞いに来て何の意味があるんだよ」

カーテンを隔てた隣のベッドから、老人の小さな咳払いの音が響いた。人差指の先を自分の口もとに当ててから、梨恵子は壁の時計に視線を送る。いつのまにか面会終了時間の八時を五分ほど過ぎている。

「もう行くわ。もしも快適な入院生活をおくりたいのなら、奥のベッドの大学生に……」、そこまで言ってから梨恵子は小声で、「誰かに似て頭の空っぽな」とささやいた。「その大学生に、明日プリン持っていってあげたほうがいいわね。病院の正面玄関のすぐ傍にケーキ屋さんがあるよ」

「買いに行けるわけがないじゃないか」

「赤沢さんに頼めば？」

やっぱりな、と思いながら、「……彼女とはもう会わないと思う」とチャンキは小声で言った。

「ご愁傷さま、じゃあ看護師さんにでもお願いすれば？　恋が芽生えるかもしれないよ」

「……頼みがある」

「何？」

「明日も来て欲しい」

「……お大事に」

低く言い残して立ちあがる梨恵子の表情が、一瞬わずかにやわらいだような気がした。後ろ手に閉められたカーテンがエアコンの風に微かに揺れている。隣のベッドの老人が、いつもの野太い声からは想像もつかないような小さな弱々しい咳払いを、苦しそうに何度もくりかえしていた。

運ばれてすぐに検査を受けた脳波については、入院してから十日が過ぎたときにすべてにおいて異状なしとの結果がでた。赤沢和美から初めての電話があったのはその頃だ。検査の結果を事務的に訊ねてから、まあ後遺症がなくて良かったわねと、赤沢和美は抑揚が薄い口調でつぶやいた。

スマホをパジャマの胸ポケットに入れながら、おそらくもう彼女から連絡は来ないだろうとチャンキは思う。自分にとっては二人目の（そしてもし今夜にでもタナトスがくるならば生涯で最後の）キスをした女性なんだとあらためて思い、肩で息をつき、病室に戻るために傍らの壁に立てかけていた松葉杖に手を伸ばしかけた姿勢のまま、チャンキはその場に硬直した。

松葉杖のすぐ横に、厚ぼったい背広の上下を着こんでナイキのロゴ入りボストンバッグを手にした男が微笑みながら立っている。ヨシモトリュウメイだ。

休憩室の固い革張りの長椅子に二人は腰を下ろした。長椅子の反対側の端では首にコルセットを巻いた寝巻き姿の老人が、背筋を真直ぐに伸ばしながらテレビのバラエティ番組を無表情に眺めている。数分が過ぎてから、無表情にテレビの画面を見つめていたヨシモトが、「足の具合、だいぶ回復したようですね」と言った。チャンキは首を横に向ける。初めて聴くヨシモトの声は、耳に障る金属質な響きがあった。何となく人工的な声だ。

「自己紹介をします。私の名前は吉本です」と言ってから、ヨシモトリュウメイは首を上下に振った。

「かつてはあなたの高校で物理を教えていました。いろいろ事情があって今は休職していますが」

「知っています」とチャンキは言った。

「生徒たちからはヨシモトリュウメイと呼ばれています。あだ名です。まあ私にとっては光栄な名前です。」と言ってからヨシモトは、「ヨシモトリュウメイは知っていますよね」と語尾を上げた。

チャンキは首を横に振る。

「他にそんな名前の人がいるんですか」

「思想家です」

「シソウカ？」

「思想する人。深く強く思考する人。吉本隆明は戦後日本を代表する思想家の一人です。評価しないという人も少なくないけれど、それは他の思想家も同様です。多くの人に支持されるということは、多くの人から支持されないということでもある。好感度のランキング上位にいるタレントや俳優は、嫌われるランクでも上位にいることが多い」

そこまで言ってからヨシモトは、何かを思いだそうとしているかのようにしばらく床を見つめた。

「……まあ、まだ十代のあなたがご存じないのも仕方がないことかもしれません。彼が他界してからはずいぶん長い時間が過ぎました。何よりも今のこの国は、思想や哲学に耽ることができるような時代状況にはない。みんな生きることに必死で余裕が致命的にない。これでは思想は痩せる。哲学はできない」

そこまで言ってから深い息をついて、「本題に入ります」とヨシモトリュウメイは言った。「タナトスの意味は知ってますよね」

真直ぐ向けられたヨシモトの視線から微妙に目を逸らしながら、困ったなとチャンキは思う。休職した理由は言動がおかしくなったからだと誰かに聞いたことがある。卒業式で校長が話しているときにいきなり大声で童謡を歌いだしたとか授業中に慣性の法則を説明しようとして生徒の首にロープをかけて引っ張ったことが問題になったからとの噂も聞いたこともある。そして目の前にいるヨシモトリュウメイも何となく普通ではない。声だけではなく何かが微妙にずれている。言葉にすれば不自然なのだ。黙り込んだチャンキの顔に自分の顔を近づけながら、「タナトスの意味は知っていますよね」とヨシモトはもう一度、少しだけ強い調子で言った。

「……日本国内で原因不明の自殺が増える現象です」

「そうではなくてタナトスの語源です」

小声で「語源?」とつぶやいてから、チャンキはしばらく考える。みんながタナトスと呼ぶから自分もタナトスと呼んでいた。ヨシモトリュウメイも同じだ。その語源など考えたこともなかった。何だろう。カタカナだから外国語だとは思う。人の名前だろうか。世界で初めて遺書を残して自殺したタナトスさん。それともモノノフとかタラチネとかと同じような日本の古語かもしれない。

「人には自己破壊衝動があると考えたジークムント・フロイトは、これをタナトスと名づけました。そもそもはギリシャ神話に登場する死を司る神の名前です」

そう言ってからヨシモトリュウメイは、「無理矢理に訳せば死への本能です」と続けた。死と本能が結びつかない。首をかしげるチャンキに、「明確な死の概念とは少し違います」とヨシモトリュウメイは言った。何となく教師の口調だ。

「自己を破壊したいとの衝動と考えたほうがいいですな。もちろんそれだけでは、この地球から人は死に絶えてしまう。ならば拮抗する力も働いているはずです。作用反作用と同じだと思ってください。タナトスの対立概念をフロイトはエロスと命名しました。これもそもそもはギリシャ神話の神です。エロじゃないですよ。エロスです。スがあるとないとではずいぶん違う。エロスは生への本能です。そしてタナトスは死や破壊への衝動です。この二つの本能が人の中ではせめぎ合っている。あるいは融合している」

長椅子の端の老人が、ちらちらとこちらに視線を向けている。皺だらけの固い段ボールで作られたようなその表情からは何の感情も汲み取ることはできないが、ヨシモトリュウメイの話に興味を抱いていることは確かだ。

「誰が命名したのかはわかりませんが、タナトスの呼称はなかなか粋ですね。アカデミズムの香りもする。今では海外のメディアや研究者も、日本のこの状況をタナトスと呼ぶことが普通になりました。しかしですね、フロイトは吉本隆明よりもさらにずっと前に死んでいます。二十一世紀も三分の一が過ぎたというのに、今さらフロイトじゃないだろうと私は思うのです。だからこそタナトスの対立概念であるエロスを安易に解釈する人が増えてくる。つまりスを取ってしまう。もちろん性愛はとてもとても重要な要素です。でもそれだけじゃない。それだけではここまでホモサピエンスが進化した甲斐がない」

少しずつ声のトーンが上がっている。明らかに話しながら高揚し始めている。その言葉を遮るように、「……あの、僕はまだ自己紹介をしていません」とチャンキは言った。実際に遮るつもりだった。この調子で講義がつづくのではたまらない。

「……あなたのことはよくわかっています」

言いながらヨシモトリュウメイは、チャンキの顔を正面から見つめ返した。その眼はキラキラと輝いている。チャンキは少しだけ息を飲んだ。この目の輝きには見覚えがある。幼稚園の時に近所に住んでいたバンビ組の祥子ちゃんのお母さんの目だ。

祥子ちゃんの父親は交通事故で死んだ。運動会で会った記憶がある。ちょっと小太りで優しそうな人だった。仕事用の営業車に乗って高速道路を走っていた彼は、ブレーキを踏まないまま側壁に激突して即死した。居眠り運転かもしれないしタナトスの発作に襲われた可能性もある。それはもう誰にもわからない。

事故が起きてから数週間が過ぎる頃の園からの帰り道、いつもにこにこと微笑を絶やさなかった祥子ちゃんの母親が、髪を振り乱して口のなかでぶつぶつと何かをつぶやきながら、軍隊の行進のように両手を規則正しく前後に振って歩く姿に出会い、泣き叫ぶこともできないくらいに怖くなってその場に立ちつくした。そのときの恐怖の感覚は今も覚えている。たった一人で行進する祥子ちゃんの母親の眼はキラキラと輝いていた。そして今、目の前にいるヨシモトリュウメイの眼も、やっぱりキラキラと輝いている。

長椅子の端に坐っていた老人が、根元まで吸ったタバコを灰皿で念入りに揉み消してから、ゆっくりと立ちあがった。同時にぴたりと沈黙したヨシモトリュウメイは、壁を伝うように手をつきながら休憩室から歩み去る老人の後ろ姿を見送ってから、「これは迂闊でした」と小声でつぶやいた。

「彼はスパイだったかもしれない」

「スパイ?」と思わずチャンキは声をあげた。「違うと思いますよ。あのお爺さんなら、僕がここに来る前から入院していますす」

チャンキの顔を無言で見返しながら、「ともかくタナトスについて日本人は、もっと考えるべきです」とヨシモトリュウメイは言った。

「……充分に考えてきたと思いますけれど」

反論というよりも独り言のようにつぶやいたチャンキの視界に入るように顔を近づけてから、いえいえというように、ヨシモトリュウメイは首を左右に振った。

「大手メディアや政府の言うことを、この国の人は真に受けすぎる傾向がある。ただまあ、それも私に言わせれば、メディアや政府というよりも、多数派に身を置きたいという傾向が強いということなのですが」

「タスウハ？」

チャンキはヨシモトリュウメイの言葉をくりかえした。うなずきながらヨシモトリュウメイは、「多い数の多数派です」とつぶやいた。

「多数派に身を置くということは、集団への帰属度が高いと言い換えることもできます。集団化は人間の本能です。そもそも東アジアはその傾向があるけれど、特にこの国は強い。自由であることが苦手なのです。だから規則や指示を求める。群れに従属しやすい。だからこそ多数派は刻々と増える。この国はもうずいぶん前から、ベストセラーが世界一生まれやすい国でもありました。これを言い換えれば、少数派のままでいることが辛い社会であるということになります」

チャンキは壁の時計に視線を送る。そろそろ回診の時間だ。ベッドに戻らないと。でもヨシモトリュウメイは話しつづける。

「そういえばタナトスという呼び名がまだ定着していない頃、この国の納豆の消費量がほとんどゼロになったことがありました。タナトスの原因は納豆菌にある可能性が高いとテレビが言ったからです。あっというまにスーパーの棚から納豆が消えて、メーカーもたくさん倒産した。もちろん納豆菌とタナトスは何の関係もないし、そもそも納豆はアジア全域で食べられています。決して日本だけの食材ではない。二重の意味でフェイクです」

「……僕はそろそろ病室に戻らないと」

「まあ気持ちはわからないでもない。今のところタナトスは日本国民だけにおこる現象です。在日三世とか四世とかも、帰化していないかぎりはタナトスは起こらない。これは統計が示しています。ならば帰化というお役所の手続きが、タナトスの境界線であるということになる。こんなバカなことがありますか。国籍は人為的な区分です。ウィルスにしても神経伝達物質にしてもＤＮＡにしても、そんな境界を峻別するはずがない」

「……それについては、日本人は単一民族だからと前にテレビで言ってました」

「ありえない。どこのテレビ局ですか。納豆と同じレベルです。妄言が過ぎる」

「テレビ局というか、ゲストの誰かです。コメンテーターとかそういう人」

「先住民族としての縄文人と渡来系弥生人とのハイブリッドが現生日本民族です。縄文人にしても系譜をたどれば、ユーラシア大陸から渡来しています。Ｙ染色体ハプロタイプ的には日本人はＤ系統ですが、ルーツ的にはチベットと考えられているし、日本人すべてがこの系統に属するわけではない。せいぜいが全体の三割から四割です。つまり何をどう考えても、単一民族など幻想です。様々なミックスです。そこにラインなどない。ならばなぜ、日本人や日本民族という人為的な境界にタナトスは従属するのか。これを考えなくてはならない」

　チャンキは無言で右足の膝の裏を掻く。本当は石膏ギブスに包まれたふくらはぎを掻きたいのだけど、現状においてそれは不可能だ。病室に戻りたい。もう充分だ。

「僕は戻ります」

「私は時おりカメ地区に行きます」

　チャンキは無言でヨシモトリュウメイを見つめ返す。唐突すぎる。話に脈絡がまったくない。何よりもその地区の名前を、こんな場所で安易に口にするべきではない。チャンキのそんな心中を察したかのように、ヨシモトリュウメイはにっこりと微笑んだ。

「考えるためには環境も重要です。刺激がなければ脳は反応できない。つまり思索ができない。だから刺激してください。環境を選択してください。そして私の話のヒントは、カメ地区にある」

また言った。思わず視線を逸らすチャンキを見つめながら、ヨシモトリュウメイは片目をつぶってみせた。たぶんウィンクのつもりなのだろう。


その翌々日、隣のベッドの元ハンコ職人が、深夜のトイレで首を吊った。自殺であることは明らかだったが、タナトスかどうかはわからない。

「癌だったんですよ、それも末期の」

翌日の夕方に小学生の娘を連れてベッドを片付けにきた元ハンコ職人の息子の嫁が、パジャマやタオルなどをたたんでバッグに入れながら、ひとりごとのように言った。ベッドに横になりながら、チャンキはそっと周囲を見回した。自分に話しかけているのだろうか。確証を持てないまま、チャンキは「そうなんですか」と小声で言った。

「話してないけど薄々気づいていたみたいだし……」と言ってから嫁は、深々と息を吐いた。「それが原因なのかしら」

元ハンコ職人が入院中に手慰みに作った木彫りの狸や猫の人形を手にしながら小学生の娘は、ぼんやりと窓の外を眺めていた。おかあちゃん早く行こうよと何度も言った。

「ユキちゃん、おじいちゃん死んじゃったのよ、わかってるの」

「わかってるよ、それくらい」

小学生の娘はつまらなそうに答えてからチャンキの顔をしばらく見つめ、それから母親の服の袖をつかみ、「ねえ早く行こうよお」ともう一度言った。

入院直後から二日おきに来てくれていた副級長の風間裕子は、この時期にしばらく来ない日がつづいてから、一週間分の授業のノートのコピーを持って来た。ごめんね風邪ひいて三日ダウンしちゃったからノート全部そろってないのよ。チャンキは風間裕子を病院の屋上に誘った。夕暮れの病院の屋上は涼しい風が吹いていた。髪を風になびかせながら風間裕子はいい気持ちねえと何度も言った。いまここでキスをしようと言ったら彼女は何と返事をするのだろうとチャンキは思い、思うと同時に心臓が口から飛びだしそうになるくらい緊張して、何を話しかけられても、ああとかうんしか言えなかった。

やがて二人ともたっぷり一〇分は沈黙して、陽がすっかり西の空に沈みきった頃、帰ろうか？と風間裕子は小さく言い、松葉杖の先で意味もなくコンクリートの床の割れ目をこすっていたチャンキは、うんとうなずいた。

そしてその夜、ウォークマンのイヤフォンを耳に差し込んで頭の空っぽな大学生に借りた「少年ジャンプ」を読んでいたチャンキは、枕もとのカーテンがいつのまにか開いていることに気がついた。

「いきなり開けんなよ」

あわててイヤフォンを耳から外しながらチャンキは言う。落ち着いた声で梨恵子は、「どうしていきなり開けちゃだめなのかしら」と言い返す。

「当たり前のことじゃないか」

「その当たり前の理由が時おりわからなくなるのよ」

そう言ってから梨恵子は、紙の箱の中に二つ残っているケーキをチャンキの目の前に差し出した。

「他の人には配ってきたよ、どっちがいい？」

「エクレアかな」

「それは私の好物」

じゃあ訊くなよ、と思いながら、チャンキはマロンケーキをつまむ。

「二度と来ないはずじゃなかったのか」

「そういう憎まれ口ばかり叩いてると、本当にみんなに相手にされなくなるよ」

そう言って自動販売機で買ったホットココアをベッドの傍の小机に置きながら、メンバーずいぶん様変わりしたみたいね、と梨恵子は調子を変えてつぶやく。

「けっこう退院しちゃったしな」

「隣のベッド、空いてるんだね、あのハンコを作るオジさん、ちょっと頑固そうだったけど話すと感じ良かったよ。無事に退院したのかな」

渡された紙コップのココアを一口飲んでから、チャンキは上体を起こす。身体を支える腕に一瞬走った痛みをこらえながら、エクレアを一口頬張ったばかりの梨恵子の右肩をつかむ。

「だめ」

しかしチャンキは右肩を離さない。何が起きたって絶対に離さない。ここでこの世が終わったって離さない。世界をすべて敵に回したとしても絶対に離さない。

点滴や消毒薬や湿布の揮発臭が漂う病室で不自由に身体を折りまげながら、二人の四度めのキスは静かに終わった。梨恵子の吐息はマロンケーキとココアよりも甘く、チャンキは抱きよせた左腕に力を込める。舌を入れたり舐めたりしごいたりすることよりもとにかく、ただひたすら抱きしめることに意識を奪われていた。

「……退院予定は決まった？」

やがてそっとチャンキの左腕をふりほどき、右足のギブスをじっと眺めながら、梨恵子は静かに言った。今日の午前中に授業を抜け出して見舞いに来たナシメとアニマル小早川と藤田が、ギブスの石膏部分に油性マジックでいろいろ落書きしていたことを思いだした。膝の裏側にちらりと視線を送ってから、梨恵子は冷静な口調で言った。

「フェラチオ大王って誰のこと？　あなたのことなの？」

「たぶん今週いっぱいで退院できる」

右足をひっこめながら、チャンキはあわてて言った。耳が根もとまで熱い。冗談じゃないぞあいつら。「……退院したらさ、ちょっと付き合ってほしいところがあるんだ」

梨恵子は無言で首をかしげている。右足のギブスをシーツの端で隠しながら、チャンキも梨恵子の顔を見つめる。自分は今何を言ったのだろう。思わず口走っていた。しばらく間が空いた。

「…どこへ行きたいの」

やがて梨恵子が言った。

「退院したら言うよ」

「何よそれ」

「ホテルじゃない」とチャンキは少しあわてて言った。

「じゃあどこよ」

「…まだ本気かどうか自分でもわからない。そもそもこんなこと言うつもりもなかった」

「今言えないのなら付き合わないよ」

少し考え込んでからチャンキは、「カメ地区」と小声でささやいた。梨恵子はチャンキの顔をしばらく見つめてから、「本気で言ってるの」とつぶやくように訊いた。

「だからわからない」

「なぜそんなことを思いついたの」

そう質問してから、「やっぱりそんな説明は聞かなくていいわ」と梨恵子は自分に言い聞かせるように言った。「何があったのかわからないけれど、とにかく絶対に、そんなところに私が行くなんて一〇〇パーセントありえないからね」

強い口調だった。黒は黒で白は白。ためらいや逡巡の気配はまったくない。チャンキは小さくうなずいた。なぜ自分はそんなことを思いついたのだろうと考えながら。


病院に運び込まれてから二週間と三日が過ぎた夕方、病室に来た主治医は前日に撮った右足のレントゲン写真をチャンキに見せながら、「ほぼくっついています」と言った。「学会で発表したいくらいに治りが早い。退院したいですか」

これは質問なのか。度の強い眼鏡をかけた主治医の顔をチャンキは思わず見つめる。歳の頃は四十代前半。とても無口な医師だ。これまで私語を交わしたことはほとんどない。白衣の襟もとにはケチャップソースが付いている。それもほぼ毎日。最初は血糊かと思ったけれど、入院中に親しくなった看護師が、あの先生は毎日昼食にホットドッグとスパゲティミートソースを交互に食べているのよと教えてくれた。とにかくケチャップソースが大好物らしい。

「……はい」

答えたつもりだけど聞きとれなかったのか、主治医はもう一度、ベッドに横たわるチャンキの足もとあたりを見つめながら、少し強い口調で言った。

「退院したいですか」

「したいです」

「じゃあしてもいいです」

そう言ってから主治医は、じっと窓の外を見つめている。その横顔を眺めながら、大人ならここで怒りだすかもしれないなとチャンキは考える。少なくとも「じゃあしてもいいです」は、医師の言葉としては絶対に不適切だ。

「……いつしますか」

数秒後、窓の外を見つめたまま主治医が言った。

「退院ですか」

「退院です」

「迎えが必要なので母に連絡します。たぶん明日か明後日くらいに……」

そこまで言いかけたチャンキに視線を戻してから、「そうですね。お母さんに連絡してください」と主治医は強い口調で言った。

やっぱり変な人だ。病室から出てゆく医師の後姿を見つめながらギブスの右足を床に下ろし、松葉杖を支えにして立ち上がる。とにかく退院だ。ここ数日、何人かの看護師からはたぶん今週いっぱいくらいじゃないかしらと言われていたけれど、今ようやく正式に許可が出た。

待合室のベンチでマユミさんに、「退院していいとの許可が出た。できれば明日迎えに来て」とラインする。送信して立ち上がりかけたとき、パジャマのポケットの中でスマホが震える。ラインの返事は「これから行くよ」。あわてて電話する。

「今日これから？」

「明日と明後日は取材が入っているのよ。だから退院は今日。いいわね。病院に着くのは五時くらいになっちゃうかな。夕食はどうしようか。帰りにサイゼリヤで食べてもいいわね。とにかく荷造りしておいてよ」

荷造りと言えるほどのことはない。パジャマと下着と洗面用具、入院中に読んだ本と教科書、スマホとウォークマン、これでほぼすべてだ。バッグ一つで足りる。

マユミさんはきっかり五時に来た。下の階で手続きや会計を済ませて病室に戻ってきて周囲を見渡しながら、「そういえば入院中に刑事さんは来なかったのよね?」と思いだしたように言った。

「息子さんにもいろいろお聞きすることになりますって言っていたのに」

「来なかった。連絡もない」

そう答えるチャンキに、マユミさんは小声で「たぶんね、担当の刑事さんがタナトスでいっちゃったのよ」と言った。確かにそんなところなのだろうなとチャンキも思う。誰もタナトスだけは予測できない。これればかりは仕方がない。文字どおりの不可抗力だ。この国の人たちは毎日、強制的なロシアンルーレットをやらされている。拒否はできない。日本国民であるかぎり、大企業の役員も段ボールハウスのホームレスも政治家も会社員も高校生もプロレスラーも男も女も平等だ。

その結果としていろんな仕事が停滞する。いや、仕事だけではない。社会の動きが停まる。でも気にする人はあまりいない。昔は気にする人がたくさんいたらしい。電車の時間が五分遅れるだけでも大変な騒ぎだったと聞いたことがある。それが日本だった。規律正しく勤勉な国民たち。今は違う。規律正しくもないし勤勉でもない。そう言って嘆く人が時おり新聞などに投書しているけれど、読むたびに不思議な気分になる。昔の日本はよくわからないけれど、どちらかといえば今のままでいい。電車が一五分遅れたとしても、社会全体がゆっくりと動いているならば、それは大きな問題にはならない。

　昔はアジアでいちばんだった。国内総生産がアメリカに次いで世界で二番目だった時代もある。そんな話を聞くたびに不思議な気分になる。こんなに小さな国なのに。地下資源もレアメタルもほとんどない。それなのに世界第二位はすごい。たぶん相当に無理をしていたとしか思えない。無理はつらい。きっとしわ寄せがくる。反動がある。もっと楽になったほうがいい。

「お世話になりました」

　マユミさんの声に顔を上げれば、目の前には挙動不審な主治医がいた。やはりおどおどと落ち着かない様子だ。さらにマユミさんが何かを言いかけようとしたとき、主治医はふいに言った。

「あの、……三時のワイドショー見ていました」

「あらまあ。ありがとうございます。三時のビッグショーですね」

「ああそうです。失礼しました。三時のビッグショーです。ファンでした」

「あらうれしい。でも過去形なのね」

「ああ、いえいえ、今もファンです」

「冗談です。今はもうテレビからは引退しています。でも本当に、今回は息子がお世話になりました」

「こだわりグルメツアーが好きでした」

「まあ、私も今まで、そんな企画があったことを忘れていました。……そういえばさきほど看護師さんから、一週間ほどしたら診察に来いと言われましたけれど……」

「大分の由布院温泉に行ったときは録画しました」

「まあうれしい」

言いながらマユミさんはちらりとチャンキを見た。唇が「何とかしてよ」の形で素早く動く。仕方なくチャンキは、「タクシー待たせているんだよね」と話に割って入る。

「あら忘れていた。そうだったわ。先生、それでは失礼します。お世話になりました」

なおも何か言おうとする主治医を振り切るように、マユミさんはチャンキのバッグを手に病室から廊下へと早足で歩き始める。チャンキは松葉杖をつきながら、あわてて後につづく。

「……本当にいやになっちゃう」

肩を並べてしばらく歩いてから、マユミさんは小声で言った。

「もう少しゆっくり歩いてよ」

「最初から目つきが変だと思っていたのよ」

「別にいいじゃないか」

「何がいいのよ」

どうやら本気で怒っているようだ。今に始まったことではない。かつての番組やレポーター時代の話を誰かに持ち出されると、マユミさんはいつも不機嫌になる。たぶんいろんな人や週刊誌のカメラマンにつきまとわれていた昔を思い出すのだろう。

「あの時代の話は本当に嫌なんだね」

「嫌よ」

「テレビの人間なんてみんなバカばかりって前に言ってたよね」

「バカじゃない人もいるわ。それにバカは許せる」

そこまで言ってから、マユミさんはバッグを持つ手を左から右に替える。

「もしかして重い？」

「軽いわけないわよ。でも大丈夫。バカは許せるけれど、テレビに長くいると品性を失うのよ」

「品性？」

「人としての品よ。たしなみ。それを手放してしまう人がとても多い。私もその一人だったと思う。だから嫌なのよ」

「どうしてテレビは消えるのよ。残らない。だから深く考えなくなる。どうしても剝きだしになる。全員じゃないわよ。深く考えている人や品を保つ人がいないわけじゃない。でもとても少ないのよ。最近はライブラリーやネットとの融合で少し変わってきたみたいだけど、本質は今も同じだと思う。……ここで待っていてね。車を回してくる」

「どうしてテレビの人はそうなるのだろう」


窓から外が見える受付前のロビーでマユミさんが運転する車を待っていたら、入院時に処置をしてくれた化粧の濃い看護師が、外来前の通路をこちらに向かって歩いてくる。彼女にはとても世話になった。眼が合えばお礼を言おうと思ったけれど、顔を覚えているかどうかわからない。緊急入院は毎日何十人もいるはずだ。カルテを手に足もとを見つめながら看護師は近づいてきた。その表情は別人のように暗い。疲れきっている。また同僚か友人が死んだのだろうか。顔を上げないまま彼女は、チャンキの横を静かに通り過ぎた。

翌日から学校に行った。しばらくは車で送ってもいいわよとマユミさんから言われたけれど、バスで通学できるからと断った。バス停がマンションのすぐ前にあることは幸運だった。入院していた二週間と三日の間に、生徒数は学校全体で五人減っていた。もっとも全部がタナトスというわけではない。二年一組の大関文雄と二年三組の佐藤恵子は盗んだ車の運転席と助手席に坐り、足首を紐でしっかり繋いで、夜の埠頭から三メートル下の海面へとダイブした。こんな計画的な死にかたはタナトスではありえない。さらに連名の遺書が佐藤恵子の部屋から見つかった。三人で違う世界に行きますと遺書にはしたためられていた。行政解剖の結果、佐藤恵子は妊娠四カ月だったことが判明した。

人が自ら死を選ぶこと自体は珍しくない。でも現役高校生の妊娠と心中が重なったこの事件は、大関文雄の祖父が有力野党の幹事長だったこともあって、週刊誌やワイドショーでは少しだけ話題になった。事件から二日後の読売新聞電子版では、テレビによく出る精神医学の権威がこの事件について解説しながら、タナトスの相乗効果とでもいうべき現象が増えてきていると語っていた。例えば今テレビのワイドショーなどで話題になっている高校生の心中事件もそうですね。周囲の誰も女子生徒が妊娠しているとは知らなかった。つまり誰も反対すらしていない。ならばこの段階で心中を選ぶ理由はない。おそらくはタナトス以前なら、この二人は死ぬことなど選択していなかったはずです。

死に馴れきって安易に自殺する若い世代がこれからもっと増えるだろう、と記事は最後にまとめられていた。どこかで歯止めが必要だ。死を身近にしながらも毎日を充実して生きていける新しい価値観を、この国は早急に獲得しなくてはならない。構築しなくてはならない。坂道を転がり落ちるように、日本は末期的様相を呈しはじめている。そのきっかけはもちろんタナトスだが、自暴自棄となった人たちが少しずつ増え始めている。死へのハードルが下がり始めている。急がないといけない。日本は滅びる。このままでは日本と日本国民は、地球上から消滅する。

「あなた最近、新聞をよく読むようになったわね」

リビングでパソコンの画面を眺めるチャンキの背後にいつのまにか立っていたマユミさんが、感心したように声をかけてきた。

「やっぱり成長しているのかしら」

「前からたまに読んでいるよ」

「いえいえ。明らかに前とは違う。母親としては嬉しいよ。ここのところ立てつづけにいろいろあったけれど、その体験が決して無駄ではなかったということね。本もどんどん買っていいよ。電子書籍の代金だけはおこづかいとは別枠にしてあげる」

無言でパソコンの画面に視線を戻しながら、確かに自分は少し変わったのかもしれないとチャンキは考える。少し前までは雑誌と漫画しか読まなかった。でも最近は活字がたくさん印刷された本を読むようになった。入院中にも何冊か読んだ。カフカの『変身』とヘミングウェイの『老人と海』と三島由紀夫の『金閣寺』(でも実は『金閣寺』は途中でやめた)。

毎日新聞電子版の国際ニュースのページを開く。国際通貨基金と世界銀行が、日本への経済支援を来年度からほぼ一割減らすことを発表した。理由は日本の人口が急激に減少しているから。数日前にオーストラリアでマグニチュード7の大地震が起きた。被害規模はまだわからないが多数の人が死傷したようだ。スーダンや中央アフリカの飢饉は深刻な状況がつづいている。イスラエル軍によるレバノン市街地とガザ地区への一方的な空爆で数百人の市民が殺害され、パキスタンではアメリカの無人爆撃機の誤爆で礼拝中のモスクが破壊されて数十人が死傷した。中国ではウイグル自治区で共産党の圧政に耐えかねて暴動が起きている。

ネット回線を通してではあるけれど、多くの人が苦痛の声をあげていることをチャンキは実感する。多くの人が苦しんでいる。助けを求めている。世界はいまだに不平等や矛盾や憎悪や報復で溢れている。

手にしたマウスのクリックをくりかえしながら、知らないことばかりだとチャンキは思う。自分はこれまであまりに無知だった。だから知りたい。もっと多くを。だって知らなければ考えることもできない。時間は一方向に進む。そして唐突に終わる。何も知らないままビルの屋上からダイブはしたくない。お笑い芸人たちがうじゃうじゃ出演しているテレビ番組を見てゲラゲラ笑ったあとに首は吊りたくない。どうせ終わる。誰も残れない。ならばせめて、ダイブする前に生まれてきた意味を知りたい。首を吊る前に、この国に生まれた理由を知りたい。

「知ったとしても意味ないだろ」

退院して登校し始めてから三日目の昼休み、校門近くに最近開店したファミマで買ってきたカップ焼きそばを割り箸で口に運びながら、面倒そうにナシメは言った。「どうせ死ぬんだからさ」

ナシメに買ってきてもらったカレーパンを齧りながら、チャンキは少しだけ考える。

「確かにどうせ死ぬよ。だからなおのこと、死ぬ前に知りたいと思わないか」

「思わないな。だいたいさ、生まれた意味なんてわかるはずないだろ」

「そうかな」

「だって意味なんかねえよ」

あっさりと断言してから、ナシメは同意を求めるように、隣の机で向い合せになって持参の弁当を食べていた風間裕子と吉澤京子に視線を向ける。

「なあ、意味なんかないよな」

「何が？」

胸の大きさではクラスで一二《いちに》を争う吉澤京子が、箸でつまんだ小さな唐揚げらしき破片を口に入れながら首をかしげる。

「生まれたことの意味だってさ」とナシメが言う。

「あると思いたいのは当たり前だと思うけど」

じっとチャンキを見つめながら風間裕子が言った。「アリとかハエとかケムシとか何でもいいけどさ、あいつらに生まれた意味なんかないだろ」とナシメが言った。「生態系よ」と吉澤京子がつまらなさそうに言う。うーんと風間裕子がつぶやく。生態系などどうでもいいとチャンキは思う。知りたいことは人類が存在する意味ではない。自分がこの世界に生まれた意味だ。なぜ自分はこの世界に生きているのか。なぜ生まれてきたのか。

「やっぱり意味なんかないよな」「カメ地区に行ったことはあるか」

ナシメとチャンキの言葉が重なった。一瞬だけ間をおいてから、ナシメは吉澤京子と風間裕子に向けていた視線を、ゆっくりとチャンキに向ける。

「いま何て言った」

「行ったことあるか」

「どこに」

「……カメ地区」

「そこに行ったことがあるかって訊いたのか」

「うん」

「理由は」

「理由?」

ナシメの言葉をくりかえしながらチャンキは考える。その様子を見つめるナシメの表情がいつもと違う。「ねえナシメ」と困ったように風間裕子が声をかける。吉澤京子は箸を手にしたままじっと動かない。風間裕子がもう一度言った。

「ねえナシメ」

「何だよ」

「チャンキは中学のときに転校してきたから」

「わかってる。だからこそ、ちゃんと言ったほうがいいだろ」とナシメは言った。言葉に抑揚がない。

「なあチャンキ、その場所については忘れたほうがいい」

「なぜ?」

「なぜ?」

今度はナシメがチャンキの言葉をくりかえした。機嫌を悪くしているとチャンキは思う。不思議だ。少し考え込んでからナシメは言った。

「話したくない。それじゃだめか」

「もう少し詳しく聞きたい」

「言ったよな。もうこの話はやめようぜ」

そう言うと同時に、これ以上はこの場にいたくないとでもいうように、ナシメは足早に教室を出ていった。その後姿をぼんやりと見つめるチャンキに、「ナシメは少し過剰かもしれないけれど……」と風間裕子が言った。「でも気持ちは私にも何となくわかる。あの場所のことをあまり話題にはしたくないし、名前を口にすることだって嫌だもの。チャンキは転校生だから実感を持てないのだと思うけれど」

「危険な場所だと聞いたことはあるよ」

「危険とかそういうことではなくて……」

言いながら風間裕子は、もう一度言葉を探すように視線を少しだけ宙に泳がせてから、「あそこの地区は……」と聞こえるか聞こえないかくらいの小さな声でささやいた。

「……不吉なのよ」

「不吉？」

「少し違うかな。あの場所では昔だけどたくさんの人が死んだ。それで、……汚れているの」

「ならば綺麗にすればいい」

「そういう意味の汚れじゃないの。洗剤や雑巾ではとれない汚れ。……難しいな。とにかくあの地区の名前を口にするだけで、嫌な何かが感染するような気分になるの。……私たちは子供のころからそう聞かされてきたから」

「聞かされてきたって誰に？」

「親とか親戚とか近所の人とかよ。だから考えたくないの。とても嫌な気分になる。頭に思い浮かべるだけで身体の内側が汚れてしまうような気がするから」

このとき箸を手にしたまま、「ねえ」と吉澤京子が少しだけかすれた声で言った。「この話、まだつづけるつもり？」

「ごめん。もうやめる」

風間裕子がそう言ったとき、昼休みの終わりを知らせるチャイムが鳴った。

その日の夜、自室の机でタブレット端末の電源を入れてから、チャンキは「カメ地区」を検索した。ヒット数は一四八件しかない。しかもそのうち半分近くは、イタリアのトスカーナにある小さな地区の名前だった。残り半分は日本のカメ地区のはずなのだけど、クリックすれば「お探しのサイトは閉鎖されたか他に移った可能性があります」との表示ばかりが出る。五つ目か六つ目の「カメ地区カメ地区カメなら」をクリックする。現れた記述「カメ地区カメならカメ地区であるT型ステーションは、牛の超パロディーを魅力がある。ばかばかしい酸素美の肖像は……」までを読んでから（まだずっとつづいていたけれど）、気持ちが悪くなって閉じた。明らかに意味がない。なさすぎてグロテスクだ。

次のサイトのタイトルは「日本全国オカルトスポット紹介サイト」。東京八王子の首なし地蔵とか岩手県の慰霊の森とか香川県の中村トンネルなどと並びながら、カメ地区が日本海沿岸のオカルトスポットとして紹介されている。ただし他のスポットのように誰かの訪問記や体験談は記されていない。「近隣では誰も近づかないほどの最凶エリア。地区の人たちはみな死に絶えた。さらに五年ほど前、高校生が二人探索に行って行方不明になった」とだけ書かれている。嘘か本当かわからない。写真すらない。

それからはまたしばらく、「お探しのサイトは閉鎖されたか他に移った可能性があります」がつづく。かつて多くの人が死んだらしい。その後に訪ねた人は帰ってこない。でもこの情報だって嘘か本当かわからない。なおもしばらく検索して、一〇年以上も前に更新された路線バスの時刻表を見つけた。終点はカメ駅だった。今はその手前で引き返してくるようだ。カメ駅には何があるのだろう。電車が動いているとは思えない。

ちょうどこのとき、暑くもないのに自分がうっすらと汗をかいていることにチャンキは気づく。タブレット端末の画面から顔をあげて、口を大きく開けて息を吸い込んだ。全身がだるい。風邪のひき始めに似ているけれど微妙に違う。検索などしたせいだろうか。思い浮かべるだけで身体の内側が汚れてしまう。そう言ったときの風間裕子の表情を思いだした。

恐いバイキンがいっぱいいるのよ。転校してきたばかりのチャンキにカメ地区について説明しながら、マユミさんは真顔でそう言った。このときのチャンキは中学二年生。さすがに「バイキン?」とあきれながら訊き返せば、「転入者のための市の広報紙では、子供にはそう言って説明してくださいって書かれているのよ」とマユミさんは真面目な表情で言った。

「とにかくそこには近づかないでね。よくわからないけれど本当に危ない場所らしいから」

そう言われてうなずきながら、「よくわからないけれど」とか「らしいから」など、いつものマユミさんらしくない言いかただと思ったことを覚えている。

ラインが着信した。マユミさんだ。ごはんできたよ! でも食欲はまったくない。悪寒はまだつづいている。チャンキは検索をつづけた。断片的な情報がいくつか見つかった。タナトス発生の時期にカメ地区では大きな事件があったようだ。画像検索に切り替えたら、その事件を報じた週刊誌の記事がヒットした。呪われた地域。タナトスの元凶。そのとき扉がノックされた。何やってんのよハンバーグさめちゃうよ。

いま行く、と答えてから立ち上がる。食欲はまったくない。熱いシャワーを浴びて身体を洗いたい。全身の皮膚をごしごしとこすりたい。でも夕食の準備ができた直後にそんなことをしたら、マユミさんの機嫌が一気に悪くなる。今はとにかくハンバーグを食べよう。

「どうしたの?」

サラダとハンバーグの皿を並べたテーブルに頬杖をついていたマユミさんは、チャンキの顔を見ると同時に目を丸くした。

「部屋で遭難していたみたいにひどい顔よ」

「寝不足かも」

「ただの寝不足でそこまでやつれないわ」

「風邪気味なのかな」

そう言ってからチャンキは、手にしたフォークでサラダボウルの中のミニトマトを突き刺して頬張った。

「いただきます」

その瞬間にポケットの中のスマホがメールを受信した。梨恵子からだ。食事中はスマホを部屋に置いてきてほしいなあ。マユミさんが言う。うなずきながらチャンキは、皿の上の大きなハンバーグをナイフで切って、その欠片をフォークで口に運ぶ。対面に座るマユミさんは、じっとチャンキの顔を見つめている。

「おいしいよ。食べないの？」とチャンキは言った。

「息子のことを考えるとお腹がいっぱいよ。メールは見なくていいの？」

「あとで見る。何で僕のことを考えるとお腹がいっぱいになるのさ」

「あなたね、退院してから何となく変よ」

「昨日は成長したって言ったよ」

「少し変わったことは事実。それを成長と思いたいのは親だからよ」

「成長だよ」

「ねえ、ライスは食べないの？」

「今日はハンバーグだけでいいや」

「なぜ？」

「食欲がそれほどない」

「十八歳の男の子が食欲ないなんて普通じゃないわ」

「そんなことないよ」

「何か隠しているのかしら」

「隠す？　何を？」

「知らないわよ。私が訊いているのよ」

「何も隠していないよ」

「梨恵子ちゃんとはうまくいっているの？」

「これまでどおり」

「今度はいつ会うの？　退院してからまだ会ってないんじゃない？」

「明日会うよ。ランチを一緒に食べる予定」

「ランチってどういうこと？　また授業をサボるの？」

「明日は土曜だ。授業は午前中で終る」

「あの娘とは？」

「誰だよあの娘って」

「赤沢さんよ。会ってないの？」

ハンバーグを口いっぱいに頰張りながら、チャンキは首を横に振る。「どっちかしら。まあどっちでもいいけれど」と言ってからマユミさんは、指でつまんだレタスの葉を一枚口に運ぶ。無表情にしばらく口を動かしてから、「ねえ、もしかしてあなた今、ハンバーグ無理に食べている？」と抑揚のない口調で言った。

「……そんなことない」

ようやく口の中のハンバーグを飲みこんでチャンキは答える。「おいしいよ」

「サラダも残しちゃダメよ」

「うん」

「スープは飲まないの？」

カップの中のオニオンスープを三口で飲んだチャンキに、「熱くないの？」とマユミさんはあきれたように言った。「山賊みたいな食べかたよ」

「何みたいだって」

「山賊」

「ごちそうさま」

「もうおしまい？」

「うん」

「そんなにメールが気になるの？」

「違うよ。そもそも食欲がないんだ。でもおいしかった」

なおも何か言いたげなマユミさんの表情を振り切りながら部屋に戻る。梨恵子からのメールは一行だけ。「明日は一時にアダムとイブでいい？」

図書館じゃないのか珍しいなと思いながら、「りょうかい」と返信した。悪寒はいつのまにかおさまっている。チャンキは机の上のタブレット端末のキーボードに向かう。決して気は進まないけれど、もう少しだけカメ地区について知るべきだと考えたのだ。少しずつコツがわかってきた。カメ地区ではなくカメ駅やカメ町で検索すれば、いくつか断片的な情報にヒットする。結局は就寝時間になるまで、チャンキはタブレット端末に向かってマウスを操作し続けた。

「行くべきだと私は思う」

いきなり梨恵子は言った。小声で。でもはっきりと。

「……本気で言っている？」

「だって行こうと一度は思ったのよね。ならば行くべきよ」

チャンキは沈黙した。カメ地区に付き合ってほしい、と退院直前に言ったとき、梨恵子は一〇〇パーセントありえないと断言した。だから退院以降は今日まで、電話やメールのやり取りは時おりしていたけれど、カメ地区については一言も触れなかったし、梨恵子も口にしなかった。この四日間で何があったのだろう。

「考えたのよ」

「何を」

「いろいろ」

ちょうどこのとき、髪を赤く染めたウェイトレスがメニューを手に近づいてきた。梨恵子はランチのグラタンセットを、そしてチャンキはカレードリアをオーダーした。ドリンクはアイスミルクティとメロンソーダ。うなずいてカウンターに戻るウェイトレスの後ろ姿をじっと見つめながら、「考えたのよ」と梨恵子はつぶやいた。「あれからいろいろ」

「……何を？」

「あの場所について、これまで自分が言われてきたこと、あるいはみんなが言っていること、自分が思い込んでいたこと」

そう言ってから梨恵子は、テーブルの一点を見つめながら、しばらく沈黙した。奥の席に座っていた若い男女のグループが席を立って会計をすませるだけの時間をおいてから、「それまでは考えなかった。だって考えることそれ自体がいけないと何となく思い込んでいたから」と梨恵子は言った。

「こういう感じよ」

右手の指を自分の鼻先に突きつけた梨恵子は、不意に顔を九〇度横に逸らした。

「ね？」

「……要するに目を逸らしてきたってこと？」

「うん。だから病院でいきなりその名前を聞いた瞬間に、絶対にありえないと思ったのよ。子供のころからそれは当たり前だった。行くどころか考えてもいけない場所。でもやっぱりそれは普通じゃない。そう思ったのよ。治安とか衛生とか、何らかの理由で立ち入らないほうがいいエリアはあって当たり前。でも思うことすらいけないエリアなどありえない。……でもね、そこに行ってチャンキは何をしたいの？」

「わからない。とにかくその場に身を置いてみる。それで終わるかもしれないし何かを見つけるかもしれない。それから考える」

「それは私も同じ。知識は何もないもの。まずは行く。そして見る。それから考える」

そこで梨恵子は言葉をとめた。赤毛のウェイトレスがアイスミルクティとメロンソーダを運んできたからだ。「……すみません、ストローがないようなんですけど」、テーブルの上に置かれたグラスをつくづくと眺めてから梨恵子が言った。あわててエプロンのポケットの中に手を入れてストローを捜すウェイトレスの白眼が、泣いた後のように充血していた。

「あの娘、泣いてたわ」

手渡されたストローの先をしばらく見つめてから、梨恵子が小さな声で言った。

「店長とかに怒られたんだよ」

「観察が足りないな。怒られて泣くくらいならさっさとやめちゃうタイプよ」

「じゃ何だよ？」

「あの泣きかたは恋人がタナトスでいっちゃったのよ、そして涙が止まらない自分が悔しくてしかたないのよ」

「どうしてそこまで断言できるんだ？」

「想像よもちろん。でもたぶん当たっていると思う」

そう言ってから梨恵子は、ストローの片端を唇の端にくわえる。その口もとを見つめながら、最後にキスしたのはいつだっけとチャンキは考える。病室ではした。でも舌は入れなかった。どうして舌を入れなかったのだろう。いつもそのときになると忘れてしまう。不思議だ。まるで何らかの力が働いているようだ。これは世界共通の現象なのだろうか。男の子は女の子の口の中に舌を入れたい。でもその瞬間になると入れることを忘れてしまう。だから想像する。刺激に反応する。想像ばかりして毎日が過ぎる。いずれ男の子は成長する。髭が濃くなって思慮も深くなる。でもこの国に生まれた男の子の多くは、髭が濃くなって思慮が深くなる前にこの世界から消えてしまう。あとに残されるのは小さな妄想や想像の破片ばかりだ。

やがてストローを唇から離し、小さくため息をついた梨恵子は、宙の一点をぼんやりと眺めながら静かに言った。

「……いつになったらみんな、人は死ぬってことに馴れるのかな」

喫茶店を出てから、二人は徒歩で数分の映画館に行った。今日はあまり長く歩かないほうがいいと思うと梨恵子が言ったからだ。チャンキは曖昧にうなずいた。本当は「久しぶりに海浜タワーに行こうか」と言うつもりだったけれど、確かに松葉杖をつきながら行き帰りできそうな距離ではない。いずれにしても今回はキスをあきらめるべきなのだろう。

映画館の切符売り場の前で梨恵子は立ち止った。上映中の作品のタイトルは「宇宙の黙示録」。突然地球に飛来したＵＦＯから現れた宇宙人と人類が戦うハリウッド・エンターテインメント作品だ。監督の名前も主演俳優の名前も知らない。マシンガンのような武器を手にした爬虫類型の宇宙人が口を大きく開けて咆哮するポスターを眺めながら、「Ｂ級映画の香りがぷんぷんする」と梨恵子が言った。「この宇宙人の顔、イカに似ているよ。何だっけ。深海のイカ」

「ダイオウイカだ」

「うん。それ」

「でもネットのレビューでは評判良かったな。最後のどんでん返しにはびっくりしたとか涙が止まりませんと書きこんでいる人がたくさんいた」

何かを考えるような表情になって周囲を見渡してから、チャンキの耳もとに顔を近づけて、「ねえ、ネットで検索はした？」と梨恵子は小声でささやいた。

「今日見るとは思わなかったからしっかりとは検索していないけれど、映画の新作の評判はいちおうチェックしている。シネマトゥデイのサイトでは、人類の文明への警告と至高の愛が奇跡的に融合した映画とか何とか批評家が書いていた」

「そうじゃなくて」

チャンキはしばらく梨恵子の顔を見つめる。キスしたい。とにかく早くキスしたい。でも今は別のことを考えなければ。ああそうか。

「もしかしたらカメ地区のことか」

「そう」

「したよ」とチャンキは答えた。まさしく昨夜だ。そして気分が悪くなった。

「あまりに件数が少なくて驚かなかった？」

じっと梨恵子の顔を見つめながら、チャンキは小さくうなずいた。「…もしかして梨恵子も検索したのか」

「多くはないだろうなと予想はしていた。誰もが口にしたがらないところだから、キーボードを叩くことも嫌なのだとは思う。でもそれにしたって、ちょっと少なすぎる」

「……だから？」

「たぶん誰かが削除しているんだと思う」

「できるのかそんなこと」

「個人では無理よね」

数秒だけ考えてから、「じゃあどこの組織だろう」とチャンキはつぶやく。梨恵子は静かに首を横に振る。

「それはわからない」

「でもカメ駅の時刻表はあったよ」

「それはあったって別に問題はないもの」

「カメ駅とカメ町で検索すれば、いくつかヒットする」

「なるほど」と梨恵子は言った。「削除している人たちもそこまでは気が回らなかったのね」

そのとき劇場正面の扉が開き、映画を観終えた多くの人たちが中から出てきた。年配の夫婦。若いカップル。携帯の画面を見つめながら歩く若い男。映画を観終えたばかりの彼らの表情は、ほぼ一様に憮然としていた。

「涙が止まりませんという人はいないみたいね」

その様子をしばらく見つめてから梨恵子が言った。「文明への警告と至高の愛だっけ。そんな感動巨編を観終えたという顔つきの人もいなかったね」

「今は圧倒されているのかもしれない」

「だったらもっと違う表情をすると思うよ。まあいいわ。期待しないで見れば落胆も少なくて済む。良い作品なら感動も深まるわ。どっちにせよ期待は少ないほうがいい。トイレは行かなくても大丈夫ね？」

そう言ってから梨恵子は、チャンキの返事も聞かずに劇場の入口に向かう。松葉杖をつきながらチャンキもあとにつづく。


映画の上映時間は一一五分。かなりの長編だ。でも始まって二〇分でUFOが飛来して、四〇分で主人公の恋人が実はサイボーグだったという事実が判明した。誰が仕組んだのか。宇宙人ではない。主人公が所属する秘密組織の仕業だ。そのオチはほぼ予想できた。なぜなら組織の上司の顔つきや態度があまりにうさんくさいからだ。映画は役柄に合わせてキャスティングする。その結果としてネタバレになることがある。「宇宙の黙示録」はその典型のような映画だった。上司役の俳優は爬虫類に似ていた。いや似ていたというレベルではなく作為的に演じていた。だって時おり舌で自分の唇を舐めるシーンがアップになるのだ。冒頭のチャイナタウンで中華料理を食べる場面では、レンゲだけで焼きそば大盛りを啜り込んでいた。他にも露骨な伏線がたくさんあった。ほぼ半分くらいが過ぎたとき、チャンキはラストシーンを予想できた。しかも宇宙人と米軍との戦いのシーンはＣＧそのもので、まったく臨場感がない。

梨恵子はほとんど身じろぎしないままスクリーンを見つめている。いったん席に座ったら、どんなに退屈でも彼女は最後まで観る。エンディングの長いクレジットがすべて終わるまで、絶対に席を立たない。

宇宙人のスパイだった上司が味方から裏切られて殺されたラストでは、破壊されたはずの恋人のサイボーグが再び現れた。しかし多くの宇宙人が送り込まれていた組織との戦いで、彼女はもう一度瀕死の状態になるまで破壊される。最後には彼女の自爆攻撃で組織は壊滅した。逃げ去ってゆくＵＦＯには一瞥《いちべつ》もくれないまま、主人公は恋人の残骸を抱きしめながら号泣する。ほぼ予想どおりの展開だ。どんでん返しの気配すらない。スクリーンで泣き叫ぶ主人公を眺めながら、チャンキも座席で泣きたくなった。映画を観ている今この瞬間にだって命が絶たれてしまうかもしれないのに、今日のデートはこれで終わりなのに、メイクラブどころかキスもできないまま、なぜ自分はこんなＣ級映画を観ているのだろう。

「……ひどかったね」

場内が明るくなってから、梨恵子はチャンキの耳もとに顔を近づけてささやいた。でもにこにこ微笑んでいる。彼女なりに楽しめたようだ。

「これほどひどい映画は久しぶり。ある意味で痛快ね。足は大丈夫？　早く休まないと。バス停まで送るから」

バス停まで二人は無言だった。松葉杖をついて歩きながら、チャンキは観終えたばかりの映画について考えた。映画には二通りある。観終えた後にいろいろ考える映画と、気分が高揚する映画だ。でも「宇宙の黙示録」はどちらでもない。だから考えることをやめた。次に梨恵子とのキスのことを考えた。やる気になれば映画館の暗がりでできたかもしれないと思いついた。今ごろ思いつく自分に腹が立った。最後にカメ地区のことを考えた。誰がネットのカメ地区情報をせっせと削除しているのだろう。

停留所に着いた。ちょうどバスが来る。松葉杖をつきながらチャンキはステップを上がる。若い男性が席を譲ってくれた。礼を言いながら腰を下ろして入り口に視線を送る。梨恵子はにこにこと微笑みながら手を振っていた。バスはゆっくり発車する。梨恵子の姿はすぐに小さくなる。後ろを振り返った姿勢のまま、チャンキはしばらく窓の外を見つめていた。

それから二週間が過ぎた。朝はバスで学校に行き、昼は教室でナシメや正明やヒロサワたちと昼食を済ませ、授業が終われば家に真直ぐ帰る。この時期はマユミさんも帰りが遅くなる仕事をなるべく断るようにしていたようで、ほぼ同じ時間帯に帰宅して夕食を作ってくれた。

三年四組の倉田美知子が自宅近くの六階建てマンションの屋上からダイブしたのは三日前。天文部の彼女とは一年のときにクラスが一緒だった。地面に激突する直前に彼女の足は一階のスーパーマーケットのアーケードの屋根に引っかかり、さらに花壇の脇の植え込みに落ちたので一命を取りとめることができたが、頸椎を損傷したうえにレンガのブロックに激突した顔面が半分陥没した。だから翌日の学校では誰もが複雑な表情だった。女の子たちは泣いていた。絶対安静状態の倉田美知子は、これから半身不随で顔のない生涯を送らねばならない。天体望遠鏡を手にして満天の星の下を歩くことはもうできない。真夏の海で泳いだり犬を連れて一緒に走ることもできない。あまりに理不尽だ。彼女は自分の意志でビルから飛び降りたわけではない。でも多くを失った。不合理で不平等で無慈悲すぎる。もしも神がいるならば、その胸ぐらをつかんで言いたい。勘違いするな。あなたは彼女にそんな人生を送らせる権利など絶対に持っていない。何が全能の神だ。恥を知れ。

金曜の午後、学校帰りのチャンキは病院行きのバスに乗った。外来で診察した年輩の医師は、レントゲン写真を見ながらチャンキの右足首をぽんぽんと叩き、もう松葉杖は使わなくてもいいでしょうと言った。ただし跳んだり走ったりはまだダメです。歩き過ぎてもダメです。まあでも、普通に歩くぶんには大丈夫です。むしろ歩いてください。この時期の過保護はいちばんダメです。

診察室を出てから松葉杖を返すために入院棟に向かった。五階の整形外科病棟でエレベーターから降りると、かつての主治医がすぐ前に立っていた。思わずぺこりと頭を下げる。でも主治医は何も言わない。確かに目が合ったはずだけど会釈すらしない。閉まるエレベーターの扉を振り返りながら、この人はある意味で徹底していると感心した。自身の衝動や欲望に正直なのだ。早朝から吠えつづける隣の何とかスパニエルだかテリヤだかを思い出した。欲求不満だワンワンワン腹が空いたワンワンワン何だかさびしいワンワンワンキンタマないぞワンワンワン。彼らは徹底して自分を偽らない。後先を考えない。自分がどのように見られているかなど二の次だ。

そしてそれはこの理不尽で不平等で無慈悲な世界において、とても正しい生きかたなのかもしれない。

病棟の通路を歩いていたら、後ろから声をかけられた。振り向けば化粧の濃い看護師が、空になったストレッチャーをもう一人の看護師と一緒に押しながら微笑んでいる。

「久しぶりね。今日は誰かの面会かしら」

「いやそうじゃなくて」と言いながら、チャンキは手にした松葉杖を目で示す。「これを返しに来ました」

「あらまあ良かったわね。やっぱり若いから回復が早いのね。ナースステーションに行ってください。それを渡して書類にサインするだけよ」

礼を言いながらチャンキは、「よく僕のことを覚えていますね」と言った。「だって毎日何人も緊急入院してくるのに」

「ああそれはだって」と言ってから、彼女は少しだけ小声になった。「アメリカ人に連れてこられた人は初めてだから。アメリカ人じゃないのかしら。でもとにかく私も、本物の外国人には初めて会ったから、しばらくは病院中で話題だったのよ」

そう言ってから彼女は、同意を求めるように横の若い看護師に視線を送る。少し困ったように微笑みながら、若い看護師は小さくうなずいた。顔色があまり良くない。二人はとても疲れきっているように見えた。チャンキは訊いた。

「忙しいですか」

「そうね、毎年夏から秋にかけてはタナトスが増えるの。でも最近の増えかたはちょっと異常。しかも医師も看護師も少なくなっているから慢性的に人手不足。」

そう言ってから彼女は吐息をついた。今日は化粧が薄い。だから眼の下のクマがはっきりとわかる。きっと睡眠時間も充分ではないのだろう。そういえば数日前のニュースでキャスターが、何度も医療崩壊という言葉を発していた。薬などの医療資源と違い医師や看護師は輸入できません。今のところ政府は対策を打ち出すことができずにいます。この国の医療はこの先どうなるのでしょう。

ストレッチャーを再び押しながら、かつて化粧が濃かった看護師は、静かに言った。

「あまり無茶しないでね。治りかけが大事だから」


それから二日後の日曜日、空は雲一つないほど晴れわたっていた。待ち合わせの図書館前に梨恵子は、チェックのキュロットにデニムシャツ、足には頑丈そうなワークブーツを履き、そして頭には一昔前のアフリカ探険隊がかぶるヘルメットのような帽子をかぶって現れた。

「サファリヘルメットっていうのよ。これで水筒があれば完璧よね」

「完璧って何が？」

「もしも今日カメ地区に行くことになっても大丈夫ということよ」

「何が大丈夫なんだ。それに今日は行かないよ」

「いつ行くの？」

「もう少し足が治ってから。それに……」

「それに何？」

「行くとしても一人で行くよ、他人を巻きこむべきじゃない」

「付き合ってくれってあなた病院で言ったじゃない」

「気が変わった」

「チャンキが行かないなら一人で行くよ」

「なぜ」

「言ったでしょ。不自然なのよあの場所は。そしてあの場所に対するこれまでの私の気持ちも。だから見過ごせない。このまま目をそむけて生きたくない」

「……ナシメはカメ地区と聞くだけで顔をしかめた」

「そうでしょうね。私も以前はそうだった。今でもそうよ。だから名前を口にしたくない。今だって言ってないわよね。できることなら行きたくない。何かが足を強く引っ張る。考えることを邪魔する。でもだからこそ、行かなければいけないと思っている」

そう言ってから梨恵子は、暑さに耐えかねたように帽子を手にとった。長い髪が両肩にかかる。

チャンキは周囲を見渡した。ヨシモトリュウメイが近くにいそうな気がしたのだ。でもどこにもいない。病院での面会以降、一度も姿を見ていない。

「……きっと悔しいのよ」

やがて梨恵子は言った。とても静かな声で。

「見えない場所があることは仕方がない。でも見ることができるのに見ない自分が許せない。知らないことはたくさんあるけれど、知らないと知ったことを知らないままにはしたくない」

「わかった」

チャンキは言った。梨恵子は顔を上げる。

「わかった？」

「気持ちは同じだ。僕も知りたい。見てみたい。みんなが行きたがらない理由を知りたい。だから一緒に行こう。でもみんなが行きたがらない理由がもしあるならば、それは実際に危険なことかもしれない。だから慎重に行動しよう。足もまだ不安がある。だから今日はカメ地区の入口まで行って、それで帰ってくる。もしも問題がなければ、次は日をあらためてもっと奥まで行く。それでいいね？」

梨恵子は答えない。じっとチャンキの顔を見つめている。納得できていないのだろうかと思ったけれど、「不満なのか」と訊けばゆっくりと首を左右に振った。

「そうじゃない。今のあなた、何だか別の人みたいだったよ」

そう言ってから、梨恵子はにっこりと微笑んだ。別の人って何だ。この数日で大人になって髭が濃くなって思慮深くなったのだろうか。宇宙から飛来したトカゲ型エイリアンが脳内に寄生したのかもしれない。

「何だか嬉しい。このあいだ観た映画の主人公よりも頼もしいよ」

「あいつは泣いてばかりだったじゃないか」

「泣き虫でもいいのよ。大切なことは思うこと。眼を逸らさないこと。とにかく私は嬉しい。でもカメ地区の入り口ってどこにあるの」

「昔のバスの終点はカメ駅だったらしい」とチャンキは言った。「ネットで見つけた。そこをとりあえずの目標にしよう」

6　カメ駅に向かう二人「カエルがぬるぬるぬるぬる」

市役所前から鍛冶屋町《かじやちょう》交差点行きのバスに乗り込んだ乗客は、チャンキと梨恵子を別にすれば三人いた。買いもの帰りらしい三十代後半の女性二人連れと、背広を着たサラリーマン風の若い男性だった。

車内でずっと女性タレントとプロ野球選手の離婚話に興じていた女性二人連れは、市役所前から六つめの水郷神社で降り、若い男性はそこからさらに五つめの東仲通り交差点で、ポケットから取り出したスマホを耳に当てながら降りた。車内に残されたのは運転手と、いちばん後部の席に座っているチャンキと梨恵子の三人だけになった。

この路線はかつてカメ駅行きだった。でも十数年前に行き先表示がカメ駅から三つ手前の鍛冶屋町交差点に変わり、走る本数も少なくなった。バスがカメ駅まで行かなくなった理由を、利用する人がほとんどいなくなったからと市は説明した。確かにそれは事実だろう。東仲通り交差点を過ぎると周囲の景色が一変する。往来を歩く人や走る車の数が急激に少なくなる。バスの本数が少なくなったから廃れたとの見方もできるけれど、車窓から眺める景色はそのレベルではない。今も道路沿いに住宅はたくさんあるけれど、その多くには人が生活している気配がない。ほぼ無人の町だ。

東仲通り交差点からさらに停留所で二つ分、チャンキと梨恵子は窓の外の景色を無言で眺めつづけていた。やがて車内アナウンスが終点の鍛冶屋町交差点に近づいたことを告げて、バスはゆっくりと停車した。ＩＣカードで支払いを済ませてバスを降りる二人の顔を、初老の運転手はハンドルを握りながら無遠慮に何度も見た。カメ駅まではかつての停留所で三つ分の距離があるけれど、この近隣の住宅や施設に人はもうほとんどいない。地域全体が廃墟になりかけている。こんな場所に片足を引きずるように歩く男と探険帽を被った女が（しかもどう見ても高校生の年齢だ）いったい何の用事があるのだと、初老の運転手は骨ばった顔いっぱいに大きな疑問符を浮かべていた。

もしも終点の鍛冶屋町交差点で降りる理由を訊かれたら、高校の部活で社会研究の一環で来ましたと答えようと決めていた。梨恵子の提案だ。だって通報されたらまた騒動になるわよ。マユミさんが心労で倒れちゃうわ。でも運転手は無言だった。最後まで一言も声を発さなかった。

バスを降りて運転手の粘っこい視線を背中に感じながら、二人は打ち合わせどおり、カメ駅とは逆の方向へとしばらく歩く。五〇メートルも歩いたころ、Ｕターンをしたバスが土煙をあげながら、ゆっくりと二人を追い抜いてゆく。

「もういいかな」

「まだよ」

やがてバスが小さな豆粒くらいに遠ざかったころ、梨恵子は立ち止まり、足は大丈夫？　と訊ねる。

「今のところはね」

「曖昧な返事ね」

「少し痛い。でもそれは仕方がない。走らなければ大丈夫だ」

小さくうなずいてから、梨恵子はゆっくりと周囲を見渡した。この一帯は住宅街だったらしく、道の両側には同じような外見の建売住宅が並んでいる。でもよくよく観察すれば、すべての家が相当に傷んでいることがわかる。庭は雑草で覆いつくされている。瓦が落ちた屋根や罅《ひび》が入りかけた壁に、始まったばかりの夏の強い日差しが照りつけている。あたりはしんと静まり返り、物音一つしない。市内中心部ではひっきりなしに聞こえていた蝉の声すら、この一帯ではまったく聞こえない。つまり生きものの気配がない。

どこかで見たような景色ねと梨恵子が言った。思いだした。キリコの画よ。ああなるほどとチャンキはうなずく。誰もいない町。無機的な建造物。長く伸びる影。ひっそりと時が止まったような世界。何かが不自然だ。何かが欠落している。何かが過剰だ。すべての作品に共通することは停止していること。音が聴こえないこと。行ったことはないはずなのに妙に懐かしい。懐かしいけれど何となく落ち着かない。あえて言葉にすれば何かが不吉だ。自分は今そんな町にいる。すぐ目の前にある交差点の信号が、またたきながら赤から青に変わった。しかし二人以外には道を渡る人もいないし、走り去る車もない。とても静かだ。

国内を走る乗用車の数は、ほぼ二〇年前の最盛期に比較すれば五分の一以下に減ったという。小さくて性能の良い日本車はかつて世界各国に輸出され、繁栄する日本経済のシンボル的存在だった。しかし現在、トヨタもニッサンもホンダも操業はほぼ停止している。死に絶えるべく呪われた民族が製造した車が諸外国で忌み嫌われたことと、生産工場における慢性的な人手不足が原因だ。

もちろん人口は減っている。でも人手不足の理由はそれだけではない。タナトスが現れ始める少し前までは、自動車メーカーの多くは中国やインドに生産拠点を移していた。やがてタナトスが増える過程と並行して国内経済は急激に悪化し（そして中国経済はさらに上昇し）、中国に置かれていた日本企業の工場はすべて閉鎖された。同じ時期に国内では、ブルーカラーの末端に多くいた中東やアジアからの出稼ぎ労働者もいなくなった。ならば自分たちで作るしかない。でも生産ラインで働くことを志望する日本人はほとんどいない。

なぜなら日本人は、単純労働が世界でいちばん苦手な民族となっていた。だって今日が人生最期の日になるかもしれないのに、ベルトコンベアで運ばれてくる同じパーツを同じ動作で磨いたり削ったりする一日を送りたいと思う人はまずいない。でも何をすればよいのかもわからない。

積み重ねる作業や思考を日本人はできなくなった。思いきり刹那的で享楽的なエピキュリアンになるか、自分が死んだ後に残される家族の生活を維持することにしか興味がない極端なペシミストになるか、多くの人はこのどちらかを選択せねばならなくなった。銀行が細々とやっていけるのは、たぶん後者の人たちがいるからなのだろう。

そんな日本民族が、それでもかつてとあまり変わらない生活水準をようやく保っていける理由は、各国からの援助金や支援物資の恩恵をフルに活用しているからだ。

もしも死を間近にした人がそこにいるのなら、周囲は理屈抜きに優しくなれる。滅びゆく最後の種をじっと観察するように、世界各国は固唾を飲んで、かつての経済大国の終焉を見つめている。何年にもわたってあらゆる角度から原因や理由を探索し、様々な手段を試したのだ。でも事態は変わらなかった。タナトスの原因や理由はわからない。ならばあとは見守るだけだ。そこから何らかの教訓なり示唆なりを見つけるために、最後の日本民族が息絶えるまで、ビニール手袋を装着した手で身体をさすったり何本ものチューブから流動食やサプリメントや薬剤を流し込んだり遠くからマスク越しに声をかけたりしながら、世界はじっと見守るだけだ。

それから時間にすれば二〇分ほど、二人はほとんど言葉を交わすことなく歩きつづけた。周囲には完全に形を失いかけるほどに朽ちかけた廃屋が目立ちはじめた。道路のアスファルトの裂け目からは、名前もよくわからない細長い雑草が旺盛に生い茂っている。

「足は大丈夫?」

歩きながら梨恵子がもう一度言った。

「足は大丈夫」

疑問符を外しただけの言葉で答えるチャンキにうなずいてから、梨恵子は手にしていたハンカチで汗ばんだ額を押さえる。「……ねえ。カメ駅って正式には何ていうのかな」

そういえば何だろう。考えもしなかった。「カメ駅が正式なんじゃないのかな」とチャンキは答え、「そうかなあ」と梨恵子はつぶやく。

「カメ駅の外観は知っている?」

「ガイカン?」

「形」

「知らない。ネットで画像検索しても見つからない」

「あれは違う?」

言いながら立ち止った梨恵子の視線は、信号二つ分離れた交差点のわきに向けられていた。広いスペースがあってその奥に、普通の家よりはひとまわり大きな建物が見えた。確かに駅舎に見えないことはない。交差点わきのスペースがロータリーだとしたら、距離的にはちょうどそのあたりに駅舎があって不思議はない。

二人はゆっくりと歩を進めながら、交差点の手前でもう一度立ち止まる。広いスペースには半円状に膝の高さほどの雑草が生い茂っている。やはりロータリーだったのだろう。一部が崩れかけている駅舎に隣接する二階建て鉄骨の骨組みは、かつての自転車置き場だ。端には何台もの赤錆びた自転車がひとかたまりになって積み上げられている。

以前はこれだけの大きさの自転車置き場が必要だった。学生や勤め人たちがそれぞれの家から自転車に乗ってこの駅に通っていた。でも今は誰もこの駅には来ない。ただし生きものはいる。遠くのほうで犬の吠え声がする。骨格標本にぼろぼろの布を巻きつけたように痩せた猫が一匹、二人の足音に驚いたのか眼の前を小走りに横切ってゆく。

「ここなのかな。でも線路が見えないな」

「ここは始発駅だもの。建物の向こうに線路があるんじゃないかな。……あれは看板じゃない？」

文字は消えかかってほとんど判読できなかったが、建物の正面らしき位置に取りつけられていたその板に眼を凝らすと、「メ」と「駅」らしき文字が確かに見えた。

「きっとカメ駅よ」

「位置的にはそうなるね」

「ねえ、そもそもカメ駅ってどういう意味？」

「わからない。生きもののカメかな」

「それを駅名にする？」

「ラテン語やフィンランド語の可能性だってないわけじゃない」

「日本のこんな田舎で駅名にラテン語やフィンランド語を使うとは思えないわ」

確かにそうだと思いながらチャンキは黙り込んだ。要するにまったくわからない。インターネットの情報が乏しいからだ。もしもネット検索ができなくなったら、この世界のほとんどがわからなくなる。自分の足で出向いて目で見て耳で聞くには限界がある。だっていつ死ぬかもわからないし、この国からは外に行けないのだから。

諸外国はすべて、タナトスの原因がわからない現段階においては接触はなるべく避けるとの方針から、日本国民が自国に来ることはもちろん、自国民が日本に行くことも含めて、日本との往来を原則的には禁じている。強制的な隔離状態だ。だからこそ外国人を街で見かけることはまずない。外国の地を自分が訪ねることもありえないし想像もできない。すべては映像や写真や文章などの二次体験だ。

その結果としてネットが世界になる。ネットだけで世界を知ったような気分になる。ネットに存在しないことはたくさんあるのに。

「……私たち、ネットに依存しすぎかもね」

梨恵子が言った。きっと同じことを考えていたのだろう。立ちつくしながらかつての駅舎を見つめる二人の汗ばんだ肌を、夏の風が静かに撫ですぎていった。

生い茂る雑草で地肌のコンクリートのほとんどが覆われた駅前のロータリーを斜めに横切ろうとしたとき、駅舎と自転車置き場のあいだの暗がりで、人ほどの大きさの影が素早く動いたような気がした。背中に悪寒が走る。とても嫌な感覚だ。錯覚じゃない。確かに何かいた。何かが動いた。

「なに？　何よどうしたの？」

突然立ち止まったチャンキを、梨恵子がこわばった表情で振り返った。

「誰かいる」

「どこに」

「駅の右のほう。あの崩れかけた壁と鉄骨の隙間」

「見えないよ」

「さっき確かに動いた」

「ねえ。冗談なら本気で怒るからね。時と場合があるんだから」

「冗談なんか言ってない」

そう言ってからチャンキは息を止めて目を凝らす。駅舎と自転車置き場のあいだの暗がりで、また影が動いたような気がしたのだ。

「犬か猫じゃないの？　大きさは？　確かに人だった？　どこよ、ねえどこにいた？」

「うるさい。ちょっと静かにしてくれ」

思わず声が尖った。同時に梨恵子の表情が変わる。前にもこんなことがあった。市内のスケート場だ。滑り終えてくたくたになりながらスケート靴をバスケットシューズに履きかえるときに「紐がほどけかけている」とか「左右の長さが不ぞろいだ」とか横からいろいろ言われて、思わず「うるさい」と言ってしまった。梨恵子はそれからまったく口をきかなくなり、二週間ほどは連絡も来なくなった。ただしあのときはスケート場だった。ここはカメ地区だ。喧嘩をしている場合じゃない。すぐに謝るべきだろうか。そう考える一瞬のあいだにくるりと踵を返した梨恵子は、何を思ったのか駅に隣接する自転車置き場に向かって、一人ですたすたと歩き出した。

……何だってそっちに向かうんだ。

あわてて梨恵子の後ろ姿に声をかけようとして、チャンキはそのままフリーズした。身体中の毛穴が一瞬で収縮したような感覚。同時に周囲の音が消えた。動悸が耳もとで激しく脈打っている。

駅舎と自転車置き場のあいだの暗がりから、髪を肩の下まで伸ばした男が、ゆっくりと現れたのだ。距離にすれば五〇メートルほど。男はずたずたに裂けた毛布のようなぼろを身にまとっていて、俯いたその顔は髭と髪に覆われている。

数歩だけ歩きかけてからチャンキと梨恵子の存在に気づいたのか、男は唐突に立ち止まった。髪と髭に覆われた顔がこちらを向く。この距離では眼も鼻も口もよくわからないけれど、確かに二人を視認したようだ。少しだけためらうような仕種をしてから、男はもう一度俯いて歩きだした。しかも方向を少しだけ変えた。真直ぐに梨恵子のほうに向かっている。同時に後ろ姿の梨恵子も男に気づいたらしく、ぴたりとその場に立ち止まった。

次の瞬間、チャンキは梨恵子に向かって右足を引きずりながらダッシュした。構図として三人は、それぞれちょうど正三角形の頂点にいた。下を向いたまま梨恵子に近づいてくる男の気配に特に敵意らしきものは感じとれなかったが、しかし広くて遮るものなど何もないロータリーで、何の目的もなしに見知らぬ人に向かって一直線に歩み寄ってくるはずがない。

立ち止まったままの梨恵子のすぐ背後に近づいたとき、男との距離は二〇メートルほどに縮まっていた。かなりの早足だ。ずっと俯いたまま、ペースを変えることなく歩いてくる。男から視線を逸らさないようにしながら、チャンキは梨恵子の肩に静かに手を置いた。いきなり走ったりこの場から逃げたりすることも、男を挑発するようで不安だった。ならばこのままじっとしているほうがよいはずだ。そう判断したチャンキは棒立ちのままの梨恵子の耳もとに、「そのまま動くな」と小声でささやきかけた。「大丈夫だ。あいつ武器らしいものは持ってない。とにかくやり過ごそう」

視線を男に据えたまま小さく梨恵子がうなずいたとき、歩きながら男が顔を上げた。そして今気づいたとでもいうように、両眼を細めて二人をまじまじと見つめた。同時にチャンキと梨恵子は、咽喉の奥で短い声をあげていた。男の顔には正確な意味での輪郭がなかった。髭に覆われた顔の下半分は溶けかけたバターのように胸の下あたりまで垂れ下がり、スーパーでネギや豚コマなどの買い物を終えた主婦が片腕に吊るしたレジ袋のように、足を踏み出すごとに前後にぶらぶらと揺れていた。

梨恵子の上体が左右に激しく震え、よろめきかけた。チャンキはあわてて背後からその身体を支える。男の歩調は変わらない。どんどん近づいてくる。あと数メートルだ。ぼさぼさに伸びた髪のあいだから二つの眼が覗く。鶏の照り焼きのように歪に盛り上がった肉塊と髭に埋もれて、鼻や口は見分けることができない。つまり表情はわからない。

梨恵子の両肩に手を回しながら、チャンキは近づいてくる男と梨恵子とのあいだに身体を割り込ませる。できることは盾になることだ。今はそれしかない。右足はまだ痛むけれど、危険で汚れた男の手から梨恵子を守らなくてはならない。

数秒後。男は二人のすぐ傍を、まったく歩調を変えることなく通り過ぎた。視線は真直ぐ前方に据えながら、立ちつくす二人には一瞥もくれなかった。ぶらぶらと揺れる顎の肉がすぐ目の前を通り過ぎるとき、甘酸っぱい饐えたような匂いが硬直した二人の鼻先を掠め過ぎた。

……遠ざかる男の後ろ姿を目で追いながら、強張っていた全身の筋肉から力が抜ける。たまたま男が目指す方向に二人は立っていたということなのか。でも外部から訪れる人などほとんどいないはずのこの地区で、これほど完全に他者の存在を黙殺できるものだろうか。

男の後ろ姿から視線を外して振り返ろうとして、シャツの背中側の裾を梨恵子が固く握りしめていることに気がついた。ずっと後ろから握っていたのだろうか。まるで幼い子供のようだ。ひやかしてやりたいけれど適当な言葉が見つからない。深々と吐息をついてから、「話したら意外といい人だったかもしれないな」と梨恵子がひとりごとのように言った。思わずその顔を見つめてから、

「話せるのかあいつ?」とチャンキは言った。

「そんなことわからないよ。というか、普通なら話せるでしょ」

「……顔見たよね」

「見たよ。かなり変形していたね」

そう言って少し考え込むような表情になってから、「レックリングハウゼン病かもしれないな」と梨恵子は言った。「あるいはプロテウス症候群かしら」

「何だって」

「レックリングハウゼン病は遺伝子の病気よ。身体中の皮膚などに腫瘍ができるの。でもあれほど腫瘍が大きくなることは稀だから、プロテウス症候群のほうかもしれないな。『エレファントマン』は観た？」

ずいぶん昔にそんなタイトルの映画があったことは知っている。でも観ていない。だってスプラッタ系は苦手だ。そう答えるチャンキに、「少なくとも『エレファントマン』はスプラッタ系ではないよ」と梨恵子は言った。

「十九世紀のイギリスで象のように外見が変化して見世物になっていた男性の映画。実話なのよ。最後にベッドで自殺するの。仰向けに寝て」

「仰向けに寝て？」

「臓器も部分的に肥大するから仰向けに寝ると窒息してしまうという設定だったかな。だから彼は、生まれてから一度も仰向けに寝たことがない。でも見世物生活からやっと解放されて安息の日々が始まったときに、これで全部終わったと言ってからベッドに仰向けになるのよ」

チャンキはもう一度、遠ざかる男の後ろ姿に視線を送る。駅前の誰もいない交差点を左に曲がる直前だった。膝の下まで垂れ下がるぼろを着たその後ろ姿は、遠目には巨大なミノムシのように見えた。もしも見世物にされたならミノムシマンだ。なぜエレファントマンは安息を取り戻したのに死ぬことを選択したのだろう。もしもそう質問したら、それを考えるための映画なのよ、と梨恵子は答えるだろう。

「……何だっけ。スタンハンセン病？」

「レックリングハウゼン病。何よスタンハンセンって」

「昔のプロレスラー。必殺技はウェスタンラリアット」

少しだけ梨恵子が微笑む。いつのまにかシャツの裾からは手を離している。それにしても梨恵子の知識量は圧倒的だ。何でそんなややこしい病名まで知っているのだろう。

「だから映画を観たのよ。それで興味を持っていろいろ調べたもん。チャンキだってプロレスは詳しいじゃない」

「僕はプロレスだけだ」

「私だって知らないジャンルはいくらでもある」

「でもいろんなことを知っている」

「だって世界は広いもの」と梨恵子は答える。「だからできるだけ多くを知りたい。見たいし聞きたい」

黙り込んだチャンキをしばらく見つめてから、「だからお願いだから、もううるさいなんて言わないでね」と梨恵子は言った。とてもしっとりとした声で。

「確かに私はすこしうるさいかもしれない。ならばそういうときは適当にうなずいていてくればいいから。愛する人から言われていちばんつらい言葉だから」

愛する人。チャンキは顔を上げる。でもチャンキの視線を見返すことがないまま、「行きましょう」と駅舎を見つめながら梨恵子は言った。「予定よりだいぶ遅れてしまったわ」

日差しは少し斜めになりかけている。二人は駅舎に向かって歩き出した。

市の外れにあるカメ駅を始発とするカメ電車は、コンピューターに完全制御されながらいくつかの無人駅を経由して、海岸沿いにある港町であるカメ港駅とを往復していた。明治期から旧ソ連のウラジオストク港などと交易を行っていたカメ港は、特に日ソ国交回復以降、ずいぶん賑わった時期があったらしい。

その後に旧ソ連はロシアになり、カメ町は日本海側におけるロシア交易の拠点のひとつになった。ところがある時期を境にタナトスがこの地区に異常に集中した。その発端はカメ町郊外に住み着いたウクライナ人一家ということになっている。これについてはネットで、断片的ではあるけれど複数の情報を確認できた。それらを寄せ集めれば、以下のようなストーリーになる。

ウクライナ人一家は父親と母親と娘の三人家族だ。本国で音楽の専門教育を受けていた父親は、来日早々にオーディションを受けて県の交響楽団の首席ヴァイオリン奏者に就任した。ウクライナ人一家が暮らす県の公営住宅の隣には、大分県出身で同じ楽団の次席ヴァイオリン奏者が、やはり妻と娘の三人家族で暮らしていた。ウクライナと大分出身の二つの家族は、共に郷里から遠く離れているという親近感もあったのか（距離はぜんぜん違うけれど）、血縁のように親密な交際をしていた。

その夜もウクライナ人一家のリビングで二家族が揃った夕食を終えてからウォッカで上機嫌に酔っぱらって帰宅した次席ヴァイオリン奏者は、夜中にむっくりと布団から起き上がり、真直ぐキッチンへと向かって魚をおろすときに使っていた包丁を両手に握りしめ、自分の胸や咽喉を何度も突き刺して息絶えた。

一夜明けてキッチンで無残な夫の姿を発見した妻は、激しく動揺しながら警察に「夫が殺された」と通報した。遺書はないし自殺する理由もまったくない。死ぬ直前まで上機嫌だったのだ。ウクライナ人一家の父親が、まずは重要参考人として取り調べを受けた。メディアは最初、殺人事件の疑惑があるとして報じ、首席奏者の座をめぐる争いが殺害の動機などと裏もほとんどとらずに書きたてた週刊誌もあった。警察の現場検証と次席ヴァイオリン奏者の遺体が司法解剖されたことで自殺であることはすぐに証明されたけれど、メディアは「自殺を装った他殺」の見立てを崩さず、それからしばらくのあいだ、事件はワイドショーで放送されつづけた。

同時期にこの事件を契機にするかのように、日本全国で突発的な自殺が急激に増加し始めた。そのほとんどは夜中に自らの胸や首に包丁を突き立てた次席ヴァイオリン奏者と同じく、動機も理由も遺書もない自殺だった。どうやら突然自殺への衝動が湧いてくるらしいと人々が気づき始めたころ、「原因はウクライナ人一家が持ち込んだウィルスである」との記事をネットニュースが配信して大きな話題になった。

特にカメ町では多くの家で夫が死に、妻が死に、息子が死んで娘が死んだ。そのあまりの頻度の高さに、タナトス発生の何らかの手がかりがつかめる可能性があるとして政府が組織した調査団が、この地区の探索を試みたこともあった。しかし結局のところ調査団は、何の手がかりもつかめないままに解散した。

残された人々は呪われた町を見限って、次々と引っ越していった。やがて港は完全に閉鎖され、町は無人となりゴーストタウンと化した。終点の港町が廃れると時を同じくして、電車によってウィルスがすこしずつ伝播でもしたかのように、沿線の町も荒れはじめ、急速にさびれていった。賑わいが失われてゆくと同時に野犬が増え、雑草が生い茂りはじめた。

ネットに断片的にある乏しい情報をまとめると（だからどこまでが事実なのかはわからないが）、

ほぼこうした経緯になる。やがてウィルス説は衰退してゆく。外国ではまったく発生していないし、在日外国人にもこの症状が発生しないことが明らかになってきたからだ。そして誰かがつけたタナトスという俗称が定着したころ、日本に滞在する外国人は続々と帰国し始めていた。ウィルス感染を恐れたことも一因だが、もっと直接的な理由は、ネットなどで在日外国人を攻撃しつづけてきた一部の右翼保守系（あるいは民族差別を声高に主張する）グループが、外国人を襲撃するなどの実力行使に出るようになってきたからだ。

さらに数年が過ぎて世界各国が日本に居住する自国民に対して帰国勧告を発令し始めたころ、在日外国人の一部がカメ地区に集まり始めた。彼らの多くは不法入国者やオーバーステイであったり逃亡中の犯罪者であったり、いずれにせよ様々な理由で本国には帰りづらい人たちだ。こうしてカメ地区はいつのまにか、（いわゆる）不良外国人たちのコミューンへと化していた。

ただしそれも、チャンキが子供時代までの話のはずだ。現在のカメ地区には誰もいない。行政は居住者ゼロと発表している。住み着いていた外国人たちのほとんどは、その後に病死したり帰国したりしている。

居住者がほぼいなくなると同時に、カメ地区をめぐるさまざまな憶測や怪談、伝説が、人々のあいだで噂され始めた。毎夜午前二時きっかりに誰もいないはずの港に青白く発光する観光船が入港するとか工業高校の不良グループがカメ地区にのりこんだが戻ってきたのは頭髪が真っ白になって気のふれた一人だけだったとか、そんな類いの定型化した噂ばかりだ。

でもチャンキは実際にアーノルド・シュワルツェネッガーに会った。工業高校のワルたちに半殺しにされかけたときに救出された。それから抱きかかえられて病院まで運ばれた。彼はどこから来たのか。そしてどこへ行ったのか。彼はこの地に関係はないのか。なぜ多くの人はこの地を忌み嫌うのか。それを知りたい。ヨシモトリュウメイは「ヒントはカメ地区にある」と言った。何のヒントなのかわからない。でもきっとここで何かがわかる。知りたいことはたくさんある。だからここに来た。見るために。聞くために。そして知るために。

覚悟を決めて足を踏み入れた駅舎の中は、意外なほどに清潔な印象だった。外観のような傷みや老朽化はほとんどない。ただしベンチの下などにはガラスの割れた窓から吹き込んできた落ち葉や砂などが堆積しているから、何年にもわたって誰も掃除などしていないことは明らかだ。でも壁はほとんど煤けていない。真っ白なままだ。シャッターが下りたままの売店の横には、薄茶色に変色して湿気のために二倍ほどの厚さに膨張した雑誌の束がいくつか置かれていた。ところがつい最近誰かが雑巾がけでもしたばかりのように、シャッターはぴかぴかに光っている。

「……あまり荒れていないわね」

隣に立つ梨恵子が小声で言った。「でもなんだか不自然。いやだな。そう思わない？」

「思うよ。若いんだか年よりなんだかわからない人みたいだ。どう挨拶すればいいのか困る」

「その表現は素敵。……ねえ見て。券売機の灯りが点いている」

「ほんとだ」

「すごいな。二〇年近く点きっぱなしということになるのよね。改札のランプも光っているよ」

「電気がもったいない」

「ねえ暑くない？」

言われて同意した。確かに駅舎に入ると同時に、空気が妙に生ぬるいと思っていた。「たぶん暖房がついたままなのだと思う」と梨恵子は言った。さっき走ったせいか右足が痛い。しかも（痛む右足を庇って歩いていたからなのか）左の足首にも鈍痛がある。

「暖房？　でもなぜこの時期に」

「駅員がいなくなったときが冬だったんじゃないかな」

「でも電気代は？　誰が払っているのだろう」

小さく肩をすぼめながら、「私に訊いてもわからないわ」と梨恵子は言った。

「何でも知っているのかと思っていた」

「意味のあることはね」

「意味があるかどうかは、知ってみないとわからない」

あまり深く考えずにつぶやいた。どちらかといえば梨恵子が口にしそうな台詞だ。でも少し考えてから梨恵子は、「……いろいろ勉強することは大切だけど」と小さな声で言った。

「私のように理屈っぽくならないでよ」

少しだけ驚いてチャンキは梨恵子の顔を見る。

「梨恵子は理屈っぽいのか」

「自覚はしている。子供の頃からよく言われていたもの。亡くなったお父さんからも、この子は可愛げがないとよく言われていた」

「そんなことはないよ」

「ありがとう。でも慰めてくれなくてもいいよ。確かに可愛げはなかったと思う。生意気だった。お父さんはとても可愛がってくれたよ。でも心配していた。友達が少なかったから。周りの子がみんなとても幼く見えて仕方がなかった。だってみんながジュール・ヴェルヌやコナン・ドイルを読んでいた小学生のころに、私はトマス・アクィナスや太宰治やレイチェル・カーソンを読んでいた。ちょっと変だったと思う。話題が合わなくて当然よね。自覚はしている。黙っていたほうがいいのよね。だから高校に入ったころから、同世代とは打ち解けて話すことがあまりなくなったの。ちょっと気をゆるめてしゃべると、距離を置かれてしまうから」

少し考えてから、「僕の前では気をゆるめていいよ」とチャンキは言った。「ええそうしてる」と梨恵子はうなずいた。「だからイラついたらそう言ってね。うるさいはダメよ。他の言葉で」

「他の言葉って？」

「チャンキがよく口にする言葉よ」

「何だろう。わからない」

「それよ。わからない。それでいい。私はその言葉が好きよ。これまで私は、わからないという言葉をあまり使ってこなかった。どちらかといえば知らない。でもわからないと知らないはぜんぜん違う」

そう言ってから梨恵子は、右手をチャンキの目の前に差し出した。「行きましょう。でもここから先はさすがに怖い。しばらく手をつないでほしい」

握り返した梨恵子の手の感触がいつもと違う。明らかに汗ばんでいる。暑いからだろうか。いやきっとそれだけじゃないはずだ。そう考えてからチャンキは、「来る前に約束したよね」と言った。今日の目的はカメ地区の入り口のカメ駅まで。それ以上の深入りはしない。正直に言うと右足がそろそろ限界だと思う。

「痛むの？」

「歩けないほどじゃない。骨の具合というより、急に長い距離を歩いたり走ったりしたせいじゃないかな」

チャンキの右足首にちらりと視線を送ってから、「わかっている。ちゃんと約束は守るよ」と梨恵子は言った。「今日は入り口を確認して帰る。でもここはまだ入口の途中よ」

「だってここは駅だよ。入口だ」

「ここは入口の入口よ。ホームまで行きましょう。それで今日は帰る。約束する」

ICカードをかざしたが、規格が違うのか自動改札機は反応しない。改札を無理矢理に通り抜ければブザーが鳴るはずだ。あわてて駆け寄ってくる駅員はいないとは思うが、できることならそんな状況は回避したい。だってそれは違法行為だ。券売機の前で考え込むチャンキの手を梨恵子が引いた。

「そういうところは律義よねえ。でも私はもう少し蓮っ葉なのよ。法的にも問題はないと思う」

「問題ない？」

「だって廃線よ」

「……ブザーを鳴らしたくない。足が痛まなければ跳び越えられるけれど」

「こっちを通りましょう」

言いながら梨恵子は、自動ではない端の改札にチャンキを誘導した。ふと見上げれば天井と壁には複数の監視カメラが設置されていて、小さなレンズが二人に向けられている。録画ランプが点滅していることを確認しながら、この映像はどこに記録されるのだろうとチャンキは考える。どこかには記録されるはずだ。クラウドだろうか。でも観る人はおそらくいない。いないけれど映像は残る。記憶される。気が遠くなるほど長く残る。二人がこの世界からいなくなったあとも、それから何百年が過ぎても、しっかりと手をつないだ二人が改札をきょろきょろしながら通り過ぎる映像は世界に存在しつづける。でも誰も観ない。不思議だ。観られない映像に何の意味があるのだろう。

意味などない。思いだされない記憶に意味がないように。

　改札を抜けると連絡橋へとつながる階段があった。でもエスカレーターとエレベーターは停止している。おそらく電気の系統が違うのだろう。コンクリートの階段を一段ずつ上がる。ゆっくりと足を運ぶ理由は足の痛みだけではなく、ミノムシマンのことが頭にあったからだ。この地区の居住者数をゼロと行政は公表しているけれど、それは住民票を持つ人に限られる。例外は常にある。ミノムシマンなら害はなさそうだけど、コブラマンとかタランチュラ怪人やゾンビが現れる可能性はゼロではない。一人なら逃げる。でもこの足では逃げきれないかもしれない。それに何よりも今は一人じゃない。守るべき人がいる。

　連絡橋を歩き始めてすぐに、ねえ聞こえない？　と梨恵子が小声で言った。

「何が？」

「人の声」

　立ち止まってチャンキは耳をすます。確かに聞こえる。女性の声だ。構内アナウンスかと思ったけれど違う。響きかたは明らかに肉声だ。

「いちばん奥のプラットホームにいるみたいね」

　そう言って進もうとする梨恵子の手をチャンキはあわてて引いた。振り返った梨恵子が、非難がましく「痛いよ」と言った。

「何を考えているんだ」

「だって奥のホームだよ」

「だめだ。今日はここまでにしよう」

「でも誰かいる」

「だからやめよう」

「女性よ」

「関係ない」

「何かを訴えている」

「それはまだわからない」

「何て言っているかわかる？」

チャンキは声に集中するが、話している内容はわからない。声は間断なくつづいている。誰かとしゃべっているのだろうか。でも相手の声は聞こえない。まるで何かを朗読しているようだ。

「ちょっと様子を見てみよう。それだけよ」

「だめだ、戻ろう」とチャンキは言った。多くの人から忌み嫌われて廃線になった駅のプラットホームで、一人で（何かを）朗読している女性の姿を思い浮かべながら。それはとても不吉な光景だった。

「じゃあこっちのホームに降りよう。そこからでも見えると思う。見たらそれで帰る。直感だけど危険は感じない」

そう言ってから梨恵子は、「私たちはここに何をしに来たの？」と声の調子を変えた。いや、いつもの雰囲気に戻した。

「なぜ多くの人がこの場所を嫌うのか、その理由を知ることが目的よ。ならばここで引き返す意味がわからない。声がするなら姿を見る。自然なことだと思うよ。ホームに降りて確認したら今日は帰る。その約束は守るよ。私もそこまで無謀じゃない。でもここで引き返したくはない」

少し考えてからチャンキは、「見るだけだよ」とうなずいた。説得されたわけではないけれど、確かめたい気持ちは自分も同様だと思ったのだ。そのためにここに来た。駅舎を見るために来たわけではない。

ゆっくりと不要な足音をたてないように階段を降りる。ホームに立つ。夕暮れの涼しい風がほてった頬を撫でる。向かい側のプラットホームの端のベンチに腰を下ろした小柄な白髪の婦人が、宙の一点を見つめながらしゃべっている。相手はいない。一人だ。……日本人よねと梨恵子がつぶやく。日本語みたいだよとチャンキが答える。

陛下にご無礼をはたらいた罪状だけは否定できませんよ、ええ、何人たりとも否定できませんよ！ ヨシコさん、そんなにあたしが憎いんですか、これでおしまいよってあたしは何度も言ったじゃないですか、陛下もさぞやお嘆きのことでしょう。

しゃべりながら夫人は斜め上を見つめている。垢じみて伸びきったストッキングの左膝の内側には、怪我でもしたのかべっとりと生乾きの血痕が付着していた。傍に置かれたぼろぼろの紙袋の口から、新聞紙に包まれたフライパンの柄や鍋の蓋らしきものが見えた。

陛下、陛下、あまり中を覗き込んでは危険でございますよ、あたしをご存じですよね、イサワノリコという名前にご記憶はございますよね、いつまでも過去を引きずっていては、落ち着くこともできません。住めば都というではありませんか。ヨシコさん、いかがですか。だめなのですか。わからないなら握ってください。ぶつぶつと手のひらで感じられるはずです。カエルの卵じゃありません。カエルとりは覚えてますか、陛下、カエルがぬるぬるぬるぬる、気持ち悪いと仰いましたよね、ぬるぬるぬるぬる、ぬるぬるぬるぬる、なんだかあたしも首筋がぬるぬるしてまいりましたわよ、でもあのぬるぬるが重要なのですよ、さらさらぼきぼきじゃあっというまに忘れてしまいますもの。忘れちゃだめですよ、陛下、忘れちゃぜったいだめですよ、残酷なことはこの世に幾らでもあります。でも忘れることほど残酷なことはない。覚えているはずです。嘘はいけません。覚えていますよね。あれほどつらい思いをしたのに。苦しんだのに。火に包まれたのに。覚えていますよね。覚えているのかいないのか、はっきりしたらどうなんだこのヤロウ！

抑えつづけた感情がとつぜん暴発したように婦人が昂った声を上げたとき、ホームの停止線に沿って埋め込まれていた青色のライトがちかちかと瞬きだし、電車の到着を伝えるアナウンスが構内に響き始めた。二番線ホームご注意ください。電車が来ます。二番線ホームご注意ください。

「……何これ」

啞然としたように梨恵子がつぶやく。

「電車はまだ動いているということ？」

同じように啞然としながらも、「そうらしい」とチャンキは答える。

「どういうこと」

「わからない。電気がまだ繫がっているから、電車は勝手に動きつづけているということかな」

「二番線ホームってここよ」

梨恵子がそう言ったとき、線路を挟んだ三番線ホームにいる婦人が動き始めた。立ち上がって紙袋を手にすると、早足でホームを横に移動し始める。同時に銀色の電車がチャンキと梨恵子の目の前に入ってきて、婦人の姿は見えなくなった。

「……いま、立ち上がりながらあの人、こっちを見た」

梨恵子が言った。疑問形なのか断定形なのかわからない。だから「見たかな」とチャンキも抑揚をつけずに答える。確かに一瞬だけちらりと視線が向けられたような気がする。そのとき目の前の電車の扉が空気音と共に開いた。もちろん車両には誰もいない。その中を覗き込んでから、「あの人、こっちのホームに来る気なのかしら」と梨恵子が言った。

チャンキは答えない。とても小柄な女性だった。髪も白い。相当に年配のはずだ。工業高校のワルたちとは違う。身体的な暴力の心配はない。紙袋に入っていたフライパンを片手に襲撃してきたとしても、その攻撃をかわすことは難しくはない。一応は柔道部員だ。右足は痛むけれど、彼女一人なら取り押さえるくらいのことはできるはずだ。

でもこっちに来てほしくない。近くで相対したくない。だって彼女が何を考えているのかわからない。わからないから怖い。きちんと会話ができるかどうか自信がない。幼稚園のバンビ組の祥子ちゃんの母親のことを思い出した。髪を振り乱して口のなかでぶつぶつと何かをつぶやきながら、軍隊の行進のように両手を前後に振って歩いていた。とても怖かった。たった一人で行進する祥子ちゃんの母親の眼はキラキラと輝いていた。たった一人で喋りつづけるあの年配の女性の眼も、傍に寄ればきっとキラキラと輝いているはずだ。それは怖い。今はあのキラキラと光る眼を見たくない。

電車が再び出発することをアナウンスが告げている。女性の声だ。向かいのホームにいた女性の声に似ている。だから一瞬だけわけがわからなくなる。二番線ホームの電車はまもなく発車します。お乗り遅れになってはいけません。忘れてもいけません。だって覚えているはずです。忘れたふりならばホームから落ちますよ。火に包まれますよ。落ちて轢《ひ》かれますのでどなたさまもご注意ください。まもなく発車です。

……梨恵子がじっと自分を見つめている。チャンキは階段を見上げる。改札に逃げるタイミングが遅れた。もしも彼女がこちらに向かっているのなら、階段を上る途中で鉢合わせするかもしれない。いつもこうだ。その場から離れるタイミングを間違える。だから白山公園で赤沢和美がレイプされかけた。同じ過ちをくりかえすのは本当のバカだ。考えろ。どうしよう。どうすべきだろう。

ブザーが鳴る。時間はない。梨恵子が痛いほどに強く手を握ってくる。

「どうしようか。こんにちはって言う？」

「避けたほうがいいと思う。何となく怒っていたし」

「でもどうやって？」

ブザーが鳴り終わる。発車しますとアナウンスが告げる。二人は顔を見合わせ、次の瞬間に、扉が閉まる直前の電車に乗り込んだ。

7　愛国のマユミさん「なんだかスパゲティ状態ね」

ヨーカドーの家電売り場で特売品として陳列されているノンオイルフライヤーを買うかどうかを二分ほど思案していた和代さんは、ポケットの中のスマートフォンが小さく振動していることに気がついた。画面を確かめる。何度も着信していたのに気がつかなかった。あらまあ。マユミさんね。

「ごめんなさい今は大丈夫かしら」

いきなりマユミさんは言った。もしもしが省略されているし社交辞令的な挨拶もない。声には何となく緊張がある。ええ大丈夫よと言いながら、スマホを耳に当てた和代さんは出口に向かって歩き始める。これは少し長い電話になるかもしれないと思ったからだ。

二人は女子高時代のクラスメートだ。卒業してマユミさんは東京の大学に進学し、和代さんは地元の大学に通った。タナトスなどまだ影も形もない時代だ。マユミさんは大学卒業後に東京のテレビ局にアナウンサーとして就職し、和代さんは地元の信用金庫に就職した。結婚はそれぞれ同じころ。その少し前には疎遠になっていた時期もあったけれど、妊娠したマユミさんが実家に里帰りしていたとき、やっぱり妊娠していた和代さんと街でばったり再会して、二人は急速に親しくなった。盆や正月に夫とチャンキを連れて里帰りするマユミさんは、ほぼ必ず家に遊びに来た。和代さんがチャンキの頭のてっぺんを見ていたころだ。やがて二人は夫を失った。それもほぼ同じ時期。離れた場所に暮らしながら、互いの何かが共振しているかのように人生の節目を同じタイミングで迎えることが不思議だった。やがて華やかなレポーター時代に自ら終止符を打ったマユミさんはチャンキを連れて帰ってきて編集プロダクションの経営者となり、和代さんも夫の会社の代表を引き継いだので、互いに忙しくて最近はほとんど連絡をとっていなかった。

家に訪ねてきたチャンキに誕生日祝いの餃子を持たせたその日の夜、マユミさんから久しぶりに電話があった。もちろん用件は餃子のお礼だったけれど、気がついたら三〇分以上しゃべっていた。本当に問題ばかり起こすのよと嘆くマユミさんに、チャンキは面白い子よ、私もあんな息子が欲しいと思っているわ、と和代さんは何度も言った。

「ねえ本気で言っているの」

「もちろんよ。できることならたまには梨恵子とトレードしたいって本気で思うもの」

「悪くないかも。私も女の子が欲しいってずっと思っていた。梨恵子ちゃんなら文句なし」

「女の子は母親にとって手強いわよ。男の子は押しなべて女の子よりバカ。だからきっと可愛いのよ」

「バカが可愛いのならチャンキはお勧めね」

「チャンキは利口よ。今のは一般論」

二人は今年で四十二歳。とても気が合うと互いに思っている。ただし性格はかなり違う。和代さんはよくしゃべる。梨恵子の性格はおまえに似たと亡き夫からはよく言われていた。いつも一言多いらしい。言わなくてもいいことを言いすぎる。だから周囲との摩擦が絶えない。マユミさんはどちらかといえば口数は多くない。でも言うべきことは言う。相手に迎合しない。では賛成の人は手を挙げてくださいと言われてみんなが手を挙げかけたときに、これを多数決で決めるのはよくないと思いますと発言するタイプだ。そしてみんなが沈黙したときに私もそう思います、もっと議論しましょうと提案するのが和代さん。だから結果的に話は合う。入り口と途中の道筋は違うけれど、最後の出口はとても近い。

ヨーカドーの出口の脇にはメロンパンを売る巡回車が停車していた。「あらメロンパン」とスマホを耳に当てながら和代さんは言う。「メロンパン?」とマユミさんが驚いたようにくりかえす。

「今日子の好物なのよ。巡回販売のメロンパン。確かにおいしいの。でもなかなか車が見つからなかったの」

「見つかったのね」

「今目の前で売っているわ」

「ごめんなさい。かけ直そうか」

「いいのよいいのよ。大丈夫。メロンパンは逃げないわ」

「でも巡回車なら移動しちゃうかもしれない」

「停まったばかりみたいだから当分大丈夫よ。それよりどうしたのよ何かあったの」

「何かあったとか起きたというわけじゃないのだけど」

そう言ってからマユミさんは、少しだけ沈黙する。

「……今日、梨恵子ちゃんは家かしら」

「昼前に出かけたわよ」

「チャンキと一緒かしら」

「どうかしら。何も言ってなかったけれど、変な格好して行ったからそうかもね」

「変な格好?」

「アフリカ探険隊みたいな格好。なんていうの。丸い探険帽。父親が持っていたのよ。それを持って行ったから、たぶんチャンキと一緒なんじゃないかな」

確かにそうだろうとマユミさんも思う。あの梨恵子ちゃんが一人でそんな格好をして外出するとは思えない。チャンキは一緒にいると考えるべきだろう。でもならば、二人はどこへ行ったのかしら。チャンキが電話に出ないことは珍しくないけれど、今日は何となく胸騒ぎがして仕方がないのよ。ごめんねえ。こんな電話をもらっても困るよねえ。

「この電話を切ったら、私も梨恵子にラインしてみるわ。ラインじゃなくて電話にしようかしら。まあでも、あの格好なら山とかじゃないかしら。このあいだ粘菌を飼いたいと言っていたから、チャンキと一緒に探しているんじゃないかな」

「ネンキン?」

「菌類よ。あたしもよく知らない。キノコの仲間だって。動くらしいのよ」

「動くの?　キノコが?」

「らしいわよ」

何だか怪奇映画みたいだわと思いながらマユミさんは「チャンキの右足はまだ完治していないのよ」と言った。「こんなときにわざわざ山に行くかしら。チャンキ一人ならやりかねないけれど、どっちかというと梨恵子ちゃんは止めるほうだと思うわよ」

「確かにそうね」と認めてから、和代さんもしばらく考え込んだ。マユミさんの不安が何となく感染したような気分だ。それに実のところ梨恵子も、幼いころから時おり突拍子もないことをする。通知表の備考欄に「成績もよいし人望もあるのですが、たまに余計なことを言ってしまう傾向があるようです。学級委員らしからぬ単独の行動もしばしば見受けられます」と書かれたのは小学校三年のとき。このときは父親に通知表を見せないようにするために苦労した。

「……とにかく梨恵子に電話してみるわね。何かわかったら折り返すから。今日は家なの？」

「今日は久しぶりに一日お休み」

「たまには遊びにいらしてよ」

「ほんとよねえ。今度今度なんて言っていたら、あっというまにおばあちゃんになっちゃう」

「私たちも二人でどこかに遊びに行こうか」

「それいい。そうね。じゃあ次は、子供は放っておいて二人でワインでも飲みましょうか」

「家の近所においしいイタリアンのお店ができたのよ。連れてゆきたいわ。本当においしいの」

久しくイタリアンは食べてないわと言うマユミさんの声と重なって、メロンパンの巡回車のアナウンスが響き始めた。移動する合図のようだ。おいしいおいしいメロンパン。メロンロンロンメロンパン。みんなで食べようメロンパン。メロンとパンでメロンパン。……メロンパン行っちゃうんじゃない？　そうみたい。もう切るわね。ごめんねえ忙しいときに。いえいえこちらこそ。じゃあ約束ね。次は二人でワインを飲む。それとイタリアン。絶対よ。とにかく梨恵子に電話するから。お願いね。

スマホを耳から離すと同時に、今にも動き出しそうな巡回車に和代さんは小走りに駆け寄った。メロンパン三つくださいな。渡された紙袋を小脇に抱えながら梨恵子の名前をタップしたスマホを、再び耳に当てる。今日はもうノンオイルフライヤーを買うことについてはあきらめようと考えていた。

スマホをテーブルの上に置いてから、たぶん梨恵子ちゃんは和代さんからの電話に出ないだろうな、とマユミさんは考える。そう思う明確な根拠があるわけではない。根拠はないけれど確信はある。二人は一緒にいる。そしてどちらも母親からの電話には出ない。椅子に腰を下ろしてから、カップの中で冷えかけたコーヒーをマユミさんは口に含む。そしてしばらく考える。

マユミさんは熱いコーヒーが苦手だ。猫舌なのだ。だから淹れたては飲めない。でも夫はぬるいコーヒーが嫌いだった。こんなの豆のとぎ汁みたいだとよく顔をしかめていた。もし今夫がここにいたら、君は少し心配しすぎると言うのだろうか。いつもそうだった。チャンキがはいはいを始めたころ、ずっと後ろをついて回る私に、少し自由にしてやれよとあきれたようによく言っていた。そのたびに「私だってそうしたいわよ」とマユミさんは言い返した。「でもこの子は目が離せないのよ」

「親はみんなそう思うんだよ」

「絶対に違う。他の子たちと比べても動きが違うのよ」

「動きが違う？」

「速いのよ。見てるとよくわかる。ときどきCGみたいな動きをするのよ」

この頃のマユミさんは、他の子に比べれば三倍近い速さで動きまわるチャンキを、ADHDじゃないかと思っていた。注意欠陥・多動性障害。とにかく目が離せない。ただし小学校に入るころにはずいぶん落ち着いた。ゆっくりとコーヒーを飲みながら、自分の言葉はよく覚えているとマユミさんは考える。でも「ときどきCGみたいな動きをするのよ」と言ったとき、夫が何と答えたかは思い出せない。その後の記憶がぷっつりと途絶えている。

記憶が日ごとに摩耗しながら断片化している。まるで河原の石のように。気がついたらぜんぶ同じように丸くなっている。記憶の区別がつかなくなる。今は施設に入っている母親もそうだ。父親が亡くなってから急に意識がはっきりしなくなった。今はもう娘と他人との区別もつかない。そういえばもう一カ月ほど面会に行っていない。テレビ時代に若年性アルツハイマーの現状をレポートしたことがあるけれど、今の私はあのとき取材した人たちにけっこう当てはまりそうな気がする。

確か一〇のポイントがあったのよね。最初は何かしら。昨夜食べたものを思い出せない。……あらいやだ。本当に思い出せないわ。

肩で息をついてからマユミさんは、仕事用のバッグの中に片手を入れてｉＰａｄをとりだした。動画投稿サイトを検索する。入力した検索キーワードは、「少女」と「ヘイトスピーチ」、そして「在日」。膨大な数の動画がヒットする。頁を下へ下へとスクロールすれば、やがて「愛国のセーラー服少女の宣言」とタイトルがついた動画に行き当たる。指先でタップする。今のチャンキや梨恵子とほぼ同じ歳のマユミさんが、群衆に囲まれてマイクを手にしながら、緊張した表情で「私はごく普通の女子高生です」としゃべりだす。

この時期にはタナトスは始まっていない。クラスには和代さんがいたけれど、このころはまだそれほどには親しくはなかった。ピークを過ぎたとはいえ日本はまだ経済大国だった。交差点脇の舗道でビールケースの上に立ったセーラー服姿のマユミさんは、簡単な自己紹介のあとに（もちろん名前は言わない）、「いまこの国は揺れています。汚らしい朝鮮人や中国人がいるからです」とよく通る声で言った。その周囲には日の丸や旭日旗を掲げたおおぜいの男や女たち。そうだあとか出てゆけえなどとおおぜいの人が唱和する。熱狂的に拍手している人も多い。

「民族の誇りを取り戻しましょう。彼らは私たちとＤＮＡが違うのです。日本人とは異なる生きものです。これ以上は一緒に生活できません。今こそ日本は目覚めなくてはならないのです。汚らしい朝鮮人と中国人のみなさん。私はあなたたちが憎くて憎くて仕方がない。早くこの国から出て行ってください。ここはあなたたちの国ではないのです。出てゆかないのなら虐殺が起こります。私たちはあなたたちを殺します」

再び拍手。歓声。じっと画面を見つめていたマユミさんが、ふいに右手の指先で動画を止めた。

やっぱり最後まで観ることはできない。ぬるいコーヒーを口に含んでから、ぼんやりと宙の一点を見つめる。

このときのスピーチは、十七歳のマユミさんが書いた原稿に、会の幹部たちがかなり筆を入れた。でも「汚らしい」と「ＤＮＡが違うのです」は、マユミさんが書いた文章がそのまま残されていた。だって本気でそう思っていた。彼らは汚らしい。日本民族とはＤＮＡが違うのだ。

皮肉な話だと今は思う。確かに日本人は彼らとは違っていた。こんな不治の病を発症するとは思ってもいなかった。日本から追い出せと罵声を浴びせられていた在日外国人のほとんどは、もう日本にはいない。追い出したのではない。彼らが呪われた国から出ていったのだ。

マイクを持つ自分の周囲に映り込んでいる男や女たちの静止した映像を見つめながら、このときに付き合っていた大学生の顔をマユミさんは思い出そうとする。この群衆のどこかにいるはずだ。でも明確には思い出せない。やっぱり河原の石のように丸くて個性がない。それに彼はいつもサングラスをして顔を隠していた。メンバーの半分近くはそうしている。もしも映っているとしても見分けはつかないだろう。

彼は会の正規メンバーだった。デモのときには先頭に立って「ゴキブリ朝鮮人」とか「嘘つきで人間以下の中国人」などと叫び、デモを阻止しようとする人たちに対しては率先して反撃した。要するに実行部隊だ。年は若いけれど幹部たちからは可愛がられていた。ツイッターや掲示板で多くの人にデモの参加を呼びかけながら、毎週末のように嫌韓や反中のデモを市内のいたるところで行っていた。

学校からの帰り道にぼんやりとデモ隊を眺めていたマユミさんは、後ろからふいに声をかけられた。最初は会への勧誘だと思っていた。なぜ二人きりで会いたがるのだろうと不思議だった。だから距離を置いていた。決して好みのタイプじゃなかったはずだ。でもいつのまにか夢中になっていた。会の主張への賛同と彼への興味が混然となっていた。どちらが先なのかわからない。最初からひとつだったのかもしれない。学校で休み時間になるたびに彼のことを思い、そして彼の主張は正しいのだと考えて胸が熱くなった。このままじゃ日本は危うい。在日外国人と左翼勢力に国を乗っ取られる。日本を変えなくてはならない。多くの人に真実を気づかせなくてはならない。気高くて誇りあるこの国を私たちは取り戻さなくてはならないのだ。

デモに参加することは自然な流れだった。もちろん家族には言っていない。もしも娘がデモに参加していると知れば、気の弱い母は卒倒するだろうし、若いころに学生運動をやっていたという父は激怒するだろう。クラスメートにも話していない。そもそもべたべたするのは苦手なのだ。

だからデモに参加するときは変装した。化粧を思いきり濃くして、駅前にできたばかりのドン・キホーテで彼が買ってきたセーラー服を着ることにした。何回か集会やデモに参加したあとに、おまえのスピーチを動画サイトに投稿すればきっと評判になるぞ、と彼は言った。多くの人が見る。多くの人が確かにそうだと気づく。多くの人が日本はこのままではいけないと目が覚める。思いきりメイクすれば特定される心配もほとんどない。いざというときはおれが守る。だからやってくれないか。

いつからこの人は私をおまえと呼ぶようになったのだろうと思いながらも、わかったとマユミさんは答えていた。確かにこのまま放置はできない。在日外国人はどんどん増えている。自分たちの権利ばかりを主張している。日本のメディアや政治に強い影響を与えている。いや影響どころか支配しようとしている。早く何とか手を打たなくてはいけない。自分の顔や声をネットに晒すことは少しだけ怖かったけれど、彼を信じようと考えた。

その日に集合場所に行ったマユミさんは、幹部が彼に確認をしている場面を目撃して、彼女のスピーチを動画サイトに投稿するというアイディアは彼ではなく幹部からの提案なのだと気がついた。なーんだバカバカしい、とちょっとは思ったけれど、断ったら彼の立場が悪くなるのだろうとも考えた。だから原稿を何度も読んでから、言われるままにビールケースの上に立ってマイクを手にした。

動画は確かに話題になった。あっというまに拡散して多くの人が見た。会のサイトへのアクセスも急激に増えた。味をしめた幹部たちは、その後も十代の女の子を前面に押し出すことをくりかえした。日本各地の商店街で彼女たちはマイクを持ち、「虐殺します」とか「日本から出てゆきなさい」などと訴えた。やがて殺すぞバカヤロウなどと口汚く罵る美少女が現れてさらに大きな話題になった。踊りながらゴキブリ外国人は出てゆけと歌う少女ユニットにはメディアが何度も取材した。でもこの時期、彼女たちが口にする「死ね」とか「ゴキブリ」とか「殺せ」とか「ゴミ」などの言葉に、マユミさんは違和感を持ち始めていた。歓声をあげる男たちが不思議だった。多くの人に気づかせることが目的なのに、こんな言葉では絶対に届かないという気持ちが強くなり、何のための運動なのかわからなくなった。そのころに彼との関係もぎくしゃくし始めた。どちらかといえばマユミさんのほうから距離をとりはじめた。

きっかけは覚えている。最初にスピーチをしてから二週間くらいが過ぎたころに行われたデモに、彼はハーケンクロイツの旗を作って持ってきた。さすがにナチスはまずいかもと言おうとして、マユミさんはあきれた。サングラスとマスクで顔を隠して彼が得意そうに掲げる旗には、卐ではなく卍の図柄が描かれていた。ねえそれはお寺よ、と十代のマユミさんは小声でつぶやいた。でも一緒に行進する誰も気づかない。列の先頭を歩く彼の背中と旗を見ながら、気持ちがどんどん冷えてきた。

この人たちの多くは悪い人ではない。でも思想はない。信条もない。何よりも知性がない。大勢で集まって抵抗できない誰かに罵声を浴びせてすっきりしたいだけだ。致命的に浅い。救いがたいほどに軽い。

途中でデモ隊から離れた十七歳のマユミさんは、駅前のデパートのトイレでセーラー服を脱ぎ捨てて家に帰った。一時とはいえ彼を好きになった自分が不思議だった。軽い男は嫌いなのに。浅い男には生きる価値なんてないと思っていたのに。

その後に東京の大学に進学したマユミさんは、ボランティア・サークルで知り合った二歳上の男子学生と付き合いながら、卒業後は地方局にアナウンサーとして入社して、三年目にフリーになった。同時に彼と籍を入れた。アナウンサー時代からフリーのレポーター時代も含めて、自分の一回だけの「知られたくない」過去がいつ暴かれるだろうかと不安だった。路上でスピーチしたことはもちろん動画の存在も、これまで誰にも言っていない。クラスでは少しだけ「ねえこれってもしかして……」などと話題になったようだけど、マユミさん自身が話題にしたくない的な雰囲気を強く発散していたので、ひそひそ声は数日後に消えた。もちろん親も知らない。思いきりメイクを濃くしていたから、顔で気づかれることはないと思う。でも声はほぼ変わっていない。大学や職場で、ネットでよく似た声の女の子がいるよと言われたことは何度かある。とはいえ本人とは思われていなかったようだ。誰だってまさかねえ、と笑う。一緒に笑いながら、あらそうなのと受け流した。できることならネットの海に漂う映像を一つ残らず削除したいけれど、もうずいぶん拡散しているから不可能だった。

ただし多くの人たちの前でマイクを手にしたとき、十代後半のマユミさんは、確かに外国人に対して強い憎悪と憤りを実感していた。賠償だの謝罪だのといつまでも言いつづける。まるでごろつきそのままじゃない。その結果としてこれほどに国益が損なわれている。この国の歴史が捩じ曲げられる。彼らがいるから自分たちはこれほどひどい状況になっている。このままでは日本は滅びる。固有の領土をどんどん盗まれる。だから立ち上がらなければならない。今こそ非国民や売国奴をこの国から追い出すべきなのだ。

それは彼の言葉だったのかもしれない。でも自分の言葉のように思っていた。目の前で男たちが「そうだあ」とか「出てゆけえ」などと叫びながら日の丸を左右に振るとき、確かに少しだけ性的な快感が、下腹のあたりから湧き上がってきた。その感覚は今も残っている。数回だけのスピーチだったけれど、「愛国のセーラー服少女の宣言」と名付けられたその動画は、今も検索すれば見ることができる。夫にも言わなかった。動画を見たら笑い転げるタイプのような気はするけれど、どうしても教える気分にはなれなかった。

完全に終わった過去にできない理由は、動画が今も存在しているからだけではなく、あのときの自分を今も完全には否定できないからだろう。残り火はまだ下腹の一部で燻っている。虐殺しますよと言ったときの場の高揚。目の前で乱舞するおびただしい数の白地に赤。遠巻きにしておびえたように眺める人たち。たぶんそこには在日朝鮮人や中国人もいたはずだ。おびえたように路地裏に駆け込む中年女性。泣きそうになりながらデモ隊を見つめる小さな男の子。彼らはこの国に必要ない。かけがえのない国である日本。高潔で優秀な日本民族。美しくて誇りある祖国。私たちは特別な国にいる。それを愛することは当たり前だ。

そのときの自分の気持ちを思い出しながら、チャンキにこの動画を見せたら何と言うだろうと考えてから、マユミさんはスマホの再コールのスイッチをタップする。耳に当てる。やっぱり出ない。吐息をついてからｉＰａｄの電源を切る。

まだ今はこの動画をチャンキには見せられない。もっともっと年月が経って、チャンキが分別ある大人になり、そして私が初老くらいになったなら、見せることができるかもしれない。でも問題は……。

マユミさんは立ち上がる。いつのまにか窓の外では雨が降り始めている。ほんの小降りではあるけれど、これから本降りになるかもしれない。干していた洗濯物を部屋の中に入れるためにベランダのガラス戸を開けながら、でも問題は、とマユミさんは思う。私とチャンキがそれまで生きていられるかどうかよ。


いつのまにか雨が降り始めていた。電車はゆっくりと動き出す。揺れはほとんどない。上品な紺色にまとめられた布張りのシートの脇に立った梨恵子は、人差し指の先でそっとシートの表面を拭ってから、その指先をチャンキの目の前にかざす。埃ひとつないよとの意思表示だ。無言でチャンキはシートに腰を下ろす。梨恵子も隣に座る。左頬に微かな風を感じてその方向に視線を向けたチャンキは、座席のすぐわきの窓ガラス一枚がそっくりなくなっていることに気がついた。

じっと窓を見つめるチャンキに、「割れたのなら、床に破片が落ちているはずよね」と梨恵子が冷静な声で言った。でも床にはやっぱり塵《ちり》一つ落ちていない。誰かが掃除しているとは思えない。そもそも駅員はもう一人もいない。何らかのメンテナンス・システムが働いているということなのでしょうね。

ドアの脇に貼られた時刻表と腕時計とを交互に見比べながら、「すごいなあ。ぴったり時間通りよ」と梨恵子は言った。チャンキは無言のままだ。その横顔をしばらく見つめてから、「困ったなあ」と梨恵子が言った。

「怒ってるのね」

「別に怒ってない」

「じゃあ機嫌が悪いのかしら」

「機嫌も悪くない。自分がカメ電車に乗っているという現実をまだ実感できないだけだ」

「大丈夫よ。終点まで行って戻りましょう。電車は時刻表どおりに運行しているみたいだから、日が暮れる前にはカメ駅に戻れるわ」

しばらく間をおいてから、「それにしても電気の無駄遣いだ」とチャンキは言った。でも電気は余っているらしい。当然だろう。人口は減ったし製造業も大幅に衰退している。ところが石炭と石油だけは、産出国の好意で今もたっぷりと送られてくる。

「世界的に再生可能エネルギーの時代だから化石燃料は余っているらしいよ」と梨恵子が言った。

「……なんだかスパゲティ状態ね」

「スパゲティ？」

「延命症候群よ。身体に何本ものチューブを繋がれて、栄養だけは送られてくる。でももう昔のように走ったりシャワーを浴びたりご飯を食べたりできないわ。あら鳴っている」

そう言ってから梨恵子は、ポケットの中で振動をつづけるスマートフォンをとりだして、じっと画面を見つめる。

「誰から？」

「和代さん」

「出なくていいのか」

「この状況を説明できないよ」

確かにそうだと思いながら、チャンキも自分のスマートフォンをチェックする。思ったとおりマユミさんからは何度も着信している。でも状況を説明できないという意味では同じだ。電車は大きくカーブする。海岸沿いに至るまでに通る山間地帯だ。窓の外はむせ返るような濃い緑に覆われている。いや、実際にむせ返る。だってガラスがないのだ。樹木の濃い香りが風と一緒に車内に入る。少しだけ降った雨はやんだようだ。風が頬を打つ。傾きかけた太陽がまぶしい。電車は走りつづける。

それからほぼ四分おきに、カメ電車は五つの駅に停車した。扉が開くたびに梨恵子とチャンキは緊張で身を固くしたが、降りる人はもちろん乗車してくる人も一人もいなかった。ここで降りて上りを待てばいいんじゃないかとチャンキは言ったが、時刻表どおりならこの時間帯はほぼ単線よとあっさり否定された。たぶんこの電車が折り返すのよ。ならばここで降りても終点で降りても時間は変わらない。

そうなのかとうなずきながらチャンキは開いた扉の外を見つめる。プラットホームには雑草が一面に生い茂り、もう何年も電車に乗り降りする人がいなかったことを示している。

五つめの駅を離れてしばらく走ってから、電車は減速をはじめる。終点のカメ港駅が近づいたことと、一五分の停車の後にこの電車は再び始発のカメ駅へと向かうということを、車内アナウンスが二度くりかえした。やがて電車はゆっくりと停車した。扉が静かに開く。二人はすぐには動けない。じっと扉の外を見つめている。

やがて、飛び込む直前の水泳選手のように大きく胸を上下させて息を吸った梨恵子が、チャンキの耳もとに口を寄せてささやいた。

「行くよ」

「どこへ」

「外よ。アナウンス聞いてなかったの？　一五分くらい停まるって」

「このまま電車に乗りつづけていれば、またカメ駅に引き返すはずだ」

「私はいや。バカみたい」

　バカみたいはないだろうと思いながらも、チャンキは反論しなかった。想定外ではあるけれど、結果としては終点まで来てしまった。ならば数分でも降りて景色くらいは見てもよい。いや見るべきだ。梨恵子につづいてチャンキも立ち上がる。何となく深い呼吸ができない理由は、ここがカメ地区の中心だという思いがあるからだろう。

　さびれた小さな駅だった。石を敷き詰めたプラットホームの割れ目には雑草が生い茂っている。気温はまだ高い。雨上がりのせいか空気が澄んでいる。再び照らされる夏の熱気に揺らぐ遠景に民家の瓦屋根がいくつか見えて、その遥か向こうで海の濃い青が輝いている。微かに潮の香りがした。電車を降りてからホームの端から端までをゆっくりと往復した梨恵子は、ホームの壁に貼られた色褪せた演歌歌手の公演ポスターや町の観光案内などをしばらく眺めてから、ポケットからとりだしたスマホで写真を一枚撮った。

「ねえ、ここ圏外よ」

　手にしたスマホをじっと見つめながら梨恵子が言った。

「基地局アンテナの整備とかしていないからだろ」とチャンキは答える。

「アンテナって整備が必要なの」

「たぶんね。そろそろ乗ろう。発車するよ」

　同時にベルが鳴る。定刻通りだ。電車が発車しますと無個性な構内アナウンスが告げる。無理なご乗車はおやめください。電車が発車します。ホームの壁には時刻表が貼られていた。これを逃すとほぼ一時間は待たなくてはならない。梨恵子がゆっくりと顔を上げる。

「あなたのスマホは？」

「さっき見たよ。やっぱり圏外だった」

「だめ」

「……だめって何だよ」

「次の電車にしよう」

「何だって」

「これは見送る」

「何言っているんだ。こんなところに長くいたって意味ないよ。何もないじゃないか」

「そうじゃないの。だめなのよ」

「だからいったい何がだめなんだよ。約束したじゃないか。今日は入口だけで帰るって。それなのにいつのまにかここまで来てしまった。でもこれ以上はだめだ。早く乗ろう。扉が閉まる」

「察しなさいよ。トイレに行きたいの。ホームを探したけれどトイレがないのよ」

ベルが鳴り終わる。二人の目の前で扉が閉まり、無人の電車はゆっくりと動き出した。


駅舎に隣接したコンクリートブロック造りのトイレの前で、梨恵子とチャンキは三秒ほど立ちつくした。トイレに窓はなく入口から覗く内部は真暗で、奥のほうに小便用の陶器がほの白く見える。雰囲気としてはほとんど遊園地のお化け屋敷だ。しかも微かな異臭までする。トイレの匂いではない。化学薬品のような邪悪な匂いだ。中に入ればもっと強烈だろう。

「……これは男性用じゃないの？」

梨恵子が困惑したように言う。「たぶん男女兼用だと思う」とチャンキは答える。

「今どきありえないよ」

「昔の田舎では珍しくない。ほら、そこに男性と女性のマークがある。トイレはここしかない。でもやっぱり……」

そこまで言ってから、チャンキは周囲を見回した。「これは無理だ。そのへんの原っぱで済ませちゃったほうがずっといい」

「原っぱ？　あなた本気で言ってるの」

「この中に入って個室の便器の上に腰かけるよりはましだと思う」

梨恵子は答えない。チャンキの言葉に確かにそうだと思いながらも、決心がつきかねるといった様子だった。たっぷり三〇秒ほど考えてから、「あーあ、あたしも立っておしっこができればいいのに」と言った。

「やってやれないことはないんだろ」

「うるさい」

その言葉は禁句のはずじゃないかと思いながら、チャンキはトイレの裏に回る。腰のあたりまで草が生い茂っているけれど、とりあえず怪しい気配はない。目の前には駅舎の壁がある。再びトイレの前に戻る。梨恵子はじっとチャンキの動きを見つめている。

「裏は大丈夫そうだ。ちょっとした死角になっているし。僕はここにいる」

観念したようにトイレの裏の方向に数歩進みかけてから、思いついたように立ち止まると、真剣な表情で梨恵子は振り向いた。

「絶対にここから動いちゃだめよ」

「わかってる。そこまでプライドなくしてない」

「約束よ。もし一歩でも動いたら、一生後悔することになるからね」

足下からバッタが一匹跳ねた。梨恵子は今パンツを下げて草の上にしゃがんでいるのだろうか。草の先がむき出しの尻や太腿を刺したりしないだろうか。腕の時計を見つめる。次の電車が到着するまであと四八分ある。

チャンキは上を向いて背筋を伸ばし、鮫のように口を思いきり開ける。呪われたカメ地区。でも深呼吸くらいはできるはずだ。上空を飛びまわる夥しい数のトンボに気づく。いやトンボじゃない。一回り小さいし飛びかたも弱々しい。

すぐ眼の前をふわふわと横切ったその虫に、反射的に右手を伸ばす。指の先が一瞬掠めただけで、虫はあっけなく草の上に落ちた。華奢な脚に不釣り合いな大きな翅だ。何だろう。明らかにトンボではない。人差し指の先でそっとつつく。虫は大きな翅を細かく震わせると、ふらりと舞い上がった。気がつくと斜め後ろに梨恵子が立っている。

「私たちはこれからどうするの」

「帰るよ」

「当たり前よ。でもまだ電車は動かない。それまでどうする？　ここでぼんやりしている？」

「梨恵子はどうしたいんだ」

「少し探索してみない？」

最初からそのつもりだったのだろうと思いながら、チャンキは「駅の周囲だけだよ」とうなずいた。結果的にトイレを探して駅舎の外に出てしまった。どうせ電車が動くまではここから動けない。

それに風の向きのせいか、トイレの入口から漂う異臭が何となく強くなってきている。

「わかった。少しだけ駅の周囲を歩いてみよう。でも約束してほしい。絶対に離れないこと。常に傍にいること」

顔を上げてチャンキをまじまじと見つめてから、梨恵子は小声で「はい」と言った。

「忘れちゃだめだ。僕たちは今、カメ地区にいるのだから」

そう言うチャンキにうなずいてみせてから、梨恵子は無言で右手を差し出した。


駅裏のかつての商店街を、二人は手を繋ぎながらゆっくりと歩く。コトブキ花店に藤原写真店、その隣はカマチ薬局で向かいは清水青果店。いかにも一昔前の商店街だけど、ほぼすべての店がシャッターを下ろしているせいか、看板以外はほとんど同じように見える。

「休日の遊園地みたいだな」

「休日の遊園地はもっと賑やかよ」

「ちがうよ、閉園の意味の休日だよ」

そう言ってからチャンキは、シャツ一枚から冬用毛布までサカイクリーニングはいつも安心・清潔・任せて大丈夫！　の看板の前で足を止めてから、歩いてきた商店街を振り返る。じっと眺めているると一軒一軒の店が、蹲ったままゆっくりと死期を迎えつつある優しい巨大生物のように見えてくる。梨恵子が首をかしげる。

「閉園している遊園地になんか行ったことあるの？」

「ないよ。ないけどさ、なんとなく想像できるだろ」

「そうね」

少し考えてから梨恵子は言った。
「平日の雪の日の博物館のほうがぴったりくるわ」

ガラス戸が壊された小さなスーパーマーケットの前で、二人は同時に立ちどまった。シャッターは降りていない。あるいはこじ開けられたのかもしれない。もしかして襲撃されたのかなと梨恵子がつぶやく。店内は薄暗く、眼が馴れるまでに多少の時間が必要だった。

米やインスタントラーメンやカレーのルーなどが陳列されていた棚も、魚の切身や生肉や惣菜が並べられていた冷蔵ケースにも、時間が細かい埃の粒子となってうっすらと堆積している。出口脇の二台のレジスターはぱっくりと口を開けたまま放置されていて、まるで遠い昔に変質者に襲われた惨殺死体の標本のように見えた。ただしそこに苦痛はない。怒りや恨みもない。きれいに揮発している。そして乾いている。

ひっそりとしたスーパーマーケットの通路を歩きながら、確かに平日の博物館に似ているとチャンキは思う。そういえば海浜タワーの展示室には、ニホンジカやニホンザルやニホンカワウソやニホンオオカミなどの剝製が並べられていた。除去した骨や内臓の代わりに脱脂綿や天然樹脂などを皮膚の内側に詰められて、このスーパーマーケットのレジスターや食品棚のように薄く均質に埃を浴びながら、名前にニホンがつく生きものたちは、眼窩に嵌められたガラス玉の眼球でじっと一点を見つめていた。

二人は店の外に出た。陽は傾きかけている。街は完全に終わっていた。すべてが終焉して、ひっそりと時を止め、まるで一枚のモノクロ写真のように静かに安定していた。

商店街を抜けると、道路を横切るように小さな川が流れていた。下流に歩けば海だけど、その時間はなさそうだ。二人は橋の上でしばらく景色を眺めてから、川沿いの土手の小道を上流に向かって歩きだした。細いながらもきちんと舗装された小道だったが、道の両側にはびっしりと様々な雑草が生い茂っていた。

川の流れはこれ以上ないというほどに穏やかだった。辺りは静まりかえり、魚でも跳ねるのかときおり水音がするほかは物音ひとつしない。陽の光も普通に降り注ぐ。でもここはカメ地区なのだ。危険で穢《けが》れていて誰も近づかない不吉なカメ地区。ネットに情報がほとんどないカメ地区。その名前を口にすることすら多くの人が嫌がるカメ地区。

チャンキは視線をもう一度川に戻す。よく見ると川面のすぐ上で、夥しい数の虫がふわふわと舞っている。トイレの横で見かけた虫と同じ種類かもしれない。

「ねえチャンキ、見てよこれ。カゲロウよ」

振り返れば梨恵子は路面にしゃがみこんで、直径五センチほどの丸い黒縁のガラスを手にしながら、自分の足のあいだをじっと見つめている。そうかカゲロウか。そう思いながらチャンキは「それは何？」と訊く。

「だからカゲロウ」

「そうじゃなくて手に持っているもの」

「これは携帯ルーペ。虫眼鏡よ」

「そんなの持ち歩いているのか」

「野山を歩くときにルーペは必需品」

そう言ってから梨恵子は、再び足のあいだの路面にルーペを向ける。

「……カワカゲロウかしら、モンカゲロウかもしれない」

ルーペを目から離してから、梨恵子は顔を上げてチャンキを見る。

「口がほとんどないのよ、このカゲロウ」

チャンキは足もとでよたよたと動くカゲロウを見つめる。「口がほとんどない」の意味がわからない。

「退化しているのよ」

「じゃあどうやって食べるんだ？」

「食べないのよ。幼虫の時代は別だけど、成虫になると同時に食べることをやめる」

「だって食べなきゃ生きていけないだろ」

「成虫になってからは、ほんの数日間しか生きられないのよ。食べてる暇なんかないわ」

「……忙しそうには見えないけどな」

路上でもがきつづけていたカゲロウが、唐突に動きを止める。華奢で透明な四枚の翅《はね》だけを、時おり痙攣するように短く震わせている。じっとその様子を眺めながら、「忙しいのよ」と梨恵子はしんみりとした声で言う。

「羽化後に大仕事が待ってるもん」

「大仕事？」

「交尾よ」

コウビ？　と口の中でくりかえしてから、ああコウビか、とチャンキは小声でつぶやいた。

「ねえ知ってた？　単細胞生物は死なないのよ」

チャンキはもう一度首をかしげる。なぜいきなり単細胞生物の話になるのだろう。「死なないのよ」の意味もよくわからない。

「多細胞生物に進化したとき、寿命が与えられたの」

「なぜ？」

「代わりに与えられたから」

「何を？」

「だから交尾よ。生殖。ミドリムシとかゾウリムシとか単細胞生物は分裂して増えるけれど、多細胞生物は生殖で増える」

「……つまり、生殖するから死ぬようになったということ？」

「極論すればそうね」

「じゃあミドリムシやゾウリムシはずっと死なないのか」

「寿命や老化がないという意味ではそうよ。もちろん環境や栄養状態が悪ければ普通に死ぬわ。他の生きものに捕食だってされる。だから不死ではないけれど」

「でも運さえよければ死なない」

「まあそういうことね」

言いながら梨恵子はカゲロウに視線を戻し、動かなくなっちゃったと悲しそうにつぶやいた。その様子を眺めながら、かつて生きものは死ななかったのかとチャンキは考える。死ぬ理由がなかったのだ。だから分裂しながら増えつづけた。でも進化の過程で死を獲得した。死ぬ理由を見つけた。バカじゃないか。どうして死を拒否しなかったのだろう。おかげで子孫たちがこんなに苦しんでいる。

「単細胞のままでよかったのに」と言うチャンキに、「そう思いたくなるよね」と立ち上がりながら梨恵子はうなずいた。

「でも進化しなかったら、私たちは誕生していない」

二人はもう一度手を繋ぎ、今来た道を戻り始めた。荒れはてた人家が繁みのあいだに見える。乾きながら変色しかけた洗濯物が物干し竿にぶらさがったままの家や、玄関先に子どもの玩具らしい小さな赤いスコップやバケツがなげだされたままの家もあった。物音はまったくしない。

かつてここには多くの人々が暮らしていた。あの家の一つひとつで笑ったり泣いたり怒ったりしながら、テレビを見たりお風呂に入ったり休日にはファミレスで食事をしたりして、人々は日々の生活をつづけていた。今はすべてがない。街から営みだけがすっぽりと欠落した。そして地区の周囲には結界のようにオカルトじみた噂話と忌避と嫌悪だけが残された。誰も乗らないカメ電車だけが行き来する。やがて記憶も薄くなる。時間は戻らない。前に進むだけだ。すべては終わって名前にニホンやニッポンをつけられて剝製になる。ガラスの眼球を入れられる。その上に過ぎた時間が埃のように堆積する。

生きものは性を得るために死を受け入れた。やっぱり納得できない。何で性と死がセットなんだ。他に方法はなかったのか。歩きながら梨恵子が腕時計にちらりと視線を送る。そろそろ駅に戻らないと。そうつぶやいた梨恵子の腕を引き寄せながら、チャンキは顔を近づけた。互いの前歯がぶつかりカチカチと音をたてた。肩にまわした手は少しずつ胸へと下がる。梨恵子は無言のまま目を閉じている。胸のふくらみをシャツの生地ごと手のひらで包みこむ。梨恵子は微かに息をつく。シャツの隙間から指先を入れ、手を差しこみ、熱く息づくふくらみの裾野に直に触れた。「だめ」。唇を外した梨恵子が小さく言う。「ねえチャンキだめ」。チャンキは指先に力をこめながら、もう一度唇を重ねる。指先がふくらみの先端の突起に触れたとき、梨恵子の手がチャンキの手首を激しく摑んだ。

「やめてチャンキ、お願いだからやめて」

強い拒絶の意思が、接触する汗ばんだ皮膚を通して伝わってきた。赤沢和美の「やめて」や「だめ」とはまったく違う。明らかに本気の「お願いだからやめて」だった。

チャンキは指の動きをとめた。梨恵子も静止した。陽は西の空に沈みかけている。交尾に勤しむ何千何万ものカゲロウに周囲を囲まれながら、二人はしばらく動かなかった。

無人の改札フェンスを乗り越えた瞬間に、発車を知らせるベルが構内に響きはじめた。二人はあわてて小走りになる。足は大丈夫？　と梨恵子が前を向きながら言う。足は大丈夫とチャンキも前を見ながら答える。実は大丈夫じゃない。少し前からかなり痛みはじめた。でも今、それを言っても仕方がない。

電車が発車します。無理なご乗車はおやめください。徹底して無個性なアナウンスが、まるでこの駅舎のどこかで監視カメラの映像を眺めているかのように、同じフレーズを何度もくりかえす。ホームへとつづく階段を駆け足で上りながら、そう言えばカメ駅にいた初老の婦人は今ごろどうしているのだろうとチャンキは考える。今もカエルがぬるぬるぬるぬると叫びつづけているのだろうか。もしもまだあの場所にいたらどうしよう。とにかく走って逃げるしかないとは思うけれど、右足はもってくれるだろうか。

発車します。無理なご乗車はおやめください。お・や・め・ください。お願いです。おやめにならないと身の破滅です。いいえ。ご自身だけではありません。あなたは日本国民すべてがもしも忘れたとしても、ぬるぬるぬるを覚えていなければならないのです。覚えていますよね。覚えているはずです。だから無理なご乗車はおやめください。電車は発車します。二人は階段を駆け下りる。もしもこれに乗り遅れたらちょっとまずい。そろそろ日が暮れる。右足が痛い。でも止まれない。ぎりぎりだ。ベルが鳴り終わったとき、駆け降りてきたそのままの勢いで二人は車内にとびこんだ。同時に背後で空気音が響き、扉が閉まる。荒い息をつきながら振り返って何かを言いかけた梨恵子の視線が、チャンキの背後に据えられたままフリーズした。

後ろに何かいるのだろうか。振り向いたチャンキのすぐ目の前に、青い目を見開いた巨大なアーノルド・シュワルツェネッガーが立っていた。

8　呪われたカメ地区探索「あしがあつい」

身長一七五センチのチャンキより頭一つと半分くらいは背が高く、色がくすんだアロハシャツの袖から突きだした毛むくじゃらの腕は二まわりほど太いアーノルド・シュワルツェネッガーは、何かを言おうとするかのように口を開きかけたが、思い直したように首を小さく振って、傍らのシートにどっかりと腰を下ろした。電車がゆっくりと動き出す。チャンキは吊革を摑み、傍らに立つ梨恵子はチャンキの右腕に摑まった。その姿勢のまま二人は動かない。声を発することもできない。

立ちつくす二人をちらりと見上げてから、アーノルド・シュワルツェネッガーはゆっくりと長い足を組んだ。穿いているジーンズは膝のあたりが擦りきれかけていて、巨大な足の先には以前に履いていたワークブーツではなくて薄っぺらなビーチサンダルをひっかけている。

少しずつ加速しながら電車は大きくカーブした。よろけかけた梨恵子の体重がチャンキの右腕を強く引いた。支えたいけれど右足の踏ん張りがきかない。吊革だけでは無理だ。体勢を崩しかけた二人は、その勢いのまま後ろのシートにどすんと腰を下ろした。身体が弾む。いたい。膝をどこかにぶつけた梨恵子が小さく言う。

顔を上げると対面に座っているアーノルド・シュワルツェネッガーは、少しだけ驚いたような表情で二人を見つめている。目が合うと同時にその薄い唇の両端がみるみる左右に伸びて、くしゃくしゃとした笑顔になった。

頬の片側で曖昧に笑い返しながら、チャンキはアーノルド・シュワルツェネッガーが最初の印象ほど若くはないことに気がついた。まばらに生えている顎髭は白いし、よく見れば顔には無数の小皺がある。五十代か、あるいはもしかして六十代か、ともかく少なくとも、電車のなかで出会った見知らぬ女子高生にいきなり痛いほどに勃起して抑えがきかなくなるような齢じゃないはずだ。

「あしがあつい」

横に座る梨恵子がふいに言った。あしがあついを足が熱いと理解するためには数秒の間が必要だった。チャンキは答えない。答えようがない。なんだって今そんなことを訴えなくちゃいけないんだ。少し間を置いてから、「やけどしそう」と梨恵子がまた言った。

確かに熱い。おそらくシートの下にヒーターがあるのだろう。来るときの電車のシートは、これほどには熱くなかった。たまたま二人が座ったシートの下のヒーターが壊れかけているのだろうか。それとも長く誰も乗らなかった電車に三人も乗ったため、何らかのスイッチが入ってしまったのだろうか。

しばらく考えてから、チャンキはもう一度、ちらりと対面の席に視線を送る。アーノルド・シュワルツェネッガーは横顔をこちらに向けていた。つまり電車の進行方向を見つめている。じっと一点を凝視しながら彫像のように動かない。梨恵子も「やけどしそう」と口にしてからは黙り込んでいる。車内アナウンスが次の停車駅を告げる。どなたさまもお忘れ物がないようにご注意ください。アーノルド・シュワルツェネッガーが鼻の横を指先で掻く。でも視線は前方を見つめたまま動かない。

時間の進みかたがとても遅い。正面に座るアーノルド・シュワルツェネッガーの横顔を見つめながら、彼はどこへ行くつもりなのだろうとチャンキは考える。終点の町には何の用事があったのだろう。どこで暮らしているのだろう。毎日何をしているのだろう。

窓の外には濃い緑が途切れない。その速度が少しずつ遅くなり、電車はゆっくりと停止する。扉が静かに開く。夏の夕暮れの風が車内に吹き込んでくる。もちろん降りる人もいなければ乗る人もいない。やがて扉は再び閉まり、電車は静かに走り出す。

そのときアーノルド・シュワルツェネッガーが、こちらに視線を向けていることに気がついた。ゆっくりとした動作でアロハの胸ポケットからくしゃくしゃに折れ曲がったマルボロ・ライトの箱を取りだしたアーノルド・シュワルツェネッガーは、指先に摘んだ一本をしごくようにしながら、初めて声を出した。

「ちょっと、すみません」

とても低い声だ。しかも深く響く。声というよりもバスドラムの音みたいだ。横に座る梨恵子の身体がぴくりと震えた。

いま二人はカメ電車の中にいる。そしてほんの数メートル先にアメリカ人が座っている。座りながら二人を見つめている。この光景はパソコンのモニターでもないし映画のスクリーンでもない。ハリウッド映画の往年の大スターであるアーノルド・シュワルツェネッガーが、同じ空間で同じように呼吸している。

白山公園で工業のワルたちに殴られ蹴られて気を失いかけたとき、「アンシンシナサイ、タスケル」とアーノルド・シュワルツェネッガーは耳もとでささやいた。不思議だな。あのときもこんな声だったのだろうか。痛みで意識が遠くなりかけていたから声までは思い出せない。そういえばあのときの声はカタカナに聞こえたけれど、今の「ちょっと、すみません」はひらがなに聞こえた。何が違うのだろう。数秒の間を置いてから、梨恵子が「はい？」と小さな声で答える。

「……何でしょうか」

「マッチ、ないですか」

もう一度よく響くバリトン。梨恵子は少しだけ首をかしげる。

「……マッチ？」

「ライターでも、いいです」

言ってからアーノルド・シュワルツェネッガーは、自分の日本語の発音に自信がないのか少しだけ気弱そうな表情になってから、言葉を説明するように指に挟んだマルボロ・ライトにちらりと視線を送る。一〇〇円ライターならばジーンズの尻のポケットに入っているはずだ。それを渡そうと思って尻を浮かしかけたとき、「でも……」と梨恵子が言った。ポケットに片手を入れかけた姿勢のまま、チャンキは動きを止めて身体を固くした。「でも」のあとに梨恵子が何を言うつもりなのか、自分は何となくわかっている。ほぼ予想できる。問題はその言葉が、今のこの状況にふさわしいかどうかだ。梨恵子が言った。

「……ノースモーキングですよ、電車の中は」

その言葉を聞くと同時に、アーノルド・シュワルツェネッガーは片側の眉だけを上げた。アメリカ映画の男優がよく見せる表情だと思いながら、チャンキは早口で梨恵子に「僕らが気にしなきゃいいんだよ」と言った。少し声が上ずっていることが自分でもわかる。「だって他には誰もいないのだから」

「いいえ、あなたが正しいです。わたしは間違えています」

じっと梨恵子を見つめながら、アーノルド・シュワルツェネッガーはゆっくりと言った。それから咥えかけていたマルボロ・ライトを指の先につまみ、いかにも大事そうにしごきながら、梨恵子に話しかけた。

「二人はどこ行きますか」

「行きません、帰るところです」

「どこにいました」

「商店街を歩きました。川にも行きました」

「ホワイ？」

不意に英語で訊ねられて、梨恵子は「……ホワイ」とつぶやきながら考え込む。

「ビコーズ……ウィー　ワント　シー……」

「なにを？」

「町です」

「……マチ？」

「マチ　ミーンズ　タウン」

「アイ　ノウ　……変わってます」

何が変わっているのだろう。町が昔と変わったと言いたいのだろうか。チャンキはそう考え、そして梨恵子も同じように考えたようだ。一拍を置いてから「町がですか」と首をかしげた。

「ノー、あなたたち、変わってる、わたし思います」

そう言ってからアーノルド・シュワルツェネッガーは、「怖いですか」と言った。

「何が？」

「町です、それにわたしも」

「ちょっと怖いです」

梨恵子の答えに、アーノルド・シュワルツェネッガーの顔が、またくしゃくしゃにゆがんだ。火のついていないマルボロ・ライトを口に咥え、「ミーツー」と短くつぶやく。その訳文を頭に思い浮かべながら、どういう意味だろうとチャンキは考える。私も同じです。意味はわかる。でも何が同じなのだろう。わたしもあなたがたが怖いです。わたしも街が怖いです。どっちなのだろう。あるいはどっちもなのか。考え込むチャンキにアーノルド・シュワルツェネッガーは視線を送り、一つひとつの単語を区切るように言った。

「あなた、眼が、治って、よかった」

「覚えてたんですか」

ゆっくりとうなずくアーノルド・シュワルツェネッガーとチャンキの顔を交互に見比べながら、梨恵子が小声で言った。

「……彼なのね？」

「うん」

そう答えてからチャンキは、一八年と二カ月の生涯で初めて、本物の外国人に向かって英語を口にした。

「サンキューベリマッチ」

三つめの停車駅が近づいてきた。窓の外にちらりと視線を送ったアーノルド・シュワルツェネッガーが火のついていないマルボロ・ライトを箱に戻してポケットにねじ込んでから、「わたし、ここで降ります」と言った。

「ホーム、帰ります。あなたたち二人、来ますか」

チャンキと梨恵子は顔を見合わせる。「来ますか」の意味がわからない。そんな二人の様子を眺めながら、「わたしと一緒に」とアーノルド・シュワルツェネッガーは言葉を足した。梨恵子が首をかしげる。

「……どこへ」

「ホームです」

少しだけ考えてから、梨恵子はチャンキを見つめる。チャンキも梨恵子を見つめる。電車は少しずつ減速している。やがてアーノルド・シュワルツェネッガーに視線を戻してから、梨恵子は「シュア」とつぶやいた。

「シュア？」

思わずチャンキは小声で言う。もちろん？

「なんでシュアなんだ？」

「なんでって……」

そう言ってから梨恵子は、少しだけ困ったように視線を逸らす。

「だってせっかく誘ってくれているのに」

「ホームってなんだよ」

「家でしょう」

そんなことわかっていると言いかけたとき、アーノルド・シュワルツェネッガーが立ち上がった。駅だ。ゆっくりと電車が停まり、空気音とともに開いた扉から、アーノルド・シュワルツェネッガーは頭をぶつけないように腰をかがめながら降りてゆく。二人を振り返ったりはしない。当然後ろにつづいていると思っているのだろうか。あるいはもう来ないものと判断しているのかもしれない。とにかくその後ろ姿に迷いはない。梨恵子が立ち上がる。無個性なアナウンスが「まもなく発車します」とくりかえしている。ホームは家。家とは住まい。アーノルド・シュワルツェネッガーが生活している場所。白山公園に一緒にいた見事な鷲鼻のアメリカ人もそこにいるのだろうか。しかもここはカメ地区だ。もうすぐ日が暮れる。僕たちは何をやっているのだろう。ポケットの中でスマホが微かに振動している。たぶんマユミさんだ。どうしよう。どうすべきなのだろう。扉の手前で梨恵子が振り返る。白線の内側にお下がりください。扉が閉まります。梨恵子はじっとチャンキを見つめている。

小さな駅だった。自動改札機の横の腰ほどの高さの金属製のフェンスを、馴れた動作でアーノルド・シュワルツェネッガーは軽々と跳び越えた。そこだけを観れば「ターミネーター」のワンシーンのようだ。スカイネットが送り込んできた戦闘用アンドロイドが追ってきているような気がして、チャンキは思わず後ろを振り返る。一瞬の間を置いてからフェンスに設置されたライトがちかちかと点滅を始め、ブザーがけたたましく鳴り響いた。チャンキはフェンスの手前で立ち止まる。右足首は熱を持ったように疼いている。とてもじゃないがジャンプは無理だ。「押し切るわよ」と梨恵子が言った。

「押し切る?」

「どうせもうブザーが鳴っているから」

身体を横にする梨恵子につづいて、チャンキもフェンスの隙間を通過した。駅舎の出口手前で立ち止まったアーノルド・シュワルツェネッガーが、振り返ってじっとそんな様子を眺めている。

駅舎を出た。アーノルド・シュワルツェネッガーの後ろ姿が二〇メートルほど先に見える。歩きながらチャンキは周囲を見渡した。建造物はあまりない。かつては畑か田んぼだったのか、視界のほとんどには広々とした荒れ地が広がっている。通りを挟んで一戸建ての住宅が並んでいるエリアがあるが、もちろんそのすべては朽ちかけている。交差点の脇にセブン・イレブンが一軒だけあった。前を歩き過ぎながらちらりと中を覗けば、薄暗い店内はひっそりと静まり返っている。

しばらく住宅街がつづいた。もちろん通りを歩く人はいない。セブン・イレブンの次の角を曲がってから数分後、前を歩くアーノルド・シュワルツェネッガーが立ち止まり、無言で二人を振り向いた。ガラスが割れ落ちた信号機の残骸が残る交差点の傍の建物を、右手を上げてゆっくりとした動作で指し示した。

「ウェルカム　ツー　アウアホーム」

「こぶた保育園」と彫りこまれた赤錆びた鉄枠の門扉の脇、色が剝げ落ちて鼻と耳の先が欠けたコンクリートのパンダの車止めの傍で立ちどまったアーノルド・シュワルツェネッガーは、「ヘイムハマド！」と、黄色と緑のペンキが外壁に塗られた母屋の奥に向かって大声をあげた。その足下では数羽の薄汚れた鶏が、脇目もふらずに忙しく地面をついばんでいる。母屋の奥には運動スペースがあるようだ。小さなブランコや滑り台が見える。チャンキは小声で梨恵子にささやいた。

「……今なんて言った？」

「ヘイムハマドって聞こえた」

「ムハマド？」

「アラブ系の男性の名前だと思う」

そのとき母屋の陰から、取り込んだばかりらしい洗濯ものを抱えたムハマドが現れた。髪は縮れて肌は浅黒い。白いカッターシャツを着ている。背はチャンキと同じくらいだが、とても痩せている。微笑みながらアーノルド・シュワルツェネッガーに歩み寄ろうとしたムハマドは、門の前に立ち尽くす二人に気づくと同時に立ち止まった。その表情が一瞬で険しくなったことが遠目でもよくわかる。

早足でムハマドに近づきながら、アーノルド・シュワルツェネッガーが少しだけ鋭い声をかけた。たぶん英語だ。言葉の意味はわからないけれど、何となく「落ち着け」とか「ちょっと待て」と言っているように聞こえる。ムハマドは答えない。両腕で洗濯ものを抱えながら、じっと二人を見つめている。

チャンキは視線を逸らす。胸の動悸が速くなっている。ムハマドの表情には、いきなり見知らぬ二人が現れたことへの驚きだけではなく、明らかな敵意があった。それも半端な敵意ではない。強い憎悪だ。やはり来るべきではなかった。地面を見つめながらチャンキは思う。でももう遅い。今さらリセットはできない。時間は戻せない。

「ねえちょっと……」

緊張した声で梨恵子が耳もとでささやいた。その視線の方向をチャンキも見つめる。前庭に面した母屋のガラス戸越しに、おおぜいの男たちの顔が見える。金髪や縮れた黒い髪。欧米系やアラブ系。黒人もいれば日本人とほとんど顔形が変わらない者もいる。そのほとんどは無表情で、ガラス戸に顔を押しつけるようにしながら、チャンキと梨恵子をじっと見つめている。

二人とムハマドのあいだに立ったアーノルド・シュワルツェネッガーは、低い声でムハマドに話しつづけている。おそらく二人の若い日本人がここにいる理由を説明しているのだろう。でもムハマドの表情は変わらない。アーノルド・シュワルツェネッガーの肩越しに、ちらちらと鋭い視線を向けてくる。敵意はまったく衰えていない。もしも柔道の地区大会で対戦相手がムハマドだとしたら、開始二〇秒で腕の骨を折られて絞め落とされているだろうと思いたくなる表情だ。ガラス戸越しの男たちも動かない。たくさんの視線に囲まれている。チャンキの横で梨恵子が、「……あたしたち、これからどうなるのかな」とつぶやいた。「切り刻まれて実験材料にされちゃうかもね」

「よくこんなときに冗談が言えるな」

「こんなときだからこそよ」

そのとき母屋のガラス戸が音をたてて開き、一人の男が現れた。身長はチャンキよりも少し低い。つまり外国人としては相当に小柄だ。惚れ惚れとするくらいの見事な丸顔に度の強そうな丸眼鏡、淡くカールした金髪だが、頭頂部はかなり薄くなっている。敷石の上に置かれていたサンダルを履く男の耳もとに、近づいてきたアーノルド・シュワルツェネッガーが長身を折り曲げるようにしながら二言三言話しかける。オーケーオーケーとでもいうようにうなずきながら、男はゆっくりと二人に歩み寄ってきた。

「変な服だな」

チャンキは小声で言う。咽喉がカラカラだ。どうしてこんなどうでもいいことを自分は口にしているのだろう。梨恵子が答える。

「作務衣よ」

「サムエ？」

「お坊さんの作業着よ」

「……あの外人、エルトン・ジョンに似ていないか」

「私もそう思った。一九八〇年ごろのエルトンね」

「エルトン・ジョンってゲイなんだぜ」

「誰だって知ってるわよ」

動悸はさらに早くなっている。呼吸もうまくできない。横隔膜が喉の奥までせりあがってくるような感覚だ。二人に近づいてきた男が満面の笑みを浮かべながら、「初めまして。ジョン・ウッドワードと申します」と言った。驚くほどに流暢《りゅうちょう》な日本語だ。「男所帯でちらかしていますけど、どうぞ上がってください。何もないけれど、イギリスから送られてきたおいしい紅茶があります。遠慮は無用です」

そう言ってからウッドワードは、くるりと母屋の方向に踵を返す。でもチャンキと梨恵子は動けない。数歩進んでから振り返ったウッドワードは、もじもじと立ちつくす二人に微笑みかけながら、「どうぞご遠慮なく」ともう一度言った。

ガラス戸越しに男たちが見つめている。一瞬だけ顔を見合わせてから、チャンキと梨恵子は、母屋に向かってゆっくりと歩きだした。今さらリセットはできないのだ。先を歩くウッドワードの後ろ姿を眺めながら、「オトコジョタイか」とチャンキは小声でつぶやいた。横を歩く梨恵子が、怪訝《けげん》そうな視線をチャンキに向ける。

「何よ」

「外人が言うと何か変だよな、遠慮は無用とか」

言いながらガラス戸の前の上《あが》り框《かまち》で靴を脱ぎかけたチャンキは、洗濯ものを手にしたままのムハマドが、まだこちらを睨みつづけていることに気がついた。漆黒の瞳の奥で憎悪が青白く燃えている。まさしく射るような視線だった。

「遊戯室」と書かれた木の札が下がる二〇畳ほどの板張りの部屋で、多くの男たちは無言のまま二人を迎えた。隅には旧式のオーディオセットとデスクトップのパソコンと小さなテレビ、そして部屋の中央にはやはり古ぼけた応接セットが置かれている。チャンキと梨恵子、そしてウッドワードとアーノルド・シュワルツェネッガーは向かい合わせのソファに座り、他の男たちは思い思いの格好で床に腰を下ろした。

白山公園でアーノルド・シュワルツェネッガーと一緒にいた金髪で鷲鼻の大男もいた。ジーンズにTシャツ一枚のその体軀は、漫画のキャラクターのように極端な痩軀で、何かの冗談のように手足が長い。何度か視線が合ったけれど、その表情に変化はない。公園で助けて病院まで運んだ日本人だと気づいていないのだろうか。リーダー的な存在らしいウッドワードが、一人一人を手短に紹介する。

金髪で鷲鼻の男の名前はジェイク。扉の手前に座っているのは、左から順にジョージにリーとオブライト。向こう側にいるのはベンヤミンにヨハンセンにアントニオにロスタビッチ。そして今立ち上がった彼はテハノで、その隣に座っているのがドミトリー。そこで笑っているのがセバスチャンとマルコで、キムはキッチンでお茶を入れている。そして庭にはムハマド。

名前を呼ばれた男たちは会釈をする。リーとドミトリーとマルコは満面に笑みを浮かべて、ジェイクとロスタビッチは生真面目な表情のまま、ジョージとアントニオは握手の手を差しだして、オブライトとセバスチャンは「こんにちは」と日本語で言って、ベンヤミンは「ハウドユドウ」とうなずいて、ヨハンセンとテハノは「ハーイ」と白い歯を見せて、お盆に置いた紅茶を持ってきたキムはニコニコと微笑みながら「初めまして」と言った。何の反応もしないのは庭に一人いるムハマドだけ。瞳や肌の色はばらばらだ。ウッドワードは紹介しながらそれぞれの国籍も言った。アメリカにイギリスにノルウェー、ブラジルに中国にスペイン、イスラエルにドイツに韓国にロシアにイラク。一度では名前と顔と国を覚えられない。でも初めて見る外国人たちの特徴はそれぞれはっきりと違っていて、一人として互いに似ていない。唯一の共通項は全員が男性であることだ。

最後にウッドワードは隣に座るアーノルド・シュワルツェネッガーに視線を送りながら、「彼の名前はフランクです。フランク・ルーカス。アメリカ人です」と言った。「多くのアメリカ人にとってこの名前は特別です。なぜならフランク・ルーカスは、とても有名なギャングの名前です」

男たちのうち何人かがくすくすと笑う。ジョークなのだろうか。それとも実際にフランク・ルーカスというギャングは存在していたのだろうか。いずれにしても笑った男たちは、(しゃべれるかどうかはともかく)日本語を聞いて理解することはできるようだ。当のフランクは苦笑しながら、ポケットから取り出したマルボロ・ライトを指につまんでいるが、火をつけようとする気配はない。おそらくここも禁煙なのだろう。

「フランクさんだって」

梨恵子が小声で言った。でもきっと周囲の何人かには聞こえている。

「うん」

「がっかりした?」

「うん」

その場の全員の紹介を終えてから眼鏡を外し、作務衣の裾で分厚いレンズを拭きながら「私はアメリカ大使館に勤めていました」とウッドワードは言った。「初めて来日してから、もう二〇年以上が過ぎました。一六年前、在日米軍や大使館職員の完全撤退が本国で決まり、ほとんどのアメリカ人は祖国に帰りましたけど、私は残りました。お二人は記憶していなくて当然ですが、一六年前は混乱期です。日本で何が起きているのか、日本だけではなく世界中が理解できませんでした。もちろん理解できていないことは今も同じですが、当時は無理矢理に解釈しようとしていました」

　ガラス戸がゆっくりと開いた。全員の視線が集中する。無言のまま目を伏せながら中へ入ってきたムハマドは、抱えていた大量の洗濯ものを部屋の隅に静かに置き、その隣に腰を下ろした。その様子をじっと見つめながらウッドワードが、「無理な解釈は不安や恐怖につながります」と言った。

「これは日本だけに起きる現象ではないと多くの国は考えました。ウィルスとか病原菌とか、とにかくそういう存在が引き起こした事態なのだと思ったのです。特にアメリカでは、この自殺症候群はウィルスによって感染するという説を多くの人が信じ、遂に人類の終末が始まったと宣言する宗教者もたくさんいて、大変なパニックになりました。日本人の入国だけではなく車や電化製品や食材などあらゆるメイド・イン・ジャパンの製品の輸入は禁じられ、最後まで残っていたメディアの記者や研究者たちも、結局はこの国から退去しました。でも私には、この国で出会って結婚した日本人の妻がいました。長女も三つになったばかりでした」

　ウッドワードはそこで数秒だけ口を閉ざした。手にしていた丸い眼鏡の柄を意味もなくさすったりつまんだりしながら、何かを熟考するかのように中空の一点を眺め、やがて深い吐息をついてから眼鏡をかけて、「家族を置いて私だけ帰国はできません」と言った。

「妻や子をもしもアメリカに連れ帰ったら、あの時期なら間違いなく収容所に隔離されます。あるいは二人だけが入国を拒絶されて、結局は日本に強制送還されるかもしれない。どちらにせよ私は一人になります。そしていったんアメリカに帰国したら、日本を再び訪れることは難しい。だから私たち三人は日本に残ることにしました。当然の選択です。でも東京はすでに、外国人が安全に暮らせるところではなくなっていました。麻布の自宅では、早く帰れとかおまえらのせいだとか、そんな嫌がらせの電話が毎日のようにつづき、窓ガラスも何度も割られ、十歳になるバセットハウンドは、ある朝に泡を吹いて死んでいました」

「バセットハウンド？」

小声でつぶやくチャンキの耳もとで、「犬種よ」と梨恵子がささやく。その声が聞こえたのか、

「フランスの犬です。耳がとても大きい」と言いながら、ウッドワードは哀しそうに微笑んだ。

「昼は庭に放していましたから、たぶん誰かが毒の入った餌を投げ込んだのだと思います。キヌコは、……妻ですが、彼女はほとんどノイローゼのようになって、私たちは東京の住まいを引き払い、福井県に引越しました。彼女の叔父が福井県で禅宗の住職だったので、そのお寺で暮らすことにしたのです」

じっと話を聞いていたヨハンセンだかロスタビッチだかが顔を上げ、ジューショク？　と隣のジョージだかオブライトだかに訊ね、ジョージだかオブライトだかが小声でモンクとささやいた。暮れかけた陽がガラス戸越しに、男たちの顔を照らしている。マルボロ・ライトを指に挟んだまま、フランク・ルーカスは彫像のように動かない。床の上で両膝を抱えたムハマドも、じっと床の一点を見つめている。


寺の下働きをしながら一年後に得度して、ウッドワードは僧侶となった。同じ頃に長男が生まれ、福井の田舎町で、とりあえずは妻子との安住の日々を過ごすことができた。どうやら日本人以外には感染しないらしいとわかってきたことで、その頃には本国のパニックも収まりかけていた。

この時点で、親子でアメリカに帰国することは不可能ではなかっただろう。実際にこの時期になってから、日本人の配偶者を連れて帰国する外国人は少なからずいた。でもウッドワードはその選択をしなかった。妻がアメリカで生活することに積極的に同意しなかったからだ。またウッド

ワード自身にも、寺で仏教の修行をもう少しつづけたいとの思いもあった。いずれアメリカに戻るにしても、子供たちがもう少し大きくなってからにしようとウッドワードは考えた。

それからさらに三年が過ぎて長女が小学校に入学した年、二人の子供を車に乗せて駅近くのダイエーに夕食の買いものに行った妻は、その帰りにみそやしょうゆやハンバーグ用の合挽き肉五〇〇グラムが入ったレジ袋と二人の子供をシートに乗せたまま国道を時速一二〇キロで突っ走り、三〇メートルの断崖からガードレールを突き破って日本海へとダイブした。

一人とり残されたウッドワードは帰国を考えた。この国にとどまる大きな理由は消えたのだ。でも愛する三人の家族が眠るこの国を離れることが、ウッドワードにはどうしてもできなかった。失意と絶望の数年を過ごしてから再び禅の修行に励み始めたウッドワードは、同じように何らかの理由で本国に帰れない外国人のためにコミューンを作ろうと思いつき、宗派の本山に相談した。

それから八年が過ぎたころ、日本人が近づかないカメ地区の保育園を改修して、本山から定期的に送られてくる最低限の生活費や日用品を生活の基盤にしながら、数人の規模で共同生活は始まった。一日に数回の座禅を組み、畑を耕し鶏を飼い、できるだけの自給自足をこころがけた。口コミで少しずつメンバーの数は増え、今では総勢一六人いる。

もちろんメンバー全員が禅宗に宗旨替えをしたわけではない。座禅は強制ではない。聖書を手放さない者もいるし、日に五回メッカの方角への礼拝を欠かさない者もいる。とりあえず信仰は自由だ。できるかぎりの菜食と飲酒は週に一回、それぞれの神や仏への祈りを欠かさないことが、呪われた国である日本に滞在する彼らに課せられた教義のすべてだ。

そこまでを話し終えてからウッドワードは、小さく肩で息をついた。妻が死んだ理由をタナトスとは言わなかった。その可能性はもちろんある。でもそうでない場合もある。日本人の血を半分持つ二人の子供の将来を妻が悲観したのかもしれないし、育児ノイローゼだったのかもしれない。あるいは単純な事故の可能性だってある。黙りこんだウッドワードにだって本当のところはわからない。

説明を終えてからウッドワードは、「とりあえず代表して私が話しましたが、ここにいる一人ひとり、いろんな事情があってここにいます」と言った。少しだけ全員が沈黙した。ヨハンセンだかテハノだかが、「例外はフランクです」と言った。「ギャングですから」

何人かが爆笑する。ウッドワードとフランクも笑っている。「紅茶、飲んでください」とキムが遠慮がちに言った。

冷めかけた紅茶を少しだけ口に含んでから、皿に並べられているこげ茶色のクッキーのようなものをチャンキは頬張った。ベニヤの合板のように堅い。しかも微かな酸味以外はほとんど味がない。髭面の男が微笑みながら「口に合わないですよね」と言った。たしかマルコだ。

「正式にはライ麦パン。マルコが焼いています」とウッドワードが言った。「日本人はあまり食べないですね。特にそれはかなりワイルドです。ライ麦だけではなくてカラスムギも入っているから堅いです。無理はしないでください。自家製のビスケットもあります。糖分控えめだから甘くはないけれど、この黒パンよりは口に合うかもしれません」

そう言いながらウッドワードは、スライスした黒パンを一枚手にとってから、「今も一部のアメリカ人は、タナトスはウィルスによって感染する伝染病だと信じています」と言った。「そして一部の日本人は、カメ地区にいた外国人がタナトスの元凶だと信じています。この二つに共通することは、どちらもエビデンスがないことです。とても非科学的。でも非科学的ではあるけれど、真相がわからないのだから、絶対にありえないと断言することもできない。いずれにしてもなるべく街に行かず、できるかぎり自給自足することは、この地で暮らす私たちの宿命です」

キムが大皿に入れたビスケットを持ってきた。形は幼稚園児が作った粘土細工のように不格好だけど、レンジで温めなおしたのか、ほかほかと湯気がたっていて香ばしい匂いがする。ひとつを口に入れた。サクサクと口当たりがいい。自分がかなり空腹であることにそのとき気づく。だって昼過ぎから何も食べていない。長い幼虫時代を過ごして成虫になった瞬間にカゲロウは口を失っている。でもそのとき、口と一緒に食欲も消えているのだろうか。もしも食欲はあるのに口だけを失ったのなら、これほど不幸なことはない。去勢された何とかスパニエルだかテリヤと同じだ。チャウチャウチャウチャウチャウと一日中啼きつづけることになる。

それまで黙って話を聞いていたジョージだかオブライトだかが、樽のように肥満した体を揺すりながら立ち上がった。その動きにちらりと視線をおくりながら、ウッドワードは話しつづける。

「私たちの信仰は様々です。でも宗教的であることは一致しています。そんな私たちにとって、タナトスの意味はひとつしかありません、だからこそ私たちは今、この地にとどまって、日本人の行く末を見守りたいと思っています」

立ちあがったジョージだかオブライトだかは顔の汗をシャツの袖で拭ってから、部屋の隅のステレオのターン・テーブルに、とても慎重な仕種でレコードを載せた。一瞬の静寂のあとに、キース・ジャレットのピアノソロが静かに始まる。その様子を見つめながら、「ジョージは本国では大学教授なんです」とウッドワードは言った。ジョージは太ったほう、とチャンキは意識に刻む。「ティーカップを口もとに運びながら、「ジョージの専門は分子生物学です」とリーが微笑んだ。「タナトス調査団のスタッフとして日本に来て、この地に留まるべきだと思いこんでしまった変わり者です」

「そういうリーさんは、チャイナに帰れば犯罪者です」

ウッドワードが楽しそうに補足する。「人を傷つけたり殺したりしたりしたわけではありません。彼は共産党の人権侵害と独裁に抗議したジャーナリストで政治犯です。帰ったら投獄されます。だからずっとここにいます」

「ここは食事もまずいし女もいないし他の場所に行く自由もあまりない。だから時おり思います。刑務所と何が違うのかと」

リーの言葉に何人かが大笑いの声をあげたとき、「確認していいですか」と梨恵子が言った。その表情は一人だけ真剣だ。

「ウッドワードさんは、タナトスの意味はひとつしかないと確信しているのですか」

少しだけ小首をかしげながら、ウッドワードは梨恵子を見つめ返す。

「さっきそう仰いましたよね」

「確信まではゆきませんが」

「でも推測はされている」

「まあそうですね」

「つまり、皆さんがここにとどまっている理由は、タナトスの背景には宗教的な要素が働いていると考えているからということでしょうか」

誰も答えない。ウッドワードもフランク・ルーカスも、そして他の全員も、梨恵子の質問の意味を考えるかのようにじっと床の一点を見つめている。室内の空気が重くなる。要するに気まずい雰囲気だ。梨恵子はさらに言った。

「先ほどウッドワードさんがおっしゃったタナトスの意味は、信仰を持たない日本民族に対しての何らかのペナルティであるというふうに私には聞こえました。それで間違いないですか。そしてそれは、他のみなさんも同意する意見なのですか」

「……少し違います」

顔を上げながらウッドワードが言った。

「私の説明で不愉快な思いをさせたのなら申し訳ないです。謝罪します。でも意味は少し違います。日本人の様々な行事や日常は宗教とは切り離せない。アニミズム的な信仰は生活に密着しています。特定の宗派にこだわらないだけで、実のところ日本人の信仰心はとても篤いと私は思っています」

「ならばなぜ……」

言いかけた梨恵子の言葉が途切れた。チャンキは顔を上げる。梨恵子の視線はガラス戸の外に据えられている。そして半分開けられたガラス戸の外には、ヨシモトリュウメイと背の高い女性が並んで立っていた。

視線が合うと同時に、ヨシモトリュウメイは少しだけ微笑んで会釈をした。思わず頭を下げるチャンキに、「……どういうこと?」と梨恵子が小声でささやいた。

「なぜあなたは驚かないの? 彼が来ることを知っていたの?」

「知っていたわけじゃない」

「でも驚かないのね」

「驚いたよ」

「驚いたようには見えなかったわ」

「みなさんこんにちは。ずいぶん暑くなりましたね」

言いながらヨシモトリュウメイは、馴れた仕種でその場で靴を脱ぎ、遊戯室に上がり込んできた。グレイのスーツを着た背の高い女性も後につづく。座っていた男たちの何人かは小さく会釈したけれど、その笑顔は何となくぎこちない。

「ずいぶん久しぶりですね」とウッドワードが言った。その言葉には応えず「黒パンにはチーズが合います」とヨシモトリュウメイはいきなり言った。「私はグリュイエールチーズをお勧めします。欠片でいいです。そもそも硬くて濃いチーズです。黒パンに載せて少しだけオーブンで炙る。試してください。びっくりです」

言っていることの脈絡が相変わらず微妙に変だ。部屋の隅で髭面のオブライトが下を向いてくすくすと笑っている。太ったジョージとリーはちらちらと目配せを交わしている。他の男たちの多くも、笑いだしそうになるのを必死に我慢しているような表情だ。でもヨシモトリュウメイは気づかない。あるいは気づいていても気にしない。

「ちなみに彼は、私が勤めていた学校の生徒です」とヨシモトリュウメイは言った。「柔道プレイヤーでもあります」

柔道プレイヤーは余計だ。そもそもヨシモトは彼ら外国人たちとどんな関係があるのだろう。そう思った瞬間、まるで心を読んだかのようにチャンキに視線を向けてから、「私と彼らとの関係を説明しましょうか」とヨシモトリュウメイは言った。

「私は僧籍も持っています。実家が寺なんです。宗派は曹洞宗。次男坊でしたから寺は継いでいませんが、現在は本山のカメ地区担当です。だから月に一回はここに来ています。先月はいろいろ忙しかったから、ほぼ二カ月ぶりですな」

片頬に梨恵子の視線を感じながら、チャンキは仕方なくうなずいた。少し間を置いてから、ヨシモトリュウメイの横に立つ女性が、半歩だけ前に進み出た。その視線はチャンキと梨恵子に向けられている。

「初めまして。私はサイトウミズキといいます」

年齢は二十代後半から三十代前半くらい。とても端整な顔立ちだ。紫色のフレームのメガネが知的な雰囲気を醸しだしている。サイトウはたぶん斉藤と書くのだろう。ミズキの漢字はわからない。そんなことを考えていたチャンキに斉藤は、「お二人のことは吉本から聞いています」と言いながら薄く微笑んだ。何をどのように聞いているのだろう。片頰に感じる梨恵子の視線がさらに強くなる。

「申し訳ないですが、そのガラスの外で、皆さんのお話を少しだけ聞いていました」とヨシモトは言った。「日本人や日本民族という人為的なカテゴリーになぜタナトスは従属するのか。そもそもこれが最大の謎ですね。これを説明するためには、ある概念を使うしかない。まあ概念というか仮説ですけど」

そこまで言ってから、ヨシモトリュウメイはじっとチャンキを見つめる。小さく咳払いをしながらウッドワードが紅茶のカップを手に取る。誰も言葉を発さない。どうやら男たちはその「概念というか仮説」を知っているようだ。

「たとえば万有引力定数があります」とヨシモトは言った。「全宇宙で共通している絶対的な定数です。この定数の値が今と少しでも違っていたら、太陽と地球の距離は現状とは大きく変わります。もしも太陽に近ければ地球の水はすべて水蒸気になっていたし、遠ければ氷になっていました。どちらの場合も生命は誕生しません。その意味では地球に暮らす我々人類にとって万有引力定数は、とても絶妙で奇跡的な数値です」

梨恵子が小さく息をついた。何かを言いたいのかもしれない。でもヨシモトリュウメイは話しつづける。

「そもそも水は凍ると密度が小さくなる例外的な物質です。だから体積が増えて氷は水に浮く。もしも水が凍ったときに密度が大きくなる物質だったとしたら、海や湖で出来た氷はどんどん底に沈んで融けることはなく、やがてすべて氷になっていたはずです。ならばやはり、この地球の環境は大きく変わっています。不思議に思いませんか。なぜ生きものにとって最も大事な物質である水は、凍ると密度が小さくなる例外的な性質を与えられたのか。その理由は何なのか」

「……与えられた？」

梨恵子が語尾を上げながら言った。明らかに違和感の表明だ。斉藤とウッドワードがちらりと梨恵子に視線を送る。でもヨシモトの表情と口調は変わらない。「もしもアップクオークに今の一〇倍の質量があったとしたら……」と言ってから、「アップクオークは知っていますか」と確認するようにつぶやいた。その視線は梨恵子に据えられている。

「素粒子です」と梨恵子が言った。

「すばらしい。そのとおり」とヨシモトは相好を崩す。「やはり永井さんは優秀です」

答えはない。いつもなら間違いなく「なぜあなたは私の名前を知っているのですか」と訊き返すところだ。でも梨恵子はじっと押し黙っている。

「素粒子は原子核の構成要素です。つまりものの最小単位。アップクオークはそのひとつです。そのアップクオークに今の一〇倍の質量があったとしたら、陽子はすべて崩壊して中性子になってしまうから、生命どころか原子すらできなかったということになります。……私が言っていることは理解できますか」

梨恵子は答えない。仕方なくチャンキは小さくうなずいた。

「万有引力定数だけではありません。プランク定数や光速度、電子と陽子の質量比、これらの値が現状と少しでも違えば、現在の宇宙は存在していません。例えばビッグバン初期の膨張速度が実際よりほんの少しでも速かったら、水素やヘリウム以外の元素は誕生できなかった。ならばこの宇宙は、恒星も惑星も存在せず、低濃度の水素ガスが広がるだけの何の面白味もない空間になっていたでしょう。もちろん私たちだけではなく、イヌも虫もカエルもタンポポも花崗岩もアミノ酸も生まれていない。逆にもし膨張速度が実際よりほんの少し遅ければ、宇宙は始まりとほぼ同時に崩壊していました。やっぱり私たちは存在していない。自然法則や物理定数の多くは、人間という高度な生命体を生み出すうえで、ちょうど適した数値や構造になっているということになります。これが人間原理です。英語ではAnthropic principle。要するに、この宇宙や世界は、人類を生み出すために存在しているとの仮説です。ある程度は学校で習っているかもしれませんが……」

「そんな仮説は学校で教えません」

梨恵子が言った。その声には明らかに反発が滲んでいる。ヨシモトリュウメイはニコニコと微笑みながら、「おやそうでしたか」とうなずいた。「そういえば私も現役時代は物理を教えていましたが、人間原理については教科書にも載っていないし、少なくとも受験には絶対に出ません。何しろ誰にも実証できないし追試も不可能です。近代科学のカテゴリーには入らないから学校で教えようがない。でもほぼすべてがあつらえたように都合がいいことは事実です。これらがもし本当に偶然であるならば、その確率は、10のマイナス１２３０乗と試算されています」

10のマイナス１２３０乗とチャンキは小声でつぶやいた。おそろしく小さな数値だとの見当はつくけれど、その実感がまったくわいてこない。ちらりとチャンキに視線を向けてから、「要するに10の１２３０乗分の一のことです。具体的に言いますと一億は10の8乗で、一兆は10の12乗。一京《けい》は10の16乗です。ならば１２３０乗がいかにとてつもない数字であるかはわかりますよね。つまりこの世界はありえないほどに低い確率で誕生した。まあもちろんこの数値だって仮説です。10のマイナス１２３０乗が正しいかどうかなど誰にも証明できない。でもきわめて天文学的な確率であることは確かです。あなたはそれを、我々はラッキーだったの一言で済ませられますか」

「人間原理については以前に本で読んだ記憶があります」

梨恵子が言った。「ドーキンスだったと思います」

「リチャード・ドーキンスですか。それはすばらしい。ただし彼は、これこそが一種の信仰ではないかと思いたくなるほどに、徹底した無神論者です。人間原理についても徹底して批判します。なぜならこの発想は、宇宙はある意図によって形成されたとするインテリジェント・デザイン説につながるからです」

「……つまり神ということですね」

梨恵子が言った。いえいえというようにヨシモトは首を横に振る。

「神とはいいません。意図です。あるいは意思。こうしたいとの方向付けです。それが感情を持つ存在であるかどうかはわからない。ただし少なくとも、魂を救済するとか人々を無上の愛で包むとかの慈愛溢れる神ではない。もっとクールで無機的でドラスティックな存在です。でもこの仮説に従えば、創造主であることは確かです。だから宗教嫌いのドーキンスは否定するでしょう」

「人間原理やインテリジェント・デザインについて、私は深く勉強したわけではないけれど……」

と梨恵子は言った。「現代科学においては、異端と考えるべきと思っています」

「もちろんです。自然科学の分野において人間原理は決してメインストリームにはなりえない。近づかない姿勢のほうが科学者としては正しいと私も思います。でもだからといって頭ごなしに否定することも、やはり科学者としては正しくない。実際にありえないほどの確率を、現状のこの宇宙と世界は示しているわけですから」

それまで沈黙していたウッドワードが、「その確率については」と言った。「この宇宙がたった一つと考えると確かにありえない数字ですが、でも宇宙は実は無限に存在しているとの仮説をたてれば、それなりの説明ができますよね」

「ああ確かに」と梨恵子が言った。「マルチバースですね。私たちがいるこの宇宙はたったひとつのユニバースなのだと考えれば、確かに10のマイナス１２３０乗はありえない確率です。でももし、10の１２３０乗以上の数だけ宇宙が存在しているとしたら、私たちはそのうちたったひとつの、すべての理想的な偶然が重なった宇宙にいるのだとの説明が可能になります」

「……要するにパラレルワールドなのかな」

チャンキは言った。それなら映画で観たことがある。ようやく話に参加できる。ヨシモトリュウメイは嬉しそうにうなずいた。

「10の１２３０乗以上の数だけ存在する宇宙の中でたったひとつだけの宇宙に私たちは生まれた。そう言われると自分はそんなにくじ運がよくないと思われるかもしれない。でも男性が一回で排出する精子の数は数億です。健康な男子なら毎日一億もの精子を生産している。そのうちのたったひとつがあなたです。しかもその確率はあなたのこれまでの先祖すべてに言える。生命の誕生から無限に近い数の世代が重ねられてきて、そのうちのひとつでも違う精子が受精していたら、あなたはここに存在していない。でも自分ではその確率を実感できない。決してＳＦや空想レベルの話ではないのです。電子は粒子であると同時に波でもある。つまりあらゆる状態が重なり合って存在している。このコペンハーゲン解釈に従えば、世界は無限に重なり合っていると解釈することもできる。シュレディンガーの猫は生きてもいるし死んでもいる。どちらかではないのです。重なり合っている。ならばそれを観測するあなただって、生きている状態と死んでいる状態も含めて、あらゆる可能性が無限に重なり合っている存在であると規定することができる」

……やっぱりだめだとチャンキは思う。何が何だかわからない。そのときテーブルにカップを置いたウッドワードが、身体をひねるようにして壁の時計に視線を送る。少し動きがわざとらしい。今の時刻を知るために、というよりも、自分は今の時刻を気にしている、と周囲に示すための動きのようにも見える。

「そろそろ暗くなります。正直なところ、この地域は治安が良いとはいえません。泊まるのが無理ならば、そろそろお帰りになるほうがいいでしょう。バス停まで車で送ります」

そう言ってから、ウッドワードはにっこりと微笑んだ。

「カメ駅に棲みついているホームレスたちを別にすれば、吉本さんと斉藤さん以外の日本人に会うのは本当に久しぶりです。ほとんどの日本の人たちがわたしたちを今どう思っているかも知っています。六年前、街に買い出しに出かけた一人が殺害されました」

「殺害？」と梨恵子が声をあげ、チャンキの「日本人に？」の声が重なった。ウッドワードは答えない。ジョージだかオブライトだかが、「それがよくわからない」とつぶやき、「警察は変死体として処理しました」と斉藤ミズキが言った。「だからニュースにもなりませんでした」

「むしろニュースにしたくなかったから、変死体として処理したという見方もできますね」とヨシモトが言った。

「それ以来私たちは、どうしても街に行かなければいけないときは必ず二人で行動するようにしています」とウッドワードが言った。

チャンキは部屋の隅に座っていたムハマドに視線を送る。口髭の先についた紅茶の滴が、ガラス戸から差しこむ夕陽にきらきらと輝いている。ムハマドが顔を上げる。じっとチャンキを見つめ返す視線は相変わらず強い。チャンキは思わず下を向く。ウッドワードが静かに言った。

「殺されたハイサムはムハマドの兄でした」

9 「トカゲじゃなくてイモリだよ」

母屋の裏には、老朽化してスクラップ直前のような（実際にスクラップなのかもしれない）軽トラックと日焼けしてボディの色が黒から褐色に変わりかけているニッサンテラノ、それと緑色のポルシェが停められていた。横を通りながらちらりとチャンキはポルシェの運転席に視線を送る。女性用のバッグとサングラスがシートの横に置かれている。おそらく斉藤ミズキが運転してきたのだろう。サンダルやスニーカーを履いた男たちがぞろぞろと母屋のガラス戸から外に出てくる。ニッサンテラノの運転席に座ったフランク・ルーカスが、片手で器用にレイバンのサングラスをかけながらキーを廻した。チャンキと梨恵子はリアシートに座る。車を見送る男たちの中にムハマドはいない。ウッドワードは顔の横で手を小さく振っている。

こぶた保育園はあっというまに小さくなった。山の稜線に沈みかけた西陽が正面から照りつける。片手でハンドルを操作しながらフランク・ルーカスは、よれよれになったマルボロ・ライトを口の端にくわえる。やはり火をつける気はないようだ。梨恵子はずっと黙り込んでいる。沈黙が気まずくなったチャンキが、リアシートから運転席のフランクに、「どうしてさっきは電車に乗っていたのですか」と声をかけた。

「……電車、好きです」

しばらく考えてから、フランクは短く答えた。

「ときどき乗ります。カメ駅まで往復。楽しいです」

うなずきながらチャンキは、隣に座る梨恵子の横顔にちらりと視線を送る。でもやっぱり無言のまま梨恵子は、窓外の景色をじっと眺めている。

カメ駅の先のバス停の手前でフランクは車を停めた。三人は車から降りる。周囲は急激に暗くなりかけている。運転席から降りながら、「もうすぐ、バスがきます」とフランクが言った。「もし私を見たら、運転手さんはとても驚きます。だから私は、急いでホームに帰ります。今日は楽しかったです」

車に乗り込もうとするフランクに、「ひとつだけ質問していいですか」と梨恵子が言った。

「今のこの国の状況は神の意図だとあなたも考えているのですか」

振り返ったフランクはじっと梨恵子を見つめている。質問の意味を理解できなかったようだ。もう一度ゆっくりと、「今のこの国の状況は、神の意図だと、あなたは思っているのですか」と梨恵子は言った。

「イト？」

「intention of God」

数秒の間を置いてから、フランクは小さくうなずいた。

「思っています」

「私は納得できません」

口を開きかけたフランクは、言葉がうまくまとまらないというように首を左右に数回振ってから、再び口を閉ざす。チャンキは視線を二人の後ろに送る。道路のずっと向こうから、バスが土煙をあげながら、ゆっくりと近づいてくる。梨恵子がもう一度言う。

「そんなこと、私はぜったい、納得できません」

「あなたは怒っていますか」

「怒ってはいません。でも悲しいです」

しばらく間を置いてから、「……神の御心は、私にもわかりません」とフランクは言った。

「もしも私たちが今日あなたを傷つけたのなら、申しわけありません。許してください」

そう言うと同時にフランクは素早い動作でニッサンテラノに乗り込んだ。バスは近づいてくる。俯いたその表情はわからない。ニッサンテラノは猛スピードで発進する。梨恵子はじっと自分の足もとを見つめている。ニッサンテラノはもう見えない。傍らをゆっくりと通過したバスが、道路を大きくUターンしてから停車した。扉が開く。乗客は一人もいない。バスは動き出した。車内のバックミラーに映る運転手の表情は明らかに動揺していた。走り去る直前のニッサンテラノに気づいたのだろう。いちばん後ろの座席に腰を下ろしたチャンキと梨恵子は、どちらからともなく後ろを振り返る。カメ地区に夜の帳《とばり》が下りている。一六人の男たちは今ごろ何をしているのだろう。プラットホームにいた初老の婦人やミノムシマンに帰る家はあるのだろうか。

「説明してくれる?」と梨恵子がふいに言った。チャンキは隣に座る梨恵子の横顔を見つめる。

「なぜヨシモトリュウメイがあそこに来たの」「僕も知らなかったけれど、本山のカメ地区担当って言ってなかったっけ」「どういうこと」「わからない」「私の知らないときにヨシモトさんに会ったの?」「病院に来た」「なぜ黙っていたの」「言わなかったっけ」「聞いてません」「深い意味はないよ、カメ地区にヒントがあるって言われたんだ。その話はしたと思っていた」「なんのヒント?」「なんだっけ、よくわからない」「あの女の人は誰なの」「斉藤って言ってたな」「それは私もわかる」「僕も初めて会った人だよ。ヨシモトリュウメイのアシスタントなのかな」

しばらく沈黙してから小さく肩で息をついて、「つくづく謎の男だなあ」と梨恵子はつぶやいた。

六限めの古文の授業終了のチャイムを、チャンキは夢の中で聞いた。国連の会議に日本代表として出席する夢だった。国連の本会議場はＮＡＳＡの基地内に設置されていた。着席していた世界各国の代表はチャンキが日本人であることに気づくと同時に、興奮状態で円形のテーブルの上に立ちあがり、誰が日本人をここに呼んだのかと怒鳴り合いながら大騒ぎを始めた。呆然と立ち尽くすチャンキに一人の背広姿の男が近づいてきた。ウッドワードだ。小さな銃を手にしている。傍に来たウッドワードは、「危険だからすぐ日本に帰るように」と小声でささやいた。「ここで僕を守ってくれないのですか」とチャンキは言う。首を横に振りながら、「それはダメだ」とウッドワードは言った。

「私の任務は世界中の人たちを守ることだから」

「僕だって世界中の人たちのひとりです」

ウッドワードは答えない。しばらくチャンキを見つめてから、「とにかくすぐ日本に帰りなさい」ともう一度言った。チャンキは周囲を見渡す。不安と嫌悪に顔を歪めた世界各国の代表たちが、長い金属製の棒や銃を手にしながらじりじりと近づいてくる。ブラジルとイギリスの代表は弓矢をかまえ、イタリアとフランスと中国の代表は、台所でゴキブリを見つけたときの主婦のように、円筒状に丸めた書類や新聞紙を頭の上に掲げている。

「どうやったらここから脱出できますか」

「そこの裏口から外に出なさい。急がないと本当に殺されます」

扉の外には壁や天井が白く発光する通路がつづいていた。チャンキは走る。罵声が追いかけてくる。いろんな言語のはずだけど、なぜか意味はわかる。日本人が逃げた。日本人がそこにいる。早く捕まえろ。日本人を捕まえろ。全速力で角を右に曲がる。次は左に曲がる。また右に曲がる。まるで迷路だ。どうしても外に出られない。怒号と罵声はさらに攻撃的になりながら追いかけてくる。早く殺せ。日本人だ。危険な日本人だ。今すぐ殺せ。よりによって日本人だ。

走りながら涙が出る。自分は何もしていない。なぜ日本人はこれほどに世界中から忌み嫌われなければならないのだ。肩で息をつきながらチャンキは足を止める。もうこれ以上は走れない。同じところをぐるぐる回るばかりだ。そのとき通路の奥の角から、ゆっくりとヨシモトリュウメイが現れた。なぜか軍服を着ている。ナチスの将校か大日本帝国の軍人のようにも見えるし、人民解放軍やアメリカ海兵隊にも見える。怒声が後ろに迫ってくる。チャンキはヨシモトリュウメイに走り寄る。

「助けてください」

軍服姿のヨシモトリュウメイはにこにこと相好を崩す。もう一度「助けてください」と言おうとして、チャンキはその場に凍りついた。ヨシモトリュウメイの後ろから、素裸の梨恵子が現れたのだ。

無言でチャンキを見つめる梨恵子の股間は、バービー人形のようにつるりと性器がない。怒りに満ちた各国代表の足音が背後に近づいてくる。日本人だ。日本人が逃げた。日本人をつかまえろ。チャンキは床に跪き、両手で顔を覆って悲鳴をあげた。梨恵子の肩に手を回しながら、ヨシモトリュウメイはにんまりと微笑む。遠くからチャイムが聞こえる。無表情の梨恵子はチャンキを凝視《みつ》めつづける。あなたは悪くないとその唇が微かに動く。あなたは悪くない、あなた以外の人類すべてが悪くてもあなたは悪くない、日本人であることを誇りに思いなさい。選ばれた民であることを自覚しなさい。やがて訪れるタナトスの瞬間を、至福の時として迎えなさい。

性器がない梨恵子は後光に包まれる。ヨシモトリュウメイが悲鳴をあげながら黒焦げになってゆく。光がチャンキを包む。チャイムが鳴る。背後から誰かが肩を摑んで激しく揺さぶる。日本人をつかまえたぞ。早く殺せ。チャンキは絶叫した。どうして自分は日本人なんだ。どうして日本に生まれたんだ。助けてくれ。もうこれ以上は一秒だって耐えられない。助けてくれ。

眼を開ければ横で風間裕子が微笑んでいる。机から顔を上げたチャンキの肩から手を離しながら、風間裕子は「授業終わったよ」とささやいた。「夢見てたでしょ?」

ああうん、と曖昧にうなずきながら、チャンキは顔を両手でごしごしとこする。風間裕子の横では正明とナシメが、授業中にうなされるまで熟睡する奴は初めて見たぜ、と笑い転げている。びっしりとメモが書き込まれたノートを、風間裕子はチャンキの目の前に差し出した。

今日のところは試験にだすって言ってたわよ。写しておいたほうがいいと思う。

なんだそれと正明が言う。副級長、チャンキに優しすぎないか。

別にチャンキだけじゃないわよ。

いーや。チャンキだけ特別扱いだ。

そう言う正明にナシメが、童貞だからかな、とつぶやく。

なんで童貞だと優しくしてもらえるんだよ。

要するに希少動物みたいなもんだろ。

ナシメと正明の会話を聞きながら、風間裕子は静かに微笑んでいる。まるで「微笑む」という表現は彼女のためにあるかのように。腕の産毛が窓から差しこむ陽の光を反射して金色に輝いている。

自分がまだ夢のつづきにいるような気がして、チャンキは目を閉じて深く息を吐いた。

初めてカメ地区を訪ねてから二週間が過ぎた。とりあえずチャンキの周辺には平穏な日々がつづいていた。この間に梨恵子とは一回だけデートをした。図書館で待ち合わせて喫茶店というコースだ。キスはしていない。カメ地区で梨恵子が言った「お願いだからやめて」はずっと耳に残っている。たてまえやポーズの言葉ではない。絶対に本音だった。

不満がないわけではないけれど、でも以前のようにイラつくことはやめた。だって人はタナトスだけで死ぬわけではない。道を歩いていて傍らのビルの屋上から鉄骨が落ちてくる可能性もあるし、シャワーを浴びながら石鹸で足を滑らせてガラス戸を突き破って頸動脈を切断することだってありえる。タナトスが始まる前も今も、死は常に身近にあった。目を背けていただけなのだ。さらに数日が過ぎるころ、ウッドワードからラインが来た。

このあいだはお会いできてとても嬉しかったです。みんなも喜んでいます。実は私たちは、毎月第一週の日曜に、その月に生まれたメンバーの誕生パーティをやっています。一六人もいるから、毎月誰かが生まれています(^_^)。もしもお嫌じゃなければ、来月のパーティに、ぜひお二人をご招待したいと思います。日曜の都合が悪ければ、予定をお二人に合わせることもできます。私たちは学校も仕事もないですから。

このラインを受信したとき、チャンキは夕食を終えて自室に入った直後だった。危なかった。もう少し早い時間だったら、一緒に夕食を食べているマユミさんの前で受信していただろう。時おりマユミさんは野生のウサギのように勘が鋭い。それも必ず秘密にしたいときにかぎって、ねえちょっと確認したいのだけど、などと言ってくる。カメ地区に隠れて暮らす外国人たちの誕生パーティに息子が招待されていると知ったマユミさんが何と言うか、チャンキには想像もつかない。それでなくてもいろいろ心配をかけてしまった。入院したときは病室で泣いていた。さすがにそろそろ限界だろう。とにかく夕食を終えたタイミングで助かった。これからはなるべくマナーモードにしておくほうがいいかもしれない。

そのときスマホが震える。梨恵子からのラインだ。どうしようか？ 私は行きたい。了解とキーボードを打ちかけてから削除して、アルファベットで sure と打ち込んで送信した。


翌月の第一週の日曜日の昼下がり、二人は再び鍛冶屋町交差点行きのバスに乗った。停留所で降りてカメ駅に向かう途中で、車がゆっくりと近づいてきた。フランク・ルーカスが運転するニッサンテラノだ。助手席にはジェイクの顔が見える。白山公園で僕を助けてくれたコンビだ。歩きながらそうつぶやくチャンキに、そういえばそのお礼をちゃんと言ってなかったねと梨恵子が言う。

サンキューって言ったよ。

フランクにはね。ジェイクには言ってないわよ。

ニッサンテラノに向かって歩きながら、チャンキはちらりと梨恵子に視線を送る。何となく声が弾んでいるような感じがしたからだ。運転席から降りたフランクが後部ドアを開けて二人を待っている。まるでホテルのドアマンみたいね。横を歩く梨恵子が言う。ホテルのドアマンなんて見たことないよ。私だって映画かテレビでしか見てないわよ。そう言ってから後部ドアの手前で立ち止まった梨恵子は、「ご招待ありがとうございます」とフランク・ルーカスに言った。一瞬だけきょとんとした表情になってから（もしかしたら「ご招待」の意味がわからなかったのかもしれない）、フランクは少し強張った顔で微笑んだ。その笑顔はやっぱりどう見ても、「ターミネーター2」で溶鉱炉に沈みながらサムズアップをする直前のアーノルド・シュワルツェネッガーだ。助手席から降りかけたジェイクに、「このあいだ言い忘れたけれど、チャンキを助けてもらって、本当にありがとうございます」と梨恵子はゆっくりと言った。うなずきながらジェイクはチャンキを見る。このあいだもほとんど喋らなかったから日本語はよくわからないだろうか、と思っていたけれど、「足の具合はその後いかがですか」とジェイクは言った。イントネーションに多少の不自然さはあるけれど、日本語としてはほぼ完ぺきだ。
「もうほとんど大丈夫です」と答えるチャンキに、「良かったです」とジェイクはうなずく。「私は暴力がいちばん嫌いです」

遊戯室でウッドワードたちと紅茶を飲んでいたら、ガラス戸越しにドミトリーとセバスチャンが畑に行かないかと声をかけてきた。ハタケ？　と訊き返すチャンキに、畑ですとウッドワードがうなずいた。一応は自給自足ですから。どうぞ見てきてください。

畑まではこぶた保育園から歩いて数分だった。かなりの広さだ。周囲には柵が立てられている。イノシシやシカが荒らすのだという。ジャガイモにキャベツ、キュウリにトマトなどが植えられている。「キュウリとトマトはたくさんとれます」とセバスチャンが言う。「ピーマンとニガウリも。たくさんたくさん。特にキュウリは食べきれないくらい」「私はナスとレンコンが大好きです」とドミトリーが言う。「日本の野菜は美味しいです」「レンコンも作るのですか」「レンコンはこの畑では無理です。ヨシモトさんがスーパーで買ってきてくれます。それと夏はトウモロコシ。何度もイノシシにやられました。だからやっぱりヨシモトさんが、小麦粉などと一緒に買ってきてくれます」
「ヨシモトさんは今日来ますか」と梨恵子が訊いた。ドミトリーとセバスチャンは顔を見合わせる。「誕生会にヨシモトさんが来たことはないです」とドミトリーが言った。「とてもビジネスに熱心な人ですから」

日が暮れかけたころに遊戯室に全員が集まって、九月生まれのキムとロスタビッチのために乾杯した。テーブルに並べられた料理はボウルにたっぷりと入れられた自家製野菜と豆腐のサラダ、チーズとアボガドをベースにしたトルティーニャ、ナスと玉ねぎ、ニンジンがメインのラザニヤ、白菜キムチに赤カブをたっぷり入れたボルシチだ。肉はいっさい使われていない。すべて（料理担当の）リーとテハノのお手製だという。梨恵子は持参してきた手作りのアップルパイをテーブルの上に置いた。歓声。拍手。誕生パーティのこの日だけは飲酒を許されているとウッドワードが説明したが、白ワインが入ったグラスを手にする男はフランク・ルーカスとマルコなど数人だけだった。

たっぷり食べて飲んでおしゃべりした後に、この日の主役のキムが目を閉じてアリランを唄い、ロスタビッチはロシア民謡をギターで弾いた。みんなにこにこと幸せそうだ。梨恵子も上機嫌だ。

トイレに行きながらチャンキは腕の時計を見る。午後六時半。外は薄暗い。そろそろ帰らなくては。席に戻ってから、サラダのプチトマトを口に入れたばかりの梨恵子に、「今日、ここに来るってことは、和代さんには言ってないよね」と小声でささやく。

「まさか。言えるわけないよ」と梨恵子は答える。「チャンキだってマユミさんに言ってないでしょ？」

「もちろん。でもパイを作ったりして怪しまれないのか」

「友だちの誕生パーティに呼ばれたと説明したわ。だって嘘じゃないもの」

なるほどと思いながらチャンキは周囲を見回す。上機嫌に酔ったマルコとフランク・ルーカスがロスタビッチの伴奏に合わせて踊りだしている。ただし珍妙な動きだ。コサックダンスをやろうとしたヨハンセンが派手にひっくり返る。男たちは手を叩きながら大笑いだ。ムハマドも笑っている。でもチャンキの視線に気づくと同時に、まるで冷気にでも触れたかのように、その表情は一瞬にしてこわばった。下を向いてニンジンのラザニヤを頬張ってから、「……彼らは僕たちの友だちなのかな」とチャンキは小声でつぶやいた。少し考えてから、「友だちじゃなかったら何よ」と梨恵子は言った。

確かにそうだ。チャンキは口の中のラザニヤを飲み込んだ。この数週間で友だちが急に増えた。そしてこの一六人の新しい友だちは、呪われた日本人の多くが呪われたと思っている場所に住みながら呪われていない人たちだ。

朝の風が涼しい。夏は過ぎた。季節は秋。受験まではあと四カ月。キムとロスタビッチの誕生会からちょうど一カ月後の夕方、手作りのキッシュを持参した梨恵子とチャンキはこぶた保育園にいた。一〇月の誕生パーティの主役はフランク・ルーカスだ。パーティの支度が整うまでのあいだ、チャンキはウッドワードに誘われて、生まれて初めて座禅を体験した。ジェイクとロスタビッチとドミトリーが一緒だった。母屋の奥の一〇畳ほどの板張りスペースで、小さな丸い座布団《ざぶとん》をお尻に当てて足を組む。目を閉じてはいけませんとウッドワードは言った。一・五メートル先の床を見てください。ただしじっと見るわけではありません。半眼です。見るでもなし。見ないでもなし。目は閉じないでください。そうそんな感じ。それから組んだ足の上に右手のひらを上にして置いてください。そうそう。次に左手も手のひらを上に向けて、右手の上に重ねます。それから身体を前後左右に軽く揺らしてください。いちばん安定する位置があるはずです。それが決まったら腰を伸ばし、腹を前に突き出すようにしてください。

始めて三〇分ほどが過ぎてから、ウッドワードはチャンキの耳もとで手を軽く叩く。今日はここまでにしましょう。足を崩したチャンキは吐息をつきながら、両隣に座るジェイクとドミトリーを見る。二人ともじっと半眼のまま身じろぎもしない。

立ち上がろうとしてよろける。左右の足は痺れきって感覚がほとんどない。壁に手を当てながら部屋から出る。ニコニコと微笑みながらウッドワードが「感想は？」と小声で訊く。

「雑念が消えません」

「当たり前です。いきなり消えてしまっては私たちの立場がありません。私たちは毎日座っています。でも雑念は日々生まれます。決して消えません。消えないから座りつづけます」

「消そうと思うと増えるような気がします」

「ジェイクは以前、テレビゲーム式に雑念を消すと言っていました」

そう言ってからウッドワードは、銃を構える仕種で引き金を引いた。

「雑念が現れたら撃ちます。消えます。また雑念が現れたら撃ちます。座りながらこれをくりかえします」

少し驚いて「そんなやりかたでいいんですか」と言えば、「やりかたは何でもいいのです」とウッドワードは答える。「無理に雑念を消そうとせずに、じっと見つめる方法もあります。ドミトリーとロスタビッチはこのやりかたです。リーは雑念を観察していると言っています。その人その人でいいのです。最終的には無をめざすけれど、そのためにやることは、ただ座ることだけです。座禅は瞑想とは違います。目的は座ること。ただそれだけです」

前回と同様にこの日のパーティも楽しかった。メインディッシュは豆腐で作ったハンバーグだ。付け合わせの茹でたニンジンとポテトもおいしい。梨恵子から料理のコツを訊ねられたテハノが、たっぷりオリーブオイルを使うことですと説明する。

それとフが大事です。

フ？

お麩です。

ああ、豆腐にお麩を足すのですか。

入れると入れないとでは口の中で弾力が違います。それなのにふわふわ。覚えておくといいです。

お麩なんてよく知っていますね。

だって私はもう日本に三〇年います。あなたたちよりもこの国にいる時間は長いのです。まあそのうちの四分の一近くはここで暮らしていますが。

料理を食べ終わってお茶を飲み始める頃、今月で六十二歳になるフランク・ルーカスが、ギターを手に立ち上がった。イントロが始まると同時に、梨恵子が目を丸くして「まあ」と声をあげる。確かに素人のレベルではない。指の動きも速い。やがてフランクは歌い始める。低音でよく響く声だ。横で手拍子をとっていたマルコに、「フランクはプロの歌手みたいですね。それに曲もいい」とささやいたら、大きくうなずきながら「いい曲だろ。だってボブ・ディランだよ」と言った。少しだけイントネーションに違和感があるけれど、マルコの日本語もとても流暢だ。「二人は知らないかな。ディランは私たちが若いころのビッグスター。フランクは彼の歌が大好きです。だから毎年こうして自分の誕生日に歌います」

「ボブ・ディランなら知っています」

「あなたはその歳でボブ・ディランを知っている？　それは素晴らしい」

「でもこの曲は初めて聴きました」

「この曲のタイトルはMy Back Pages」

「どんな内容ですか」

少しだけ考えてからマルコは、「若いころの自分はいろいろ世界について勘違いしていた、という曲です」と言った。「だから、あのころの自分よりも、今のほうがずっと若い」

「若いころよりも?」

「そう。若いころよりも。だからもしかしたら、私のほうがあなたよりも若いかもしれない」

言いながらマルコは、髭面の顔をぐっと近づけてきた。これほど間近で外国人の顔を見ることは生まれて初めてだ。思わず息を止めて目を逸らすチャンキの肩を嬉しそうに何度も叩きながら、「とてもとてもいい歌」とマルコはもう一回言った。「私のほうが若い。みんな若い。まだまだ若い」

うなずきながらチャンキは、でも僕たちはあなたたちと違って歳をとる前に人生が終わってしまうかもしれない、とちらりと思う。思うけれど口にはしない。そんなことを口にしたって仕方がない。

フランクのミニライブのあとは、全員で「Happy Birthday to You」の「You」を「Frank」に換えて歌ってから、リーが作ったパンケーキを食べた。前回と今回で、全員の顔と名前はかなり一致してきたし、それぞれの性格もだいぶわかってきた。

ジェイクは気が優しいけれど大雑把だ。風呂が嫌いで何日も同じシャツを着ている。リーとテハノは世話好きで、どちらも料理を担当している。敬虔《けいけん》なユダヤ教徒のベンヤミンは少しだけ気難しい。ヨハンセンとキムとドミトリーとセバスチャンはとにかく陽気だ。二十八歳のアントニオは物静かでいつも本を読んでいる。少し理屈っぽいロスタビッチはエンジニアで、車のエンジンくらいなら一人で修理してしまう。マルコはとにかくいたずら好き。被害者はいつもジェイクとリーだ。

寡黙でいつも控えめなフランク・ルーカスは、みんなから「日本人のようなアメリカ人」と言われている。

「ヨシモトリュウメイさんはよく来るのですか」と梨恵子が訊いた。ここのところは来ないですね、そういえばお二人が初めて来たときに会いましたよね。あれからずっと顔を見せていないです、とウッドワードは言った。私たちの生活費は本山から毎月振り込まれているけれど、できることならあまり街へは行きたくない。だから代わりに銀行に行ってお金をおろしてくれる彼が来なくなると困ってしまう。買いものも彼に任せています。まあでも今のところはまだ大丈夫。野菜は畑でとれるし卵もニワトリたちが産んでくれる。米や小麦粉もまだかなりの備蓄がある。お金はほとんど使わない。それにここだけの話だけど、ベンヤミンとロスタビッチはあまり彼を好ましく思っていないので。

ベンヤミンとロスタビッチがヨシモトリュウメイを好ましく思っていない理由は気になったけれど、ここだけの話と言われたのに訊き返すことは気が引けたし、何となく理由がわかるような気もしたので、チャンキは黙ってうなずいた。明日のボランティアは僕とキムが行くよ、とヨハンセンがウッドワードに言った。しばらく行ってないから顔を見たい。ボランティアって何ですか？と紅茶を飲みながら梨恵子が言った。カメ駅の周囲に何人か日本の方が住んでいます、とヨハンセンが言った。そこに生活物資を届けに行きます。

私たちも最初にカメ駅に来たときに会いました、と梨恵子が言った。彼らはどこに住んでいるのですか。

カメ駅の裏にある小学校に暮らしています、とドミトリーが言った。もちろん小学校は廃屋です。もう一〇年以上も前に若い人たちが夜中に肝試しに来て、小学校の中で彼らに出会っておびえて逃げて帰ったことがあったようです。

じっと黙っていたウッドワードが、そのころは私たちがここに住み始めた時期でもありました、と言った。小学校に暮らす彼らと多少の交流がありました。でも彼らは、どちらかといえば私たちとの接触をあまり喜んでいないようなので、今はほとんど疎遠になっています。そもそも彼らは互いにあまり近づかない。不器用で気が弱い人たちです。ルールさえ守ってくれるのならここで一緒に生活できますよと提案したことがあるけれど、あまり喜んではくれませんでした。たぶん彼らは孤独な生活が好きなのだと思います。

ひとりでしゃべっている白髪の女性がいました、とチャンキが言った。長岡さんです、とヨハンセンが言う。彼女とはコミュニケーションができません。心に深い傷を負っています。顔が変形した男性にも会いました。赤井さんです。とても繊細で優しい人です。

行政は彼らのために何かしないのですか、と梨恵子が訊いた。

行政は何もしません。

だからみなさんが食材とかを運んでいるのですか。

米や卵や野菜ですが、月に二回ほど運んでいます。あと薬も。年配の方が多いので。

……日本から落ちこぼれてしまった日本人の生活を、日本から排除されたみなさんが支えてくれているということですね。

そう言ってから梨恵子は、すっかり暗くなった庭に視線を送る。当たり前のことです、とウッドワードが言った。こういう言いかたは申し訳ないですが、とりあえず私たちは、タナトスでいきなりこの世界からいなくなることはない。その恐怖を持つ必要はない。その違いは大きいです。

この夜、運転席でテハノが待つ（フランクはこの夜も酔いつぶれていた）ニッサンテラノに乗り込もうとするチャンキと梨恵子に近づいたムハマドが、いきなり右手の握りこぶしを差しだした。

「何ですか」

少し緊張しながらチャンキは言った。

「プレゼント」

小さな声で言ってからムハマドは右手を開く。「私の国のお守り」

握られていたのは、大きな目玉が描かれた陶器のペンダントが二つ。横から覗き込んだテハノが、

「これはイスラムの伝統的なお守りです」と説明した。

「目玉おやじみたいだ」

チャンキが言う。でも誰も反応しない。たぶん知らないのだろう。「世界にはとてもたくさんのジャシがあります」ムハマドが言った。「それからあなたを守ります」

「ジャシ？」

首をかしげるチャンキに、「邪まな視線と書いて邪視」と梨恵子が言う。

「……ヨコシマってどんな字だっけ」

「あとで教える。ムハマドさん、どうもありがとう」

言いながらお守りを二つ受け取った梨恵子は、ひとつをチャンキに手渡した。ムハマドは恥ずかしそうに微笑んだ。

チャンキやったか。中間試験が終わって二週間ぶりに武道館横の部室の扉を開けたチャンキに小早川が言った。やったら言えよ。いつもどおりだ。つまり挨拶代り。でも小早川の表情が何となくいつもと違う。とりあえずは「頭んなかそれしかないのか」といつものように答えながら、何か

あったのかなとチャンキは考える。柔道着に着替え終えたナシメが「それしかないんだよ。永井はまだやらせてくれねえのか」と小早川に代わって答える。「今日はアニマルから重大発表があるってさ」

最後の地区大会が終わるとほとんどのクラブでは二年が部活動の主導権を握り、三年は受験勉強に専念するために事実上引退という形になる。この時期に練習に参加しても、半分はOB扱いだ。この日も三年で練習に顔をだしているのは、チャンキとナシメとアニマル小早川の三人だけだ。

「重大発表って何だよ」

「本人から聞けよ」

「チャンキすまん」

言いながらアニマル小早川は、本当に申し訳なさそうに巨体を縮める。さっぱり意味がわからない。

「何だよいったい」

アニマル小早川は答えない。よく見れば顔が紅潮している。目にも何となく焦点がない。どうしちゃったんだこいつ。頭に虫でも湧いたのか。ナシメが話に割って入る。

「昨日だってよ。童貞コンビ解散だな」

チャンキはナシメの顔をしばらく見つめる。

「……嘘だろ」

「本人に訊けよ」

「本当か小早川」

「大きいわねって言われたらしいぜ」とナシメが言った。黙りこんだ小早川の表情を見つめながら、どうやら嘘ではないらしいとチャンキは考える。そもそもそんな冗談を言うような男ではない。

「……相手は誰だ」

「言わないんだよ」

そう答えるナシメに、「だから名前は知らないんだってば」と小早川が言う。

「名前を知らない？」とチャンキは首をかしげる。

「プロってことだろ」とナシメが言う。

「ナンパされたんだ」と小早川は言った。「名前は教えてくれなかった。デパートに勤めていると
は言っていた」

その後もナシメは、どこでしたんだとか何回やったのかとか訊ねながら、明らかに小早川の反応を楽しんでいる。やばいよなあチャンキこれで柔道部で童貞はおまえひとりだな。同時に部室の扉が開き、三人はその場に直立不動になった。不愉快そうな表情のロボタンが顔をのぞかせている。

「いつまでここにいるつもりだ。道場に来ないのなら帰れ」

「すぐ行きます」

あわてて柔道着に着替えながら、そういえばロボタンはいつ童貞を失ったのだろう、と考える。結婚は去年だった。部員みんなでお金を出し合って結婚祝いの縄文式土器みたいな（選んだのは小早川でロココ調なんだって言い訳していた）置時計を渡したとき、とても嬉しそうだった。奥さんは今身重だという。確か来月くらいに産まれるはずだ。

「チャンキ、あのさ」

道場へとつづく渡り廊下を歩きながら、横を歩く小早川が小声で言った。

「ほんとに入るんだ」

「入る？」

「ほんとにさ、チンチンがあそこに入るんだ。不思議だよな、しかもさ、世界中の人がこれをやっているんだぜ」

昨日まで童貞だったアニマル小早川は、そこまで言ってから何かを思い出すかのように黙りこんだ。その表情はとても真剣だ。本気でなぜだろうと考えているようだ。道場では乱取りが始まっていた。腕組みをして一年と二年たちの乱取りを眺めていたロボタンが、道場に入ってきた三人にちらりと視線を送ってくる。もうすぐロボタンと奥さんは新しい生命を授かる。それは奥さんのあそこにロボタンがチンチンを入れたからだ。やっぱりどう考えても尊厳がない。多くの生きものは進化の過程で何かを間違えた。メスが産んだ卵にオスが精子をかける魚のほうが進化しているような気がする。青畳の上で足の屈伸運動を始めたチャンキに近づいてきた小早川が、また耳もとでささやいた。話したくて仕方がないといった感じだ。たぶんずっと言葉を考えていたのだろう。

「……入れた瞬間に、自分はこのために生まれたと思ったぜ」


部活が終わってから第九でナシメと小早川の三人でラーメンを食べて帰宅したチャンキは、夕食を用意していたマユミさんの、「遅かったわね何してたの?」という言葉を無視したことをきっかけにして、ひさしぶりの口喧嘩となった。

「十八歳の男の子なんだから女親に言えないことがいくらでもあることは私にだってわかるわよ」とマユミさんは言った。「だけどそれならごまかすべきよ。ばれてもいいからごまかす努力をすべきだと思う。それが最低限の誠意でしょう。無視するなんて最低の行為だよ」

言い返したのは初めの二言三言で、そのたびに強くなるマユミさんの語気に、途中からチャンキは黙りこんだ。かつて東京のテレビ局で、夫をタナトスで失った悲劇の美人レポーターとして脚光を浴びていた時代には、少なくとも月に一度は感情を爆発させる夜があった。深夜に酩酊して帰ってきてトイレで嘔吐して強烈に酒臭い息を吐きながら小学生になったばかりのチャンキを抱きしめて、最後にはテーブルに突っ伏して大声をあげながら泣くことが常だった。久しぶりに感情をあらわにするマユミさんを見ながら、今度も最後にはテーブルに突っ伏して泣くのかもしれないとチャンキは考えた。今のうちに部屋に戻ろうと腰を椅子の上で浮かしかけたとき、テーブルの上に置いていたスマホの着信音が鳴った。一回。二回。マユミさんが顔をあげた。

スマホを手にしながらチャンキは、画面に視線を送る。さっき別れたばかりのナシメだった。どうしてラインじゃないのだろう。よほど緊急な用件なのだろうか。チャンキは右手に持っていたスマホを左手に持ち替える。じっと自分を見つめるマユミさんと視線が合った。いつのまにか母親の眼差しになっていた。

「もしもし」

「チャンキあのな」

「うん」

「さっき、小早川が死んだ」

言ってからナシメは黙り込んだ。チャンキも黙り込んだ。数秒の間を置いてから、「死因は?」とチャンキは訊いた。自分でも不思議なくらいに冷静だった。それに答えもわかっていた。数時間前まで一緒にいた。ほんとにチンチンがあそこに入るんだ、と生真面目な顔でつぶやいていた。第九では塩ラーメンとライスと餃子のセットを完食していた。それもいつもどおり。違うのはもう小早川はこの世界にいないこと。事故でないのなら死因はひとつしかない。でも「まだわからない」とナシメは小さな声でつぶやいた。

「誰から聞いた?」

「正明だ。あいつ、家が近くだから」

「うん」

「正明は泣いていた」

「うん」

「何かわかったら電話する」

「わかった」

そう言ってから、チャンキはスマホをテーブルの上に置いた。マユミさんはじっとチャンキを見つめている。


第二次世界大戦中にアウシュビッツに送られるユダヤ人一二〇〇人を救ったドイツ人実業家を描いた映画は、死ぬほどに退屈だった。主人公以外のドイツ人はすべて血に飢えた鈍重なケモノのように描かれていたし、善良なユダヤ人たちはみな運命に羊のように従属していた。冷酷で残虐なドイツ人と善良で愚鈍なユダヤ人の物語。これならイソップ物語のほうが短いだけまだましだ。映画が終わってからトイレに行った風間裕子は、たっぷりタバコ二本ぶんの時間をかけてから戻ってきて、良かったねと言った。白眼が赤く充血している。そういえば映画の終盤で彼女は、ずっとハンカチで目もとを押さえながら啜りあげていた。

良かったのか?

良かったよ。チャンキは?

まあ普通かな。

映画館を出てから風間裕子は、「お腹ぺこぺこ。どこに行く」と訊ね、数秒考えてからチャンキは、「グラタンは嫌いじゃないよね」と言った。

四カ月前に涙をこらえながらアイスミルクティを運んできた赤毛のウェイトレスはいなかった。テーブルの上には火を灯された蠟燭が置かれていて、昼間の雰囲気とは別の店のようだ。

「グラタンください」

左手にナプキンを下げた初老のウェイターは静かにうなずいてから、「いろいろ種類がございますが？」と言った。とても穏やかな口調だった。夜にアダムとイブに来たのは初めてだけど、これほどに雰囲気や客への対応が変わるとは知らなかった。まるで高級レストランだ。でもメニューは昼と同じだった。サービス料とかとられるのだろうか。少し不安になる。

「私はトマトとナスのグラタン」

風間裕子が言った。

「かしこまりました」

メニューを見ながら考え込むチャンキに、初老のウェイターはにっこりと笑いかけた。

「学生さんに人気のメニューは、豚の生姜焼きグラタンですが」

「……豚の生姜焼きがグラタンの上に載っているんですか」

「さようでございます」

「それにしたら？　もし口に合わなかったら、トマトとナスのグラタン半分あげるから」

風間裕子が言った。初老のウェイターがうなずいた。「私は大好きですよ。時おりまかないとしてシェフにオーダーします」

「じゃそれで」

「かしこまりました。お飲み物はどうされますか」

本当はオレンジジュースが飲みたい気分だった。でも今はビールと言うべきかもしれない。そう思いながらメニューを見つめるチャンキに、「ねえ、ワインって飲める？」と風間裕子が訊いた。

「……飲めるよ」

「無理はしないでね」

「無理なんかしない。ちょうど飲みたい気分だった」

「だったら白ワインにしない？」

「いいよ」

「デカンタでいいよね」

「もちろん」

テーブルに運ばれた白ワインはよく冷えていた。一口飲んでから、「美味しいね」とチャンキは思わず言った。マユミさんは家ではビールしか飲まないし、柔道部やクラスの飲み会でもビールか焼酎が常だから、実のところワインを飲んだことはこれまでほとんどない。ラベルにはRepublic of Chileと表記されている。「チレってどこだろう」と独り言のように言えば、「チリ共和国よ」と風間が微笑む。

ウェイターがオリーブとチーズの盛り合わせを運んできた。風間裕子が頼んでいたようだ。初めて口にする白ワインとオリーブとチーズのとりあわせは、それまで知っていたビールとポテトチップスと枝豆のとりあわせを完全に凌駕していた。黒パンとチーズ以上だ。

「これは何だろう」

フォークの先端で褐色の薄切りの塊を差しながらチャンキは言う。

「フィグログよ。イチジクなどのドライフルーツとレーズンやクルミをミックスしたイタリアのお菓子。ワインにとても合うのよ」

「何でも知っているんだな」

そう言いながらチャンキは、梨恵子にしても風間裕子にしても、なぜこんなに賢いのだろうと不思議になる。女性のほうが男性より賢いのだろうか。いやそれとも自分の頭が致命的に悪すぎるのかもしれない。でもナシメや正明と話していて劣等感を持つことはめったにないから、やっぱり女性のほうが賢いのだろう。フィグログのかけらを口に入れてよく冷えたワインを含む。思わず吐息が洩れた。自分の頭が致命的に悪いことを自覚することはつらいけれど、でもそんなことはどうでもよくなった。チーズを頬張る。ワインを飲む。

「すごいや」

「気に入った？」

「イタリア人って毎日、ワインとチーズとオリーブとフィグログを食べているのかな」

「イタリアだけじゃなくてスペインとかギリシャとかフランスとかも、ワインとチーズとオリーブは定番だと思うよ」

「イタリアに生まれたかったな」

「どうして？　毎日ワインを飲めるから？」

メールなら最後に（笑）をつけたくなるこの質問には答えないまま、チャンキはフィグログを口に入れる。イタリア人に生まれたかった。ギリシャでもフランスでもいい。チリでもフィリピンでも中国でもナイジェリアでもいい。そう言おうかなと思ったけれどやめた。だって言う意味がまったくない。自分はこの国に生まれた。この国で死ぬ。それはもうリセットできない。

　デカンタがほぼ空になるころに、二つのグラタンが運ばれてきた。デカンタの追加とムール貝のワイン蒸しを風間裕子はオーダーした。チャンキは頭の中でここまでの代金を計算した。財布の中の手持ちを考えれば、そろそろぎりぎりだ。でも運ばれてきたムール貝のワイン蒸しも信じられないくらいに美味しい。白ワインもいくらでも飲める。

「ね、チャンキ、将来の夢を聞かせて」

「何だよいきなり」

「お願い」

「考えたことないな。副級長は？」

「笑わない？」

「たぶん」

「国連大使になりたいの」

「国連って日本は加盟してたっけ？」

「もちろん。別に除名はされていない。でもぜんぜん有名無実。今は大使もいないはずよ」

「だって日本なんかどこも相手にしないだろ」

「そんなことないわよ。単純に平均寿命が極端に短い国だと考えればいいのよ」

　そうか国連大使になりたいから、チリのスペルやフィグログなんて料理を知っているのか。そう思いながらチャンキは、「……偶然だな」とつぶやいた。

「なあに？」

「覚えているかな。このあいだの古文の時間、居眠りしてただろ？」

「爆睡してたよね。しかもうなされていた」

「あのときさ、自分が国連にいる夢を見ていたんだ」

楽しそうに笑う風間裕子に、あれは国連ではなくＮＡＳＡだったかなと思いながら、チャンキは少しだけ欲情した。

「ねえでもチャンキは本当に将来の夢がないの？」

「夢がないじゃなくて、考えたことがない、だよ」

「どうして考えないのよ」

そう言われてチャンキは少しだけ考えこむ。将来の夢。大学に進学して卒業後は会社に入って結婚する。いやそれは夢じゃない。現実の予測だ。彼女が訊いているのは、どのような生涯を自分が送りたいと思っているかだ。そのイメージが自分にはまったくない。わからないとかではない。なりたいとかこうありたいとの願望がない。今のこの国では誰もがそうして生きているはずだ。将来の夢を無邪気に語れる風間裕子のほうが普通ではないのだ。

柔道着の帯で首を吊ったアニマル小早川の葬儀は、自宅のマンションが手狭なので、町の集会所で三日前に行われた。クラスメートや柔道部員はほぼ全員来た。ロボタンはもちろん教師もかなり来た。校内一の有名人だから他にもたくさんいた。学生服姿の応援団も来た。女の子の多くは泣いていた。息子と同じくらいの巨体の父親が、最後に声を詰まらせながら参列者たちに礼を述べた。焼香を終えてハンカチで目もとを押さえながら会場から出てきた風間裕子に、チャンキは「映画を観に行かないか」と訊いた。訊くと同時に自分でもびっくりした。なぜ自分はこんなときにこんなことを言っているのだろう。でも少しだけ間を置いてから、風間裕子は小さくうなずいた。

ワインを飲みながら、小早川に夢はあったのだろうかと考える。生まれて初めてチンチンを女性のあそこに入れた翌日に小早川は命を絶った。大きいねと言った相手の女性は小早川が死んだことを知っているのだろうか。葬儀には来たのだろうか。小早川の夢は何だったのだろう。鶏小屋だかうさぎ小屋だかのフェンスの支柱に脳天から串刺しになった戸張農林の栗林は夢を持っていたのだろうか。

たぶんない。小早川も栗林も夢など持っていなかったはずだ。だって人は死ぬ。必ず死ぬ。それは明日かもしれないし三年後かもしれない。死んでからしばらくは時おり誰かが思い出して話題にするけれど、やがてそんな人もいなくなる。すべて消える。残るものは何もない。夢など必要ない。大切なことは今だ。未来など意味がない。明日だって来るかどうかわからない。咽喉が渇いた。飲みすぎたかもしれない。そう思いながらチャンキは、グラスに注がれた白ワインをごくごくと飲んだ。渇きは収まらない。たった一人で海を漂流しながら咽喉の渇きに耐えかねて海水を飲みつづけて狂い死にした人がいるとの話を、子供の頃にテレビ番組で見たことがある。たった一人で死んだのに狂い死にしたとわかることが不思議だった。チャンキはワインを飲みつづける。

10　タナトスで窓からダイブ「チャンキあたし死にたくない」

チャンキは目を開けた。音はない。薄い闇だ。湿っぽい布団の上にいる。部屋の中は蒸し暑い。咽喉が砂漠のように渇ききっている。口を開けて少しだけ息を吸う。空気は妙にかび臭い。天井は木目模様だ。ベッドに寝ていることはわかった。でもここはどこだ。自分の部屋ではない。そのとき気がついた。ベッドの右側に誰かいる。風間裕子だ。

そこまでを確認してから、目覚めたばかりのチャンキの記憶は逆流した。今は授業中なのか。また熟睡してしまったのか。国連かNASAの会議場で世界中の人たちから罵声を浴びせかけられて追いかけられた。通路には梨恵子がいた。裸だった。性器がなかった。両脚のあいだは陶器のように白くてつるりとしていた。あれは夢だ。教室にいた。今はいつだ。ここはどこだ。風間裕子は授業のノートをとってくれたのか。布団の上で身動きするチャンキに、ベッド横の二人用のソファに座っていた風間裕子はゆっくりと視線を向ける。

「起きたの?」

ささやくように小さな声だ。チャンキも小さな声で訊き返す。

「……ここはどこ?」

「本気で言ってる?」

チャンキは部屋の中を見回した。薄闇に少しずつ目が馴れてきた。ベッドの左側にも誰かがいる。

横になって上体を起こしながら、じっとこちらを見つめている。

　でもそれが誰なのかはすぐにわかった。横の壁には大きな鏡が嵌め込まれている。そしてベッドの枕もとにはいくつものスイッチ。チャンキは小さく吐息をつく。冷たい水を飲みたい。透明な冷たい水は身体の内側をすべて満たしたい。風間裕子に視線を戻してから、「ラブホテルだ」とチャンキは自分に答えた。言いながら自分はバカみたいだと思う。他に台詞はないのだろうか。一八年の生涯で実際に入ったことはないけれど、昔の邦画や深夜のチープなテレビドラマでこんなシーンは何度も見た。ラブホの内装くらい知っている。風間裕子は黙っている。服は着ている。もちろん自分も。だから少なくともテレビドラマのような展開にはなっていない。夢の中で梨恵子は何と言ったっけ。あなたは悪くない。あなた以外の人類すべてが悪くてもあなたは悪くない。もう一度言ってほしい。今この場で。

「……よく覚えていない」

「飲み過ぎたのよ」

「それは覚えている。でもなぜここにいるのだろう」

「本当に覚えていないの」

　少しだけ考えてから、鏡の中のチャンキは首を横に振る。

「覚えていない」

「店を出てしばらく歩いていたら、いきなり道路に座り込んじゃったのよ。それも覚えていないの？」

「うん」

「顔が真っ青だった。二年のときのクラスで飲み会をやったときに、一人が急性アルコール中毒で入院したことがあるのよ。あとから聞いたけれど、死んでもおかしくなかったらしい。チャンキの様子がそのときのクラスメートによく似ていたから、ちょっと怖くなった」

うなずきながらチャンキは、確か写真部の水島という男じゃなかったかなと考える。これから飲酒は停学にすべきだと主張する教師が現れて、あのときは校内でもちょっとした騒動になった。このとき水島は生まれて初めて酒を飲んだらしい。だから適量がわからない。わかるころには泥酔している。

「ワインを飲んだのは初めて？」

風間裕子が言った。同じことを考えていたのかもしれない。うなずきながらチャンキは、「あんなに飲みやすいとは知らなかった」とつぶやいた。

「私もかなり酔ったけど、チャンキは私の倍以上は飲んだわよ。店の人からもう止めたほうがいいと言われたことは覚えている？」

「覚えていない」

「とにかく路上で座り込んじゃったのよ。もう深夜だしタクシーはぜんぜん走っていない。救急車を呼ぼうかと思ったわよ。でもあんなことがあったばかりで、またご家族に心配かけてしまうことは避けたいし。……ここに入ろうって言ったのはチャンキよ。すぐ目の前にあったから。チェックインするときは大変だった」

「あんなこと？」

反射的に訊いてから、赤沢和美とのことを言っているのだと気がついた。確かにまた病院騒ぎは避けたい。だからあわてて質問を重ねた。

「こんなところにホテルがあったのか」

「うちの高校のゴヨウタシらしいわ。そういえば学校でも何度か話には聞いたことがある。今もたぶん何組か他の部屋にいると思う」

「ゴヨウタシ？」

「専用に使っているということ。もちろんうちの高校だけじゃないけれど、でもここは多いらしい」

横の鏡に視線を送りながら、高校生が専用に使うラブホテルかとチャンキは考えた。一昔前なら考えられないはずだ。でも今は（学校だけではなく）社会全体が黙認状態だ。だって時間がない。いつ自分で自分の命を絶つのか自分でもわからない。だから欲望を我慢しない。誰だってそうなるはずだ。

「今は何時？」

チャンキのこの質問に、風間裕子は少しだけ首をかしげてから、そろそろ一二時くらいになるかしら、と答える。アダムとイブを出たのは何時だろう。仮に九時くらいだとしても、それから三時間近くが経っている。

「副級長はずっと起きていたのか」

「チャンキの寝顔を見ていたから」

思わず絶句するチャンキに、風間裕子はにっこりと微笑んだ。「だって容体が急変したら対応しなくちゃいけないもの」

「……家には連絡していないね」

「していないわ。まあ私の家は大丈夫。そういえばチャンキのスマホも何度か着信していたみたいよ」

マユミさんからだろうとチャンキは思う。梨恵子かもしれない。いずれにしてもまずい。言い訳を考えないと。マユミさんには柔道部の飲み会で盛り上がって着信に気づかなかったと言うしかない。梨恵子への説明は、家で仮眠のつもりが熟睡しちゃったが妥当だろう。どちらもこれまでに何度かあったこと。たぶん怪しまれることはない。

でも風間裕子は家族に何と説明するのだろう。両親は教師だと以前に聞いたことがある。だから堅い家庭かといえばそうでもないらしい。二年のときに文化祭の準備で帰りが遅くなったとき、うちの両親はけっこうフランクなのよ、と誰かに言っていた。

そういえば風間裕子の将来の夢は知ったけれど、プライバシーについてはほとんど知らない。兄妹はいるのだろうか。誰も死んでいないのだろうか。そもそも風間裕子は処女なのだろうか。いや、そんなはずはない。今どきの女子高校生で処女はまずいない。三組の笠原と以前に付き合っていたはずだ。でも今はどうなのだろう。まだ笠原とつづいているのだろうか。四組の後藤に、あなたとあたしは住んでいる世界が違うのよと言ったという話はさすがにデマだろう。でもその後は進展していないのか。アダムとイブであんなに長くワインを飲みながらしゃべったのに、そんな話題にはまったくならなかった。それとも話したのだろうか。話したのに覚えていないのだろうか。

……ここはラブホだ。

横の鏡に視線を送りながら、チャンキは自分に言い聞かせるかのようにあらためて思う。週末の夜、多くの高校生たちがここに来る。知っている顔も何人かはいるはずだ。隣の部屋にナシメか正明がいたとしてもおかしくない。その相手はクラスメートかもしれないし、ゲームセンターやカラオケでナンパした一夜限りの女かもしれない。今はやっている最中なのだろうか。それとももうやり終えて裸で抱き合いながら眠っているのだろうか。そういえばアニマル小早川は、どこで初めての性交をしたのだろう。このホテルの一室かもしれない。でも小早川はもういない。あれほど巨体だったのに、あっさりと世界から消えた。葬儀のあいだ風間裕子はずっと泣いていた。今度の土曜に映画を観ないかと口にしたら、ハンカチで口と鼻を押さえながら、びっくりしたように目を丸くしてチャンキを見た。白目が赤く充血していたけれど、いつもの表情だった。

「……私も酔っていたと思う」

自分の膝のあたりに視線を落としながら風間裕子が静かに言った。「ちょっと軽率だったかもしれない。まあでも仕方ないわね。人生は小さな間違いの積み重ねだから」

「何だそれ」

「映画の台詞よ」

「何の映画?」

「何だっけ。忘れちゃった。妻がスパイの映画。ネット配信で中学生のころに観た。ねえもう大丈夫? 家に帰れる?」

「妻がスパイ?」

「帰れるの?」

薄闇の中で風間裕子の顔を見つめながら、やっぱりいつもの風間裕子だと思う。口調は副級長そのままだ。

「副級長は家まで一人で帰れるのか」

「私の家はここから歩いて一五分くらいよ」

「僕も歩けない距離じゃない」

「もし歩くのがつらいなら、フロントに電話してタクシーを呼んでもらおうか」

「歩けるよ。もう大丈夫だ」

マユミさんはもう眠っているだろうか。玄関の扉を開ける前にスマホに残されているメッセージを聞かないと。マユミさんを起こさないように玄関の錠を外して家の中に入れたらラッキーだけど、たぶんそれは不可能だろう。でも今はそんなことを考えても仕方がない。早く風間裕子を家に帰さなければ。とにかく水を飲みたい。ごくごくと飲みたい。口の中はぱさぱさに渇ききっている。水を飲みたい。カルキのたっぷり入った水道水でいい。

「洗面所はどこ？」

「そこの扉。隣がトイレ」

ベッドから起き上がろうとして、チャンキは動きを止めた。胃の底から何かがこみあげてくる。これはまずい。かなりまずい。甲羅干しの最中のワニのように口を開けたチャンキは、布団に膝をついた姿勢のまま深呼吸をくりかえす。でも咽喉もとまでこみあげてきた嘔吐の水位は下がらない。口を閉じてチャンキは顔を上げる。

「どうしたの？」

じっとチャンキを見つめながら、風間裕子が少し緊迫した声で訊く。「まだ無理なんじゃないの。もう少し横になっていたほうがいいわよ」

それには答えず壁に手をつきながらトイレへと向かうチャンキの背中に、もう一度風間裕子が不安そうに「ねえ大丈夫？」と声をかける。答える余裕はない。急がないと。胃の内容物は食道を逆流して咽喉もとまで込み上げている。扉を後ろ手に占めると同時に小さな白い陶器を抱えるように狭い隙間にうずくまったチャンキは、そのまま激しく嘔吐した。デカンタ二本分くらいの液体が口から外に出た。壊れた水道栓になったような気分だ。胃液と白ワインの酸味が混じり合いながら鼻につく。

ひととおり吐き終えてから、トイレットペーパーで口の周囲を拭いた。少し楽になったような気がする。深呼吸をくりかえしてからノブを握る。風間裕子は扉のすぐそばに立っていた。、全身の輪郭が薄闇に滲んでいる。何も言わない。じっと見つめるだけだ。もう大丈夫だと言いかけて、何となく雰囲気が変だと思う。視線は向けられているけれど、その焦点は自分に結ばれていない。どこを見ているのだろう。今ごろになって酔いが回ってきたのだろうか。気にはなるけれど、今は早く歯を磨きたい。咽喉の渇きも限界だ。

立ちつくす風間裕子をその場に残してトイレ脇のバスルームの中に入り、使い捨ての歯ブラシで入念に歯を磨き、口をすすいでから水を飲んだ。蛇口から直接に飲むことなど、二年時の夏合宿の朝練以来だ。ついでに顔も洗う。できることなら熱いシャワーを浴びて身体をごしごしと泡のたつスポンジでこすりたいところだけど、さすがにそれは無理だ。でももし今ここで衣服を脱いでシャワーを浴び始めたら、風間裕子は何と言うのだろう。何やってるのよ早く帰らなければいけないのにと怒るのだろうか。あるいは自分も衣服を脱いで恥ずかしそうにタオルで身体を隠しながら入ってくるだろうか。……二つめの想像がありえないことはわかっている。でも顔を洗いながらチャンキは、一瞬だけ風間裕子の白いふくよかな裸体を想像した。もちろん一瞬だ。あわてて打ち消すだけの理性はある。その証拠に勃起していない。その程度の抑制はできる。

気がつくと目の前の鏡に風間裕子の顔が映っている。いつのまにかバスルームに入ってきた。妄想がリアルになってチャンキはあわてた。振り返れば二人の距離は三〇センチもない。クラスメイトの男と女が向かい合う距離としては近すぎる。思わず視線を逸らしながら、この距離はキスをしてほしいということなのだろうかと考えた。結果としてラブホに来てしまった。多くの高校生はここでメイクラブをする。何しろ我が高校のゴヨウタシなのだ。どうせもう誰かに目撃されているかもしれない。ならばキスくらいはしてもいいだろうか。本音としては、このまま帰るにしてもキスくらいはしたい。唇の表面が触れ合うだけの軽いキスだ。舌は入れない。ほんの数秒だけ。でも歯を磨いたとはいえデカンタ二本分の液体を嘔吐したばかりの男にキスされることを、風間裕子は本当に望んでいるのだろうか。そもそもキスとは何だろう。粘膜の接触だ。人はなぜ粘膜を接触したくなるのだろう。そこに何の意味があるのだろう。「ほんとに入るんだ」と言っていたときの小早川の顔を思いだした。小学校の性教育で男性がペニスを女性のヴァギナに入れると知ったとき、なぜよりによってそんな仕組みにしたのだろうとあきれた。レゴや寄木《よせぎ》細工じゃあるまいし、凹んだ個所に凸を入れるなんて、あまりに発想が安易すぎる。人をバカにするのもいいかげんにしろと言いたくなる。

気がついたら風間裕子はいない。バスルームの外に出たようだ。チャンキもその後につづく。部屋の隅に風間裕子の背中が見える。じっと動かない。身体の内側から込み上げてくる何かを耐えているかのようにも見えるけれど、少なくとも嘔吐ではなさそうだ。具合が急に悪くなったという感じではない。

一歩足を踏み出そうとしたとき、振り返りながら風間裕子が近づいてきた。その動きがとても速い。まるで野生の小動物のようだ。すぐ目の前に顔がある。

……ねえチャンキ。

風間裕子が言った。かすれかけた声は別人のようだ。吐息が甘い。少し首をかしげてチャンキは、薄闇に浮かぶ風間裕子の顔をまじまじと見つめる。細かな汗の滴がこめかみから噴き出している。顔色は蒼い。いや血の気を失って白い。その眼にはやっぱり焦点がない。黒目が何となく真中に寄っている。見つめるチャンキの胸の内側で、不定形で不吉で禍々《まがまが》しい不安が、インクを一滴コップの水に垂らしたときのように、ゆっくりと広がっていった。これはまずい。明らかに絶対に疑いようもなくまずい。

「……変なの」

「変って？」

震える声でチャンキは訊き返す。この状況は間違いだ。たのむ。間違いであってほしい。これは夢だ。もうすぐウッドワードが銃を持って駆けつけてくる。軍服を着たヨシモトリュウメイが現れる。そして目が覚める。

「助けて。どうしよう」

かすれた声で言う風間裕子の手足は細かく痙攣している。思わず近づいたチャンキの胸を、まったく予想もしていなかった強い力で風間裕子は激しく突いた。よろけたはずみにチャンキは足もとの丈の低い和風のテーブルに足をとられて転倒し、あばらをテーブルの角に激しく打ちつけた。

同時に風間裕子は獣のような呻き声をあげながら、疾風のようにトイレに駆けこんだ。胸を押さえながら起き上がったチャンキが扉に飛びつくと同時に、内側からがちゃりと鍵がかけられた。チャンキはノブを回しながら力任せに引っ張る。びくともしない。扉を蹴る。思いきり何度も蹴る。ノブを引っ張る。

「開けろ！　副級長、落ち着け、落ち着くんだ！　とにかく開けろ！」

あばらが痛い。よりによって角に思いきりぶつけた。ぽきりと音がしたような気もする。でもそれどころじゃない。事態は一秒を争う。早くしないと取り返しのつかないことになる。最悪の事態になる。早く扉を開けなければ。一秒一刻を争う。

もう一度扉を思いきり蹴る。みしみしと音はするけれど割れない。そのとき匂いに気づく。微かな刺激臭だ。何かに似ている。プールだ。眼が痛い。何だこれ。何が起きているんだ。蹴りではだめだ。扉から離れてチャンキは部屋を見渡した。フロントに連絡しようか。いやそんな余裕はない。早く扉を開けて副級長を外に引きずり出さないと。部屋の隅に置かれていた洋服掛けを見ると同時に駆け寄って金属製のポールを握りしめたチャンキは、「ドアから離れろ！」と叫びながら、その先端をトイレの扉に思いきり突き立てた。一撃で薄い合板の扉に穴があき、強烈な酸性の刺激臭が鼻をついた。間に合ってくれ間に合ってくれと咽喉の奥でつぶやきながらポールを引き抜き、その細い穴からむりやり腕を突っ込んだ。べきべきと割れたベニヤの尖端が腕の肉を何ヵ所か抉《えぐ》ったが、かまわず肘《ひじ》まで差し入れて、内側からノブを回す。

扉を開くと風間裕子は便器の傍で両膝をついて、サンポールのプラスティックボトルを口から離した直後だった。原液を飲み干したのだ。下からチャンキを見つめる二つの瞳の目尻は別人のように吊り上がり、小早川の葬儀のときのように白眼が真赤に充血していた。あのときは映画を観に行かないかと言ったチャンキをしばらく見つめてから、風間裕子はにっこりと微笑んだ。でも今は微笑まない。これは風間の顔じゃない。別な誰かだ。別な誰かが憑依《ひょうい》している。

「やめろ、やめてくれ」

言いながらチャンキは空になったサンポールのボトルをその手からひったくった。何だってホテルのくせに下宿屋みたいにサンポールなんか置きっぱなしにしているんだ。どうすればいいんだ。何をどうすればいいんだ。落ち着け落ち着け落ち着くんだ。落ち着くんだ落ち着いて考えるんだ考えるんだ考えるんだ。恐怖にぼろぼろ涙をこぼしながら、トイレ内に他に危険な薬品がないことを確認した。風間裕子は便器の横から動かない。数秒だけ考えてから、チャンキはベッドの横に置かれた電話にとびついた。延長ですかあと寝ぼけた声で言うフロントのおばちゃんに、救急車呼んでくださいお連れが薬を飲んだ一刻も早く呼んでくださいお願いです早く今すぐ呼んでください！　と叫ぶ。あらあらとフロントのおばちゃんは言う。早く呼べ！　と叫んで受話器を置いてから、チャンキは再びトイレに駆け戻る。腕の肉が抉れた部分から血が噴きだしていて、リノリウムの床に幾筋もの真紅の染みをつくっている。ベッドの上の布団にも血が滴り落ちたかもしれない。ぐったりとトイレの扉の内側に蹲る風間裕子の髪を左手で摑んで顔を固定して、右手の人差し指と中指をその口の奥深くに入れる。うぐぐと苦しそうな呻き声をあげるが、かまわずに深く入れる。もしかしたらキスをしていたかもしれない風間裕子の口の中は信じられないくらいに熱い。それが風間裕子の体温なのかサンポールの原液が発する熱なのかはわからない。嚙まれるかもしれないとちらりと思うが吐かせることが先決だ。嚙まれてもいい。指の一本や二本くらいはどうでもいい。とにかく吐いてくれ。吐かないと胃が溶ける。身体が内側からただれる。副級長お願いだから吐いてくれいい子だから吐いてくれ頼むから後生だから一生のお願いだから吐いてくれ。さらに指を深く入れる。できることなら手をすっぽりと突っ込みたい。早く吐いてくれ。お願いだから吐いてくれ。

水を飲ませたほうがいいだろうかと思いついたとき、苦しそうに呻いていた風間裕子がふと顔を上げた。何かを言いたいのかもしれない。思わず指を口から抜いてチャンキは顔を近づける。吐く息は悲しいほどに酸っぱい。でも近すぎて焦点が合わない眼には、少しだけ光が戻っている。まるで童女のような表情をしていた。もう別な誰かじゃない。正気に戻っている。とにかく早く吐かせないと。お願いだから吐いてくれいい子だから吐いてくれ頼むから後生だから一生のお願いだから吐いてくれ。もう一度指を口の中に入れようとしたとき、唇が微かに動く。

「……チャンキあたし死にたくない」

思わずうなずきかけた次の瞬間、風間裕子の口から血が噴出した。目の前が真赤に染まり、チャンキは悲鳴をあげた。同時に風間裕子はチャンキを押しのけるようにして狭いトイレから飛び出した。風間やめろオオ！　顔を必死にシャツの袖で拭いながらチャンキは後姿に叫ぶ。でも声は届かない。部屋の中を猛然と走りぬけた風間裕子は、その勢いのままベッドをスプリングボードにして、悪趣味な花模様のカーテンを引いたガラス窓に頭から激突した。

声にならない嗚咽を洩らしながら、チャンキはガラスが砕け散った窓に走り寄る。ここが一階であることを祈りながら。でも窓から上体を出せば、二〇メートルほど下の舗道の縁石に、まるで何時間も前からそうしていたかのように、風間裕子は静かに貼りついていた。まだ息があるのか散乱するガラスの破片を握り締めて咽喉を二度三度と突こうとしたが、すぐに動かなくなった。漆黒の血がみるみる乾いた路上に広がっていった。路上の女や男たちが、あらあらとかおやまあとか言いながら遠巻きに集まりだす。風間裕子の血で顔を赤く染めながら、チャンキは窓から外に向かって絶叫した。自分でも何を言っているのかわからない。何度も何度も絶叫した。

簡単な事情聴取を終えてから、年配のいかつい顔の刑事は「お湯はまだ出るよな」と若い刑事に確認してから、「もういいよシャワーを浴びてきなさい」と言った。若い刑事に連れて行かれたのは警察署に隣接する武道場のシャワールームだった。栓をひねると同時に真っ赤なお湯が周囲に飛び散り、足もとのタイルを赤く染めた。それが自分の腕から出た血なのか、それとも風間裕子の胃から噴きだした血なのかはわからない。顔の皮膚がひりひりと痛む理由は、血に含まれていたサンポールの原液のせいだろう。あばらはまだ痛む。深い呼吸ができない。でもそれを刑事に伝えるつもりはない。

シャワールームを出て渡されたジャージの上下に袖を通した。腰回りのゴムが緩い。じっとその様子を見つめていた若い刑事が、「当直の刑事の着替えだよ」とつぶやいた。チャンキは無言だった。指の先が細かく震えつづけていて、なかなかファスナーを上げることができない。

取調室に戻ると化粧っ気のないマユミさんがいた。今駆けつけてきたばかりらしい。年配のいかつい顔の刑事が説明する経緯を、じっと無言のまま聞いている。

状況から見てタナトスであることは間違いないと思います、ただ息子さんは前回のこともあったんで一応話だけは聞きましたが、別に取り調べとかそういうものではありません。とにかく今かなりのショック状態ですからあまり責めないでやってください。余計なことかもしれませんが、統計ではタナトスの現場にでくわしちゃった場合、なぜか感染しちゃうケースが多いようなので、しばらくは目を離さないほうがいいかもしれませんな、腕の傷はさっと見たけれど、それほど深くはないようです。今はもう出血も止まっていますが、気になるならあとで病院に行ってください。

そこまで説明してから刑事は、まあ私の息子なら唾でもつけとけって言いますがね、とつぶやいてから、ふふふと笑った。冗談のつもりなのかもしれない。でも誰も笑わない。じっと刑事の説明を聞いていたマユミさんが、「あちらの御家族には……」と小声で訊ねる。いかつい顔の刑事は、言葉を選ぶかのように少しだけ考え込む。

まだ病院におられると思いますが、今はお会いにならないほうが賢明だと思いますよ。向こうもかなり動転されてるみたいだし、ま、当然ですな、私も連れ合いを五年前にやっぱりタナトスで亡くしておりましてね、変なもんでまだ自殺のほうが、あきらめがつくような気になるんですわ。事故みたいなもんだから、本当はこっちのほうが気分的には楽なはずなのに。

「こっちって？」

ふいにマユミさんが抑揚のない口調で言った。その表情は虚ろだ。何か別なことを考えているようにも見える。でも刑事は少しうろたえながら、「はい?」と訊き返す。

「こっちってどっちですか」

「……こっちというか、つまりまあ、一概には言えないですな。とにかく向こうのご家族に接触するのは、もう少し時間を置いてからにしたほうがいいと思います。まあでも、あまり空けてしまうと、こんどは非常識だとか言われてしまう場合もあるので、その按配は難しいですな。基本はケースバイケースですから」

そう言ってからいかつい顔の刑事は、テーブルの上に置かれていたラークの箱から一本をせかせかとした動作で取り出して口の端に咥える。一〇〇円ライターで火をつけて深々と煙を吐き出してから、おいおまえさんも吸うか?　とチャンキに箱を差しだした。黙って首を横に振るチャンキに、賢いな実はもし吸ったらその場で逮捕するつもりだったんだぞ、といかつい顔の刑事は言った。そしてやっぱりふふふと笑う。一拍おいてから若い刑事が、そうか笑うところなのかとでもいうかのように、気の抜けた笑い声をあげた。チャンキは無言だった。マユミさんも無表情だった。


夜は明けかけていた。帰りのタクシーの車中、二人は一言も口をきかなかった。上昇するエレベーターの表示サインをじっと見つめながら深々とため息をついて、この夜初めてマユミさんがチャンキに話しかけた。

「今日の昼くらいに、風間さんのお家に行ってくる」

「うん」

「お家の方の気持ちを考えたら、あなたはまだ顔をださないほうがいいと思う。だからまずはあたしが一人で行くから」

「……わかった」

玄関の前で扉に鍵を差し込む手をふと止めて、「ねえ母親としてはどうしても確認しておきたいことがあるのよ」とマユミさんは早口で言った。

「答える答えないはあなたの自由よ。でもあたしとしてはこの質問の権利は放棄したくないのよ」

「……いいよ、何?」

無言のままマユミさんは玄関の扉を開けて中に入る。チャンキも後につづく。扉が閉まると同時に、「あなた風間さんと一線を越えたの?」とマユミさんは言った。

「……越えていないし、そんなつもりはなかった」

チャンキは言った。マユミさんは小さくうなずいた。

「誓う?」

「誓う」

そう言ってからチャンキは、そんな疑いは彼女に対して失礼だよと胸の中でつぶやいた。

「わかった。質問終わり。とにかく部屋で休みなさい。警察でシャワー浴びたんだよね。ならばお風呂は大丈夫ね。早く休んだほうがいい。そのジャージはあとで返してくるから脱いでおいてね」

そう言いながらマユミさんは洗面所に向かう。チャンキは靴を脱ぐ。早く一人になりたかった。

洗面所で手を洗い終えたマユミさんが、部屋に行こうとするチャンキを呼びとめた。

「ねえ、あの怖い顔の刑事さんが言ってたけど、あなたにもしこれからタナトスがきたとしても、あたしは何もできないと思うの」

「うん」

「できるかぎりは頑張るつもりだけど、でもあなたが本気で死にたいと思ったら、あたしの力じゃとりおさえられないわ」

「わかってるよ」

「もしも手足を縛っておいたとしても舌を嚙み切っちゃうだろうし、自分で呼吸を止めちゃう人もいるくらいなんだから」

「止める方法なんて存在しない。わかってるよ。……あのさ」

「なあに？」

「……面倒ばかり起こしてごめん」

マユミさんの返事を待たずに部屋の扉を後ろ手に閉め、壁に背中をもたせかけた。あばらはまだ痛むけれど、一時に比べれば少し楽になっているような気がする。ならばこのままにしておこう。明確に意識していたわけではないけれど、この程度の怪我や痛みで医者に行く自分に抵抗があった。耳をすませば、隣の何とかテリヤだか何とかスパニエルだかの低い唸り声が、壁をへだてて微かに聞こえる。たぶん寝言だ。キンタマがついていた頃の夢でも見ているのかもしれない。ベッドの脇に置かれた目覚まし時計にチャンキは視線を送る。小学生のころにマユミさんに買ってもらったディズニーのキャラクター目覚まし時計だ。針金のように細いミッキーの両手が午前五時二〇分を示している。日曜日だ。多くの人はまだ眠っているだろう。サンポールの原液を飲んだ風間裕子が窓から外へとダイブしてから、まだ五時間とちょっとしか過ぎていない。

不思議だった。ずいぶん前に起きたことのような気がする。現実感がほとんどない。今ふと目を覚ましたら傍ではナシメや正明がゲラゲラ笑っていて、風間裕子はその横で微笑んでいるはずだ。内心はほっとしながらもひどい夢を見ちゃったよと言うかもしれない。……でも絶対に夢の内容は言えない。

そのとき、かたまりのような嗚咽が咽喉もとからこみあげてきた。胃の中にはもう何もない。だから嘔吐ではない。胃だけじゃない。身体の内側にも何もない。空っぽだ。

壁に背中をもたせかけながら、チャンキはずるずると床にしゃがみ込んだ。その姿勢のまま、声が部屋の外に洩れないように左手の甲を強く嚙みながら、しばらく嗚咽しつづけた。壁の向こうでは何とかテリヤだか何とかスパニエルだかが、いつまでも唸りつづけている。


それから数時間後、今日だけはどうしても休めない取材があるのよと言ってから、マユミさんは家を出た。

「無形文化財かなんだかになった陶芸家のインタビュー。一年越しの交渉でやっと了解してもらったから、こちらからキャンセルはできないの」

化粧と身支度を整えたマユミさんは、玄関で仕事用のパンプスを履きながら、彼女にしては珍しく言い訳がましい口調で言った。「お昼はちゃんと食べるのよ。冷蔵庫にパスタがあるからね。ミートソースよ。丸いタッパーの中。レンジで温めてね」

「わかってる」

「夕方には戻ると思う。風間さんの家には、取材の前に寄るつもり」

「僕は行かなくていいんだね」

もう一度念を押すチャンキにうなずきながら、「さっき電話はした」とマユミさんは静かに言った。「お母様とは話した。お詫びもした。それほど取り乱してはいないと思う。でもやっぱりあなたは、今日は行かないほうがいい」

「わかった。今日は家にいる」

チャンキの返事を聞きながら、マユミさんは何か言いたげな表情だ。仕方なく「感染はしないと思うよ」とチャンキは言った。「あれは都市伝説だから」

「そうかしら」

「愛する人が突然死んでしまえば、そのショックで自殺する人はいると思う。それがただの後追いなのかタナトスなのか、それは誰にもわからないよ」

そう言ってからチャンキは、「……何だよ」とつぶやいた。玄関口に立ったマユミさんが目を丸くして自分を見つめているからだ。

「愛する人」

「だから何だよ」

「十八歳の高校生が日常会話で使う言葉じゃないわ」

そう言ってからマユミさんは真顔になって、「まあ確かにそうかもね」とうなずいた。「とにかくずっとあなたを監視しているわけにはゆかないし」

「大丈夫だよ」

「それにもしもそうなったら、あたしにはきっとどうしようもないものね」

「それはさっき聞いた」

「そうだっけ。何かところどころ記憶が抜けているのよ。とにかくあたしにはどうしようもないからね」

それはお互いさまだという発想が抜けているとチャンキは思う。もしもそうなったらどうしようもない。それは誰もが同じだ。タナトスに囚われて死へと向かう人を止めることはできない。米軍のグリーン・ベレー一個小隊でも無理だ。なぜなら人は脆い。ちょっとのことで簡単に生命活動を停止する。「メタルキング」のゴア総統があきれるのも無理はない。誰もが簡単に死ぬ。そして二度と戻らない。男も女も。太った人も痩せた人も。金持ちも貧乏な人も。高潔な人も下世話な人も。タナトス以前であるならば、そして今も日本以外の世界では、老いた人のほうが若い人よりも死ぬ確率は高い。でも今の日本では、老いた人も若い人も死ぬ確率は変わらない。いやむしろ、若い世代のほうがタナトスを発症しやすいとの統計もある。いずれにせよタナトスは究極的なほどに無慈悲で平等だ。

小走りにバス停へと急ぐマユミさんをベランダで見送ってから、チャンキはリビングに戻ってタブレット型端末の電源を入れる。家に戻ってからはまったく眠っていないけれど、目は不思議なくらいに冴えている。あばらの痛みは数日で引くだろう。一時はかなり出血したのに、もう腕の傷もほとんど痛まない。なぜなら生きている細胞は再生する。自らを修復する。そして馴致する。痛みに。恐怖に。でも死んでしまえば絶対に戻らない。

ＮＨＫ－ＢＳが放送する世界のニュースの時間だった。アメリカのテキサスで銃乱射事件が起きて二〇人近くが殺害された。中国の山東省でかなり大きな地震があったが被害規模はまだ不明。現地からは何千人もの死者が出ているとの情報もある。アフリカ北部の旱魃《かんばつ》は広がる一方で、スーダンでは何十万人もの人たちが餓死しかけている。世界のそんなニュースを横目で眺めながら、チャンキはスマホで国内のニュースもチェックする。愛媛県の知事選では現職が優勢。島根県で妻と子供を保険金目当てで殺害した容疑で夫が逮捕された。北海道では一家五人を乗せた乗用車が高速を逆走してトラックと正面衝突した。一人だけ生き残った十一歳の長女は運転していた父親が急に高速上でＵターンしたと証言し、地元警察は事故とタナトスの両方の線から捜査をつづけている。近年の国内の治安はとても悪化していると内閣府が発表した。殺人事件で死ぬ人の数は毎年一万人以上いる。タナトスが始まる前の二〇倍以上だ。でも誰も気にしない。よほどのことがないかぎりニュースにもならない。だって一日に六〇〇〇人以上が自ら命を絶つ社会なのだ。島根県の事件や北海道の事故が、なぜニュースになったのかわからない。きっと基準などないのだろう。かつては人が死んだり殺されたりすることはニュースになったけれど、今はもう何がニュースなのかわからなくなった。だから気分で決める。昨日は富山の事件だったから今日は福岡の事件。明日は岩手にしよう。そうでもしないことには新聞やニュース番組が作れない。

タブレット型端末の電源を切ってから、窓からダイブする直前に一瞬だけ正気にかえった風間裕子が「あたし死にたくない」とつぶやいたとき、自分は何と答えたのだろうと考えた。記憶がはっきりしない。うなずくだけだったかもしれないし、返事をする余裕なんてなかったかもしれない。でも「あたし死にたくない」とつぶやいてから窓に向かって突進するまで、数秒の間があったような気がする。自分は何を言うべきだったのだろう。咽喉の粘膜や内臓が溶けかけて血を噴きだしながら死んでいった風間裕子の最後の願いに、自分は何と答えるべきだったのだろう。

この世界は人類にとってあまりに都合よくできすぎているとヨシモトリュウメイは言った。偶然と考えることに無理があるとウッドワードは言った。神という言葉を使うかどうかはともかくとして、何らかの意思が世界に対して働いているとの認識は、二人に共通している。

もしも神がいるのなら、質問に答えてほしい。なぜこれほどにあなたは無慈悲なのだ。なぜ与えておきながら奪うのだ。それもこれほど暴力的に。あなたは世界を自由にできるはずだ。ならば風間裕子がサンポールを飲むこともあなたの意思なのか。その理由を教えてほしい。なぜあそこにサンポールを置いたのだ。アニマル小早川が死んだ理由も教えてほしい。サクジの妻と一人娘が死ななければいけなかった理由も、もしも言えるのなら説明してほしい。戸張農林の栗林はなぜ教室の窓の下のフェンスで脳天を串刺しにされなければならなかったのか。マユミさんの夫で僕の父親はなぜ死んだのか。ウッドワードの妻はなぜハンドルを握りながら、幼い子供たちと共に海に飛び込もうと思ったのか。それはあなたの意思なのか。あなたの望みなのか。

多くの人が死んできた。これからも多くの人が死ぬ。なぜ彼らは死ななければいけないんだ。なぜ僕らは死ななければならないんだ。あまりにアンフェアだ。あまりに理不尽で不条理だ。そんな神など絶対に認めない。存在する意味がない。

絶対におまえなんか認めない。

翌日の月曜日、マユミさんからは今日は休んでもいいのよと言われていたけれど、チャンキは定時に学校に行った。この二日間、梨恵子から連絡は来ない。電話もメールもない。もしも連絡が来たならば、すべてを話さなければならないと覚悟していたけれど、なぜかぷっつりと連絡が途絶えている。事情を知ったとしか思えない。

ニュースや新聞記事にはなっていない。でも情報はすぐに伝わる。同じホテルに高校生たちはたくさんいたはずだ。窓から風間裕子がダイブして警察が来るまでに、現場の写真をスマホで撮った誰かが、それをネットにアップして拡散している可能性もある。この国はリアルもバーチャルも遺体だらけだ。こちらから梨恵子に連絡できない。できるはずがない。

風間裕子の机には花が飾られていた。その二つ前の席に座るチャンキに、全員の視線が微妙に焦点をずらしながらも集中した。言葉を発する者はひとりもいない。明らかによそよそしい。でもそれは予期していた。当然だと思う。

授業終了のチャイムが鳴り、女子生徒たちの何人かが思いつめたような表情で立ち上がった。今夜の通夜に出席するための花を買いに行くらしい。俯きながら机の上の一点を凝視するチャンキの肩に、誰かの指がそっと触れる。以前ならこんな場合は、たいていは風間裕子だった。でももう彼女はいない。傍らに立っているのはナシメだった。細い二つの目がじっとチャンキを見つめている。

「大丈夫か」

「腕なら大丈夫だ。たいした傷じゃない」

ナシメは一瞬だけ口ごもる。そうか。腕の傷のことを知っているはずがない。でも、ああそうか、というようにうなずいてから、ナシメは言葉の調子を少しだけ変えた。

「今日の通夜はどうする?」

「……ナシメは行くのか」

「授業が終わってからクラス有志で行くことになっているけれど、たぶん全員が行くと思う」

チャンキは黙り込んだ。行くべきかどうかわからない。常識的には行くべきなのだろう。行っても迷いがある。遺族は自分が葬儀の場にいることを望むのだろうか。望むとは思えない。自分は風間裕子の両親や兄妹や親戚たちに、申し訳ありませんでしたと頭を下げるべきなのだろう。でもその気持ちもわからない。自分は葬儀に行きたいのだろうか。風間裕子の遺影の前で手を合わせたいのだろうか。

「無理はしなくていいと思うぜ。やっぱり行きづらいよな」

黙り込んだチャンキにナシメが言った。言われてチャンキは首を横に振った。行きづらいわけじゃない。自分の思いなどどうでもいい。考えるべきは遺族の思いだ。

チャンキは「行くよ」と返事をした。遺族は望まないかもしれない。でも頭は下げるべきだ。そして風間裕子の遺影の前で手を合わせて、ごめんねと謝るべきだ。今となっては何もできないし、言葉はもうきっと届かないけれど、でもそれだけはしたい。それだけはするべきだ。

申し訳ありませんでしたと頭を下げるチャンキに、風間裕子の母親はしばらく沈黙してから、「教えてもらっていいかしら」と言った。「あの娘は最後に苦しんだ？」

「苦しんでません」

チャンキは即答する。この質問は予期していた。サンポールの原液をたっぷりと飲んだことは、取り調べのときにいかつい顔の刑事には話している。でもそのことを刑事が風間裕子の両親に言ったかどうかはわからない。仮に伝えていなくても、遺体に近づけば強烈な刺激臭に誰もが気づくはずだ。あるいは伝えたとしても、実際にサンポールの原液ボトル一本を一気飲みした人など周囲にいるはずはないのだから、どれほどに苦しんだかどうかまではわからない。

黒い喪服を着た母親は、チャンキの言葉を聞いてからは何も言わず、じっと口もとをハンカチで押さえている。父親もその隣で足もとを見つめている。チャンキはもう一度、「本当に申し訳ありませんでした」と頭を下げた。風間裕子が死の直前に「あたし死にたくない」と言ったことは言わなかった。いかつい顔の刑事にも言っていない。誰かに言うべきことじゃない。この先もきっと誰にも言わないだろう。

棺に入れられた風間裕子の顔は色とりどりの花に周囲を飾られながらピンク色で、口もとには少しだけ不自然な微笑を浮かべていた。刺激臭はまったくしない。でも化粧が入念すぎて、生きている人というよりも蠟人形のように見える。級長の山川恭一が遺影の前で別れの言葉を述べた。次に遺影の前に立った担任のサクジは、どれだけ君に助けられたか……と言いながら、洟を大きくすすり上げて咽喉を詰まらせた。女の子は一人残らず泣いていた。大人たちの多くも泣いていた。その何人かと視線が合った。彼らは彼女が死んだ状況を知っている。おまえが彼女を殺したのかと思っている人は少なくないはずだ。自分ならそう思う。まして問題ばかり起こしている札付きの男子高校生だ。よくも葬儀に来られたなと言われても仕方がない。

通夜が終って一人で歩く帰り道で自転車に乗った正明が後ろから追いついて、あまり自分を責めるな、とつぶやいた。ありがとうと言いながら、チャンキは返す言葉がない。あのさ、と自転車に乗ったまま正明が言った。何を言われても気にするなよ。

少し歩いてから、チャンキは横をゆっくりと進む正明に、「何を言われてもって？」と訊き返した。

「いろいろ言う奴がいるからさ」

「いろいろって何だよ」

数秒だけ考え込むような表情になってから、「どうせ耳に入るだろうから言っておく」と正明は言った。「アニマルと最後に一緒にいて、そして今回も死ぬ直前まで一緒だったのはおまえだろ。だからさ、感染とはまた違うけれど、チャンキにはそういう要素があるんじゃないかと言う人が少なくないってこと。実際に俺の耳にも入っている」

咄嗟には意味がわからなかった。だから「そういう要素って？」とチャンキは訊き返した。「それにアニマルと一緒にいたのはナシメも同じだろ」

「それだけじゃないだろうな。白山公園の件もあるし、おまえはちょっと変わっているという人が多いから」

「そういう要素って何だ」とチャンキはもう一回言った。声が尖っていることが自分でもわかる。

「俺だってわからないよ。感染するとか何とか、いろんなことを言いたがる人がいるじゃないか」

チャンキは黙り込んだ。要はそういうことか。これまでにもそういう噂は何度か耳にした。なぜかあの人の周囲にはタナトスが多い。あいつはタナトスを呼び込む。何かが引き寄せるらしい。とにかく近づかないほうがいい。

つまるところ彼らにとって、自分は不吉な存在なのだとチャンキは思う。でも確かにそうだ。そう思われても仕方がない。禍々しくて触れたくない。できるだけ遠ざけたい。多くの人はそう思う。そう思って実際に遠ざける。まるでカメ地区の男子高校生版だ。

「とにかく何かあったら言えよ」

なぜか怒ったような表情になりながら正明は言った。

「本当ならしばらく学校を休んだほうが良かったけどな」

「今さら休めない」

「そうだな。とにかく何かあったら言えよ」

もう一度同じ言葉をくりかえしてから、正明は自転車のペダルを踏みこんで速度をあげた。遠ざかるその後ろ姿を見送りながら、ふと思いついてチャンキは背後を振り返る。

そこには誰もいない。通夜は終わったのだから同じ方向に歩く人はもっといていいはずなのに、なぜか人っ子一人いない。

11　マドンナに問いかける「あなたたちも傷つくのよ」

風間裕子が命を絶ってから二週間が過ぎた。この間に梨恵子からは一度も連絡は来ていないし、チャンキも連絡していない。何度かはスマホを手にした。メールを打ちかけたこともある。でもやめた。だって何を書けばよいのかわからない。

二週間のあいだにウッドワードからは、「もう冬ですね。私のいちばん好きな季節です。来月はドミトリーの誕生パーティです。少し寒いけれど庭でバーベキュー・パーティを計画しています。残念ながら肉抜きですが(^^)野菜はたっぷりあります。お待ちしています」と書かれたラインが送られてきた。「今回は無理です」とだけ書いて返信した。いくらなんでも素気なさすぎるかなと自分でも思ったけれど、他に何を書くべきなのかわからなかった。梨恵子もこのラインは読んでいるはずだ。でも新たな書き込みはない。ラインではなくメールで返信したのだろうか。知りたいけれどウッドワードに訊くわけにもゆかない。

日々は過ぎる。季節は少しずつ変わる。いつのまにか朝夕の風がずいぶん冷えてきた。起きているあいだは五分おきに梨恵子のことを考える。連絡すべきじゃないのかと自分に問いかける。でも答えはいつも同じだ。彼女から連絡が来ない以上はこちらからは連絡できない。できないではなくてすべきではない。

水曜の一限は世界史の授業だ。十八世紀のヨーロッパ。産業革命が始まると同時に清国やムガル帝国などアジアの大国の凋落が始まりました。重商主義がヨーロッパで広がるのもこの時代です。その帰結として国民国家とナショナリズムという概念が勃興します。ところが同時期には、自然権や社会契約説など啓蒙思想が広がり始めてもいました。こうしてヨーロッパの矛盾が始まります。

指示棒を手に話しながら世界史担当のマドンナは、教壇の上で時おり腰を振る。口にするのは少しばかり気恥ずかしいニックネームだけど、昔からそう呼ばれている。確かに色気はある。声もハスキーで艶めかしい。校長室には毎年の教員たちの写真が飾ってある。マドンナは26年前に新任教師だった。黒目がちで鼻筋が通っていてびっくりするくらいに美人だ。しかも身体は細いのに、スーツの上からも胸や尻のくびれがわかる。美人でグラマラスで声はハスキー。そして教壇の上で時おり腰を振る。

その頃ならば世界史の授業を受けながら、マドンナの腰の動きに股間を押さえて俯いていた男子高校生はおおぜいいただろう。タナトスなど影も形もなかった時代だ。二六年の月日はマドンナの腰や首回りに脂肪の層を年輪のように重ねた。後ろから見ると女性を表象した縄文の土偶にそっくりだ。二六年は長い。今の男子高校生のほとんどは二人や三人の女性体験があって当たり前だし、ネットには刺激的な動画が溢れている。今さら女性教師の腰の動きだけで勃起などしない。

「……今年はすっかり遅れてしまったわ」

その日の授業が終わる直前、シルバーフレームの細い眼鏡を顔から外しながら、マドンナが小さくつぶやいた。その声はやっぱりハスキーで艶めかしい。どちらかといえばひとりごとに向いている声だ。少なくとも世界史の教師向きではない。肩で息をついてからマドンナは、「本当なら重商主義は一一月の初めには終わってなければいけないのよ。大失敗ね。どうしちゃったのかしら」と言った。

誰も答えない。答えようがない。でも生徒からの答えを期待していたというふうでもなく、手にした眼鏡をしばらく見つめてからマドンナは、「これから少し急ぎます。ただし十八世紀のヨーロッパは入試によく出るから、しっかり参考書を読んでおくように」と早口で言って、それから眼鏡を顔に戻した。手の中で折りたたまれていたはずのフレームが、まるで手品のように一瞬で顔に装着されていた。とても馴れた手つきだった。二六年間教師をやっているからだろうとチャンキは考える。もしかしたら毎年のこの時期、「大失敗ね。どうしちゃったのかしら」と言いながら、顔から外した眼鏡をじっと見つめているのかもしれない。二六年は長い。自分はまだ一八年しか生きていないし、最初の四年くらいはほとんど覚えていない。実質的には一四年だ。マドンナの教師としての時間はその倍近く。しかもクラスはひとつではない。十八世紀ヨーロッパの産業革命や重商主義について、クラスが四つだとしても一〇〇回以上教えていることになる。

気が遠くなるほどのリピートだ。でもそれはマドンナだけではない。誰もがそうだ。毎日食事を摂り、毎日排泄し、息を吸って息を吐く。生きるということはくりかえすこと。個々の細胞は活発に入れ替わりながら全体として恒常性が保たれる動的平衡。ただし死は例外だ。生涯で一度だけ。決してくりかえさない。一回で終わる。

マドンナの夫は市内の商業高校の体育教師で野球部の監督だ。数年前に甲子園に行ったので（一回戦で敗退したけれど）地域ではちょっとした有名人。子供は確か二人。今のところタナトスの被害には遭っていないはずだ。

……チャンキは顔を上げた。クラス内の多くの視線がじっと自分を見つめている。少しだけ動揺して周囲を見渡しながら、たった今マドンナが自分の名前を呼んだのだと気がついた。

「……昼休みに職員室に来ることはできますか」

マドンナは言った。声は相変わらずハスキーだ。でも表情はほとんどない。その前にも何かを言っていたはずだけど、もう一回言ってくれと言えるような雰囲気ではない。一瞬だけ答えそびれたチャンキに、マドンナはもう一度低い声で言った。

「話は一〇分くらいで終わります。来ることはできますね」

少し時間を置いてから、チャンキは「はい」と小声で答える。周囲の何人かが少しだけほっとしたように視線を外す。その中にはナシメや正明もいる。

クラスの雰囲気は完全に受験態勢だ。夏休みが終わったころから、そろそろ志望校を決めるようにとサクジからは何度も言われていた。チャンキは考える。自分はどの大学に行きたいのだろう。でもまだ結論は出ない。早く願書を出さなくては。特に行きたい大学はない。でも日常を変えたい。これ以上同じことをくりかえしたくない。ここではないどこかに行きたい。新しい生活を始めたい。

風間裕子がクラスからいなくなってから、クラスメートのほとんどは、前のようにはチャンキに話しかけてこなくなった。明らかに距離を置かれていた。通夜の帰りに正明に言われたとおりの状況だ。でもそれも仕方がないのだろう。確かにこの数カ月、チャンキの周囲にはトラブルがつづき過ぎた。それも最悪のトラブルだ。いちばん大切だった二人の友人は、タナトスでもうこの世界にいない。

もちろん偶然だとは思う。不運がつづいたと考えるべきだ。でももしかしたらと思い当たることもある。カメ地区だ。結果としてタナトスは、チャンキがカメ地区に行った後に、最も親しかったアニマル小早川と風間裕子に照準を向けた。何らかの関連があるのかもしれない。絶対にないとは誰にも言いきれない。だってタナトスは理由も原因もメカニズムも、まだ何もわかっていないのだ。あらゆる可能性がある。今の自分にはタナトスを誘発する要素があるのかもしれない。カメ地区に行ったことで、身体のどこかで、例えば細胞質とかミトコンドリアとかメッセンジャーRNAとかのレベルで、何らかのスイッチが入ってしまったのかもしれない。

でもだとしたら、梨恵子の周辺にトラブルは起きていないのだろうか。いやそれ以前に、彼女自身は大丈夫なのだろうか。

連絡すべきなのかもしれない。今すぐに電話をかけて（絶対にラインじゃだめだ）、風間裕子とは恥じるようなことは何もしていないと、文字ではなく自分の声で伝えるべきだ。可能なら電話ではなく、直接会って話すべきだ。

でもその後の展開は予想がつく。おそらく彼女は首を横に振る。もう信じられないのよと言うのかもしれない。でも信じてほしい。嘘じゃない。正直に言えば、恥ずべきことを一瞬だけちらりとは考えた。でも行動はしていない。ちらりと思っただけだ。

……だめだ。こんな言い訳で梨恵子が納得するはずはない。彼女は何と言うのだろう。しばらく考え込んでから、ねえ勘違いしていない？　と首をかしげるような気がする。あなたが恥ずべきことをしたとか一瞬だけ思ったとかはどうでもいい。本当はどうでもよくないけれど、今はもうどうでもいい。あなたが今考えるべきことは、一人の命が消えたということ。そしてあなたはそれに、予期しなかったことではあっても関与しているということ。その責任はどうするの。このまま忘れるつもりなの。

責任をとるなんて無理だよ。頭の中の梨恵子にチャンキは必死に語りかける。だって過ぎた時間は戻らない。どう責任をとったとしても、死んでしまった彼女はもう生き返らない。死は一度だけだ。そして生も一度だけだ。決してくりかえさない。

そうよ。生は一度だけ。もしも生き返ることができるのなら、責任などとる必要はない。生き返らないからこそ、あなたは責任をとらなくてはならないのよ。

……肩に手が置かれていた。チャンキは顔を上げる。ナシメだ。

「なんか顔色が悪いな」

周囲に一瞬だけ視線を送ってから(何人かの女子は遠巻きにしながらじっとこちらを見つめていた)、チャンキは「大丈夫だ」と小声で言った。それから少し考えてから、「ナシメは志望校を決めたのか」と訊いた。会話として唐突だったかもしれない。でも「志望校?」と首をかしげてから、「私立文系だぜ。受かったところに入るさ」とナシメは言った。

「第一志望は?」

「とりあえず早稲田かな。後は上智と明治も受ける」

「ぜんぶ東京かあ」

相槌を打ちながらチャンキは、自分も東京に行きたいと唐突に思う。東京に行きたい。東京の大学ならどこでもいい。学部だって何でもいい。とにかく東京に行きたい。大阪や名古屋でもいい。福岡や札幌だって悪くない。倉吉でも盛岡でも高松でもいい。要するにここではないどこかに行きたい。新しい生活を始めたい。でもそのときに自分は一人なのだろうか。その先も一人で生きてゆくのだろうか。梨恵子とはもう会えないのだろうか。自分はそんな生涯に耐えられるのだろうか。今は耐えろとナシメは言ったけれど、その「今」はいつまでつづくのだろうか。

「昼食はまだ済ませてないわよね」

手にしていたレポート用紙の束をクリアファイルに入れて机の上に置いてから、マドンナはハスキーな声で言った。その視線は壁の時計に向けられている。斜め向かいはサクジの席だけど、学食にでも行ったのか今はいない。職員室にいる教員たちの数は半分くらい。何人かは弁当や出前の蕎麦などを食べながら、ちらちらとチャンキに視線を送ってくる。

「どっちなの。まだでしょ?」

こんなに近距離でマドンナの顔を見るのは初めてだと思いながら、チャンキは小声で「はい」とうなずいた。外は肌寒いのに、マドンナの鼻の下には細やかな汗の滴が浮かんでいる。四限が終わってからここまで全速力で走ってきたのだろうか。肉感的な唇のルージュが少しだけ剝げかけている。

「時間がないから単刀直入に言いますね。私たち教師の仕事は勉強を教えるだけではなくて、子供たちを危険や災害から守ることも重要です。今あなたの周りではいろいろ起きています」

そこまで言ってから、マドンナはシルバーフレームの眼鏡を外す。次に何を言われるのかは何となく察しがついた。クラスの誰かが、これ以上同じ教室にいることは怖いですと訴えたのだろう。あるいは父兄から苦情があったのかもしれない。でもなぜサクジじゃなくてマドンナから言われなくてはならないのだろう。

鼻や口の周りをハンカチで押さえてから、「いくつかの噂は私の耳にも入ってきています」とマドンナは言った。「同じ教室にいることに不安を訴えるクラスメートも何人かいます。私たちは子供たちを守らなくてはならないのです」

チャンキは足もとに視線を落とす。やはり予想したとおりだ。少し間を置いてから、「……でも」とマドンナは言った。とてもハスキーな声で。もしもそのあとに「愛しているわ」とか「あなただけよ」とつづけられたとしても、きっと違和感はないだろう。

「あなたも私たちの子供です」

チャンキは顔を上げる。眼鏡を外した黒目がちの瞳が、じっとチャンキを見つめている。

「あなたのことも守らねばならない。だから正直に言ってください」

「……何をですか」

「最近、良からぬところに行きましたか」

一瞬だけ「良からぬところ」の意味を考えた。答えはひとつしかない。カメ地区だ。同時に自分を見つめるマドンナの瞳から、チャンキは思わず視線を逸らしていた。しまった。行ってません、と即答するべきだった。今から言い逃れはできるだろうか。たぶん無理だ。今この瞬間に、やはり噂は事実なのねとマドンナは確信したはずだ。どうしよう。どこまで知っているのだろう。梨恵子も一緒に行ったことは知っているのだろうか。どこまで認めるべきなのだろう。どこまで話すべきなのだろう。

黙り込んだチャンキをじっと見つめながら、「もしも行ったとしても、別に違法行為をしたわけじゃありません」とマドンナは静かな声で言った。「でもあそこは特別です。行ったことが事実なら見て見ないふりはできません。まずは答えなさい。行きましたね」

言い逃れはできない。観念したチャンキは小さくうなずいた。

「何回行きましたか」

「……一回かな」

「本当に一回だけ？」

「二回かもしれないです」

「本当に？」

チャンキは観念する。「三回です」

「行って何をしたのですか」

「カメ電車の終点まで行って、町を見て歩いただけです」

言い終えてから、マドンナの表情がこわばっていることに気がついた。たぶんチャンキが「カメ電車」と言ったからだ。その響きを耳にすることも不快なのだろう。数秒の間を置いてから、マドンナは小さな声で言った。

「町を見て歩いただけ」

「はい」

「三回とも？」

「はい」

「……誰と行ったのかしら」

「一人です」

「うーん」

そう言いながらマドンナは、ゆっくりと眼鏡を顔に戻す。

「本当のことを言っている？」

「言っています」

「もう一回言うけれど、別に違法行為とかではないのよ。あそこに行ったからといって、警察から取り調べを受けるとか少年院に行くとか退学になるとか、そんなことはないのよ」

「わかっています」

「誰と行ったの？」

「一人です」

そう答えた瞬間に気がついた。最初にバスに乗ったとき、終点の鍛冶屋町交差点で降りる二人を運転手は不思議そうに見つめていた。しかもこのときチャンキは右足を引きずって歩いていた。

そこから調べることはできる。二回目と三回目に行ったときの運転手と、それぞれが目撃した二人の特徴を照合したのかもしれない。そしてバス会社の誰かが市内の各高校に連絡する。おそれいりますがお宅の高校に右足を引きずって歩いていた男子生徒はいますでしょうか。もしも該当する生徒がいるのならお伝えしておいたほうがいいことがありまして。実はですね、私どもの運転手が、ここのところ良からぬ場所でその生徒を目撃しまして。それも一回じゃありません。バスを利用した回数は三回です。二回目のときはだいぶ回復していて、そして三回目のときはほとんど普通に歩いていたようですから、おそらくこの夏前に右足に怪我をしていたということだと思われます。電話を受けた教員は考える。この夏前に右足に怪我をした男子生徒？　それなら一人いるじゃないか。

……でもならば、梨恵子については知られていないはずだ。視線を膝に落としながら、チャンキは必死に考える。バスの運転手が「女の子と二人でした」と証言したとしても、そこから梨恵子を特定することはできない。わかるのはこの夏に足を引きずって歩いていた男子高校生までだ。つまり絶対に言うべきではない。

「……女の子を庇いたいという気持ちはわかります」

マドンナは少しだけ声の調子を変えながら言った。女の子だなんて言っていない。やはりバス会社から情報提供があったのだろう。そう思いながらチャンキは、無表情に自分を見つめるマドンナの顔を見つめ返す。

「教師じゃなければほめてあげたいところね。でも私は今、教師だから」

「……はい」

「誰と行ったの」

マドンナの口調が、いつのまにか微妙にぞんざいになっている。「一人です」と答えてからチャンキは、「僕も質問していいですか」とつづけた。

「何かしら」

「どうして担任じゃない先生が……」

この質問は予期していたのか、チャンキが言い終わる前にマドンナは、「教師のあいだでも意見が分かれているのよ」と言った。

「サクジ先生は必要以上に問題視すべきじゃないとの意見なの。私も実はそう思う。あなたは別に誰かを傷つけたわけじゃない。オカルト話を信じるつもりもない。でも問題は噂よ。あっというまに広がる。噂が人を傷つける」

そう言ってからマドンナは、「あなたたちも傷つくのよ」とつぶやいた。

「だから、責めたり罰を与えたりするつもりはないけれど、事情は知っておきたいの。そうでなければあなたたちを守れない」

「……一人です」

チャンキは言った。「あなたたちじゃありません」

小さく吐息をついてからマドンナは壁の時計を見た。もう昼休みは半分ほど過ぎている。

「わかったわ。今日はとりあえずここまでにします。お昼は学食？」

「いえ。購買でパンを買って済ませます」

「パン残っているかしら」

「人気のないパンなら、たぶんまだあります」

「人気のないパン？」

「全粒粉のライ麦パンとか小麦胚芽パンとか」

「人気のあるパンは何かしら」

「カレーパンとかコロッケサンドとか。メロンパンは女子が好きです」

「なるほどね」と言ってから、マドンナはにっこりと微笑む。たぶん三〇年前だったら、この表情だけで何人もの男たちが魅了されていたのだろう。「身体に良くないパンは人気があるということね」

「そうですね」

「なんだかとてもシンボリックね」

そう言ってからマドンナは、「事実はない。あるのは解釈だけ」とつぶやいた。「これは誰の言葉かわかる？」

「わかりません」

「ニーチェよ。この世界は同じことを永遠にくりかえすと言った哲学者」

そう言ってからマドンナは、「歴史も同じ。結局は解釈なのよ。だから史観と言うでしょう。織田信長が実際にはどんな人だったのかとか本能寺で何があったのかなんて、結局は誰にもわからないのだから」と言った。

「ニーチェって狂い死にしたんですよね」とチャンキは言った。話題がカメ地区から逸れることは歓迎だ。だからつい饒舌になっていた。「ツァラ何とかを書いた人」

「ツァラトゥストラはかく語りき。直接の死因は肺炎よ。まあ晩年の彼が精神を激しく病んでいたことは事実だけど。ニーチェの永劫回帰説はともかくとしても、人が同じことをくりかえすことは歴史を学ぶと実感できることのひとつよ。でも今のこの国は、人類にとって初めての体験をしている。それに何よりも、人類は同じことをくりかえすかもしれないけれど、一人ひとりは人類とは違う」

そう言ってからマドンナは、何となくぼんやりとした表情でチャンキを見た。困ったわねえというように口もとが微かに動く。

「もしかしたらまた話を聞くかもしれないけれど、今日はここまでにします」

購買で買った小麦胚芽パンとコロッケサンド（最後の一個だった）と紙パックの牛乳を手に教室の扉を引けば、風間裕子が座っていた机に集まってそれぞれの弁当を食べていた三人の女子生徒が、一斉に視線を向けてきた。口もとにはたった今まで浮かべていた笑顔の余韻はあるけれど、視線は三人とも一様に硬い。屋上か武道場で食べるべきだったとチャンキは後悔した。どうせパンなのだ。でも今さら踵を返して出てゆくのは露骨すぎる。

視線を振り切りながら自分の机に向かうチャンキに、和泉佳代が「あのさあ」と声をかけてきた。化粧は濃い。校則では禁じられているけれど耳には小さなピアスを付けている。顔も大人びているから、制服を着ていなければ高校生には見えない。男の噂も多い。

「今ちょっと話せる？」

無言でうなずくチャンキに、和泉佳代の隣に座っていた吉澤京子が、「私たちはさあ、別にチャンキを嫌いじゃないのよ」と大きな胸を隆起させながら言った。意味がわからない。陸上部所属で一〇〇メートルハードルの県の記録を持つ松下玲奈は、箸を手にしたまま、じっとチャンキを見つめている。二つのパンと紙パックの牛乳を机の上に置くチャンキに、和泉佳代が「どう言えばいいのかなあ」と言った。「チャンキは嫌いじゃないよ。でもあの子もみんなから好かれていた。私たちも大好きだった」

曖昧にうなずきながらチャンキは、「僕だって大好きだった」と胸の内で小さくつぶやいた。

「何か言った？」

「いや」

首を横に振るチャンキをじっと見つめてから、「だからさ、まだ整理がつかないのよね」と吉澤京子が言った。

「整理がつかない？」

語尾を少しだけ上げながら同じ言葉をくりかえすチャンキに、「気持ちの整理よ」と言ってから和泉佳代は、「チャンキからすれば、きっと理不尽よね」とつづけた。

「私がさ、もしチャンキの立場でもそう思う。でもそれ以前に、あの子が死ぬことが理不尽なのよ。とにかく理不尽すぎるの」

少し考えてから、「何となくわかるよ」とチャンキは言った。「わかる？」と吉澤京子が首をかしげた。

「僕がもしクラスの誰かだとしても、同じように考えると思う」

「でもさあ、それは時間が解決するよね」と和泉佳代は言った。「長くはつづかない。だって別にチャンキのこと嫌いじゃないから。……問題はもう一つあるのよ。そしてこっちのほうが、ずっと深刻な話なのよ」

そこまで言ってから和泉佳代と吉澤京子は、どう言えばいいのかしらというように顔を見合わせてからしばらく考えこんだ。「……あそこに行ったって本当なの？」とそれまで黙っていた松下玲奈が言った。テレビの「名作リバイバル劇場」で見た「ハリー・ポッター」のハリーの同級生の勝気な女の子（名前は忘れた）によく似た端整な美少女だけど、あそこと発音した瞬間に咽喉の奥から嫌悪が湧いてきたかのように口もとが微かに歪んでいる。チャンキは机の上に置いていた牛乳の紙パックに描かれたイラストを意味なく見つめる。直立した牛が腰に手を当てながら紙パックの牛乳を飲んでいて、その横ではハチとアリが手を繋いでダンスをしている。よく見れば相当にシュールなイラストだ。

「行ったよ。カメ地区だろ」

数秒の沈黙。三人の女子高校生は明らかに、「カメ地区」という言葉の響きに動揺している。虫を踏みつけて潰した靴の裏底をおそるおそる確認したときのように嫌悪で泣きだしそうな表情になりながら、松下玲奈が尖った声で「どうして」と言った。「どうしてそんなところに行ったのよ」

少し考えてから、「行ってみたかったんだ」とチャンキは答える。他に答えようがない。

「行ってみたいならどこにでも行くってこと？」

「どこにでもじゃないよ。でもカメ地区がいけないという理由がわからなくなったから……」

途中で言葉を止める。カメ地区という言葉を口にするたびに、三人の女子高校生は顔を強張らせながら沈黙する。松下玲奈は今にも泣きだしそうだ。ああそうかとチャンキは思う。彼女たちにとってカメ地区に行った理由など実のところはどうでもいいし、本音では聞きたくもないのだろう。重要なことはクラスメートが「穢れた」場所に行ったとの噂の真偽を確認すること。そしてそれが確かならば、「穢れた」何かが自分たちに感染する前に処置をすること。できることなら鼻と口を手で押さえて、今すぐこの教室から走り去りたいところなのだ。

チャンキはコロッケサンドをビニール袋から取り出した。昼休みはあと数分。食欲はほとんどないけれど、急いで食べないと五限目が始まる。三人の存在は気になるけれど、昼食を抜くわけにもゆかない。

一口齧る。ボール紙か何かの塊を口の中に入れてしまったのじゃないかと本気で思いたくなるほどに、味を感じることができない。牛乳で口の中のパンとコロッケの破片を飲み下しながら、マクドナルドの前にいた片目がサニーサイドアップの野良犬をチャンキは思いだす。体毛はところどころ抜け落ちてピンク色の皮膚を露出しながら、野良犬は片目でへらへらと周囲に媚を売っていた。汚い。キモい。うつる。臭い。若い女の子が顔をしかめても野良犬は気にしない。口の端から舌を垂らしながらへらへらと笑いつづける。あのときは横に梨恵子がいた。彼女は野良犬に対してどんな態度だっただろう。どんな目で野良犬を見ていたのだろう。思いだせない。記憶がどんどん丸くなっている。どれがどれなのか見分けがつかない。結局はコロッケサンドを食べ終える前に、昼休み終了を告げるチャイムが鳴った。

予想はしていたけれど、翌日からチャンキは、これまで以上にクラスで孤立した。ナシメも正明も言葉をかけてこない。目も合わせようとしてこない。カメ地区に何度も足を運んでいたとの情報は、彼らにとっても衝撃だったようだ。休み時間に廊下を歩いているとき、「どうかしてるぜ」と背後から声が聞こえた。振り向けば他のクラスの数人の男子が見つめている。知った顔も何人かいる。その表情は険しいけれど、怒りや憎しみとは少し違う。瞼の縁に浮かんでいるのは明らかな嫌悪。そして口の端には嘲《あざけ》りが滲んでいた。

汚い。キモい。うつる。臭い。

これまで小中学を通じて、いじめられる側にいたことはほとんどない。東京から転校してきた中一のときにちょっとだけ標的になりかけたけれど、そこそこに勉強はできたし身体も同世代の平均値よりは大きかった（つまりいじめられる要素が少ない）ことに加え、クラスにはすでに一人の標的がいたからだ。

彼の名前は清水くん。重度の吃音《きつおん》で勉強はまったくできない。走ればクラスでいちばん遅いし、鉄棒はぶら下がったままで、球技もほとんどできない。いつもおどおどしている。そして確かに何となく匂う。悪臭というわけではないけれど、饐えた匂いがする。だから清水くんが傍にいるとすぐにわかる。そんなときいじめる側の誰かは、臭いからあっち行け的なことを言う。でも清水くんは怒らない。吃音だから言い返さない。おどおどと目を伏せながらその場から離れる。だからさらにいじめられる。放課後には何人かの男子が集まって、プロレスの技をかけたり殴ったりしていた。おおぜいに押さえつけられてズボンとパンツを脱がされたときにはさすがに涙を流していたけれど、翌日には普通に学校に来た。少し鈍いのかもしれない。だからいじめはさらにエスカレートした。

チャンキはいじめる側には加わらない。でもいじめをやめさせようと声をあげることもなかった。今思うと不思議だ。自分がいじめられる側になりたくないから止めなかったというわけではない。毎日のようにいじめは目にしていたけれど、いつのまにか日常の風景になっていた。

やがて清水くんはクラスからいなくなった。どこかに転校した。いなくなった翌日の朝のホームルームで担任は親の仕事の都合でと説明した。そのときにチャンキはやっと考えた。気がついた。どうして自分はいじめを止めなかったのだろう。もうやめろよと言うべきだった。でももう遅い。清水くんとはそれから会っていない。もちろん消息も知らない。今はどうしているのだろう。高校には行っているのだろうか。吃音は直っていないのだろうか。相変わらず人と話すときはおどおどと目を伏せるのだろうか。

あらためて考えれば、勉強やスポーツができないからいじめるという理由がわからない。成績優秀でスポーツ万能で容姿端麗だからいじめられるというほうがまだわかる。でも現実は逆だ。おおぜいで弱いものをいじめる。強いものにはへつらう。子供は正直だ。残酷なほどに剝きだした。クラスメートたちの今の視線にチャンキは困惑していた。高校生は子供じゃない。でも大人でもない。中途半端だ。だから完全に剝きだしにはならない。見え隠れする。それにこれはいじめではない。排除される理由がチャンキにはある（と思われている）。その名称を口にすることすら禁忌である穢れた場所に行ったからだ。しかもその後にチャンキの周囲でタナトスがつづいた。穢れた場所に行ったからだ。そう思われても仕方がない。行ったことは事実なのだ。問題は梨恵子だ。

「青少年は相当につらそうね」

夕食のジャージャー麵を食べながらマユミさんが言った。肉みそから作るジャージャー麵はマユミさんの得意料理だ。あなたのお父さんも大好物で必ず麵を二玉食べるのよ。このフレーズは何度も聞いた。白菜と卵の中華スープをレンゲですくいながら、「どうして？」とチャンキはなるべく声に感情を込めないようにしながら言った。

「どうして？」

同じ言葉をくりかえしてから、「あたしが質問しているのよ」とマユミさんは言った。

「つらそうねって言われたけれど、質問されてはいない」

「そうだっけ？　いやだわ。若年性アルツかしら。じゃあ訊くわよ。どうしてつらそうなの」

「別につらくないよ」

「もしかして学校でいじめられてる？」

どうしてこんなに勘が良いのだろうと思いながら、さすがに高校でいじめはないよ、とチャンキは答える。

「そうかしら」

「原則的に。とにかくあなたの息子はいじめられていない。そもそもいじめられるタイプじゃない」

ジャージャー麵を口に運びながら、「それはわかっている」とマユミさんはうなずいた。「でもいじめはタイプだけが原因じゃないわよ。状況も大きいからね」

「状況って？」

「あなたの状況よ」

「別に問題はない」

「梨恵子ちゃんと最近は会ってないような気がするのだけど？」

少し考えてから、「会っていない」とチャンキはうなずいた。おそらくというか間違いなく、この件に関しては嘘をついてもすぐにばれる。というか、マユミさんは知っているはずだ。知らないはずはない。

「そうなの」

「驚かないんだね」

「驚いたわよ」

「そうは見えないな」

皿の残りの麵と肉みそをレタスの上に載せながら、「何となくはわかっていたわよ。だって和代さんとはたまに電話で話すもん」とマユミさんは女子高校生のような口調で言った。「訊かなくてもいろいろ教えてくれるし」

「和代さんは何か言ってた？」

「何かって？」

「学校で問題があるとか」

「学校で問題？　なぜ？　あなたは学校で問題を抱えているの？」

「僕はない」

「ならばそんな質問は出てこないと思うわよ」

そう言ってからマユミさんは吐息をつく。

「なんだか二人で探り合っているような会話ね。まあいいわ。どうせ言う気はないんでしょ。和代さんからは別に問題があるとは聞いていないわ。何かあれば言ってくれると思うから、梨恵子ちゃんに問題は発生していないと思っていいんじゃない？　ジャージャー麵、まだあるわよ。たっぷり作ったから」

「要らない」

「要らない？」

「もう十分だよ」

しばらく間が空いた。「……私は昔、ネトウヨだったのよ」

マユミさんが言った。

「何だって？」

「ネトウヨ。ちょっと違うかな。ヘイトスピーチはわかるよね。汚い言葉で外国人を罵って街を歩く人たち。何も考えていなかった。あの行動に参加していたのよ」

そこまでを言ってから、マユミさんは「どう思う？」と訊いた。いきなりの告白に少しだけ唖然としながら、チャンキは即答した。

「バカで下劣だと思う」

「私もそう思う。でもあのときはそれがわからなかった」

白菜と卵の中華スープをチャンキは飲みほした。マユミさんは何を言いたいのだろう。

「後悔することばかりよ。でも仕方がない。覚えておいて。人は絶対に変わるのよ」

「うん」

「だからね、……それで足りるの？　人生でいちばんたくさん食べる時期なのに」

チャンキは答えない。この会話は以前にもしたばかりだ。しばらく返事を待ってから、あきらめたようにマユミさんは立ち上がった。

「お茶飲むわよね。デザートはどうする？　取材先で水羊羹をもらったからそれを食べようか」

言いながらマユミさんは、テーブルの横のタブレット型端末の電源を入れた。ニュースは終わりかけていた。覚せい剤所持の容疑で捕まった歌手の裁判が今日から始まった。アメリカでは銃乱射事件が起きて十数人が死亡した。週刊誌に収賄の容疑をスクープされた政治家が釈明の記者会見を行った。

　全部これまでに何度もあったニュース。そしてこれからも何度もあるニュース。同じことがくりかえされている。何度も何度も。人は変わる。でも社会は変わらない。つまり動的平衡。細胞は入れ替わるが全体は変わらない。永劫回帰。同じことをくりかえす。


クラスメートのほとんどからチャンキが黙殺され始めたころ、二年女子が夜中に家で自ら命を絶った。首を吊ったとの噂だけど詳細はわからない。風間裕子の葬儀があってからはほぼ一カ月が過ぎているから、統計的な頻度としては普通だ。チャンキにとっては名前も知らない女子生徒だけど、直後には学校中の誰もが、その二年女子とチャンキとの関係を思い浮かべたはずだ。

それから数日後、ウッドワードから「来月はマルコとアントニオの誕生パーティです」と書かれたメールが来た。他には何も書かれていない。少し考えてから、「来月も行けません。ごめんなさい」と書いて返信した。送信スイッチをタップしてから、二回目か三回目に行ったとき、「私、塩辛が大好物なんです」とアントニオが言っていたことを思いだした。最初に食べたときは、絶対にこれって腐ってるじゃん、と思いました。でも次に食べたとき、こんな美味しいものが世の中にあったのかと驚きました。ご飯にも合うし大きな声では言えないけれど日本酒との相性も最高です。そう言ってからアントニオは、今は買いものに行けないのでなかなか食べることができません、と言った。ヨシモトさんに頼めばいいのに。ヨシモトさん、塩辛は嫌いだそうです。人間が食べるものではないと言って買ってくれません。

そう言って悲しそうに俯くアントニオに、「今度来るときに買ってきます」と約束した。パーティの日ならばお酒も飲める。アントニオは本当にうれしそうだった。約束は守りたい。でもその日はいつになるのだろう。

そのときまたスマホが受信した。ウッドワードからの返信だ。一瞬そう思った。でもそうじゃなかった。液晶の画面には、「ヨシモト」と表示されていた。

「ずいぶんご無沙汰ですね」

翌日の放課後、駅前の大型書店のレジ横に立っていたヨシモトリュウメイは、近づいてくるチャンキに小さくうなずきながら言った。冬物の黒の背広の上下にナイキのロゴ入りボストンバッグ。ほとんどヨシモトのユニフォームだ。無言で頭を下げるチャンキを見つめながら、「お元気そうで何より」とヨシモトリュウメイはつぶやいた。

「……そう見えますか」

「そう見えます」

見えるならいいや。別に否定する理由もない。そう思いながらチャンキは、「用件は何ですか」と訊ねる。視線をチャンキから外したヨシモトは、「ちょっと歩きましょう」と言った。

一メートルほど前を歩くヨシモトの後ろ姿は、なぜか以前より一回り小さく見えた。もちろん成人した男性が縮小するなどありえない。雰囲気の違いなのだろう。ただし挙動不審であることは変わらない。歩きながら不意に立ち止まる。あるいは急に振り返る。でも逆に言えばその程度だ。以前ほどに奇妙な動きはしない。

一〇分ほど住宅地を歩いてから、ヨシモトは立ち止った。その視線の先には小さな神社がある。

「その神社の横に児童公園があります」

そう言ってからヨシモトは、ナイキのロゴ入りボストンバッグから、ペットボトルのお茶を二本とりだした。

公園内の小さなベンチに腰を下ろしてお茶を一口飲んでから、「私の家はこのすぐ近くなんです」とヨシモトは言った。隣に座ったチャンキはヨシモトの横顔を見つめる。秋の陽射しに目を細めるようにしながら、ヨシモトは何かを考え込んでいるかのようだ。渡されたペットボトルの蓋を開けて、チャンキもお茶を飲む。滑り台の横の樹の枝にとまった二羽のカラスが、じっと二人を見下ろしている。たっぷり二分ほど沈黙してから「私のことをまだちゃんとお話ししていなかったと思います」とヨシモトリュウメイは言った。「かつてあなたの高校で物理を教えていました。休職したのは五年前です。その前年に妻が死にました。自殺ですがタナトスではない。遺書がありましたから。でも遺書の内容はよくわかりません。書かれていることはかなり、……支離滅裂でした。天界に行ってくるとか、神さまとの契約がどうとか」

そこまで言ってからヨシモトは、ペットボトルの蓋を閉める。そしてまた開ける。視線は数メートル先の小さなブランコに固定されている。

「妻が精神を病んだ理由は、その前年に娘が死んだからです。一人娘でした。そのときは高校二年生。ある日学校に行ったまま、行方不明になりました。学校に問い合わせれば、いつものように下校したと言われました。でも夜中になっても帰ってこない。警察に捜索願を出しました。見つからない。ラインの返信も来ない。朝は元気に出かけたのです。妻が作ったお弁当を持って。でも帰ってこない。翌日に、近くの雑木林で首を吊っていた娘を近所の人が見つけました。ここから歩いて五分ほどの場所です。ロープは近くの工事現場に落ちていたビニール紐を使ったらしい。マンションの工事です。ここから完成したそのマンションが見えますよ。ほらそこ。ピンク色の壁が見えますよね」

言いながらヨシモトは右手の人差し指を宙に向けるが、チャンキは顔を動かさない。だって娘が首を吊ったビニール紐が置かれていた工事現場に建設されたマンションを見たってどうしようもない、というか見たくない。しばらく黙り込んでチャンキの様子を見つめてから、ヨシモトは小さく吐息をついた。

「妻はそれから言動がおかしくなって、娘の一周忌の数日前に、走る電車の前にとびこみました。まるでその場にいた人の話によれば、まったくためらう様子もなく踏切の棒をくぐったそうです。まるでスーパーの閉店時間が迫っているかのような雰囲気です。あらあらまあまあ大変、みたいな感じで」

チャンキは視線を上に向ける。話しかたが普通じゃないことは今さらだけど、今日は特に聞いていてつらい。いつのまにか西の空が赤い。もうすぐ陽が落ちる。

「鉄道の会社からは、四角い桐の箱に入った遺体が届けられました。小さな箱です。どうしてこんな中に妻が入っているのでしょう。大きい女性だったのです。わたしよりも背は三センチほど高い。体重は一〇キロほど重い。でも小さな箱です。どのように折り畳んでも入るはずがない。中は開けずにそのまま焼いたほうがいいと箱を持ってきた職員に言われたので、そのとおりにしました。葬儀後にその会社から賠償請求が来ました。電車が停まったからです。とても払える金額ではない。弁護士に勧められて相続放棄と破産の手続きをしました。その過程で、わたしも少しだけおかしくなり始めていました。自覚はあるのです。精神科医に診断してもらったわけではないが、明らかに躁鬱の症状ですな。学校に休職届を出して受理されてからは、兄が住職を務める実家の寺に戻りました。いずれにせよ、もう娘と同じ年頃の子供たちに勉強を教えることはできない。ならば念仏を唱えながら残りの人生を過ごそうと考えて、得度して剃髪しました。寺の中の小さな部屋で寝起きしながら、毎日禅の修行をしました。でもやがて気がつきます。考える時間が多いことはつらいのです。もう学校に戻るつもりはないけれど、ずっといなくなった家族のことばかり思いながら、残りの人生を過ごすことができるのだろうか。それは無理だ。自分はそこまで強くない。そう思いました。たぶんこの時期、言動はまた少しずつおかしくなっていたと思います」

言いながらヨシモトはふいにぶるぶると両手を振った。唐突な動きだった。その左手の指先が隣に座るチャンキの右頬をかすったけれど、それに気づいてはいないようだ。両手を振った理由はわからない。おそらく本人にもわからないだろう。

「兄の使いで本山に行ったとき、先輩の僧侶からヨシモトさんは寺を継ぐつもりですかと訊ねられました。実家の寺は兄が継いでいるから自分は厄介者ですと答えたら、良かったら本山勤務をしませんかと言われました。ただし勤務地は本山ではない。日本各地にある外国人コミューンに暮らす修行僧たちの生活支援です。一日だけ考えてから了解しました。そのコミューンのひとつが……」

そこまで言ってから、ヨシモトは周囲に視線を配る。もちろん誰もいない。カラスもいつのまにか飛び去っている。ヨシモトは梢を見つめる。あのカラスはカメラを仕込んだドローンでした、とでも言うのかなと思ったが、しばらくしてからまた話し始めた。

「そのコミューンのひとつがカメ地区のこぶた保育園です。ウッドワードとは本山時代に何度か話したことがあります。真面目な男です。少し境遇も似ています。アメリカ人と日本人の違いはありますが。それからは定期的にいくつかのコミューンを訪ねて、食料や生活物資や最低限の生活費を置いてくる仕事をつづけました。彼らの多くは日本の事情がわからない。そもそも一般の日本人と接触できないから、トラブルが起きたときにアドバイスをするコンサルティング的な業務も仕事のひとつです」

言い終わると同時に、ヨシモトはふいに身体をくねらせた。まるで冬物の背広の中に大きな虫が突然入り込んできたかのような動きだった。じっと見つめるチャンキの目の前でポケットから携帯電話を取り出したヨシモトは、画面を見つめてから、ゆっくりと耳に当てる。

「ああ。申し訳ない。最近の様子を聞いていなかったのでコールしました。……はいはい。わかっています。メールはなかなかこの歳になると打てない。老眼が進んでいます。……ああ。それは知っています。その理由はあとで説明します。……今は無理ですな。本人が目の前にいますから」

最後に「あとでまたコールします」と言ってからヨシモトは、携帯電話のスイッチを切る。じっと見つめるチャンキの顔にちらりと視線を送ってから、少しだけ顔の下半分をほころばせて、「さてさて。誰からの電話だと思いますか」と言った。

誰から?

いかにも意味ありげで勿体ぶったヨシモトの態度が少しだけ不愉快だけど、チャンキはとりあえず考える。彼のこの質問が意味をなす「誰か」は限定されている。考えるまでもない。カメ地区の誰か。あるいは梨恵子。他には誰もいない。でもそう答える前に、ヨシモトはあっさりと言った。

「あなたたちがマドンナと呼んでいる女性です」

「世界史の?」

言いながら顔を上げるチャンキに、ヨシモトリュウメイはゆっくりとうなずいた。「つい先日も、彼女といろいろ話したそうですね」

肯定してよいのだろうか。あるいは否定すべきなのだろうか。その判断がつかない。敵の組織につかまって椅子に縛り付けられてボスに今から尋問されようとしているスパイのようだ。自分の答えがどんな結果をもたらすのかまったく予測できない。ならば沈黙を通したほうがいい。チャンキはヨシモトの視線を見つめ返しながら黙り込む。

「彼女とは時おり連絡をとっています」

そう言ってからヨシモトは、チャンキを見つめたまま、ゆっくりとした動作で肘を伸ばして両手を上げた。うーんと声が洩れる。要するに強張った背筋を伸ばしているという動作だ。ポキポキと小骨が音を立てる。でも光景としてはとても不自然だ。その理由はわかっている。両腕を真直ぐに上げながらヨシモトは、チャンキの顔から視線を外そうとしない。普通はこの動作をするとき、人は空を見たり目を軽く閉じたりするはずだ。でもヨシモトはじっとチャンキを見つめている。しかも口もとには微かな笑み。ほとんどホラー映画のワンシーンだ。また骨が鳴る音が聞こえた。

「……どうしてマドンナと連絡をとっているのですか」

たっぷり二回分の深呼吸の間をとってから、チャンキは訊いた。本音はどうでもいい。でも情報は欲しい。それにヨシモトの口調は明らかに質問されることを望んでいる。

「知りたいですか」

片頬に薄く笑みを浮かべながらヨシモトは言った。殴ってやりたいとチャンキは一瞬だけ思う。思っただけではない。実際にその瞬間、ぴくりと右腕の筋肉が動いた。あわててヨシモトの顔から視線を逸らす。殴る理由はどこにもない。背筋を伸ばしながら人の顔をじっと見つめたからといって、それは殴られる理由にはならない。数年前に一人娘と妻を立てつづけに失った男なのだ。しかも大柄な妻が小さな箱の中に入って帰ってきた。精神が少しばかり傾いたとしても無理はない。

「私は休職中であるけれど、まだ教師でもあるのです」とヨシモトは言った。「学校についての情報は大切です。だから彼女に時おり様子を聞きます。当たり前のことだと思いますよ」

語尾を上げながら、ヨシモトは隣に座るチャンキの顔を覗き込んだ。顔を上げたチャンキは、「僕はそろそろ家に帰ります」と言った。ヨシモトは小さくうなずいた。

「受験勉強ははかどっていますか」

「まあ、……それなりです」

「志望校はどこですか。差し支えなければ」

「国立文系です。でも、母親は私立でもいいと言ってくれています」

「良い結果になればいいですね」と言いながら足もとに置いていたボストンバッグを手にして立ち

上がったヨシモトは、そのままスタスタと歩み去って行った。挨拶の言葉はないし振り返ることもない。以前ならこれだけで何か気分を害したのだろうかとあわてていたと思うが、今はもうそんなことはない。これはヨシモトリュウメイのスタイルなのだ。

しばらく地面を見つめてからチャンキも立ち上がった。ヨシモトの後ろ姿はすでにない。公園を出てすぐの角を右に曲がったのだろうか。私の家はこのすぐ近くなんですと言っていた。ならば家に帰るのだろうか。もう誰も待っていない家に。

12　ムハマド死す「ここはおまえがいる場所じゃない」

「昼飯どうする？」

　翌日の四限目が終わってすぐ、チャンキの机に近づいてきた正明が言った。答える前にチャンキは周囲に目を配った。何人かが目を伏せて、何人かが違う方向を向いた。どうして正明は急に話しかけてきたのだろう。

「弁当か」

　首を横に振るチャンキに、「だったら第九に行かないか」と正明は言った。「ナシメとヒロサワも行くってよ」

　少し考えてからチャンキはうなずいた。断る理由はないし、そういえばずっとラーメンを食べていないと思ったのだ。

　第九の前にいたナシメとヒロサワは、近づいてくる正明とチャンキに気づくと同時に店の中に入って行った。何だあいつら中で待っていればいいのにと横を歩く正明に言いかけて、自分が来るかどうかを確認していたのかと気がついた。引き戸を開ければ店内は、高校生と近くの工事現場にいた作業員たちで満席だ。濡れた手をエプロンで拭きながら厨房から出てきたおばちゃんが四人を見て、「久しぶりに全員揃ったわね」と言った。いっぱいですか。二階の座敷は空いているよ、前に四人で来たのは半年くらい前よね。夏休みの前じゃないかな。でも半年は経っていないですよ。

あらそうかしらねえと言いながら、何がおかしいのかおばちゃんは口を手で押さえて笑う。猫背で極端に痩せていて髪の薄い貧相な夫は、厨房でせっせとチャーハンを作ったり麵を茹でたりしている。あまり来ないと顔忘れちゃうよおとチャンキを見ながらおばちゃんが言う。仕方なくチャンキは曖昧に笑う。ランチタイムのかきいれどきなのに、おばちゃんは厨房に戻ろうとしない。

チャンキは正明の尻をそっと指で突く。テーブルに座る高校生たちの視線が気になる。早く二階に上がろうぜとのサインだ。小さな鍋を手にした夫がちらりとこっちを見る。感情のまったくない表情だった。もう何年も何十年も、貧相な夫は麵を茹でつづけてきた。餃子を焼いたり野菜を炒めたりしつづけてきた。そうやって年齢を重ねる。そうやって人生が過ぎる。二階の階段に向かう四人に、「注文はもう決まっている?」とおばちゃんが訊いた。

「味噌ラーメン大盛り」とヒロサワが即座に言い、「野菜炒め定食、ライス大盛り」とナシメがつづき、少し考えてから正明が「おれは辛味噌ラーメン大盛り」と言った。

「えーと」

全員の視線が自分に集中した。おばちゃんも返事を待っている。そのとき気がついた。自分がしばらくこの店に来なかった理由をおばちゃんは知っている。この数カ月のあいだに自分がどこに行ったかもわかっている。だから厨房から出てきたんだ。

「塩ラーメン」

「大盛りじゃなくていいのか」とヒロサワが言った。

「じゃあ大盛りで」とチャンキは言った。

「餃子六個つけようか。サービスしてあげるよ」

真剣な表情でおばちゃんは言った。「一皿あげるよ。四人で分けな」

四人はほとんど無言で食事を終えた。「足りねえなあ」と言いながら大きなあくびをしたヒロサワがごろりと畳に横になった。「チャンキ、この最後の餃子、食うぞ」と正明が言った。「いいよ」「おまえラーメン残すのか」ナシメが塩ラーメンの丼の中を覗き込む。「チャーシューも食べないのか」「もう無理だ」「具合悪いのか」「おまえたちが普通じゃないんだ」「じゃあもらうぞ」言いながらナシメが塩ラーメンの丼を摑み、起き上がったヒロサワが指先で丼の中のチャーシューをつまむ。

穢れた存在であるチャンキが残した塩ラーメンと餃子を三人は奪い合う。ただし肩から腕の線が微妙に緊張している。その様子を眺めながら、これは要するにオレたちはおまえを排除なんかしないぞとの意思を示す儀式なのだとチャンキは気づく。スープを飲み終えたナシメがマルボロ・ライトをチャンキの目の前に差し出した。正明はフィリップ・モリスをポケットから取り出している。これはネィティブ・アメリカンの親睦の儀式。そういえばタバコを吸うのも久しぶりだ。深々と煙を吐きながらヒロサワが、タバコ一本で英単語三つ忘れるんだぜと真顔で言う。

「本当かよ」

「それは俺も聞いたことがある」

「一日一〇本吸ったとして英単語三〇個か」

「一本で英単語六つじゃなかったっけ」

「とにかくバカにできないな」

「うん。バカにできない」

やはり受験生だ。英単語は忘れたくない。手にしたフィリップ・モリスの火のついた先端をじっと見つめながら、「なあチャンキ」と正明が言った。声の調子がそれまでとは違う。

「……あまり落ち込むなよ」

しばらく考えてから、「ありがとう」とチャンキは言った。ナシメが顔を向ける。

「訊いていいか」

「なんだ」

「……あそこにやっぱりアメリカ人はいるのか」

チャンキはナシメの顔を見つめ、「いるよ」と返事をする。

「会ったのか」

「会った」

もっと詳しく説明すべきなのだろうか。日本語が上手なアメリカ人だけじゃない。ドイツ人もイスラエル人も中国人もスペイン人もいる。イラク人もいたしノルウェー人もいた。他にもたくさんいる。一緒に何度も食事した。月に一回の誕生パーティではみんなで歌を唄う。楽しいぞ。英語の勉強にもなる。一緒に座禅をしたこともある。……でも黙り込む三人の表情は、明らかにカメ地区についてのこれ以上の説明を拒絶していた。儀式だからやむなく最低限の確認はしたけれどこれ以上の詳細は聞きたくない、が本音なのだろう。

「……もう行くなよ」

ヒロサワが言った。モヒカン刈りのくせにと茶化したくなるくらいに真剣で誠実な表情だった。手にしたマルボロ・ライトの先端を灰皿に押しつけながら、チャンキは「わかった」とうなずいた。他に答えようがない。行かないとは約束できない。でもおまえたちの気持ちはわかった。それは嘘じゃない。

そのときズボンのポケットの中のスマホが震えた。ラインの着信だ。チャンキはスマホを手にする。梨恵子だ。立ち上がってトイレに向かう。扉を閉めてからタップする。一行だけ。絵文字もスタンプも何もない。文字だけだ。

ニュース見て。

しばらく画面を見つめてから、チャンキはＹａｈｏｏ！ニュースをタップする。ラインアップの下から二番目に、「イスラム系外国人テロ未遂か」のタイトルが掲示されている。タイトルに指先を当てる。

今日未明、イスラム系外国人男性が街を徘徊しているとの通報があり、現場に急行した警察官数人と乱闘になった男性は拘束され、護送された警察署で昼前に急死した。県警は検挙のやりかたに逸脱した要素はなかったと発表している。男性は死ぬ直前、自らの名前をムハマドと名乗ったという。国籍は不明。およそ二〇センチほどのアーミーナイフを所持していて、爆発物を持っていたとの情報もある。

赤錆びた鉄枠の門扉の脇で、チャンキはしばらく立ちつくしていた。母屋のすべての窓は固く閉じられていて、明らかに人の気配がない。裏に回れば老朽化したテラノがいつものように駐まっていて、その周囲で地面をついばんでいた数羽のニワトリが、チャンキの姿に警戒するようにけたたましい啼き声をあげた。誰かが来たぞ。まあいやだ。おまえは誰だ。何しに来た。何が目的だ。攻撃的にまとわりつくニワトリたちを足で追い払いながら、こいつらバカだとチャンキは思う。何度も来ているじゃないか。忘れたのか。どうかしている。おまえたちには過去も未来もない。いつも現在進行形だ。

バカはおまえだ。名前や顔などどうでもいい。知りたいのはおまえの目的だ。何をするために来たのか。餌をくれるのかしら。それとも水を替えてくれるのか。ならば早くしろ。確かにおれたちに過去はない。未来もない。大切なのは今よ。早く餌をくれ。何をしている。早くしてよ。なにぼーっとしているのよ。まさか私と交尾したいわけじゃないわよね。それとも俺の首をひねるのか。それから羽をむしって鳥鍋にしようって魂胆か。卵を持っていくつもりなのね。それならすぐに立ち去れ。おまえが存在する意味はここにはない。今すぐ世界から消えろ。

ニワトリたちに追われながら、チャンキは前庭に面しているガラス戸に近づいた。顔を近づけたけれどやっぱり誰もいない。いくつかの椅子はそのままだ。部屋の隅の床には、なぜかレコードジャケットが散乱している。モダン・ジャズが多い。マイルス・デイビスにビル・エヴァンス。チャーリー・ミンガスにクリフォード・ブラウン。ジョージがとても大事にしていたアルバムばかりだ。でもジョージの姿はどこにもない。ジェイクもマルコもリーもベンヤミンもロスタビッチもいない。誰もいない。キムもウッドワードもフランクもテハノも気配すらない。

第九のトイレでニュースを知った昨日の夜、マユミさんが風呂に入っているあいだにウッドワードに電話した。でも出ない。ラインはいつまでも既読がつかない。他のメンバーたちは携帯を持っていない。窓口はウッドワードだけだ。梨恵子には昨夜、「ニュース見た。話したい」とラインした。既読はついたが返信は来ない。一度だけ電話した。すぐに留守電になった。やむなくメールを打つ。「状況がさっぱりわからない。誰にも連絡がつかない。メールではなく話したい」、ここまでを打って指が止まる。しばらく考えてリセットした。何度かそれをくりかえしたけれど、必ず「話したい」で指が止まる。だって最初のラインで「話したい」との気持ちは伝えて既読になっている。電話の着信だって残っているはずだ。でも彼女からは連絡が来ない。それは彼女の意志だ。私は伝えただけ。あとはもう関わりを持ちたくない。要はそういうことなのだろう。選択権は自分にはない。性淘汰で進化するオスたち。そのメカニズムを支配するのはメスたちだ。ならばこれ以上は連絡できない。できるはずがない。

翌日の朝日新聞朝刊の社会面の扱いはトップだった。理由は明らかだ。ただでさえ国内では数が少なくなった外国人の事件。しかもテロ疑惑まである。NHKのニュースでもトップだ。しかし朝日もNHKも内容は薄い。新たな情報がほとんどないようだ。昨夜アップされたネットニュースとほぼ同じだった。イスラム系外国人男性。乱闘。ナイフ。爆発物。そして名前はムハマド。他に意味がありそうな情報はほとんどない。だいたい爆発物ってなんだ。なぜ警察は具体的に発表しないのだろう。もしかしたら花火かもしれない。でもムハマドが死んだことは確かだ。

知り合いが死ぬことには馴れているはずだった。いやもっと正確に言えば、「馴れている」という感覚ですらない。だって人は死ぬ。あっけなく。それが現実だ。子供のころからそうだった。男も女も平等だ。太っていようが痩せていようが、背が高かろうが低かろうが、日本国籍を一度でも持ったなら、すべての人がタナトスの確率から逃れることはできない。

もちろん人はみんな死ぬ。アメリカ人も中国人もドイツ人もマレーシア人もイラン人もガーナ人もメキシコ人もケニア人もヨルダン人もみんな死ぬ。でもムハマドは病死でもなければ自殺でもない。兄は日本人に殺されて、そして弟は日本の警察官に拘束されて急死した。納得できない。できるはずがない。正確な状況を知りたい。何があったかを知りたい。

嘴の先でニワトリがジーンズを突いた。それも一羽じゃない。数羽が交互に突いてくる。ジーンズの生地越しだから痛みはないけれど、何となくバカにされているような気分になる。どうだ痛いか。参ったか。のこのことやってくるからこんな目にあうのよ。餌をよこせ。それができないならさっさと退散しろ。早く消えなさい。ここはおまえがいる場所じゃない。おまえがいた場所に帰れ。おまえがいたところに戻れ。

……ビートルズの「ゲット・バック」の歌詞が重なる。帰れ。おまえがいたところに。ママが待っている。早く帰れ。早く戻れ。

そういえばウォークマンをずいぶん長く聴いていない。いつも持ち歩いているのに。ここのところはどうしてもイヤフォンを耳に差し込む気分になれなかった。外界の音を遮断することが怖かった。いつから聴かなくなったのだろうと考えて、風間裕子の事件以来だと気がついた。あれからは一度も聴いていない。

ニワトリたちはジーンズを突きつづける。とうとう一羽はコンバースのバスケットシューズの靴ひもを嘴で挟んでひっぱりはじめた。相当に空腹なようだ。チャンキは母屋の裏口に回る。ニワトリたちはつんのめるようにして後をついてくる。ニワトリの飼育担当はムハマドだった。母屋の裏に小さな物置があって、そこにニワトリの餌が置かれていたはずだ。

施錠されていないのに、老朽化した物置の扉はなかなか開かなかった。押したり引いたり少し持ち上げたりしているうちに、やっと少しだけ隙間が空いた。顔を近づければ薄暗い物置の中に、一抱えもある紙の袋がいくつか積み重ねられている。チャンキは隙間から中に手を伸ばす。ニワトリたちは周囲で興奮状態だ。指の先に触れた紙袋を引きずり出す。違った。油粕と書かれている。畑の肥料だ。もう一回腕を差し入れる。引きずり出したずっしりと重い紙袋には、配合飼料と書かれている。これだ。これだ。ニワトリたちが叫ぶ。それだよ。でかしたわ。早くくれ。何チンタラやっているんだ。早くくれ。

紙袋を抱えたままチャンキは周囲を見渡した。ムハマドは専用の食器に入れていたはずだけど、見える範囲では見つからない。何やっているんだマヌケ。早くしろ。バカなのこの男。少し考えてからチャンキは、袋を横抱きにして小さく揺らしながら、中身を足もとに撒いた。今日食べきれる分だけをやっても意味はない。未来を考えなければならない。これなら数日分の餌になるはずだ。トウモロコシ、魚粉、大豆滓、ふすま、いろいろな成分が地面に広がる。それは俺のだ。私のよ。うるさい。早く食べろ。うまいぜちきしょう。ニワトリたちは必死でついばんでいる。水をやりたい。水道は母屋の横にある。でも食器が見あたらない。何か代わりになるものはないだろうか。

周囲を見回そうとして、チャンキは動きを止めた。母屋のすぐわきに人がいた。ゆっくりとこちらに近づいてくる。抱えていた配合飼料の袋が足もとに落ちた。地面をついばむニワトリのうち何羽かは顔を上げたが、それどころじゃないというようにすぐにまた餌を食べ始めた。

「授業さぼったの？」

顔がはっきりとわかる距離にまで近づいてから、立ち止まった梨恵子は静かに言った。

「あたしもさぼっちゃった」

「うん」

「お互いまずいなあ」

「でも土曜だから」

チャンキは言った。入試まであと二カ月。受験科目ではない授業を自主休講して自宅学習を選択する生徒は少なくない。特に土曜には休みが多くなる。学校側もこの時期のサボりについてはうるさいことは言わない。それは明和学園も同じはずだ。数秒の間を置いてから、「餌をやっていたのね」と梨恵子は言った。それから少しだけ微笑んだ。

「遠目には何をしているかわからなかった。怪しい人に見えたよ」

足もとの紙袋をチャンキは抱え上げた。三分の一近くは地面にばらまいたはずだ。ずっしりと重かった中身はずいぶん軽くなっている。

「……誰もいないね」

そうつぶやいてから梨恵子は、「どこに行ったのかしら。情報は何かある?」と顔をチャンキに向けた。もちろん何もない。まったくわからない。母屋に視線を送ってから、「マリー・セレスト号みたい」と梨恵子はつぶやいた。

「何だって」

「アメリカの帆船よ。漂流しているところを発見されたのだけど、乗務員がすべていなくなっていた。いまだに原因がわからない。一〇人くらいだったと思う。ここよりちょっと少ないかな」

そう言ってから梨恵子は、「……ムハマドのニュースについての情報は?」と確かめるように言った。いつのまにか風が少しだけ強くなっている。帆船にとっては程よい風だと思いながら、チャンキは「今朝の朝刊には出ていた」と言った。

「それは私も読んだ。ネットニュースとほぼ同じ。他に情報はない?」

言ってから梨恵子は、数歩だけチャンキに歩み寄った。この距離はかつての距離だ。手を繋いで歩いたりキスをしたり大好きだよと言い合っていたころ。もっと近づきたい。もっと近づいてくれ。もう少しで手が届く。もう少しで抱きしめられる。もう少しでキスできる。

しかし梨恵子は、チャンキから一メートルほどの距離で立ち止まった。手を伸ばしてもぎりぎり届かない。もちろんキスもできない。風に揺れる髪を片手で押さえてから、「情報はないの?」と梨恵子はもう一度言った。近づいてきた理由は、強くなった風の音で、互いの声が聞こえづらいと判断したからなのだろう。

「ほとんどない。ネットで検索したけれど」

「多少はあったの？」

「だからほとんどない」

「ほとんどないってことは多少あったってことよ」

「……多少もない。まったくない」

「私は警察に連絡したの」

唐突に梨恵子は言った。「昨日よ。あなたにメールした後、事件について教えてくださいって」

「逆にいろいろ訊かれたりしなかったのか」

「訊かれた。どういう関係ですかって」

「そうだよな」

「一応の設定は考えていた」

「設定？」

「友だちの叔母さんが中東にいて、その子供が日本に滞在していたはずだから、もしかしたら報道された人と関係があるかもしれないと思って電話しましたって説明した」

ほぼ完璧な説明だとチャンキは思う。自分がもし担当の警察官なら納得してしまうに違いない。でも梨恵子は肩をすくめる。

「信用してくれなかったかも。名前と住所を何度も訊くから、これ以上はまずいと思って電話を切っちゃった」

「逆探知されたらどうするんだ」

「このレベルで逆探知なんてしないよ。番号も知られたくないから駅の公衆電話からかけた。だから怪しまれたのかもしれないけれど」

そう言ってから梨恵子は深々と息をつく。じっとチャンキを見つめる。

「悲しいわ」

「うん」

「たぶんムハマドは警察にひどいことをされたのだと思う」

「僕もそう思う」

「本当にひどいこと。そうでなければ人がこんなに簡単に死ぬはずはない。みんなが急にいなくなった理由もわからない」

「いなくなったのは最近だと思う」

「昨日か一昨日よ」

「……なぜわかるんだ」

「三日前にウッドワードさんとメールでやりとりしたから。でも一昨日から返信が来なくなった。そして昨日の昼前にムハマドの事件が報道された」

「ウッドワードとメールでやりとりしていたのか」

「そうよ」

「ずっと？」

「ずっと。なぜ？」

チャンキは足もとのニワトリを気にするふりをした。本当は誕生パーティの招待には応じたのかと訊きたいけれど、今話題にすべきじゃないことくらいはわかる。

「ムハマドの事件があった。そしてみんながいなくなった。あるいはみんながいなくなった。そしてムハマドの事件が起きた」

「どちらかね。とにかく二つは繋がっている。でもウッドワードさんのメールが急に繋がらなくなってしまった理由がわからない」

「警察がここに来たのかもしれない」

「みんな捕まってしまったってこと？　だって容疑は？　悪いことは何もしていないわよ」

「オーバーステイだ」

「今ごろ？」

「ムハマドの共犯者にされたのかも」

「ムハマドがテロリストだなんて本気で思っているの」

「わからないよ」

チャンキは言った。わかるわけがない。違うと思いたいけれど、彼が日本人をとても強く憎んでいたことは確かだ。でも梨恵子はチャンキの返事に不満そうだ。

「警察がもしここに来たのなら、もっと部屋の中とかが散らかったりしていていいはずだと思うけれど。とにかく暴れるような人たちじゃないわ」

確かにそうだと思いながら、チャンキはそっと梨恵子のほうに半歩だけ進む。腕を伸ばせば届く距離だ。

「とても悲しい」

もう一度、梨恵子が言った。「ムハマドが死ぬ理由なんてないわ」

うなずきながらチャンキはもう少しだけにじり寄った。子供のころのトンボ捕りを思いだした。トンボの目の前で指をくるくると回しながら、もう片方の手を少しずつ近づける。もしも今この場で、梨恵子の顔の前で指をくるくると回したら、彼女は何と言うのだろう。修復不可能なほどに怒るだろうか。バカバカしすぎて笑い出すかもしれない。

「ここに来たのは何時ごろ？」

梨恵子が言った。

「……二時くらいだと思う」

「どうやって来たの」

「バスだよ」

「問題は起きなかった？」

「終点まで行かずに東仲通り交差点で降りて、そこから裏の道を歩いてきた。他にも降りた人はいたし、たぶん怪しまれてはいないと思う」

「歩いたら三〇分以上はあるわね」

「三〇分以上かかった」

「私はどうやって来たと思う？」

「わからない」

「チャンキとまったく同じ。一本あとのバスね。ちょっとしたハイキングよ。まだここにいる？」

チャンキは首を横に振った。もうここにいる意味はない。早く帰りたい、自分がいた場所に戻りたい。同時に梨恵子が動いた。すぐ目の前に顔がある。キスされるのだろうか。そう思った次の瞬間、梨恵子は顔をチャンキの胸に押しつけてきた。

西の空が赤い。梨恵子は静かに泣いている。チャンキは動けない。泣いている理由はムハマドが死んだからだ。こんなときに無理矢理にキスはできない。それはわかる。でもわかることはそれだけだ。こうして突っ立っていることが正しいかどうかわからない。腕のやり場がない。このままでいいのか。どう見てもバカみたいだ。足もとにいたニワトリが、やけに間延びした声で啼いた。やっぱりこいつはバカだ。顔でわかるわよ。何が大切なのかわかっていない。生きる価値のないバカね。やがてチャンキの胸から顔を離した梨恵子は、「ありがとう」と小さな声で言った。「ごめんね。シャツを濡らしちゃった」

確かにその個所だけ風が冷たい。大丈夫だよとチャンキは言った。すぐに乾く。気にしなくていい。

「ちょっと待って」

バッグから取り出した白いハンカチを、梨恵子はチャンキのシャツにそっと当てた。でもあまり意味はない。今ならキスしてもいいだろうか。そう思ったとき、梨恵子は身体を離すと、「そろそろ戻ろうか」と言った。「これ以上ここにいても仕方がないし、またカメ駅から東仲通り交差点まではハイキングよ。早めに行ったほうがいいと思う」

そう言ってから梨恵子は出口に向かって踵を返すと歩き出した。キスはできない。今日は無理だ。そう思いながらチャンキはあとにつづく。ニワトリたちは見送りもしない。何の興味もないようだ。チャンキは足を止める。水をやるのを忘れていた。

「どうしたの」

梨恵子が振り向いた。

「ニワトリに水をやっておきたいんだ。でも食器が見つからない」

「門柱の横にバケツがあったわよ」

母屋の横の水道からバケツにたっぷり水を入れる。やはり咽喉が乾いていたようだ。ニワトリたちはすぐに飲み始めた。とりあえずこれでいい。振り返ったチャンキの視界に、一台の緑色の車がゆっくりと入ってきた。ポルシェだ。

13　サンプルは誰？「自分本位で無慈悲で不平等だと私も思います」

路肩に停めたポルシェの運転席から降りてきたのは女性だった。高級そうな赤いレザージャケットにぴっちりと細身の黒いスラックス。素足にヒールの高いパンプスを履いて、大きなキャンバス地のバッグを肩から下げていた。要するに（バッグは少し大きすぎるけれど）大人の女性の着こなしだ。肩まで届く髪が風で揺れている。運転席のドアを後ろ手で閉めてから、女性は目を細めるようにして、じっとチャンキを見つめた。遠目でもとても綺麗な人であることがわかる。そして何となく見覚えがある。女性はゆっくりと近づいてきた。

「ご無沙汰しています」

思いだした。初めてここに来たとき、ヨシモトリュウメイが連れてきた女性だ。でも雰囲気がまったく違う。あのときはグレイの地味なスーツを着ていた。足もとでは水を飲み終えたニワトリたちが、おいおい今度は誰だよというように、きょろきょろと首を動かしながら立ちつくしている。

「いきなりごめんなさい。覚えているかしら」

ゆっくりと歩を進めながら女性は言った。「もちろん覚えています。斉藤さんですね」と梨恵子が言った。うなずきながら、「私の用事はすぐに終わります」と斉藤は言った。「そのあと、ちょっとお時間はあるかしら」

「私は大丈夫です」

そう言ってから梨恵子は、大丈夫だよねというように、横のチャンキに視線を送る。縦と横が曖昧な動作でチャンキはうなずいた。本音を言えば、もう少し二人だけでいたかった。ニワトリたちに水をやったあとに、数カ月ぶりのキスができたかもしれない。感動で嗚咽しながら梨恵子は口を少しだけ開けて舌を受け入れたかもしれない。……いや、やっぱりそれはどう考えても無理だ。認めなくては。少なくともそんな雰囲気は欠片もなかった。泣いた理由はムハマドが死んだからだし、ここで会ったのも偶然なのだ。状況は何も変わっていない。顔を上げて斉藤を見つめながら、「僕も時間は大丈夫です」とチャンキは言った。

周囲を見渡してから斉藤は、「じゃあ用事を済ませるから、ちょっと待っててね」と言った。口調が急に馴れ馴れしくなっている。でも悪い感じではない。

まっすぐにこぶた保育園の玄関に近づきながら、肩に下げたキャンバス地のバッグの中に斉藤は片手を入れて何かを取り出した。夕方の陽光を反射して何かがきらりと光る。鍵だ。ドアの前で立ち止まった斉藤は、手にした鍵を鍵穴に入れる。それからくるりと振り向いて、「あまり時間はないけれど中に入りますか」と二人に言った。

特大のサンダルやスニーカーがいつも脱ぎ散らされていた玄関は、とても綺麗に整頓されていた。元の遊戯室で今のリビングは、放課後の学校のようにしんと静まり返っている。レコードのジャケットが床に散らばっている理由はわからないけれど、他は綺麗に整頓されている。汚れた皿やコップがいつも積み重ねられていた台所の特大のシンクの中も片づけられていた。その横の冷蔵庫の前で、梨恵子は少しだけ考え込んだ。

「他人の家の冷蔵庫を許可なく開けるなんて不作法よね」

「どう考えても不作法だよ」

チャンキがそう言い終わる前に梨恵子は扉を開けた。しばらく中を見つめてから、こっちに来てというように指で合図を送ってくる。

冷蔵庫の中は空っぽだった。しかも暗い。チャンキは首を回して冷蔵庫の裏を見る。電源ケーブルが抜かれている。

「少なくとも、警察がいきなり乗り込んできて全員を逮捕した、ということではないようね」

冷蔵庫の扉を閉めながら、梨恵子が小声で言った。確かにそうだ。それはもう疑う余地がない。彼らは全員でどこかに行った。それも昨日か一昨日だ。そして斉藤は彼らのこの急な引越しについて、明らかに何かを知っている。中腰になっていた梨恵子が腰を伸ばす。

「斉藤さんはどこに行ったのかしら」

「さっきその廊下を奥に歩いていった」

「廊下の奥はみんなの部屋よ」

梨恵子がそう言ったとき、斉藤が暗い廊下の奥から姿を現した。廊下には園児たちが使っていた小さなテーブルや椅子などが重ねられていて、その対比なのかとても背の高い女性に見えた。肩から下げたキャンバス地のバッグが膨らんでいる。

「お待たせしました。行きましょう」

バッグの中身を確かめるかのように手をその上に重ねてから、「何人かが忘れものをしたのよ」と斉藤は言った。「ウッドワードのスマホの充電用ケーブルとかジョージのウォークマンとか。マルコからは家族の写真を忘れたから捜してほしいと言われたのだけど見つからないわ」

「みんなはどこにいるのですか」

「車の中で話しましょう」と斉藤は微笑みながら梨恵子に言った。傍で見ると目尻に小皺があった。実のところはそれほど若くないのかもしれない。でもやっぱり鼻と顎のラインが鋭角的で、薄く笑みを浮かべたその顔立ちは女優のように端整だ。

車に近づきながらエンブレムを見つめるチャンキに気づいた斉藤が、運転席のドアを開けながら「911よ」と言った。「もう二〇年も前の型落ちだけど」

言葉そのものはポルシェに乗っていることの弁解のように聞こえるけれど、でもその口調に言い訳がましさはない。それに弁解する必要はない。だって最近は日本車をあまり見かけない。車だけではない。身の回りには外国産の製品が多い。こぶた保育園の冷蔵庫はアメリカのGE製だった。ポケットの中のウォークマンも、パテントをSONYから引き継いで製造しているのは韓国のメーカーだったはずだ。ハウス食品もトヨタもマツダもNECも三菱も規模を縮小している。大成建設もみずほフィナンシャルグループも伊藤忠商事もサントリーも資生堂も、売り上げや社員数は減少する一方だ。当然だろう。消費者というマーケットがどんどん縮小しているのだから。そして本来ならば輸出相手国になるはずの外国のすべては、日本の地で作られた製品を輸入することを望まないのだから。

チャンキと梨恵子はリアシートに並んで腰を下ろす。乗り馴れたニッサンテラノに比べれば、座席の大きさが大人用と園児用ほどに違う。右足に梨恵子の左足が触れる。それが嬉しい。そして嬉しいことが少しだけ情けない。運転席でイグニッションキーを入れてシフトレバーに手を置きながら斉藤は、「燃費は悪いけれど仕方がないわ」と独り言のようにつぶやいた。何が「仕方がないわ」なのかわからない。たぶん斉藤に訊いたとしても、明確な答えは返ってこないのだろう。

ポルシェ911は発進した。マフラーを改造したのだろうかと思うほどにエンジン音がすごい。

まるでバスドラムのようだ。チャンキは上半身を捻じ曲げてリアウィンドウから後ろを眺める。満腹したニワトリたちが並んで見送っているかもしれないと思ったのだ。でもニワトリたちの姿はまったく見えない。バスドラムの音に驚いたのかもしれないし誰かが地面を這う虫を見つけたのかもしれない。やっぱりあいつらは徹底して現在進行形だ。

ハンドルに手を置きながら斉藤は顔を右に向けて、「ムハマドの件は知っているかしら」とエンジン音に負けないように大きな声で言った。リアシートの右側に座る梨恵子が、「知っています」とやっぱり大きな声で答えた。

「あの直後には、ここもかなり緊張した状況になったのよ」と斉藤は言った。「爆弾所持を理由に強制捜査が入るかもしれないから」

「ムハマドは本当に爆弾を所持していたんですか」とチャンキが訊いた。

「まさか。でっちあげよ。でも強制捜査となれば半分以上がオーバーステイを理由に拘束されるかもしれない。だから昨日、何台かの車で彼らを移動させました」

「どこにですか」

「ごめんなさい。よく聞こえない」

「どこにですか」

「とりあえず本山よ。わかるわよね。福井県。その後にどうするかはまだ決まっていないけれど」

東仲通り交差点のバス停があっというまに視界を通り過ぎた。たぶん時速一〇〇キロは超えているだろう。通りを走る車はまったくない。

「結局は今のところ、強制捜査には至っていないわ」と斉藤が言った。「かなりの規模の捜査になるし、今まで彼らを見過ごしていた責任を問われる可能性もあるから、警察や法務局としてはあまり好ましくない状況ね。でもこのままでは、誰かがムハマドの死因について自分で調べ始める可能性がある。大ごとになるかもしれない。ウッドワードはそれを気にしていたわ。ムハマドと仲の良かったセバスチャンとテハノは、実際に抗議のために警察に行く準備をしていたようだし」

「行ったらどうなりますか」とチャンキが言った。

「ごめんなさい」と言いながら斉藤は耳に左手を当てた。

「実際に抗議に行ったらどうなりますか」とチャンキは大きな声で言った。

「予測できないわ」と斉藤は答える。「メディアがどのように報じるかにもよると思う。でもいちばん避けなくてはならない状況は強制送還よ。彼らのうち何人かは政治犯だから、そうなるといろいろ悲観的ね」

ゆっくりと土煙をあげながら東仲通り交差点に向かうバスが、ポルシェ911と擦れちがった。高い位置でハンドルを握る運転手が、口を半開きにしてポルシェを見下ろしている。チャンキは思わず顔を伏せた。左手でハンドルを握りながら右手でスマホを手にした斉藤は、真剣な表情で画面を見つめる。チャンキは窓の外に顔を向ける。歩道に人がいる。擦れちがう車も増えてきた。そろそろ市街地だ。

「もうすぐ市役所前に着くわ」

スマホを膝の上に置いてから、斉藤は静かに言った。

「二人の時間はまだ大丈夫かしら。ならばどこかでもう少し話をしたいけれど」

「私たちもお話ししたいです」

「でもどこがいいかしら。私たちの会話は、……あまり他の人に聞かれないほうがいいと思うのよ。まあどこか駐車場に車を停めて外に出ないで話すという手もあるけれど、このままでは私の身体の向きがあまりよろしくないわ。二人の顔がちゃんと見えない。それにできれば、コーヒーか何かを飲みたいわね」

「いいところがあります」

そう言ってから梨恵子は、同意を求めるかのようにチャンキの顔を見つめた。

「どうしてこれがタワーなのかしら」

駐車場にポルシェ９１１を置いてから入口の前で足を止めた斉藤は、小首をかしげながら振り向いた。

「それは私たちにとっても謎のひとつです」と梨恵子が答える。

「昔はもっと高い建造物だったということではないわよね」

「違うと思います。少なくとも私が子供の頃から、この高さで普通にタワーと呼ばれていました」

巨大なクジラの骨格標本の横で斉藤は、ここに来た多くの人がするように足を止めてしげしげと骨を見上げてから、「あらためて見ると本当に大きいわね」と嘆息した。もしもクジラの骨格標本に聴覚器官と感情があるのなら、なぜこれだけ多くの人に自分は同じことを言われなくちゃならないんだと思うだろう。羽毛が抜け落ちて薄桃色の地肌が覗いているペンギンたちを見て斉藤は、「皮膚病よね。獣医に見せないのかしら」とつぶやいた。たぶんこれもまた、口にするかどうかはともかくとして、ここに来た人の三人中二人は思うことなのだろう。

一階と二階をしばらく歩いてから、三人は展望台がある三階へとつづく階段を上る。人の気配はやっぱりない。階段に足をかけながら斉藤が、確認するようにチャンキに言う。

「展望台、なのよね」

チャンキは「そうです」とうなずいた。

「つまり、……ここから展望できるの？」

「はい」

「街を？」

「はい」

「だってたった三階なのに」

「ここは立地が高いんです」

横を歩く梨恵子がそう説明しかけたとき、三人は三階への階段を上りきっていた。三六〇度すべてが大きなガラスの窓で覆われた展望台からは、小さな街のほとんどが見渡せた。

「あらまあ。本当ね」

斉藤が嬉しそうに言った。「なんだか不思議。まるで地上一〇階建ての建物にいるみたいな見晴らしね。エッシャーの騙し絵の中にいるような気分よ」

展望台の西側には海岸線も見える。チャンキと梨恵子が初めてキスをした松林は、その手前でこんもりとした緑を広げている。ガラス窓に近づいてその景色を見下ろしながら、二人がまたあの場所でキスをすることはあるのだろうかとチャンキは考える。何もわからない。すべてが途中で終わってしまった。本当なら二人だけでここに来たかった。松林を歩きたかった。

「これ、もしかして回っている？」

斉藤がはしゃいだ声をあげた。

「回っています」と梨恵子が答える。「たしか三〇分くらいで一周しますよ」

「そこに自動販売機があるわね」

斉藤が言った。「熱いコーヒーはあるかしら」

「この自販機のコーヒーは、豆から淹れているので美味しいって評判らしいです」チャンキが言った。立ち上がって財布をバッグから取り出しながら「二人とも熱いコーヒーでいいかしら」と斉藤が言った。

「僕はコーラを」

「あら、コーヒーじゃないの」

「まだ子供なんです」と梨恵子が言った。

「違うよ、咽喉が渇いているんだ」

「二つ飲んでもいいのよ」

「コーラだけでいいです」

紙コップを手にした三人はガラス窓の前に置かれたベンチに腰を下ろした。コーヒーを口に含んでから、「確かに本格的な味ね」と斉藤は言った。「香りもとてもいいわ」

チャンキも紙コップを口に近づける。食道から胃にコーラが落ちる瞬間、唐突に風間裕子のことを思い出した。サンポールの原液の刺激臭が激しく鼻腔をついたとき、彼女は何を思ったのだろう。その原液が泡立ちながら口腔や咽喉の粘膜を通過するとき、絶対に抗えない死への衝動に自分の身体が抑え込まれていると知って、どれほど絶望的な気持ちになったのだろう。

「ねえ聞いている?」

横に座っていた梨恵子が言った。顔を上げたチャンキは、何かを確認するかのような梨恵子と斉藤の表情に出会い、困ったように目をしばたたかせた。

「……ちょっと考えていた」

「何を？」

少し間が空いた。もう梨恵子に嘘はつきたくない。でもいま考えていたことを説明できるはずがない。だから押し黙るチャンキに、斉藤が「いいわよ。もう一回言うから」と微笑んだ。

「とにかく彼らは今のところ元気よ。しばらくは本山で生活をすることになると思う。ただし山の中でアンテナは立てていないから携帯は繋がらない。もし連絡したいことがあれば私が伝えます。ムハマドについては、私たちの組織の上のほうから、いま警察に死因や状況を問い合わせています」

「斉藤さんたちが所属している宗教組織ですか」と梨恵子が訊いた。

「一介の宗教法人にそんな力はないわ」

そう答えてから斉藤は、「……それに私は仏教徒ではなくてクリスチャンです」とつぶやいた。思わずチャンキと梨恵子は顔を見合わせた。「ごめんなさい」と梨恵子が言う。「ヨシモトさんやウッドワードたちと同じ信仰なのかと思い込んでいました」

「そう思って当然よ」と斉藤は微笑む。「実際に今は、彼らを支援している宗教組織のために働いているから。ただし私は彼らの組織の一員ではないの」

そこまで言ってから斉藤は、数秒だけ黙り込んだ。どこまでを言うべきか、そしてどこまでを言わないのか、そのラインを頭の中で引いたり消したりしているかのようだ。

「じゃあ、斉藤さんが言った組織ってどこですか」

チャンキが訊いた。

「日本ではない国の研究機関よ」

「何の研究ですか」

「まだ言えない」

「どこの国ですか」

「それも今はノーコメント。ごめんなさい。でもとにかく日本ではない国の研究機関よ。まあ研究とはいっても、私の主な仕事はリサーチだけど」

「何のリサーチですか」

「それも言えないの。ごめんなさい。いやな女ね。でもいろいろ守秘義務があるのよ。それに今これを知っても、あなたがたにはあまり意味がないわ」

「だいたいは想像がつきます」

じっとチャンキと斉藤の会話を聞いていた梨恵子が言った。「基本的には、今の日本人の意識や行動を調べて報告している。なぜならこれほどに終末を間近にした国はこれまで存在していなかったから」

「……まあそうね」

「研究機関のバックにいる国はアメリカですか」

「ひとつではないわ。まあでも、中心になっている国はそうかもしれないわね」

そう言ってから斉藤は、「鋭いなあ」と微笑む。

「でも」とチャンキが言う。「外国の研究機関で働く人が、日本国内の宗教組織と一緒に行動する理由がわからないけれど」

「うーん。じゃあ話せる範囲を少し広げます。私の研究対象は日本人だけではなくて、この国に残った外国籍の人たちについてもカバーしなくてはならないから、多くの外国人を受け入れているこの宗教組織と一緒に動くといろいろ都合がいいのよ」

そこまで言ってから斉藤は、手にしていた紙コップをゆっくりと足もとに置く。コーヒーは半分ほどに減っていた。

「それとね、私が所属する研究組織の存在はあまり公言できない。でもこの国では、もしも誰かに会おうと思っても、名刺の肩書がフリーランスの場合と大きな組織の名前が刷り込まれている場合とでは対応がぜんぜん違う。それもこの宗派と提携した理由のひとつかな」

「さっき斉藤さんは、『私の研究対象は』って言いましたよね」と梨恵子が言った。「つまりサンプリングですね。他にもその研究機関の人は日本にいるのですか」

「委託している人は何人かいます。吉本さんもその一人。彼は僧侶であるけれど、私たちの協力者でもあるから」

小さくうなずいてから、梨恵子はチャンキに視線を向けた。

「わかった?」

少しだけ考えてからチャンキは、「つまりヨシモトリュウメイは僕をサンプルとして調べていたということか」と答えた。

「だから彼はあなたの行動を監視していた。ストーカーじゃなかったね」と言ってから梨恵子は、「交友関係も調査対象よね」とつぶやいた。

「つまりナシメとか正明とか」

「あたしも入っている」

一日の尾行を終えたヨシモトリュウメイが、家に帰ってからせっせとレポートを書いている様子をチャンキは想像する。今日は金曜日。一四時にクラスメート三人と校門から出てくる。どうやら最後の授業はサボタージュしたようだ。その後に校門から徒歩二分のラーメン屋第九で味噌ラーメンを食べた。他の客の証言によればタバコも二本吸ったようだ。翌日は土曜日。一五時に私服で図書館に向かった。待ち合わせの相手はいつもの明和学園の女子高生。二人で映画館に入る。映画はハリウッドのSF映画のリバイバル。ネット配信でも観ることができる映画だが、どうやらこの二人は映画館が好きらしい。そのあとに喫茶店で時間を過ごして、一九時半に女子高生と別れてバスで帰宅した。通常の男女がほぼ必ずデートの最後に行うことを、この二人はまだ体験していないと思われる。……何だこれ。こんなレポートに何の価値があるのか。そもそも誰が読むのだろう。そしてなぜ自分が選ばれたのだろう。

「それは私にはわからない」と斉藤が言った。「一人ひとり指示や連絡の内容は違うし、互いに干渉はしないことが暗黙の了解だから」

それから三人はしばらく窓の外を見つめていた。景色はさっきまでは市街地だったけれど、今は半分が海だ。沈みかけた夕陽の光が海面にキラキラと乱反射して、モネの絵のように無数の色が煌めいている。じっと窓の外を見つめながら、「でも誤解しないでね」と斉藤が言った。「あなたたちの日常を常に監視しているとか電話やメールを盗聴しているとか、決してそのようなことはないから。もっとファジーよ。今はまだ具体的には話せないけれど、私たちはWHOのタナトス調査委員会の下部組織とも近い位置にあります。ある意味で日本政府よりもパイプは太いかもしれない」

「WHOのタナトス調査委員会なんてまだあるのですか」と梨恵子が訊いた。

「規模は縮小したけれど存続はしているわよ。今も世界中から選ばれた医師や科学者が研究している。私たちのレポートもその要素のうちのひとつ。世界はまだ日本を見捨てたわけではないのよ」

「研究していることは確かかもしれません」と梨恵子は言った。「でもそれは日本のためというよりも、自分たちのためなのではないですか」

「自分たち?」と斉藤が首をかしげ、「日本以外の国の人たちです」と梨恵子が答える。

「二者択一ではないわ」

「二者択一とは言っていません」と梨恵子が言った。「どちらが本音に近いかということです」

「だから二者択一ではない。どちらも大事よ」

「えーと要するに」とチャンキは言った。「とにかくその組織というか研究機関は、日本人を研究材料にしているのですよね」

「うーん」と言いながら、斉藤は左側の形の良い眉を少しだけ上げた。

「違いますか」

「研究材料という言葉は不適当ね。正確には観察よ」

「研究と観察は違うのですか」

「いろいろ違うけれど、まず観察はターゲットに基本的には干渉しないわ」

「でもヨシモトさんは……」

「彼は例外。彼には彼のやりかたがあるのだろうと思うけれど、私はあまり彼のやりかたには賛同はしていない。とにかく日本各地で多くの人たちを、私たちはもう何年も観察しつづけている。機関からの要請だけが理由じゃない。私も知りたいの。この状況で人はどのように生きるのか。どのように振るまうのか。何を願うのか。何を生きる糧にするのか。何のために生きるのか」

「何のために生きるかをわかる人なんていますか」とチャンキが言った。

「人はどこからきてどこへゆくのか」と斉藤は静かに言った。「永遠の問いよね。答えなど見つからない。多くの人はそう思ってきた。でも今のこの国の状態は以前とは違う。滅んだ国や民族はいくらもあるわ。でもこんな形で消えようとしている国と民族はかつてない。ならばこの問いに対しての解が見つかる可能性もある」

数秒の間。やがて梨恵子が静かな声で、「もうひとつ質問していいですか」と言った。「斉藤さんは進化論を否定されますか」

この質問をどこかで予期していたかのように、斉藤は落ち着いた動作で首を横に振った。

「私は研究者です。ホモサピエンスは猿人から原人を経て現在に至っている。それはもう疑う余地はないと思っています」

「ならばインテリジェント・デザインについてはどうですか」

斉藤はしばらく梨恵子の顔を見つめてから、「私は宗教者だから」と声のトーンを下げた。「これはちょっとデリケートな質問ね」

「さっき研究者と言いました」

「研究者であり宗教者です」

「矛盾はないのですか」

「ありますよ。日々悩んでいます」

その答えにうなずきながら、梨恵子は横に座るチャンキに視線を送る。

「ヨシモトさんが話した人間原理の話は覚えているよね。この世界の自然法則や定理の多くは、宇宙や人類が誕生するうえで、なぜかとても都合良く設定されているという仮説」

チャンキはうなずいた。もちろん覚えている。

「その人間原理をもっと進めた仮説が、宇宙や人類は知性ある何かが設計したと考えるインテリジェント・デザインよ。仮説というよりも思想や運動に近いかも」

「知性ある何か」とチャンキはくりかえす。

「その知性を神と呼ぶ人もいます」と斉藤が言う。

「宇宙人かもしれない」とチャンキが言った。スタンリー・キューブリックの『2001年宇宙の旅』のラストシーンを思い起こしながら。

「でも宇宙人だと考えると、結局はその宇宙人を誰が作ったのかという問題になってしまう」と梨恵子が言った。「絶対的な神にしておけば、その輪廻から逃れられるよね」

チャンキは正面のガラス窓から外を見る。いつのまにか夜景になりかけている。見下ろすビルやマンション、そして家々の灯りが、濃くなり始めた闇にちらちらと瞬いている。あの灯り一つひとつに人々の生活がある。日常があって喜怒哀楽がある。じっと目の前の夜景を見つめていた斉藤が、「神や造物主がこの世界をつくったとの見方を、私は完全には否定できないの」と言った。「だって信仰を持っている。それはわかってほしい」

「でも」とチャンキは言った。「もしも神がいるのなら、この世界はあまりに無慈悲で不平等です」

「その通りよ」と斉藤は同意した。「例えば旧約聖書の世界にいる神は、あまりに理不尽で無慈悲で不平等だと私も思います。だって自分を敬虔に信じるノアとその家族以外の人間を、みんな殺戮してしまったわけですものね」

じっと考え込んでいた梨恵子が顔を上げる。

「まるでタナトスのように?」

斉藤はしばらく窓の外を見つめてから、「タナトス発症時には、信仰のあるなしもファクターとして調べられたはずよ」と言った。「そして今のところ、因果関係は何も発見できていない。それに特定の信仰を持たない人は、日本以外にもたくさんいる」

「ですからノアの箱舟なのです」と梨恵子は言った。「創世記のあの時代にも、ノア以外にヤハウェを称えていた人はたくさんいたはずです。でも神は自らの力を誇示するために、わかりやすい物語を人類に提示した。つまり多くの人はスケープゴートとされた。それが今の日本人」

ゆっくりと足もとの紙コップをつまみ上げて冷えかけたコーヒーを口に含んでから、斉藤は小さな声で、「正直に言うわね」とつぶやいた。「私が所属する研究機関にも、そういうことを考えている人は確かにいます。実のところ私の直属の上司のアメリカ人もそう。そう考えればこの現象をかなり説明できると彼は言っている。でも私は違う。なぜなら当事者だから。私はこの国に生まれて国籍も日本です。友人や親戚も大勢亡くなっている。そんなストーリーを簡単に了解するわけにはゆかない」

そう言ってから斉藤は、また目の前の夜景に視線を戻す。「……いずれにしても、神の御心は私たちにはわからない」

斉藤のつぶやきの語尾に、閉館時間になったことを告げる館内アナウンスが重なった。チャンキと梨恵子は斉藤の横顔を見つめる。やがて静かに吐息をついてから、夜景を見つめたまま「私は明日、本山に行きます」と斉藤は言った。「誰かに伝言はありますか」

「マルコとアントニオにハッピーバースデイと。二人とももうすぐ誕生日です」

チャンキは言った。私からも、と梨恵子が言う。斉藤は小さくうなずいた。

「了解。じゃあ帰りましょう。今日は話せてよかったわ」

市役所前で二人はポルシェ９１１から降りた。空気はとても冷たい。運転席横のウィンドウを下げながら、本当にここでいいのかしら、と斉藤が梨恵子に言った。市役所の庁舎の屋上の横に丸くて赤い月が見える。何かの生きものをすっぱりと横から切断したかのように赤い。そしてずいぶん大きい。実はあの夜の月はいつもとは違う星でしたと後から言われたならば、やっぱりねえと納得するほどにいつもとは違う月だ。大丈夫です、と梨恵子が斉藤に言う。

「ここから私の家までは、歩いても五分ほどです。それにチャンキと話もしておきたいので」

こっくりとうなずいてから、斉藤は右手でギアを入れる。あっというまに小さくなるポルシェ911のテールランプを見送りながら、通りの向こうで学ランを着た数人が笑い声をあげていることにチャンキは気がついた。たぶんこのあたりをテリトリーにしている工業高校のワルたちだ。ここから白山公園までは数分の距離だから、チャンキの右足の骨を折って赤沢和美をレイプしようとしたグループだとしても不思議じゃない。

でももうどうでもいい。歩道の端に立ち尽くしながらチャンキは思う。もう本当に心の底から全身全霊で、あいつらのことはどうでもいい。……何だか疲れたね。横に立つ梨恵子が言った。その声はしっとりと優しかった。同時にチャンキは横に立つ梨恵子の肩を両腕で抱いた。でも顔が触れあう直前に、梨恵子は身体をくねらせて顔をそむけた。チャンキは両腕から力を抜いた。梨恵子は沈黙している。キスもだめなのか、チャンキは言った。言ってすぐに後悔した。声には明らかに苛立ちが滲んでいた。最低だと自分でも思う。最低な台詞だ。梨恵子はじっと沈黙しつづけている。いつのまにか工業高校のワルたちは、いなくなっていた。

ゆっくりと首を回して梨恵子はチャンキを見つめた。クラクションを鳴らしながら通り過ぎる車のライトで、その表情が一瞬だけ薄闇に浮びあがる。その瞬間にチャンキは、技ありと有効をとられた試合で主審が「それまで」と終了を告げたときと同じような感覚に襲われた。これで終わった。膝から力が抜ける。ゲームオーバーだ。すべて終わった。もう敗者復活戦はない。だってこれが敗者復活戦だったのだから。梨恵子が静かに言った。

「他に言うことはないのかな」

「他に？」

「私はあなたと話して頭の中を整理したいと思っていたのだけど、あなたにはそのつもりはないようね」

「あるよ」

あわててチャンキは言った。

「何を話すの？」

「だから、……人間原理とか、何だっけ、あとはインテリジェント何とかとか」

「そんな話を本気で私としたいの」

チャンキは黙り込んだ。何を言うべきなのかわからない。本音を言えばキスをしたい。話などしたくない。でもそれはもう言うべきじゃない。ズボンのポケットが微かに振動している。スマホの着信だ。たぶんマユミさんだ。あるいはナシメか正明かもしれない。

「あたしのこと好き？」

チャンキは梨恵子を見つめる。何と答えればいいのだろう。

「即答できないのね」

「いきなり話題が変わったからだ」

「とにかく即答できないのね」

「簡単に即答できるような軽い質問じゃない」

「じゃあもう一度訊くわよ。よく考えてから答えて。あなたはあたしのことを愛している？」

「うん」

「主語と述語を省略しないで」

「僕は梨恵子を愛している」

「愛していない人とメイクラブはできるの？」

この質問に対しては即答すべきだ。絶対に間を置いてはいけない。チャンキはそう考え、実際にほぼ即答した。

「できない」

「じゃあどうして……」

言いかけてから梨恵子は、下唇を噛みながら下を向いた。泣くのかもしれないと思ったけれど、数秒だけ地面を見つめてから肩で大きく息をついて、梨恵子は再びチャンキを見つめる。

「マユミさんからは電話をもらった。ある程度の事情は理解した。でもある程度よ」

「やっていない」

「なあに？」

「前回も今回も、一線は超えていない」

「前回と今回？」と梨恵子は首をひねる。「誰と誰なの」

チャンキは答えない。前回は赤沢和美で今回は風間裕子。そんなこと声に出して言えるはずがない。少し間をおいてから、「進まない」と梨恵子は言った。「私たちはちっとも前に進まない」

それからまた沈黙がつづく。それはこっちの台詞だと言いたいけれど、もちろんこれも言わないほうがよい。ならば他に何を言えばいいのだろう。何を言うべきなのだろう。

「おやすみ」

そう言って遠ざかる梨恵子の背中を、チャンキはじっと見つめつづける。一度くらいは振り返るかもしれないと思ったのだ。でも結局は一度も振り返らないまま、梨恵子の後ろ姿は闇に消えた。

14　マグニチュード7・5「地震の瞬間、あなたはどこにいたの？」

授業終了を告げるチャイムが鳴った。机の上のノートや教科書を閉じながら顔を上げたチャンキは、教壇の上で腰に手を当てたマドンナが、じっと自分を見つめていることに気がついた。あと一秒長く見つめられていたら、思わず「はい？」と返事をしていたかもしれない。でも目が合ってすぐに、マドンナは視線を逸らしていた。昼休みだ。ナシメと正明が近づいてきて、今日は久しぶりに屋上に行かないか、と言った。天気もいいしな。購買でパンやカップヌードルを買って屋上への階段を上って重い金属製の扉を開ける。ひんやりと冷たい風が頰を吹き過ぎる。空が目に沁みるほどに青い冬晴れだ。「屋上で正解だな」と正明が言う。先に来ていたヒロサワは、お湯を入れたカップ焼きそばを手にうろうろしている。

「おまえさあ、そのお湯どこに捨てるんだよ」

「屋上からばらまくか」

「やめとけ」

「ここに溝があるぞ」

足もとを見ながら正明が言う。屋上フェンスの横に雨水を流す溝があった。ヒロサワはそこにカップ焼きそばのお湯を流す。少し離れたところで車座になってパンを食べているのはラグビー部だ。藤田とケンジもいる。柔道部とラグビー部の三年生がほぼ揃ったことになる。共通項は汗臭くて品がなくて女子に人気がないことだ。

チャンキはフェンスに背中をもたせかけて、紙パックのコーヒー牛乳を一口飲んだ。胡坐《あぐら》をかいたヒロサワがズズズと音をたてながらカップ焼きそばを食べ始めた。誰かのパンを包んでいたビニール袋が風に吹かれて足もとを転がってゆく。拾っておけよ。誰かが言う。たまに見回りに来るからな。チャンキはコロッケサンドをかじりながら、梨恵子は何を食べているのだろうと考える。昼はだいたい和代さんが作ってくれるお弁当よ、と以前に言っていたような気がする。自分でもたまに作るらしい。どんな弁当なのだろう。玉子焼きとウィンナー炒め。海苔をまいた小さなお握りが二つ。トマトとレタスとキュウリ。お握りの中には何が入っているのだろう。

「チャンキ、ちょっといいか」

横を見ればラグビー部の杉本が、いつになく真面目な表情だ。

「何だ」

「おまえさ、あそこに行ったって本当か」

「あそこ」

「カメが名前につく場所だよ」

ナシメとヒロサワと正明が黙り込んだ。少し考えてから、「本当だよ」とチャンキは言った。

「一人で行ったのか」

「うん」

「何回行った？」

「何回か行った」

「どうだった」

「どうって?」

「危ない目にはあっていないのか」

「あってない」

「今も体調は大丈夫か」

「何も問題ない」

そう答えた瞬間、身体が宙に浮いた。ほんの一瞬だ。でも確かにふわりと浮いた。屋上の全員が沈黙した。「……いま揺れたか」と杉本が言う。ヒロサワが「俺も感じた」とつぶやいた。ためらいがちに正明が「確かに揺れた」と言った。

同時に下からどすんと突き上げられた。

バランスを失ったチャンキは背後のフェンスにしがみついた。階下の教室から女の子たちの悲鳴が聞こえる。コーヒー牛乳の紙パックが手からこぼれ落ちて、コンクリートの床に転がった。さらに何度も突き上げられる。階下でガラス窓が割れる音がする。青空が上下に揺れる。すぐ目の前には、やっぱりフェンスを両手で摑みながら、眼を大きく見開いた杉本の顔がある。ナシメや正明は、全能の神に祈りをささげるイスラム教徒のような姿勢で、ぴたりと床に伏せている。

揺れはおさまらない。微かに地鳴りのような音も聞こえる。フェンスがギシギシと軋む。「これはまじでやばい」と誰かがかすれた声でつぶやいた。ほぼ同時にフェンスから手を離したチャンキと杉本は、下から大きく突き上げられてよろめいた。誰かが「わあ」と声をあげる。貯水タンクとのあいだの壁に亀裂が入ったようだ。ぎしぎしと校舎が軋む。下ではガラスの割れる音が間断なくつづいている。

ひんやりと冷たいコンクリートの床に片頰をぴたりと押しつければ、地鳴りのような音が腹に響く。チャンキは顔を上げる。空気が重い。ぴりぴりと振動している。そして明らかに焦げ臭い。何かが燃えている匂いとは少し違う。大地そのものが発火しているかのような匂いだ。

ふいに静寂。おさまったのだろうか。でも一瞬だった。次は横揺れだ。ゆったりとうねるように始まって、少しずつ揺れは大きくなる。まるで船の上にいるようだ。屋上では全員が床に伏せて、思い思いの方向に必死に祈りをささげている。

「早く降りよう」

すぐ横で俯せになっていた杉本が、緊迫した声でチャンキに言った。

「このままでは崩れる。今のうちに降りたほうがいい」

「歩いて？」

「当たり前だろ」

でも誰も動けない。立てない。歩くなど無理だ。地鳴りが高くなる。また横に大きく揺れた。チャンキは覚悟した。もしも校舎が崩れたなら、自分たちは運命を共にするしかない。

そのまま何分が過ぎたのだろう。少しずつ揺れの振幅は小さくなってきた。顔を上げればナシメと正明が、床に伏せた姿勢のまま、手にしたスマホの画面をじっと見つめている。

「メールはダメだ」

目が合ったナシメが顔をしかめる。

「ネットは繋がるけどな」

「震度は」

ヒロサワと杉本が同時に訊いた。

「７・５」

「震度7・5?」

「マグニチュードだ」

「それ、でかいのか」

「むちゃくちゃでかい」

「震度は」

「6だって。震源は東海地方」

スマホを見つめながら正明が言った。

「とにかく早くここから降りよう」

「カップ麺こぼした」

「いいから行くぞ」

「俺は足が動かない」

「怪我したのか」

「震えて立てないよ」

「まだ揺れてる」

「ここから動かないほうがいいんじゃないか」

「俺は下に行く」

「俺も行く」

「足が動かない」

「早く降りろ」

壁を伝いながら階段を下りる。階下で出会う生徒のうち半分は茫然とした表情で立ちつくし、そして残りの半分はパニックになりかけていた。何人もの女の子が泣いている。東校舎の一部が崩れたらしい。そのとき校内放送のスイッチが入り、一瞬の間を置いてから、「全校生徒にお伝えします」と緊迫した声が言った。放送部の誰かだ。「全校生徒は速やかに校舎から出て、グラウンドに集合してください。くりかえします。全校生徒は速やかに校舎から出て、グラウンドに集合してください」

再び揺れた。もうやだあと女の子が泣いたような声をあげる。また地鳴りが始まっている。長い。今度はなかなかおさまらない。階段を降りようとしたら、すぐ目の前に杉本がいた。表情は虚ろだ。顔は青ざめている。

「行こう」

チャンキは言った。でも杉本は動かない。目が合うと同時に、その口が小さく動く。

「あんな話をしたからかな」

「あんな話？」

「だからこんなことになったのか」

「あんな話って何だ」

そう訊き返しながら、杉本がカメ地区のことを言っているのだと気がついた。呪われたカメ地区。不吉なカメ地区。それを話題にした。呼び名を口にした。だから怒りに触れた。地震が起きた。だから大地が揺れた。階段の中段に立ち止って、チャンキは思わず杉本の顔をまじまじと見つめた。本気で言ってるのか。どうかしている。でも杉本は気弱そうに視線を逸らす。ラグビー部の副主将で県内では屈指のスタンドオフだった男なのに、本気で自分の言動を悔やんでいた。本気で打ちひしがれていた。吐息をついてから、チャンキは階段を駆け下りる。

グラウンドに全校生徒が集まるころ、再び地面が横に揺れた。悲鳴があがる。少し開いた両脚に力を込めながら、チャンキはポケットから取り出したスマホの画面を見る。受信件数はゼロ。やはりメールは不通のようだ。サッカーゴールの脇では教師たちが、深刻な表情で何事かを話し合っている。教頭や校長もいるけれど、中心になっているのは、ジャージを着た体育教師たちだ。

それから数分が過ぎた。ふいに地鳴りが聞こえなくなった。張りつめていた空気が明らかに弛緩している。……終わったのか。横にいる男子生徒がつぶやいた。ざわざわと何人かが話しだす。数学の新任教師の畠山が、校舎からトラメガを抱えて走ってきた。これを受け取ったロボタンが、ゆっくりと口に近づけた。

「注目！」

この言葉をロボタンは、グラウンド中に響く声で二回くりかえした。他のコワモテの体育教師たちも「注目しろ」とか「静粛に！」などと叫ぶ。グラウンドはあっというまに静まりかえった。

「生徒は全員、ここであと二〇分待機しなさい。そのあいだに大きな揺れがなければ、家に帰りたい生徒には帰宅を許可します」

再び全員がざわついた。ロボタンは「ただし」と声に力を込めた。「被害の規模はまだわからない。バスや電車も止まっている可能性がある。無理はするな。待てる生徒はグラウンドでしばらく待機するように。どうしても帰りたい生徒は手を挙げなさい」

ぱらぱらと何人かが手を挙げた。少し遅れてから手を挙げかけたチャンキに、横にいた水泳部の小松が、「帰るのか」とふいに言った。何となく口調が横柄だ。少しだけチャンキは戸惑った。だって小松とはクラスも違うし、これまで口をきいたことは二回か三回くらいしかない。

「どうやって帰るつもりなんだ」

「今日は自転車なんだ」

そう答えながらチャンキは、マユミさんはまだ帰ってないだろうなと考えた。急いで帰ってもあまり意味がないかもしれない。でもたぶん、いや絶対に、自分はこれ以上この場にいないほうがいい。そんな思いがあった。揺れがおさまったころから周囲の何人かが、じっと強い視線を自分に向けていることには気づいていた。何人かは小さな声でささやき合っている。どうして地震なんか起きるのよ。誰かが行ってはいけないところに行ったからじゃないかな。誰かって誰よ。あそこにいるよ。あきれた。何を考えているのかしら。

……気配にふと顔を上げる。正明がそばにいる。片手をあげてちょっとだけ言葉を探るような仕種をしてから、正明は耳もとでささやいた。

「チャンキ、あのさ、帰れるなら帰ったほうがいいぞ」

「うん」とチャンキは答える。「これから帰るつもりだ」

「どうもあまりいい雰囲気じゃない」と言いながら、正明は周囲を見渡すような動作をした。すぐ横にいた小松が気まずそうに目を伏せる。そのとき地面がまた少し揺れた。いいかげんにしてくれよお、と誰かが耐えかねたように呻く。ロボタンからトラメガを渡されたマドンナが、「帰宅希望者はここに来てクラスと名前を言いなさい」と何度もくりかえしている。見回せばみんなが遠巻きにしている。不安そうに周囲を見る正明に、「もう大丈夫だ。帰るよ」とチャンキは小声で言った。

「一緒にいると、おまえまでいろいろ言われるぞ」

往来を走る車はほとんどないし歩く人もいない。でも人の気配だけは濃厚だった。多くの小さな人が大怪我をしながらそこかしこに潜んでいるかのように、街は騒然としていた。時おり声がする。

小さな怒鳴り声や呻き声。救急車や消防車のサイレンの音もいたるところから聞こえてくる。いくつかのビルの下には割れた窓ガラスの破片が散らばっていた。通りの向こうでは黒い煙が見える。ポケットの中でスマホが震えている。左手で自転車のハンドルを握りながらチャンキはスマホを右耳に当てた。マユミさんだろうと思いながら。

「今はどこ？」

前輪が縁石に乗り上げかけた。チャンキはあわててブレーキをかけて自転車を止める。

「今は市役所のそば」

「市役所のそば」

そうくりかえしてから梨恵子は、「どうしてそんなところにいるの」と言った。

「帰宅希望者は帰っていいって言われた」

「マユミさんと連絡はとれた？」

「まだ」

そう言ったとき着信音がした。チャンキはスマホを耳から離して画面を見る。マユミさんからだ。

「いまラインが来た」

「じゃあ電話を切るよ。私も帰宅を希望して、もう家は目の前。あら、和代さんが出てきたわ」

そう言ってから梨恵子は、「家に着いて落ち着いたらラインしてほしい」と声の調子を変えた。

「気をつけて走ってよ。また揺れるかもしれない」

それから一〇分後、先に家に着いていたマユミさんは、リビングの扉を開けるチャンキを振り返ってから、「怪我はないわね」と少しだけ緊迫した声で言った。テーブルの上のタブレット型端末の画面には崩れ落ちた高速道路の橋桁が映っていて、その下でヘルメットをかぶった若い男性アナウンサーが被害の規模を説明している。

倒壊したビルの下には、今も多くの人がいます。数は不明です。多くの人たちです。地震直後に出勤した地方協力本部の自衛隊員たちが、今も懸命な救出作業を続けています。

そこまで言ってから、若い男性アナウンサーは不意に押し黙った。しばらく下を向いてから、ぐいと手の甲で目をこすり、再び顔を上げて、「余震は……今も……続いています」と妙に間延びした口調で言った。顔は赤い。頬には明らかに涙の痕がある。

「また揺れるのでしょうか。それはわかりません。火災も起きています。これからどうなるのか、まったく予測不能です」

男性アナウンサーの顔が歪む。つらそうだ。そして悔しそうだ。画面の下に貼りついたままのテロップには、「震度7　被害規模はまだ不明」と表示されている。チャンキはコンピューターの前のマユミさんに「それはどこ?」と訊ね、「これは東海地方」と答えてからマユミさんはチャンキに顔を向けて、「怪我はないわね」と言った。

「……さっき言ったよ」

「あらそうだった?」

「とにかく怪我はない。マユミさんは?」

「私も大丈夫」

そう言ってからマユミさんはニュース画面を見つめるチャンキに、「明日学校は?」と訊いた。

そこでようやく、いつものマユミさんの声ではないことにチャンキは気がついた。少しだけトーンが高い。男性アナウンサーの後ろでは、何台もの車が崩れ落ちた橋桁の下敷きになっている。溶けたチョコレートのように原形をとどめない車の中には、多くの人が乗っているはずだ。

「学校は休み？」

「だと思う」

「地震の瞬間、あなたはどこにいたの」

「屋上。ナシメたちとパンを食べてた」

そう説明してからチャンキは、「マユミさんは」と訊き返す。

「会社の近くのレストラン。よりによってリゾットのコースを食べ始める直前よ。スープを一口飲んだだけで終わっちゃった」

そう言ってからマユミさんは、テーブルの上で組んだ自分の手の指先を見つめる。とても長いあいだ。やがて静かに吐息をつく。

「ほとんど嫌がらせよ」

「嫌がらせ？　誰が？」

マユミさんは答えない。じっとニュース画面を見つめている。しばらくその様子を眺めてから、チャンキは自分の部屋に行く。扉を後ろ手に閉めながら、スマホをポケットから取り出した。電話に出た梨恵子は、「家に着いたのね」と言ってから、「マユミさんは大丈夫？」と訊いた。

「もう家にいた。少し動揺しているけれど、とりあえず大丈夫」

「チャンキも大丈夫ね？」

「まったく大丈夫。梨恵子のほうは？」

「家族と家は大丈夫。でもこのあたりは古い家が多いから、倒壊した家が何軒かはあるみたい」

「ニュースでちらっと見たけれど、東海ではもっと大惨事みたいだ」

「そうね」

そう言ってから梨恵子はしばらく沈黙した。静かだった。どんな表情でスマホを耳に当てているのだろうとチャンキは考える。静かに息を吐く音が右耳に響く。まるで耳のすぐ横に彼女の口があるみたいだ。そう思うと同時に、勃起するかもとチャンキは思う。でもしなかった。不思議だ。今までこういうときは、ほぼ間違いなく勃起していたのに。少し大人になったのだろうか。

「提案があるの」

やがて梨恵子が言った。スマホを耳に当てながらチャンキはうなずいた。唐突な言葉のはずなのに違和感はない。何となく予感があった。

「教室で机の下に隠れながら、本当に世界が終わるかもしれないと考えた。もしも世界が終わらなければ、またチャンキに会えるのなら、絶対に言わなくちゃいけないと思ったの」

「わかるよ」とチャンキは言った。そして自分で自分の言葉に驚いた。

「わかる？」と梨恵子はチャンキの言葉に疑問符を足しながらくりかえした。「どういうこと？私の提案がわかるということかしら」

「たぶん」

「じゃあ言ってみて」

「ウッドワードたちに会いに行く」

「当たり」

そう言ってから梨恵子は、「驚いた」とつぶやいた。「どうしてわかったの？」

「頭が悪いぶんだけ時おり直感が鋭くなるんだ」

「頭が悪いなんて誰かに言われたの？」

「自分でわかるよ」

「チャンキの頭は悪くないわよ」

「梨恵子に比べれば何も知らない」

「それは知識でしょ。頭とは関係がない。私は頭でっかちなだけよ」

そう言ってから梨恵子は、「一緒に行ける？」と訊いた。

「もちろん」

「いつなら行ける？」

「梨恵子は？」

「いつでも」

「彼らはいま福井だよね」

「ずっと同じ場所にいるならね。とにかく正確な住所はわからない。行く前にはヨシモトさんか斉藤さんに確認しなくてはいけないわね」

「和代さんには何て言うつもり？」

チャンキは訊いた。梨恵子は数秒だけ考え込んだ。

「嘘はつきたくない」

「でもウッドワードたちに会いに行くと言ったら……」

「半狂乱になるかもね」

そう言ってから梨恵子は、「チャンキと旅に出ますって言おうかな」と言った。

「それだってOKするはずがないと思う」

「置き手紙をするわ」

「それじゃ家出だ」

「三日か四日で戻ると書くわ。だから家出じゃない」

少し間を置いてから、「確認するけれど」とチャンキは言った。「本気だよね？」

「私はいつも本気」

「わかった」

スマホを机の上に置いてから、チャンキは部屋の窓を開けた。冷たい風が吹き込んでくる。今日はかなり寒い。福井はもっと寒いのだろうか。気がつくとカタカタと机の上でスマホが揺れている。一瞬だけ緊張したけれど、でもこの揺れは地震ではない。これから数日間の臨時休校を伝える学校からの一斉メールだった。

スマホを手にしばらく考えてから、チャンキは発信のスイッチをタップした。でもコール音はくりかえされるばかり。伝言のアナウンスにも切り替わらない。あきらめて電話を切ると同時に、スマホは小さく振動した。

「電話くれましたか」

スマホを耳に当てると同時に、ヨシモトリュウメイはいきなり言った。もしもしも何もない。らしいといえばらしいけれど。あなたから連絡が来るなんて珍しいですね。地震の影響でしょうか。何かあったのですか。私のほうは家の本棚が倒れました。台所の棚からはコップや茶碗がとびだして割れました。まあでも、逆に言えばその程度です。一人暮らしですからね。こういうときには心配しなければいけない人が特にいない。気楽なもんです。

「僕のことは」

「はい？」

「僕のことは心配ではないのですか」

言うと同時に、自分は何を訊いているんだろうと自分であきれた。でもヨシモトリュウメイにとっては大事な観察対象なのだから、少しは心配してくれてもいいはずだ。そのときヨシモトリュウメイは不思議な声を出した。アとイとエを足して三で割ったような声だ。咽喉の奥からこみあげてきた笑いをこらえようとして洩れた声かもしれないし、くしゃみを我慢したのかもしれない。

「一応は気にかけますが、この地域の地震の死者は多く見積もっても数十人レベルです。ならばタナトスの被害の三日分ですな。だから冷たいようですが、確率的には安心していました」

変な日本語だと思いながら、チャンキは「ウッドワードたちに連絡したいのですが」と言った。

「気になるのですか」

「まあ、そうですね」

「なるほど」

そう言ってからヨシモトリュウメイは、「少し前に彼らには連絡しました」と言った。「この地震による具体的な被害は特にないようです。ただ、外国人はあまり地震には馴れていないので、メンタルなダメージが少しだけあるようだとウッドワードは言ってました。メンタルなダメージの意味はわかりますか。私は専門外なのでよくわかりませんが、要するに疑似的なPTSDだと思えばいいんですかね」

最後には質問されたのだろうか。よくわからない。とにかくその問いかけは無視して、「彼らは今、福井の本山にいるんですよね」とチャンキは訊いた。

「なぜですか」

チャンキは短く息を吸う。ここは慎重に言葉を選ばなくては。

「ずっと電話もメールも繋がらないので、手紙を書いてみようかと思って」

「わざわざ？」

数秒の間が空いた。不自然だったかもしれない。きっと怪しまれている。でもヨシモトリュウメイは、「まあ確かに手紙が届けば、彼らも喜ぶでしょうね」とつぶやいた。

「でも彼らはもう、本山からは降りています。つまり電波の届く場所にいます。メールは繋がると思います」

「戻っているのですか」

「カメ地区ではないです」

「じゃあどこに？」

「あれだけの人数です。しかも外国人ばかり。彼らが暮らす場所の選定は難しいです。本当はカメ地区がベストなのですが、いま戻ると警察といろいろ揉めそうです」

そこまで説明してからヨシモトリュウメイは、「何か企んでいますか」と唐突に言った。

「何かって？」

「何かです。その何かがわかるのなら、何かなどとは言いません」

「企むって何を企むんですか」

「だから、それがわかるなら、質問なんかしません」

「さっきも言ったけれど、長く連絡していないので手紙を書こうかなと思っただけです」

少しだけ声が大きくなった。でもヨシモトは、何かについてはそれ以上はこだわらなかった。

「ならば私ももう一度言いますが、今なら携帯のメールは繋がるし、会話も問題なくできるはずです」

礼を言って電話を切ろうとするチャンキに、ヨシモトリュウメイは「もしも気を悪くしてなければば」と言った。

「動くときには、できるだけ事前に連絡してください」

「動くとき？」

「はい」

「意味がよく……」

「日常のくりかえしとは違う行動をするときです」

チャンキは黙り込んだ。やはり何かを察しているようだ。

「お二人といろいろ話したとの報告を、斉藤から受けています。私たちの活動の目的も知ったはずです。ならば気を悪くされて当たり前です。私なら気を悪くします。私の顔など二度と見たくないと思うでしょう。だからこの電話は私にとって、とても嬉しい電話です。とにかく日常と違う行動をとるときは、こうして連絡してもらえれば、何かアドバイスができるかもしれません」

「できるだけ伝えます」と早口に言ってから、チャンキは通話終了をタップした。ヨシモトが何をどこまで勘づいているのか、あるいは知っているのかは気になったけれど、とにかく今は、ウッドワードへの連絡を優先しようと考えたのだ。スマホを手に、

ご無沙汰しています。今日の地震は

まで打ったところで、マユミさんが部屋の扉越しに「御飯できたわよ」と声をかけてきた。こんなときに二人の夕御飯の支度ができるマユミさんが不思議だった。しかもまだ五時だ。やっぱり少し変だ。「わかった」と返事すると同時に、手にしたスマホが震える。梨恵子からだ。

「いまウッドワードさんと話したよ」

梨恵子は言った。

「もう本山にはいないって」

「うん」

「知ってたの？」

「いまヨシモトリュウメイから聞いた」

「ヨシモトさん？　私たちの計画のことをまさか話していないわよね」

「当然だよ。で、彼らはどこにいるって？」

「どこだと思う？」

数秒考えた。でもわかるはずがない。

「東京だって」

梨恵子は言った。「東京？」小声でチャンキはくりかえした。「そうよ東京」梨恵子はもう一度言った。「あまり表沙汰にはしていないけれど、東京にはいくつかの外国人コミューンがあるらしいわ」

「コミューン？」

「つまり外国人たちが暮らす施設」

「カメ地区のような？」

「おそらく。……いつ行く？」

そのときマユミさんが扉を開けて、不機嫌そうに「ねえ食べないの？」と言った。チャンキはスマホを耳から離す。

「今すぐ行く」

同時にスマホから梨恵子の「今すぐ？」という声が響く。リビングに戻るマユミさんの足音を確認してから、チャンキはスマホを耳に当てる。

「もう一度確認するよ」

「なに？」

「本気だよね」

「一〇〇パーセント本気よ」

「わかった」

「いつ行く？　今すぐは無理よ」

「いつでもいいよ」

「マユミさんを説得できるの？」

「無理だと思う。だから僕も置き手紙を書く」

「明日一杯でいろいろ準備できるよね」と梨恵子は言った。

「つまり出発は明後日ということ？」とチャンキは訊いた。

「このまま何も起きないのならそうなるわね」

「急だな」

「どうせしばらく学校は休みだし、先に延ばす理由もないわ」

スマホを耳に当てながら、チャンキは誰もいない空間に向かってうなずいた。確かにそうだ。

「電車は動いているかな」

「さっきネットで調べた。明日中には復旧するって」

同時にマユミさんが扉をたたいた。「ちょっとお、もう片付けるわよ」

チャンキは通話終了をタップした。マユミさんの機嫌の悪そうな声は聞こえたはずだ。ならば状況を察しているだろう。あとでメールすればいい。

夕食は冷凍のコロッケと千切りキャベツ、玉ねぎとじゃがいもの味噌汁と、二日前に作ってまだ食べきっていないポテトサラダだった。

「イモばかりだ」

チャンキは言った。

「だって今日は買いものどころじゃないもの」

マユミさんは弁解するように言った。「それにポテトサラダは足が早いのよ。そろそろ食べないと」

「何が早いって」

「足が早い」

「ポテトサラダが？」

「腐りやすいって意味の慣用句よ。まさか初めて聞いたの？」

「うん」

「これまでの生涯で一度も聞いたことがない？」

「うん」

「会話が進まないわけね」

「誰と？」

「あたしと」

ポテトサラダを口に運びながら、「この年頃の息子と母親にしては、会話しているほうだと思うよ」とチャンキは言った。

マユミさんは答えない。その視線はまたニュース画面に向けられている。東海地方と東京はどのくらい離れているのだろう。東京の被害はどの程度だろう。都内で移動に支障はないだろうか。

「今日は早めに休むわよ」

コロッケを小さく齧りながら、マユミさんが言った。「何だかとても疲れちゃった」

同時にマユミさんとチャンキはテーブルの上を見つめる。皿や茶碗がカタカタと音をたてている。余震だ。でも大きな揺れが来る前兆の可能性もある。マユミさんとチャンキは動きを止めた。隣から何とかスパニエルだかテリヤだかの声が聞こえる。やがて揺れは収まった。唐突に皿やコップの動きが静止した。でも何とかスパニエルだかテリヤだかは心細そうに啼きつづける。チャウチャウチャウチャウ。聞いているとだんだん気が滅入る。いまこの瞬間に、静かに世界が終わりかけているような気分になる。でもわかっている。終わりかけているのは世界ではなくて、極東の島国なのだ。

不意にニュース画面が消えた。停電だろうか。静寂が部屋に満ちる。リモコンをテーブルの上に置いてから、マユミさんは「どうしてこの国ばかりがこんな目にあうのかな」と言った。

「あなたが生まれる少し前にも、大きな地震があったのよ」

「知ってるよ」とチャンキはうなずいた。「とてもたくさんの人が死んだ」

じっと自分の指先を見つめながら、マユミさんは深い吐息をついた。

「……やっぱり嫌がらせよこれ」

それから二日後、チャンキは家を出た。街は静かだった。まるで地震をきっかけに何かの相が変わったかのように、往来を走る車や通行人の数はとても少なくなっている。

駅の待合室で梨恵子は、キャリーバッグを足もとに置いてチャンキを待っていた。リーバイスのジーンズに初めて見るモスグリーンのシャツ。しかも大きなサングラスをかけている。

「女スパイみたいだ」

チャンキは言った。

「だって知り合いに会うと困るもの。ねえ、あなたの荷物はそれだけ？」

うなずきながらチャンキは、背中に担いでいたデイパックをベンチの上に置いた。

「着替えは三日ぶん入れてきた。それで充分じゃないかな。だって向こうで洗濯はできるだろ？」

「彼らのハウスに泊れればね」

「ハウス？」

「家よ」

「それはわかる」

「ウッドワードさんは、僕たちのハウスってメールに書いてきた」

「こぶた保育園のことはホームって言ってた」

「そうね」

「何が違うのだろう」

「行けばわかるわ」

「そのハウスは東京のどこにあるって？」

「あとで話す」

そう言ってからチャンキの顔に顔を近づけた梨恵子は、「もうちょっと小声で話したほうがいいわね」と耳もとでささやいた。チャンキは周囲を見渡す。人はほとんどいない。平日のこんな時間帯に駅に来たことはあまりないけれど、普段ならもっと多くの人が改札を出入りしているはずだ。当然だろう。大地震があってから二日しか過ぎていないこの時期に、どこかに遠出しようと考える人はあまりいない。もしもいるとするならば、遠出よりもむしろ帰る人たちだろう。

「誰もいないよ」

「だから声が響くのよ」と梨恵子が言った。「もしも尾行がいたら声が筒抜けよ」

「尾行？」

自分の唇の前に、梨恵子は右手の人差し指を立てる。チャンキは小声で「尾行って？」ともう一度言った。

「だってあなたはヨシモトさんのターゲットの一人なのよ」

「彼はここにいないよ」とチャンキは言った。

「なぜわかるの？」

「だって尾行に向いていないもの。いたらすぐにわかる。物陰にじっと隠れることができないタイプだから」

「まあ確かにそうね」と梨恵子は認めた。

「動くときには言ってくださいって言われた」とチャンキは小声で言った。

「誰に？」

「一昨日ヨシモトリュウメイに」

梨恵子はじっと考え込む。「動くとき？」

「そう言った」

「尾行には向いていないけれど、いろいろ油断ならない人ね」、そう言ってから梨恵子は顔を上げる。「次の特急だから、もうホームに入りましょう。切符はネットで買っておいたから」

チャンキは改札口の上の電光掲示板を見上げる。次の特急の発車時刻までは一〇分ほどしかない。発着時刻の表示の下には、名古屋・大阪方面の列車は現在本数を減らして運転しているとの説明が、右から左に流れている。東京へ向かう列車についての表示はない。つまり東京に行くぶんには支障はないようだ。

東京へ向う特急列車は、もうホームで乗客を待っていた。中はガラガラだ。キャリーバッグを引きずりながらホームを歩く梨恵子が、これなら指定席の必要なかったなあと悔しそうに言う。二人合わせて二四〇〇円損しちゃった。

ベルが鳴る。席は車両のいちばん後ろの三人席。梨恵子は窓際に座る。同時に電車はゆっくりと動き出した。東京までは三時間弱。梨恵子の隣の座席に腰を下ろしてから、最後に梨恵子にキスをしてからどのくらいが過ぎたのだろうとチャンキは考えた。少なくとも二カ月以上は過ぎているはずだ。そのあいだは（当たり前だけど）誰ともキスをしていない。時おりこのまま自分の人生は終わるのだろうかと本気で考えた。でも状況は急激に変わった。二人はこれから旅に出る。昼も夜も一緒にいる。ならば二人の関係は絶対に変わる。進展する。キスなどは当たり前だ。そんなことを考えながら横を見れば、梨恵子はじっと窓の外を見つめている。

三つめのトンネルを抜けたとき、じっと窓の外を見つめていた梨恵子が、ゆっくりとチャンキに顔を向けてから「お腹すいたね」とささやいた。「あとで車内販売の駅弁買おうか」

そのときスマホの着信音が鳴った。バッグを手にした梨恵子は、取り出したスマホの画面を見つめてから、「和代さんよ。早いなあ」と言った。「もう置き手紙を読んだみたい」

「……どうするの？」

「話してくる」

そう言ってから梨恵子は立ち上がった。

「返信すればいい」

そう言うチャンキに、梨恵子は首を横に振りながら、「ラインやメールじゃダメ」と言った。「私たちはいま、親からすればとんでもないことをしているのだから、せめてちゃんと話すべきだと思う。チャンキもマユミさんから連絡が来たら、ラインやメールではなくて話してほしい。納得や安心をしてもらえるとは思えないけれど、それは子供の義務だと思うから」

遠ざかる梨恵子の後ろ姿と擦れちがいに、制服を着た車掌が車両に入ってきた。チャンキは思わず顔を伏せる。今の自分にマユミさんと話すことなんてできるだろうか。すぐに帰ってきなさいと言われたときに（そしてそれは確実だ）、自分は何と答えるのだろう。座席の横に立った車掌に切符を見せながら思う。これもでも後戻りできないことは何度もやってきたけれど、今回は相当に取り返しのつかないことをしているのかもしれない。

15　また揺れた「日本人はもっと絶望したほうがいい」

肩を揺すられてチャンキは目を覚ました。目の前に梨恵子の顔がある。

「着いたよ」

目をこすりながら周囲を見回す。列車は減速し始めている。

「東京？」

「東京都」と梨恵子は「都」にアクセントを置きながら答える。「東京駅は次。ここは上野駅」

「降りるのは東京駅だろ？」

「誰がそんなこと言ったの？　ここで降りるのよ」

あわててチャンキは、自分のデイパックと梨恵子のキャリーバッグを網棚から下ろす。どうしてもっと早く起こさないんだ。何度も起こしたよ。でも起きないんだもん。列車が停まる。ホームに降り立つと同時に、すぐ背後で空気音をたてながら扉が閉じた。

大きな駅だ。ホームの端が見えない。空も見えないし涼しい風もない。たぶん地下なのだろう。横に立った梨恵子が、スマホのナビゲーションアプリの画面を見つめている。

「上野から常磐線に乗り換えて南千住駅まで行くのよ」

「そこにハウスがあるのか」

「行けるよね」

質問の意味がわからず、チャンキはじっと梨恵子の顔を見る。

「だって前に住んでいたんでしょ」

ああそういう意味かと思いながら、「ずいぶん前だよ」とチャンキは答える。

「どこに住んでいたの？」

「江古田。西武池袋線」

「それはここから遠い？」

「たぶん」

言いながらチャンキは、キャリーバッグを引いて歩きだす。江古田に住んでいたのは中学一年まで。マユミさんに連れられて銀座とか池袋は行ったことがあるけれど、南千住に来たことはない。

少し前を歩く梨恵子の後ろ姿を見つめながら、自分は今何をしているのだろうと考える。なぜここにいるのだろう。何のために東京まで来たのだろう。荷物運びなのか。それとも幼いころに東京にいたからという理由で案内役としての意味で誘われたのか。

エスカレーターを上る。上りきったところにまたエスカレーターがある。その上にまたもうひとつ。しかも三つめはとてつもなく長い。ＳＦ映画のセットの中にいるような気分になる。あきれるほどに大きな駅だ。でも人は少ない。部活の時間帯が終わったあとの体育館のように、靴音ばかりが無機質に響いている。

そのとき眩暈《めまい》に襲われた。こめかみから血が急激に下がるような感覚だ。周囲から音が消えた。よろけながら顔を上げれば、振り返った梨恵子の口もとが「揺れてる」と動く。

揺れてる？

同時に音が戻った。地鳴りのような音が聞こえる。周囲を歩いていた何人かが立ち止りながら声をあげ、ポケットの中のスマホはアラーム音を断続的に響かせている。手に取れば画面には「東海地方余震発生」の表示。震度は6。

揺れは一〇秒ほどで収まった。周囲の人たちは再び何事もなかったかのように歩き始める（その様子が本当に「何事もなかった」かのようで、チャンキは少しだけ驚いた）。地鳴りのような音はやまない。もしかしたら電車の音なのかもしれない。

案内板の表示を見ながら、二人は常磐線の電車に乗った。上野から一〇分足らずで南千住駅に着いた。改札を出た梨恵子がスマホの画面を覗きこんでいる。

「こっちよ」

歩きながら周囲を見回す。商店街のようだけど、半分近くの店舗はシャッターを下ろしている。人も少ない。地震のせいだろうか。スマホの画面と街並みに交互に視線を送りながら、「このあたりはね、昔はサンヤと言われていたのよ」と梨恵子が言う。

「サンヤ？」

「山と谷と書いて山谷地区。高度経済成長期には大勢の労働者がここで寝泊まりして、ビルの建築現場なんかで働いていたんだって。ドヤ街って聞いたことない？」

「聞いたことはある」

即答したけれど、意味はよくわからない。スマホから目を離しながら、「日雇い労働者の街よ」と梨恵子が言った「山谷はその代表。でも高度経済成長が終わって日雇い労働者が少なくなったころ、外国からのバックパッカーが泊る街になったらしいわ」

「それはタナトス前？」

「もちろん」

そう言ってから梨恵子は角を左に曲がる。細い路地だ。車一台がやっと通れるか通れないかくらいの幅。手にしたスマホの画面に顔を近づけながら、「えーと。どこかに銭湯があるはずなんだけど」と梨恵子はつぶやいた。

「せんとう？」

「お風呂屋さん」

「言葉は知っているけれど、実際にホンモノを見たことはないな」

「あたしも見たことないわ。でもこのマークは確か銭湯よ」

梨恵子が手にするスマホの画面を覗き込みながら、「どれが銭湯のマーク？」とチャンキは訊いた。

「これよ」と梨恵子が指で示す。

「ナチスドイツの支部がある」

「それはお寺のマーク。向きが逆でしょ。銭湯はこれ。そしてここが目的地。一階にファミマがあるはず」と梨恵子が言う。

顔を上げてから、「ファミマならそこにあるよ」とチャンキは言った。

「どこ？」

「そこ。看板が見える」

「あった」

そう言ってから梨恵子は小走りに駆けだした。ファミマの前で立ち止まってから振り返り、「ここよ」と言った。

「ここ？」

言いながらチャンキも足を速める。ファミマの横に小さなガラス製の自動ドアがある。これがビルへの出入り口のようだ。ドアの横に「大黒ホテル」と書かれた古い看板がかけられている。ただし看板の文字の最後の「ル」はかすれかけている。大黒ホテ。その看板の前で立ち止まる梨恵子に早足で近づきながら、ここがハウスなのかとチャンキもビルを見上げる。ずいぶん細長いビルだ。そのときすぐ目の前を、手前の路地からふいに現れた自転車が、大きなブレーキ音を軋ませながら横切った。前輪に足が触れた。思わず手から離した梨恵子のキャリーバッグが地面に倒れる。もしも立ち止まっていなければ、間違いなくまともに衝突していただろう。

「ああ！　ごめんなさい」

そう言いながら、ブレーキをかけた自転車から男はあわてて降りた。背は低い。チャンキの肩ぐらいしかない。でも体格はがっしりとしている。

「怪我はありませんか」

「ありません」

「私のミスです。ごめんなさい」

「僕も前方不注意でした」

言いながら違和感があった。男の顔を素早く観察する。太い眉。短く刈り揃えられた髪は白い。少しだけ横に開いた鼻。浅黒い肌。アジア系は確かだが、おそらく日本人ではない。近づいてきた梨恵子にも「ごめんなさい」と頭を下げてから、男は自転車を大黒ホテルの横に置いた。大丈夫当たってないよと梨恵子に言いながら、地面に倒れたキャリーバッグをチャンキは拾い上げる。

「こちらの方ですか」

梨恵子が言った。男は黙って梨恵子を見つめる。

「ここ、ハウスですよね」

しばらく間を置いてから、男は「あなたがたは?」と小声で言った。明らかに警戒している。

「ウッドワードさんたちを訪ねてきました」

梨恵子が言った。

「ご関係は?」

「友人です」

ゆっくりと梨恵子とチャンキを見つめてから、男は「ここでちょっと待ってください」と言った。

「どこの国の人かしら」

男が自動ドアを開けて中に入ってから梨恵子が言う。「日本人じゃないよね」

「たぶん」とチャンキは答える。「でも日本語にはほとんど違和感がなかった」

同時に自動ドアが開いた。二人は思わず小さな声をあげる。ドアのすぐ向こう側でジーンズにサンダル履きのウッドワードが、髭面に満面の笑みを浮かべながら両手を上に挙げていた。


男たちは二階のロビーに集合していた。中央に置かれたソファに座っているのはジョージにヨハンセンにオブライト。その対面の小さな二つのソファにはアントニオにテハノにセバスチャンとベンヤミン。一人用の椅子に座るロスタビッチはなぜか膝を叩きながら大笑いしている。その横でウッドワードと同様に髭面になったフランク・ルーカスは、溶鉱炉で溶ける寸前のシュワルツェネッガーのように右手の親指を上げている。

「みなさんご無沙汰です」と梨恵子が言った。拍手がわく。みんなにこにこと嬉しそうだ。「ここにいるのはほぼ全員です」とウッドワードが言った。「ほぼ、ですか」と首を傾げるチャンキに、

「ドミトリーがいない」と梨恵子がささやいた。「あとマルコとリーと。……ジェイクもいないね」

「彼らは本山に残りました」

ウッドワードが言った。もう一人いないとチャンキは思う。ムハマドだ。彼はもうどこにもいない。この世界から消えた。ロビー奥の扉が開き、自転車に乗っていた浅黒い肌の男が、お盆に二つのティーカップを載せて現れた。でも新しい仲間もいます。男に視線を向けながらウッドワードが言った。ティーカップをチャンキと梨恵子の前のテーブルに置きながら、「ソニーと呼んでください」と言って男はにっこりと微笑んだ。「補足しますがソニーはニックネームです」とウッドワードが言った。「本名は、……何だっけ」

たぶん何度も言っているジョークなのだろう。何人かがくすくすと笑う。微笑みながらソニーは、「ソー・ピムソー・ピムです」と言った。「覚えづらいですよね。だから子供のころからずっとソニーと呼ばれています」

「日本語上手ですね」

「生まれはプノンペンだけど、両親と一緒に一九七九年に大阪に来ました。その前はパリにいました。中学生のころに家族でシカゴに行って、大学を出てからまた日本に来ました」

「えーとつまり」

カップを口に運びながら梨恵子が首をかしげる。

「カンボジア、フランス、日本、アメリカ、日本という順番です」

「ソニーの身の上話はあとでたっぷり」

横に座っていたセバスチャンが言った。「ランチは食べていますか」

「駅弁を食べました」

「お腹はすいていますか」

「少し」

「今夜は二人のウェルカム・パーティよ」

なぜか時おりお姉言葉になるロスタビッチが椅子から身をのりだす。「今日の炊事当番はキムとソニー。最強コンビだから、お腹を空かせてちょうだい」

「このホテルにはみなさんだけなのですか」

梨恵子が訊いた。

「私たちだけです」とウッドワードが答える。高度経済成長期には多くの日雇い労働者が常宿にしていた大黒旅館は、バブル崩壊後に外国人バックパッカーで繁盛していたが、タナトス以降に経営は破綻し、競売にかけられて本山が競り落とした。何のために買ったのかはよくわからない。東京支部の職員宿舎として使うつもりだったと聞いたことはあるが、実質的にはこの数年、ほとんど空き家同然だった。

そこまでを説明するウッドワードに、「みなさんがカメ地区を離れた理由はわかります」と梨恵子は言った。「でも東京に移った理由がわかりません」

「この地域には、私たちのような外国人ばかりが集まっている施設が他に二つほどあります」とウッドワードが言った。「すべて以前は外国人向けのホテルで、その前は労働者たちの宿でした。私たちはカメ地区で自給自足と修業を目指しましたが、もうこれ以上は難しいと判断しました」

「これからはずっとここで暮らすのですか」とチャンキが訊ねる。

「そうですね……」とつぶやいてから、カップをテーブルに置いて、ウッドワードは考え込んだ。茶色い髭についた紅茶の滴が、ブラインド越しに窓から差し込む午後の陽光を反射している。「お二人は疲れていますよね」とソニーが言った。「部屋に案内します。夕食の時間まで休憩してください」

案内された部屋は四階だった。広さは三畳ほど。簡易ベッドと小さなテーブルがある。小さな扉の向こうはトイレとバスなのだろう。「梨恵子さんはこの部屋」、そう言って梨恵子に鍵を手渡してから、ソニーはチャンキに視線を送る。

「あなたは隣。食事はさっきのロビーです。もし大きなお風呂がよければ、すぐ近くに銭湯があります。私たちはあまり行きませんが……」

「たまには行くのですか」とチャンキが訊いた。

「たまには行きます。みんなで」とソニーは答える。

「入っていた日本人が驚きませんか」

「驚く？」

「だってたくさんの外国人をいきなり見れば……」

ああそういうことかというようにうなずいてから、「このあたりは大丈夫です」とソニーは言った。「他にも外国人たくさんいますから」

ソニーが扉を閉めてから、梨恵子は窓のカーテンを開ける。「ウッドワードたちの雰囲気がちょっと変だった」とチャンキが言う。窓の外に視線を送りながら、「私もそれは感じた」と梨恵子がつぶやく。

「何かを言いたいけれど言えないみたいな感じ。……ねえ、そういえばマユミさんとは話したの？」

「まだ連絡はない」と言ってから、「和代さんは？」とチャンキは訊いた。数時間前に列車の中で和代さんとの電話を終えてから席に戻ってきた梨恵子は、しばらくは無言で、走り去る窓の外の景色を見つめていた。そのときと同じような表情で部屋の窓の外に視線を送ってから、「納得してくれたよ」と梨恵子は答える。「もちろん最初は叱られた。でも最後には、今さら言っても仕方がないと思ったのかな、とにかく三日以内に戻ることを条件に納得してくれた」

少し間が空いた。カーテンの隙間から西陽が差しこみ始めている。「じゃあ部屋に行く」と言って足もとのデイパックを肩に担いだチャンキに、窓のそばを離れた梨恵子は早足で近づいてきた。

三カ月ぶりのキスは微かにチョコの味がした。そういえば列車の中で梨恵子はチョコを齧っていた。でもその香りがこんなに長く口の中に残るだろうか。反射的に目を閉じていたチャンキは、無言で離れた梨恵子をしばらく見つめてから、デイパックを背負いなおして扉のノブを握る。ねえちょっと、と梨恵子が背中に言う。

「何も言ってくれないの」

「何を言えばいいのかわからない」

本音だった。まったくもうと言いたげに梨恵子が後ろで吐息をつく。扉を開ける。背中に視線を感じる。でも振り返らない。後ろ手に扉を閉める。

部屋の作りは隣とまったく同じだった。簡易ベッドの上にデイパックを放り投げてから、スマホの着信を確かめる。級長の山川恭一からラインのメッセージが来ていた。とりあえず今週いっぱいは臨時休校ですが、いつ登校できるかについてはまだわかりません。わかりしだい連絡します。山川らしい生真面目な文章だ。マユミさんからはメールは来ていないし着信もない。

ベッドに横になって目を閉じる。どうしてマユミさんは連絡してこないのだろう。ウッドワードは何を隠しているのだろう。どうして梨恵子はキスしてきたのだろう。わからないことばかりだ。世界は謎で満ちている。

そのとき扉が控えめにノックされた。はいと声をあげながら立ち上がる。扉を開ければフランク・ルーカスが、チャンキをじっと見下ろしている。

「もうすぐ夕食です」

低い声で言ってからフランクは唇の両端を上げる。「今はキムとソニーが、ご馳走をいっぱい作っています」

微笑むフランク顔の下半分は灰色の無精髭で覆われている。老年期を迎えたターミネーターだ。まだまだ若い奴には負けない。だって私には使命がある。あなたたちを守るのだ。その表情のままチャンキを見つめてから、「私、お二人には、もう会えないと思っていました」とフランクは言った。「だから今、とても嬉しいです」

扉が閉じられてから数秒後、隣の部屋の扉がノックされた。老いたターミネーターは、きっと梨恵子にも同じことを言うのだろう。


テーブルの上には湯気を立てる料理の大皿が何枚も置かれている。見たこともない料理ばかりだ。香辛料の匂いが部屋中に満ちている。これはロックラック、カンボジアの代表的な料理ですと、細かく切った肉片と野菜が盛られた皿を指先で示しながらソニーが説明する。「マリネした牛肉を炒めて野菜をたっぷり合わせます。ただし私たちは肉は食べません。肉のように見えるのは実はお豆腐です。お二人はパクチー大丈夫ですか」

「大好きです」と梨恵子が言う。どちらかといえば苦手だと思いながら、チャンキは曖昧にうなずく。ああそれは良かったですと言いながら、ソニーはもう一つの大皿を指で示す。

「これはアーモック・トレイ。白身魚の代わりのお豆腐をココナッツミルクとカレーペーストでまぶしてから、バナナの葉で包んで蒸しています。そっちのボールはチョロック・スヴァーイ。青いマンゴーを魚醬と胡椒で味付けしたサラダです」

「初めて食べる料理ばかりです」と梨恵子が言った。「しかも本格的」

「ソニーはプロの料理人ね」とキムが説明する。「東京でカンボジア料理店を何軒も経営していたよ」

「もう何年も前ですけど」

肩をすくめながらソニーが言う。「少し腕が落ちました」

「ココナッツミルクとかパクチーとか、よく入手できましたね」と感心する梨恵子に、「アメ横でいろいろ買えます」とソニーが言った。そうか、ここから近いですよね。自転車で15分です。白ワインが入ったグラスを手にしたウッドワードが立ち上がった。みなさん揃いましたね。今日は嬉しい日です。私たちの大事な友人が、はるばる訪ねてきてくれました。明後日まで滞在してくれるそうです。今夜はとにかく楽しく食べて飲みましょう。

パーティはいつもどおり。料理は美味しい。話も楽しい。チャンキのグラスにビールを注ごうとしたオブライトをフランク・ルーカスがあわてて止める。アントニオがギターを手にスペイン民謡を歌いだして、何人かが声を合せる。

料理がほぼなくなりかけたとき、「二人に言わなければいけないことがあります」とフランク・ルーカスが言った。その視線はウッドワードに向けられている。まるでそろそろいいよねとでもいうかのように。無言で小さくウッドワードはうなずいた。同時に全員が沈黙した。フランクはチャンキと梨恵子に視線を送る。

「私たち、もうすぐ日本を出ます」

数秒の間を置いてから、

「日本を離れるということですね」

と梨恵子が冷静な口調で確認した。「一人残らず、全員ですか」

「全員です。本山に残ったメンバーについては、今のところは残ります」とウッドワードが言った。

「日本を離れる理由は？」

「時期だと判断したのです」

何の時期ですかと梨恵子が訊く。ウッドワードは答えない。

「日本が嫌いになったのですか」

チャンキは小声で訊いた。じっとテーブルの上の一点を見つめていたベンヤミンが、沈黙するウッドワードに代わって「日本は今も大好きです」と言った。チャンキの隣に座っていたテハノも、

「引越しの理由はその場所が嫌いになったから、ではありません」と真剣な口調で言った。「仕事の都合、プライバシー、いろんな事情があります」

「日本を離れるのはいつですか」と訊く梨恵子に、「たぶん来月くらいです」とウッドワードが静かに答える。

それから数秒の沈黙。「いろいろ名残惜しいです」とウッドワードが言う。

「私の妻と子供の墓は日本にあります。連れてゆくことはできない。だからまたきっと帰ってきます」

「でも、国に帰ったら政治犯になる人もいますよね」

「その可能性がある人は本山に残っています」

なるほどというように梨恵子がうなずいた。「政治犯にはならないにしても、本国には帰りたく

ない人もいます」とウッドワードが説明をつづける。「そういう人はとりあえずアメリカに行きます。アメリカ政府も合意しています。扱いとしては難民として亡命者になるかもしれません」

チャンキはオレンジジュースの残りを飲みほした。国とは何だろう。国境は何を隔てているのだろう。少なくとも民族ではないし言語や宗教でもない。歴史的で偶発的な区分。ところが戦争や紛争や格差や飢餓など人類の今の深刻で大規模な問題の多くは、国境があることによって生じている。なぜ隔てるのだろう。なぜ隔てることが当たり前なのだろう。国境なんかなくなればいい。民族もイデオロギーも宗教もサラダボウルに入れてシャッフルする。ならば戦争も格差もなくなる。そしてタナトスも消えるのだろうか。

「このビルに巣食う外国人の皆さん！」

ふいに窓の外から、割れかけた大きな声が響いた。明らかにスピーカーを通した声だ。

「お元気ですか？　お元気ならけっこう。なぜあなたがたは今もこの国にいるのですか？　お国へは帰れないのですか？　あなたがたが、この忌まわしいタナトスの菌を、日本に持ち込んだのではないですか？　だから本国には帰れない。ふざけるなあああ！　この神聖な国をこれ以上汚すなあああ！　おまえらは菌だ！　ネズミだ！　ゴキブリだ！　すぐに帰れ。二度とこの国へ来るな！　今すぐ帰れ！　外国人は今すぐ出てゆけ！」

多くの声が「来るな」や「帰れ」、そして「出てゆけ」に唱和する。外では凄まじい音量だろう。部屋の中では全員が押し黙っている。チャンキと梨恵子は窓に近づいてブラインドを少しだけ開ける。窓のすぐ下を黒い大型ワゴンが徐行していた。その周囲では日章旗などを掲げた何人もの男女が、「帰れえええ」「出てゆけえええ」と叫んでいる。これが右翼の街宣か。いやヘイトスピーチと言ったほうがいいかも。どちらにせよ、実際に見るのは初めてだ。

ワゴン車は一台ではない。全部で三台。「帰れえええ」の唱和が終わってから、大音量で「君が代」が流れ、三台のワゴン車はゆっくりと遠ざかってゆく。

「彼らは、自分たちを、民族派、と言っています」

窓際の椅子に座っていたヨハンセンが言った。

「私、最初は、民族派の意味がわかりませんでした。ウッドワードが説明してくれました。日本民族を大切にする。誇りに思う。それはわかります。大切なことだと思います。でもそれは他の民族を見下したり憎んだりすることとは違う、と思います」

「私たちがタナトスの菌を日本にばらまいている。彼らは本気でそう考えているのでしょうか」とフランクが小声で言ってから首をかしげる。「たぶんそれは口実です」とチャンキは言った。

コウジツ？　と首をかしげるセバスチャンにウッドワードが英語で説明する。plausible excuse。何人かが無言でうなずく。「彼らはよく来るのですか」と訊いた梨恵子に「週末は必ず来ます。夕方」とヨハンセンが答え、アントニオが「とても勤勉ね」と皮肉っぽく笑う。「今日は少し遅かったですね」とテハノが言い、「たまに来ない。すると私たち、心配になります」とジョージが生真面目な表情でつぶやく。何人かがくすくすと笑う。でも力が抜けた空虚な笑いだ。愛国の男たち。憂国の女たち。週末に集まってゴキブリとかネズミなどと大声をあげて街宣をするとき以外の時間を、彼らは何をして過ごしているのだろう。何を思いながら日々を重ねているのだろう。

「これもいろいろある事情のひとつです」

チャンキと梨恵子を見つめながら、ウッドワードは言った。

「でもカメ地区なら、こんなことは起きませんよね」とつぶやくチャンキに、「カメ地区のこぶた保育園、もうないです」とテハノが言った。チャンキと梨恵子はテハノを見つめる。「ないです」

の意味がわからない。

「吉本さんがこのあいだ、写真を送ってきてくれました」

そう言いながらウッドワードは、手にしたスマホを空になったアーモック・トレイの大皿の横に置いた。白いココナッツミルクがこぼれている。ティッシュで拭いたほうが、と言いかけたとき、画面に画像が現れた。見ると同時に梨恵子が「ひどい」とつぶやく。チャンキも覗き込む。写真はこぶた保育園だ。でも建物はもうほとんどない。ウッドワードがスマホを操作する。破片になりかけた基礎の上にのしかかる重機のキャタピラ。敷地の隅に積まれた瓦礫《がれき》の山。泥にまみれた皿やコップ。隅に映り込んでいるのはヘルメットをかぶった何人もの作業員。

「これはいつですか」

「三日前です」

「これも民族派？」

そう訊くチャンキに、「いえいえまさか、これはえーと、何だっけ、えーと、ギョーセイです」とテハノが言う。

「行政？」

「要するに市です」とウッドワードが補足する。

「なぜ市が壊すんですか」

「わざわざ壊す理由はないですよね。私たちが戻れないようにするためだと思われます」

「でもだって」と梨恵子は言う。「所有者は了解したのですか」

「所有者は本山のはずです」とウッドワードが言った。「本山が私たちのホームを壊すことを了解していたのかどうかはわかりません。少なくとも私たちには何の説明もなかったです。でも本山のスタッフである吉本さんが現地にいてこの写真を撮ったということは、彼も壊すことを承諾していた、と解釈していいと思います」

こぶた保育園はホームで大黒ホテルはハウス。違いは何だろう。そうつぶやくチャンキに、ホームは家庭でハウスは家屋よと梨恵子は言った。ただいまはアイアムホームだけどアイアムハウスでは私は家になってしまう。ゆっくりと立ち上がったベンヤミンが壁のスイッチに手を伸ばした。部屋の中が明るくなり、何人かが窓の外に視線を送る。いつのまにか陽はすっかり落ちていた。


それから二時間後。ロビーでは男たちが思い思いの場所で小さくて丸い座布団を尻の下に敷き、夜の座禅を始めていた。扉の隙間からその様子をうかがってから、チャンキは足音をしのばせて四階に上がる。自分の部屋の手前の扉を開ければ、小さなテーブルで向い合せに座ったソニーと梨恵子が、静かに紅茶を飲んでいた。

「みんな座禅をしている」

チャンキは言った。「床は板張りなのに。膝は痛くないのかな」

「何人かはタオルを床に敷いています」とソニーが言った。「でもそんなことで集中できなくなると思うことがダメなのだとウッドワードは言っています」

「ウッドワードらしいな」

「とても真面目な男です」とソニーはうなずいた。「欠点は融通がきかないこと。でもリーダーはそのくらいがいいのです」

「ソニーさんは彼らとは長いのですか」

梨恵子が訊いた。ソニーは首を横に振りながら、「いえいえ。本山で会ったばかりですよ。まだ二週間」と答えた。

「ソニーさんはどうして日本に来たのですか」

チャンキのこの質問にソニーはしばらく考えこんでから、「ちょっとだけ中座していいですか」と言った。タバコですか、とチャンキは言った。ロビーでディナーを食べているとき、隅に設置された喫煙ボックスにソニーやテハノ、そしてフランクたちは何度か出入りしていた。

「そうです」

「いいですよ。窓を開けてくれれば」

梨恵子が言った。「チャンキも吸っていますから」

「もうずっと吸っていないよ」

立ち上がったソニーは「ではお言葉に甘えて」と言いながら窓を開けて、とりだしたラークに一〇〇円ライターで火をつけて深々と煙を外に吐いた。

「最初にフランスに行ったとき、私たち一家は難民として認定されていました。なぜなら私が子供のころ、カンボジアはクメール・ルージュの時代です」

ああと梨恵子が小さくつぶやく。クメール何？　とチャンキは言う。世界史は得意のはずよね。そうだけどその言葉は初めて聞いた。カンボジアの武装政権よ。ポル・ポトは聞いたことがある？

「聞いたことはある」そう言ってから「ような気がする」とチャンキは小声でつづける。ソニーが微笑む。

「ポル・ポトはクメール・ルージュのリーダーです。日本語ではカンボジア共産党。彼らがカンボジアを支配している時代に、私たちはカンボジアを脱出しました」

やっぱり意味がよくわからない。脱出とはどういうことだろう。カンボジア人なのになぜカンボジアから脱出しなければならなかったのだろう。

「私には二人の兄と一人の姉がいました」とソニーが言った。「でも三人ともオンカーに殺されました」

「……オンカーって？」

「カンボジア語で組織です。私たちはクメール・ルージュをそう呼びます。オンカーは多くの人を殺しました」

「なぜオンカーは多くの人を殺したのですか」とチャンキは訊いた。

「カンボジア人だからです」とソニーは答える。「オンカーは原始共産制を目指していました。格差や資本がない究極的に平等な社会です。学校や病院や銀行を閉鎖して貨幣経済も廃止しました。多くの人を強制的に農場に送り込んで労働に従事させ、多くの人を餓死させました。脱出しようとした人は殺されました」

究極的に平等な社会。それは要するに民族や国籍や宗教やイデオロギーをサラダボウルに入れてシャッフルした社会なのだろうか。もちろんそれは理念だ。高潔であればあるほど現実と乖離する。結局は殺し合う。うまくゆかない。

「なぜこれほどに自国民を殺したのか。殺された側にはわかりません」とソニーは言った。「そして殺した側にもわかりません。クメール・ルージュ崩壊後にカンボジア特別法廷でオンカーの幹部たちは裁かれたけれど、虐殺の理由を誰も説明することができなかった。これはナチスドイツのホロコーストや中国の文革、大日本帝国が戦争を始めた理由というかメカニズムにも重なりますよね。キーワードは組織です。とにかくあの時代、カンボジアでは一五〇から二〇〇万人が殺されました。全国民の三割から四割です。人口は一気に減りました」

「タナトスみたいだ」

思わず口にしたチャンキを見つめ返してからソニーは考えこむ。

「ちょっと違います」

黙り込んだチャンキを見つめてから、「時として人は人を殺します。理不尽に。大量に。意味もなく」とソニーは言った。「ぎりぎりのタイミングで両親は私を連れて国外に逃亡しました。兄と姉は私と歳が離れていて違う場所で暮らしていました。だから一緒に逃げることができなくて殺されました。父と母はずっとそのことで自分たちを責めていました。結果的に兄と姉を救えなかったことで、自分たちが殺してしまったかのように思っていたようです」

陛下から微かに読経の声が聞こえる。座禅の時間が終わったようだ。ソニーはしばらく黙り込んだ。チャンキと梨恵子も黙り込んだ。やがて顔を上げてから、「少し話しすぎたかもしれません」とソニーはつぶやいた。

「気分を害したのなら申し訳ないです」

「別に害していません」

チャンキがそう言うとほぼ同時に、「ソニーさんは日本人を嫌いですか」と梨恵子が言った。ソニーはじっと梨恵子を見つめ返す。チャンキも梨恵子を見つめる。意味がよくわからない。ソニーは日本人の話なんか一言もしていないじゃないか。でもソニーは梨恵子の顔を見つめながら、「嫌いだったらここにいません」と小さな声で言った。

「正直に言ってください」

「ただしひとつだけ言えば、これはタナトスが始まる前だけど、日本人はもっと自分たちに絶望したほうがいい。絶望が足りない。ずっとそう思っていたことは確かです」

そう言ってから窓を閉めたソニーは、静かに部屋を横切って外に出ていった。扉が閉まって数秒が過ぎてから、立ち上がった梨恵子は窓を開けた。匂いが気になったのかもしれない。それからチャンキを見つめて、「マユミさんからは？」と訊いた。あわててチャンキはスマホを取り出して、ラインとメールをチェックする。

「連絡来ていないの？」

スマホをポケットにしまうチャンキに、ベッドサイドに腰を下ろしながら梨恵子が言った。

「来ていない」

「和代さんと連絡を取ったのかな」

そう言ってから梨恵子は、「ならばマユミさんのほうが、チャンキから連絡が来るのを待っているのかもしれないね」と言った。

チャンキはベッドの梨恵子のすぐ隣に腰を下ろした。梨恵子の視線を左頰に感じる。顔を向ける。梨恵子はじっとチャンキを見つめている。口が小さく動く。

「ねえ、もしかしたら誤解しているよね」

「何だって」

「きっと誤解している。だから言うね。世界でいちばん大切な人はチャンキよ」

答えようとしてチャンキは口ごもる。何を言うべきかわからない。思わず視線を逸らす。いま聞いたばかりの言葉を、頭の中でもう一度くりかえす。世界でいちばん大切な人はチャンキよ。何と答えるべきなのだろう。自分は何と答えたいのだろう。自分は何をすべきなのだろう。

チャンキは息を吸い、そして吐いた。階下では読経が終わったようだ。グッナイと誰かの声がする。もう就寝の時間のはずだ。もう一度息を吐いてから、チャンキは梨恵子の膝の上の手に自分の手を重ねる。

「愛している」

チャンキは言った。他に言葉は見つからない。他に言葉は存在しない。今はこれしかない。だって本当に愛している。これほどに愛している。世界で二人きりになりたい。二人だけで生きていきたい。他には何も必要ない。本気でそう思う。心から思う。上体の向きを変えながら、チャンキは梨恵子の肩を抱いた。目を閉じた梨恵子の顔がすぐ傍にある。吐息が甘い。チャンキも目を閉じた。

唇は温かくて柔らかだった。チョコの味はしなかった。しばらく唇を重ねてから、チャンキは梨恵子の上体をそっと倒す。梨恵子は抵抗しない。身体からはぐったりと力が抜けている。上になったチャンキは、何度もキスをする。舌を入れる。舌を吸う。空いた手をふくよかに息づく胸の上に置く。シャツのボタンを外す。指先をブラのワイヤーの下に入れる。胸のふくらみを手のひらいっぱいに感じる。股間は痛いほどに勃起している。梨恵子の呼吸があらい。したい。どうしてもしたい。できる。今夜こそできる。

突然下から強く抱きしめられた。……したいよね。梨恵子がかすれかけた声で言う。でもできない。私がOKしない。不満だよね。当たり前だと思う。でも考えて。しないことの意味を考えて。チャンキは動けない。梨恵子の目には涙が浮かんでいる。またこれだ。もう嫌だ。腕に力を入れれば無理矢理にできる。だって右手はまだブラの中にある。女なんてやっちゃえばこっちのもんだって言ったのはナシメだっけ。正明だったかな。チャンキはもう一度キスをする。応じる梨恵子の動きが硬くてぎこちない。明らかにそれまでと違う。

お願いチャンキ。

唇を離すと同時に梨恵子が言った。もう無理だ。チャンキは思う。これ以上は進めない。梨恵子は絶対に本気で拒絶する。何度も同じことをくりかえす。何度も何度もくりかえす。もう本当に嫌だ。どうすればいいんだ。どうすべきなんだ。混乱しながら「ここまで拒絶される理由がわからない」とチャンキは言った。

「私もしたい」

そう言ってから、「でもダメ」と梨恵子は小さくつぶやく。

「私たちは日本人だから」

「何だって」

「怖いのよ」

「まったく意味がわからない」

「私は考えすぎなのかもしれない。でもその可能性は絶対にある」

「だから意味がわからないよ」

ゆっくりと梨恵子は上体を起こす。

「……ずっと考えているのよ」

やがて静かに梨恵子が言った。まるで船がそっと岸壁を離れるように。

「みんな何となく気づいている。でも言葉にしない。考えて。もしもあなたとひとつになったとして、そのあとに起きることが怖いのよ」

少し考えてから、「考えすぎだと思う」とチャンキは言った。「僕たちはカゲロウとは違う。単細胞生物でもない」

「……私もそう思う」と梨恵子は言った。「無理はあるよね。自分でもわかっている」

チャンキは部屋の隅に置かれた小さな加湿器に視線を送る。エアコンの暖房のせいか部屋の中が乾いている。スイッチを入れるために立ち上がりかけたとき、「小早川君はなぜ死んだの」と梨恵子が言った。

部屋の隅でチャンキは膝を曲げて加湿器のスイッチを入れる。でも反応しない。電源ケーブルをソケットからいったん抜いて入れ直してからスイッチを入れる。やはりだめだ。壊れている。動かない。

「小早川はタナトスだよ」

「それはもちろん知っている。その前に何かなかった?」

何かはあった。前の日に初めてのメイクラブを経験した小早川は、ほんとにあそこに入るんだぜ、と感極まったように言っていた。でも梨恵子がそれを知るはずはない。それに戸張農林の小早川や風間裕子はその図式に当てはまらない、……と思う。

しばらく沈黙してから、「わたしも今は混乱している」と梨恵子はつぶやいた。「もう少し整理させてほしい」

チャンキは梨恵子の顔に自分の顔を近づける。梨恵子は目を閉じる。唇の表面が触れ合うだけのキスだ。おやすみ。顔を離してからチャンキは言った。おやすみ。梨恵子も小さくつぶやいた。

部屋のトイレの横の小さな洗面所で、コンビニで買った携帯用歯ブラシで歯を磨きながら、アニマル小早川が死んだ理由を考える。でもやっぱりわからない。それを考えることにどんな意味があるのかもわからない。ベッドに腰を下ろす。薄い壁一枚を隔てた梨恵子の部屋からは何の物音もしない。すぐにベッドに入ったのだろうか。マユミさんからはまだ連絡がない。メールくらいは送るべきだろうかと考えながらスマホを手にしたが、何を書けばいいのかわからない。

ベッドに横になってから、タバコを吸いたいとチャンキは唐突に思う。でも持っていない。まさかソニーを起こしてタバコをもらうわけにもゆかない。しばらく考えてから、チャンキは起き上がる。どうせすぐには寝つけそうもない。

16　淫ら、タナトス、そして解「いっぱい考えて」

ガラス戸の前に立ったけれど、電源を切ったらしく自動ドアは開かない。ロビーの壁のスイッチのいくつかを試しに押してみたけれど、天井やフロントの照明がついたり消えたりするばかりだ。しかもそのいくつかは電球が切れている。周囲を見渡す。ロビーの横の細い通路の奥に非常扉がある。ノブの下の金属の取っ手を横にすれば、ガチャリと音をたてて施錠が解けた。少し考えてから、チャンキはノブを回す。すぐ目の前のファミマに行って帰ってくるだけなのだから、きっと大丈夫だろうと思うことにした。

扉の外は細い裏道だった。路地に面した木造家屋の小さな庭に植木鉢が並んでいる。腕の時計を見れば午後一一時二〇分過ぎ。郷里ならともかく東京の街が寝静まるにはまだ早いと思うのだけど、表通りに人影はない。ファミマの灯りも当然のように消えていた。

数秒だけファミマの前に立ってから、チャンキは顔を左に向けて歩き始める。昼間に来た道を戻るつもりだった。一五分ほど歩けば南千住の駅だ。そこまで行けば、営業中のコンビニは見つかるだろう。

五分ほど暗い往来を歩く。擦れちがう人は一人もいない。だんだん不思議になってくる。ここは本当に東京なのだろうか。人が減っていることは確かだけど、これほど寂しくなるものなのだろうか。

小さな信号が点滅する十字路で立ち止まる。来たときの道順を頭の中で思いだす。二回くらい左に曲がった。確かここだ。ならばこれを右に曲がればいい。スマホは部屋に置いてきてしまった。道に迷ったらもう帰れない。周囲を見渡して目印を探しながら（すぐ横に小さな神社があったはずだ）、チャンキは横断歩道を小走りに渡る。車もまったく走っていない。

……足を止める。ここはどこだ。周囲は暗い。でも来るときの街並みと違うことだけはわかる。これはまずい。どこで間違ったのだろう。戻ったほうがいいかもしれない。どこで左に曲がるんだっけ。おかしいな。十字路が見つからない。ここではない。もっと先だろうか。道は暗い。擦れちがう人もいない。右か左かもわからなくなってきた。

通りの向こうが仄かに明るい。駅だろうか。だぶんそうだ。ならばきっとコンビニがある。駅まで行き着くことができれば、大黒ホテルまで行った道をもう一度辿ることもできるはずだ。交番で道を訊くこともできる。

仄かに明るく光る方向に向けて、すぐ前の角を左に曲がる。細い道だ。しばらく歩くと広い道に出た。二つほど交差点を越えたあたりがうっすらと明るい。多くの人たちの声も微かに聞こえてきた。駅だ。タバコひとつのためにずいぶん回り道をした。

交差点の少し手前でチャンキは立ち止った。何か変だ。この方向は駅ではない。確かに多くの声が聞こえるけれど、あれは駅に集まる人たちの声ではない。嫌な声だ。あまり近づきたくない。この方向に行くべきではない。もしも帰る方向がわかっているならば、その道を引き返していただろう。でも帰る方向はわからない。数秒立ち止まってから、チャンキは再び歩き始めた。立ち止まりつづけても仕方がない。ざわざわと音が高くなる。明かりもどんどん強くなる。

通りの景色は一変していた。右から左へとつづく広い道の両側には、赤やピンクのネオンサインをぎらぎらと光らせるラブホテルや女の裸の写真を看板に掲げたよくわからない店が並び、その前を歩く多くの男と女のほとんどは酔っぱらいながら、半数以上は腕を組んだり手を繋いだりしている。

ただし明らかに恋人じゃない。背広を着た初老のサラリーマンに寄り添って歩いている女の子は、どう見てもチャンキや梨恵子とほぼ同世代だ。そのすぐ横にはブランドで身を固めた厚化粧の女が、自分より二回りほど若くて細いホスト風の男を連れて歩いている。

大草原を歩いているときにいきなりUFOに遭遇した映画の主人公のように、あるいはキッチンの隅でいきなり光を浴びせられたゴキブリのように、急激な光と音の洪水に圧倒されてチャンキはその場から動けなくなっていた。何だこれ。まるで別世界だ。そのとき立ちつくすチャンキの背中に、誰かが激しくぶつかってきた。よろけながら振り返ればすぐ後ろに、上半身が裸の若い男が立っていて、連れの女が舗道に膝をついている。おそらく彼女がぶつかってきたのだろう。

なぜこちらは立ち止まっているのにぶつかるのだろうと混乱しながら、男が一二月の真夜中に往来を上半身裸で歩いている理由についても考えた。とにかく謝罪の言葉を口にしようとしたが、よく見れば男の眼に焦点はない。口の端からは涎を垂らしている。女は舗道に膝をつきながら、何がおかしいのかけらけらと笑い始めた。

二人は何も見ていない。男は連れが誰かにぶつかったことにすら気づいていない。そして女は自分が誰かにぶつかったことにも気づいていない。笑いながら女が何かを言う。まったく言葉になっていない。男は裸の上半身を両手でかきむしる。あっというまに無数のミミズ脹れができる。これは普通じゃない。酒だけでこれほどに意識が混濁するだろうか。ふらふらとよろめきながら歩き去る二人の後ろ姿を見つめながら、おそらくドラッグだろうとチャンキは考える。

郷里の街にもこうした繁華街はある。やっぱりラブホテルが何軒も並んでいる。でもこれほどではない。さすがにドラッグを摂取してから往来を歩く人は見たことがない。ここは比べものにならなないくらいに明るくて、音が大きくて、そして人が多い。呼び込みの男たちの野太い声。女たちの金属質な笑い声。絶え間なく響く音楽。それらが混然と重なり合う。煙が目に沁みる。何の煙だろう。原色の光がまぶしい。男はラブホテルに女を誘う。女は嬉しそうに男の手を取る。おそらくというか間違いなく今この瞬間も、ホテルの部屋の中ではたくさんの男と女が、繁殖を目的としない性交の真最中のはずだ。欲望でぎらぎらと光るたくさんの男と女。すぐ近くで救急車のサイレンの音が聞こえる。誰かが窓から身を投げた。誰かが部屋の鴨居にタオルをかけて首を吊った。動悸が速くなる。サイレンの音が少しずつ高くなる。一台ではないようだ。でも通りを歩く男と女たちは気にしない。誰かが笑う。誰かが腰をくねらせる。誰かが路上でキスを始める。正視できないほどに性的なキスだ。彼らはむしろタナトスの到来を望んでいるのかもしれない。どうせ死ぬのだ。早いか遅いかの違いだけ。だから酒を浴びるように飲む。ドラッグでどこかへトリップする。互いの身体を貪りながら理性を消去する。凹凸をこすり合わせる。意識を混濁させる。視界の焦点をずらす。世界から目を逸らす。そしてタナトスを待ち受ける。

後ろから肩を静かに叩かれた。思わずどきりとしながらチャンキは振り返る。

「もう帰りましょう」

アポロキャップを目深にかぶったキムが静かに言った。そのすぐ後ろには、やはりアポロキャップを被りマスクで顔の下半分を覆ったソニーも立っている。

「ここは良くない場所。ダメな場所。帰ったほうがいいです」

キムがもう一度言った。チャンキは答えない。言葉が出てこない。じっとチャンキを見つめながらソニーが何かを言った。マスク越しなのでよくわからない。用事があるのですかと言ったような気がする。チャンキはソニーを見つめる。まだうまくしゃべれない。少し大きな声で、ソニーがもう一度言った。

「用事は終わりましたか」

「もういいです」

言われて気がついた。タバコを買おうと思っていたのだ。でももうどうでもいい。この地域の空気はいがらっぽい。たっぷり吸ったような気分だ。もう煙はいらない。

夜道を歩きながら、「ずっと僕のあとをつけていたのですか」とチャンキは質問した。すぐ横を歩くソニーが、まさかというように大仰に首を横に振る。

「もしずっと尾行していたなら、もっと早く声をかけています。非常扉が開いていることにウッドワードが気づきました」

「それだけで僕だと思ったのですか」

「こんな時間に外出する人は他にいません」

「でも梨恵子は」

「梨恵子さんも起きてきました」

歩きながらチャンキは吐息をつく。帰れば何を言われるだろう。

「ウッドワードたちはここに来られません」

ソニーが言った。「彼らが来たら、……きっと大騒ぎになります」

チャンキはうなずいた。確かにフランクやウッドワードやヨハンセンならアポロキャップを目深にかぶって巨大なマスクを装着したとしても、あのエリアでは大騒ぎになるだろう。往来はしんと静まりかえっている。歩く人は他にいない。走り過ぎる車もない。コツコツと三人の靴音だけが響く。

「……あそこはダメ」

しばらく沈黙していたキムが、やがて何かを思いだしたように言った。

「とても危ない。それだけじゃなくて……」

日本語を思いつけないキムに代って、ソニーが「とても嫌な場所です」と言った。「日本人はとても奥ゆかしくて謙虚なはずなのに、あそこでは誰も隠さない。いろいろな意味で剝きだしです。そしてあの場所ではタナトスがとても多い。たくさんの人が毎日のように死んでいます。でも誰も気にしない。人として何かを間違えている、そんな気がします」

大黒ホテルの前には数人の人影があった。ウッドワードとフランク、ロスタビッチとベンヤミンの顔も見える。そして明和の校章がプリントされた白の上下のジャージ姿の梨恵子も。

「トラブルはないですね」

ベンヤミンが声をかけてきた。仕方なくチャンキは「大丈夫です」と答える。答えながら今の自分は、とても能天気に見えるだろうなと考える。梨恵子は無言だ。明らかに怒っている。それにしても何だって学校のジャージを着ているんだろう。そういえばレイプされかけた赤沢和美も、病院でこのジャージに着替えていた。とにかくみなに謝らなくては。

「ごめんなさい。すぐに帰ってくるつもりだったのだけど」

作務衣を着たウッドワードが微笑んだ。「早く休みましょう。冒険の話は後で聞きます」

冒険だなんて大袈裟ですと言おうかと思ったけれど、ウッドワードのすぐ横でじっと自分を見つめる梨恵子の表情に何となく気圧《けお》されて、この場では黙ってうなずくだけにした。

全員にお休みなさいと言ってから、梨恵子の後につづいて狭い階段を上る。目の前に白い布地で包まれた梨恵子の丸い尻がある。中学時代から陸上部でつい数カ月前までは毎日暗くなるまでトラックを走ったり跳んだりして八〇メートルハードルでは市の記録を持っている梨恵子の尻は、引き締まっているけれど丸い。言葉としてはむっちりだ。足を踏み出すごとにその丸みが、右と左に弾力的に揺れる。ジャージの布地越しではあるけれど、その形と動きが目に見えるようだ。階段の途中で立ち止まった梨恵子が、ゆっくりと振り向いた。

「先に行って」

顔が熱い。実は勃起していた。でも前を歩いているのに梨恵子は何でわかったのだろう。足音かな。こっそりと深呼吸をするけれど勃起はおさまらない。階段の途中で擦れちがうためには身体を横にしなければいけない。先端がジーンズ越しに梨恵子に触れないだろうか。

壁のほうに顔を向けて立ち止まった梨恵子の横を擦れちがいながら、「先に行って」と言われたときに、「何でだよ」と訊くべきだったのだと気がついた。これでは勃起していたことを認めてしまうことになる。でも今さら訊けない。足を踏み出しながら、「機嫌悪いなあ」とチャンキはつぶやいた。「怒っているよね」

「別に。今に始まったことじゃないわ」

お尻のすぐ後ろで尖った声が響く。下半身が吐息に包まれたような感覚で、さらに血流が先端に流れ込む。やはり怒っている。困ったなと思いながら、「今に始まったことじゃない」が指しているのは今夜の行動ではなくて、「勃起」していたことかもしれないと考える。でも今さら、「怒っているかと訊いたのは今夜の行動のことで勃起したことじゃないからな」と言うこともできない。

考えながら腹が立ってきた。何で勃起したくらいで、こんなにぐずぐずと思い惑わなくてはならないんだ。ただの生理現象であり反射に近い。意識的に血を送ったわけじゃない。階段を上りきった。目の前に梨恵子の部屋のドアがある。立ち止まったチャンキは、前を向いたまま「少し話せないか」と言った。

「明日にしようよ」

「五分で終わる」

数秒だけ考えてから、梨恵子は部屋の扉を開ける。

「約束よ。五分だからね」

「うん」

梨恵子につづいて部屋に入る。と同時に、部屋の匂いが微妙に変わっていることに気づく。十八歳の女の子の身体の皮膚から揮発する微粒子にリンスやチョコレートやスキンクリームの香りが入り混じった甘い匂いだ。おさまりかけていた勃起が再び勢いづく。

「一分すぎたよ」

「怒らないでくれ」

「あと四分」

「ずっと考えていたんだ」

少しだけ梨恵子の表情が変わる。何かを察したのかもしれない。

「何を？」

「さっき言われたこと」

すこし間が空いた。あと三分だとチャンキは思う。

「それで？」

言いながら梨恵子は髪を片手で払う。

「何かわかった？」

「まだわからない。でも」

「……でも？」

言いかけてチャンキは口ごもる。「やっぱりやめる」

「何よそれ」

「まだ自分でもはっきりしない」

そう言ってからチャンキは、「ひどい場所だった」とつぶやいた。勃起はおさまりかけている。

血流が先端から撤退し始めている。総員退避。まだ今は時期ではない。時期はいつでありますか。

本部から指令が来ない。本部はやる気はあるのですか。やる気はあるが時期ではない。いつまで待てばよいのですか。

「どこが？」

梨恵子が言った。思わず顔を上げたチャンキは、「どこって？」と梨恵子の言葉をくりかえす。

「いま自分で言ったのよ。ひどい場所だったって」

ああそうだったと思いながら、「さっき結局は道に迷ったんだ」とチャンキは言った。

「そうみたいね」

「駅の近くだと思うけれど、夜中なのにたくさんの人がいた。みんなおかしかった。夜の繁華街だから酔っぱらっているのは当たり前だけど、ドラッグをやっているとしか思えない人もたくさんいた。とにかくひどい場所だった。ソニーはタナトスがこの場所では多いって言っていた」

梨恵子はじっと考え込んでいる。階下からは物音一つしない。みんな部屋に戻ってもう一度眠りに就こうとしているのだろう。勃起は完全におさまっている。つまり血流が頭に回り始めている。だからだろうか。幼いころの情景をチャンキは唐突に思いだした。

小学校に入ると同時に、チャンキは子供用のベッドに一人で寝かせられていた。この時期のマユミさんは息子に厳しかった。片親だからこそ甘やかしてはいけないとの気負いがあったのかもしれない。寝室も別だった。

布団の中でチャンキは考える。夏の終りだったと思う。路上では蟬の死骸がいたるところに転がっている。地区の親子キャンプに参加したときに捕まえてひと夏を飼育ケースで過ごしたペアのカブトムシも、つい数日前に死んだばかりだ。名前を付けていた。オスはモグでメスはメグ。でも電池が切れたようにモグが動かなくなって、その数日後の朝にはメグが固くなっていた。飼育ケースのプラスティックの蓋を開けると立ち昇る匂いも変わった。嫌な匂いだ。モグとメグは動かない。土も乾きかけている。昆虫ゼリーは減っていない。飼育ケースの中に手を入れることができない。見つめることも嫌だ。

数日後にモグとメグが死んでいることに気づいたマユミさんが、固くこわばった死体を指でつまみ上げてティッシュでくるみながら「埋めようね」と優しい声で言った。モグの頭部がマユミさんの指から落ちた。カサカサと紙のような音がして、その理由は中身がないからだとチャンキは考えた。固くて大きな角を持った外側だけだ。中身はどこかに消えた。その頭部もティッシュでくるみながら、メグが飼育ケースの土に卵を産んでいるかもしれないよとマユミさんが言った。きっと春には幼虫になって、夏にはまたカブトムシになるのよ。

……モグとメグがまた戻ってくるの？

うーん。正確にはモグとメグじゃないわよ。だって死んじゃったから。でもその遺伝子が繫がるのよ。遺伝子じゃわからないわね。あたしとあなたとお父さんよ。

その説明でもわからない。でも話しつづける横顔を見つめながら、マユミさんもいつかはこうして乾いて中身がなくなって動かなくなるのかなと考えた。そういえば同じクラスのアキラ君が飼っていた老犬のスワンも、ついこのあいだからいなくなった。チャンキにとてもなついていた。空っぽになった犬小屋が庭にある。水を入れていたアルミの皿もそのままだ。やっぱりからからに乾いている。お母ちゃんがもうイヌやネコはいやだって言ってるんだよな、とアキラ君は言っていた。だって結局は死ぬからさ。

結局は死ぬ。動かなくなる。乾いて固くなる。中身が消える。そう考えるチャンキにアキラ君は、チャンキのお父ちゃんも死んだんだよねと言った。

タナトスだって誰かが言ってた。

うん。

お父ちゃん、どんな人？

そう訊かれてチャンキは黙り込んだ。覚えていない。だって父親が死んだのはチャンキが生まれてから一年後だ（とマユミさんに聞いた）。タナトスという言葉も聞いたことがある。意味はよくわからないけれど、タナトスという名前の病気なのだと考えた。

布団の中でそんなことを思いめぐらせながらふと、死とは誰かが消えることだけではなく、自分が消えることなのだと思いついた。モグとメグは消えた。スワンも消えた。そして父も消えた。死とは消えること。そしてそれは誰にでも起きる。

だからいつかは自分も消える。

その瞬間に込み上げてきたのは圧倒的な恐怖だ。自分が消える。この世界からいなくなる。消滅する。

怖くてたまらなくなったチャンキは、隣のマユミさんの寝室に行って、ぐっすりと眠っているマユミさんを揺り起こして、怖いよ消えちゃうよと訴えた。泣きじゃくる幼い息子にマユミさんが、

「死ぬなんて眠るようなものよ」と必死に言い聞かせようとしたことは覚えている。

でももちろん、そんなことを言われても納得などできない。眠ることは怖くない。なぜなら朝が来れば絶対に目覚めるのだから。でも死は目覚めない。二度とこの世界に戻ってこない。モグとメグはもう戻らない。スワンも父親も帰ってこない。どこか他の世界にいるのかもしれないけれど、それはもう形を失った存在だ。食べてしまったハンバーグのように、すり減ったクレヨンのように、この世界から消えたんだ。

幼いチャンキはそのことに気づいてしまった。今ならばハンバーグもクレヨンも、決して消えてはいないことは知っている。原子や分子レベルで形を変えただけなのだ。でも命は消える。存在しなくなる。

だからマユミさんの布団にもぐりこみながら、怖いよ消えちゃうよとチャンキは何度も訴えた。自分だけではない。マユミさんも消える。アキラ君もヨウコちゃんもパク君も宮下先生も消える。みんなやがて消える。それなのにどうして平気なのだろう。どうして笑ったり怒ったり勉強したり遊んだりできるのだろう。「死ぬなんて眠るようなものよ」と何度も困ったように言ってから、マユミさんは幼いチャンキを抱きしめた。いい匂いがした。柔らかくて温かだった。

「……とても淫らな場所だったみたいね」

梨恵子が言った。「何となく想像がつくよ」

チャンキは小さくうなずきながら、「淫らなだけじゃなくて」と言った。「……どう言えばいいのかな、よくわからないけれど、人として何かを間違えている場所だと思う」

言ってから、これはさっきソニーが口にした台詞そのままだと気がついた。何かを間違えている。何かを勘違いしている。だから酒を飲む。酔って性交に耽る。ドラッグを摂取する。何かを壊すため。何かから目を逸らすため。そしてタナトスを引き寄せる。

「じゃあおやすみ」

チャンキは言った。少し驚いたように梨恵子は顔を上げる。

「唐突ね」

「とっくに五分すぎた」

小さくうなずきながら、「できれば眠る前にシャワーを浴びてほしい」と梨恵子は言う。「そのつもりだよ」とチャンキは答える。


窓のブラインド越しに白い光が差し込んでいる。目覚めてからしばらく、チャンキは自分がどこにいるのかを考えた。軽く混乱していた。景色がまったく違う。自分の部屋ではない。思いだした。ここは東京だ。南千住の駅から歩いて一五分ほど。ウッドワードたちがハウスと呼ぶ大黒ホテルの一室だ。

枕もとのスマホを手にして、ラインやメールの受信状況をチェックする。級長の山川からラインで休校についての知らせが届いている。

クラスの皆様へ
現在は校舎の安全確認のため休校です。余震の状況を踏まえつつ、校舎にも異常がなければ、数日中には通常通りの授業を始める予定です。

相変わらずスタンプなしで生真面目な文章だ。十八歳の高校生とは思えない。名前の横に「三十八歳自営業」と書かれていたとしても違和感はない。その下には何人かが「了解」とか「わかりました」とか「うぜえ」などとキャラクターが言っているスタンプをぺたぺたと貼っている。

洗面所で歯を磨く。口をゆすいでから、壁に嵌め込まれた鏡の横の壁をコンコンと叩いてみる。確か隣の部屋もこの位置に洗面所があるはずだ。今この瞬間に梨恵子も同じように洗面所にいるような気がしたのだ。でも返事はない。部屋にはいないようだ。洗面台の横のバーにかけられていたタオルでごしごしと顔をこする。ホテルとしてはもう営業していないはずなのに、洗顔用のタオルとバスタオルはどちらも気持ちよく乾いて良い匂いがして、備え付けのシャンプーやリンスのボトルも中身の補充は完璧だった。

ロビーでは朝の座禅を終えたばかりらしいフランク・ルーカスたちがくつろいでいた。おはようございますと何人かと言い合いながら周囲を見渡すチャンキに、「梨恵子さんは買いもの」とオブライトがにこにこ微笑みながら言う。

「買いもの？」

「食材の買いもの。ウッドワードとソニーが一緒」

「だから今日は朝食が遅い。みんなおなかがペコペコ」

セバスチャンが言う。そのときドアが開き、スーパーのレジ袋に入った大量の食材を抱えた三人が戻ってきた。

「チャンキ起きたの？」

梨恵子が言う。ジーンズにスタジャン。機嫌は良さそうだ。「ソニーがカンボジア式の朝食を作ってくれるって」

「クイティウです」

ソニーが言う。「要するにライスヌードル。カンボジアの朝の定番です。ヌンパンも作れます。これはバケットを使ったカンボジア式サンドイッチ。どちらがいいですか」

「僕が決めるのですか」

「ゲストが決めます」

「梨恵子は？」

「私はどっちでもいい。チャンキが決めて」

少し考えてから、「しばらくパンを食べていないような気がする」とチャンキは言った。地震が起きたときはコロッケサンドを食べそこなっている。

「とても日本的な回答ね」

梨恵子がからかうように言う。「間接的な言い回し。要するにヌンパンを食べたいということね」

「うん」

「オーケー。すぐにできるよ」

言いながら食材の袋を抱え直したソニーが、フロントの裏の厨房へと向かう。手伝いましょうかと梨恵子が言う。「ヌンパンなら一人で大丈夫」とソニーは答える。「座っていてください。ちゃっちゃっと作ります」

「お腹が空きました」

長い手を折り曲げてコーヒーの入ったカップを口もとに寄せながら、普段は無口なジョージが言った。「あと三〇分待たされたら、私たち外国人は共食いを始めます」

そのとき自動ドアがゆっくりと開いた。

「あら」

梨恵子が言った。全員が自動ドアの方向に視線を向ける。そこに立っているのは、冬物のトレンチコートにいつものナイキのロゴ入りボストンバッグを手にしたヨシモトリュウメイだ。その後ろには斉藤もいる。

「みなさんお揃いですね」

ゆっくりと全員の顔を見渡してから、ヨシモトが言った。「良いことです。大切な局面ですから」

そう言ってヨシモトはテーブルに近づく。一緒に食べるつもりらしい。誰も誘っていないのに。

空いている椅子に腰を下ろしてから、ヨシモトリュウメイはにこにことチャンキに微笑みかける。

斉藤がヨシモトの隣の椅子に腰を下ろした。

「驚かないんですね」とチャンキは言った。

「何ですか」

「僕たちがここにいることは知っていたんですか」

「もちろんです」

「大切な局面ってどういうことですか」とチャンキが言った。ヨシモトリュウメイは片側の眉だけを上げながら首をかしげる。

「さっき、大切な局面って言いましたよね」

ヨシモトは隣の斉藤に視線を送る。

「私、そんなこと言いましたっけ」

「言いました」

斉藤は素気なく答える。ヨシモトはチャンキに顔を向ける。どうやら本当に忘れているようだ。

「まあ言ったとしても、深い意味はないですな。大切ではない時間など我々の人生には一秒もない。

そういう意味だと思います」

そのときロスタビッチとアントニオが、スープやサラダを盆に入れて運んできた。何人かが歓声をあげる。ニコニコと微笑みながらソニーが、大皿に盛ったヌンパンをテーブルの上に置いた。

具材は分厚いハムとサラダチキン、卵焼きにサラダ菜やレタス、青いパパイヤの酢漬けにチリソース。一口かじる。外側はぱりぱり。でも中はしっとり。とんでもなく美味しい。しばらくは全員が無言になった。二つめのヌンパンにチャンキが手を伸ばしたとき、「……こぶた保育園ですけど」と梨恵子が言った。斉藤が端整な顔を上げる。

「動画は見ました。もう完全に更地ですか」

「更地です」

口もとを紙ナプキンで押さえてから斉藤が答えた。

「それは、……行政の判断なんですよね」

「そうですね。ただし正式に公表はしていません。ムハマドの件がありましたから、要はみなさんにいてほしくないとの判断だと思います」

「でも抗議はしない？」とチャンキが訊いた。

「いずれにせよ、みんながあそこに帰ることはもうないでしょうから」と斉藤は冷静な口調で言った。

「ならばここは行政に貸しを作っておいたほうがいいと判断しました」とヨシモトが言った。

「みんな本国に帰るからですか」と梨恵子が言った。

「おやおや。情報が早い」

そう言ってからヨシモトは微かな非難を込めた視線をウッドワードに送る。でもウッドワードはヨシモトと視線を合わせようとしない。すました顔で大きなボウルの中のサラダを自分の皿に取り分けている。

「この件については本山も了解しました」とヨシモトは言った。「まあアメリカとか主要国には支部がありますから、信仰そのものにも支障はない。私もそのほうがいいような気がします」

「僕たちの観察はまだつづいているんですよね」

チャンキのこの問いかけに、カップを口に運びかけていた斉藤が顔を上げる。

「……もちろんです」

「だから東京に来ていることも知っていた」

「そうですね」

「来月の上旬には準備ができます」

ウッドワードが言った。話を途中で止められたことがチャンキには不満だ。でもウッドワードは話しつづける。

「ベンヤミンのアメリカのヴィザは大丈夫ですか」

そうヨシモトに質問してからウッドワードは、「ベンヤミンは反政府活動をしていた時期があるのです」とチャンキと梨恵子に説明する。

「要するにテロリストです」

あわててベンヤミンが、「違う違う」と声をあげる。何人かが笑う。「私は兵役を拒否しました。イスラエルではいろいろ問題にされます」「兵役を拒否?」「要するに戦争に行きたくなかったのです」「それが問題で帰れないのですか」「しかもその後に日本に来てしまったので、いろいろ面倒です」「まあアメリカは大丈夫です。いくつか確認事項がありますが……」とヨシモトが言ったとき、(まるで別人のように)無言だった梨恵子が、チャンキの横腹を指先で突いた。

「もう食べ終わったよね」

「うん」

「そろそろ部屋に行こうか」

そう言ってから梨恵子は、ソニーと全員に視線を送る。

「ごちそうさま。とても美味しかったです」


部屋に入ると同時に梨恵子は窓を開ける。冷たい風が部屋の中に吹き込んできた。

「朝の町の匂いがするね」

チャンキも窓に近づき深呼吸をする。でもわからない。梨恵子の髪の香りのほうが気になる。また勃起しそうだ。

「いい匂いでしょ」

「梨恵子が？」

「何言っているのよ。町よ。いろんな人たちの生活。日常。そんな匂い」

「よくわからない」

そう言うチャンキの顔を梨恵子が両の手のひらではさむ。長いキスだった。甘くて柔らかい唇の余韻に浸るチャンキに、「マユミさんには連絡した?」と梨恵子が訊いた。

「していない」

梨恵子が窓を閉めた。外の音が消えた。何となく雰囲気が変だとチャンキは思う。自分からキスしてきたこともいつもの梨恵子らしくない。何を考えているのだろう。

「ずっと考えていた。でも今決めた」

そう言って背筋を伸ばしてから、梨恵子はチャンキを見つめる。

「私はアメリカに行く」

チャンキはしばらく沈黙した。「行く」の意味がよくわからない。行って帰ってくるという意味だろうか。ならば「行ってくる」と言うはずだ。「行く」と「行ってくる」とでは意味がまったく違う。第九の味噌ラーメンとアダムとイブのスペシャルグラタンほどに違う。

「いつ？」

小さな声で訊くチャンキに、梨恵子は「準備ができ次第」と答える。

「準備って？」

「身の回りの支度。そしてもちろん、母と妹にも納得してもらわないと」

チャンキはもう一度ベッドの端に腰を下ろす。和代さんと今日子ちゃんではなく母と妹。どうして急にそんな呼びかたをするのだろう。カメ地区には二人で行った。そしていろいろ知ることができた。でもアメリカには一人で行く。一緒に行こうとは言われなかった。

そのとき、梨恵子が離れるのは日本だけではなく、自分から離れるとの意味もあるのだとチャンキは気がついた。結局はそういうことか。

「まだ行けるかどうかもわからないよ」

梨恵子が静かに言った。

「今の日本人が外国に行くことは難しい。でも不可能ではないって」

「誰が言ったんだ？」

少しだけ間をおいてから、「斉藤さん」と梨恵子は言った。無言でチャンキはうなずいた。実際に名前を聞いてみると、たぶんそうなのだろうと自分が思っていたことに気がついた。

「行くと行ってくるのどちらなんだ」

「どういうこと？」

「帰ってくるのか」

「まだ行けるかどうかもわからない」

「答えろよ」

自分でも驚くほどに大きな声が出た。梨恵子はしばらくチャンキを見つめてから、「私はシャワーを浴びたい」と言った。「気分を変えてから後でまた話そう」

「気分は変わらないと思う」

「とにかく少しだけ時間をちょうだい」

梨恵子は言った。とてもしっとりとした声で。「あとで話すから」

17　呪われた優しい日本人「だから暗喩なのです」

部屋の扉を閉めてベッドに腰を下ろす。頭の中は引越ししてきたばかりの家の中のようだ。いたるところに家具や段ボール箱が散乱しているけれど、段ボール箱の中には何が入っているのかわからないし、家具をどこに置くかのプランもない。そもそも自分がどんな家に引越してきたのかもよくわからないのだ。とにかく洗濯をしようと思いつき、部屋に置いてあったランドリーバッグに昨日着ていた服を入れる。

もしも出国できたとしても、タナトスから逃れることはできない。統計がそれを証明している。タナトスの黎明期、多くの日本人か国外に脱出したが、結局のところ彼らは自分の運命を変えることはできなかった。サンフランシスコに移住した日本人男性が妻や子供たちの目の前でゴールデンゲートブリッジから飛び降りたニュースは、同じ日のローマでトレビの泉に顔をつけたまま溺死した日本人女性が発見されたこともあって、世界中で大きく報道された。日本人は危ない。もしも彼や彼女がそのときにバスの運転や軍事ミサイルのオペレーションをしていたらどうなるのか。ビルの窓から飛び降りて通行人を巻き込むかもしれない。なによりもタナトスが変異して日本人以外に感染するようになる可能性だってある。

こうして世界各国は日本人の受け入れを原則的には拒絶するようになり、渡航しようとする日本人もやがていなくなった。だって日本から脱出しても運命は変わらないのだ。ならばせめて死ぬときは自分の国で死にたい。多くの人はそう思う。

チャンキはスマホを枕もとに置いた。また揺れている。ずっと余震がつづいている。大きくはない。でも長い。ずっと揺れている。まるで船に乗っているようだ。子供のころに一度だけ釣り船に乗ったことがある。他に子供がたくさんいたから町内会とか子供会とかの催しだったのだろう。大人に釣りの仕掛けを作ってもらった。一匹だけ釣れた。魚の名前を誰かに教えてもらった。ハゼだ。天ぷらにすると美味いぞ。そう言った男性の口がタバコ臭かった。その後に風が強くなって船は激しく揺れて気持ちが悪くなった。だから畳張りの船室で横になっていた。窓から青い空が見える。揺れはつづいている。ゆったりとした横揺れ。突き上げるような縦揺れ。あのとき釣ったハゼはどうしたのだろう。天ぷらにしたのだろうか。気持ちが悪くなったから何も食べていない。でも確かにハゼを釣った。帰りの船上で大人たちはたくさんのハゼを天ぷらにしてビールを飲んでいた。小麦粉を溶かした水にまみれながらハゼは身悶えしていた。この世界に誕生したとき彼らは、自分がやがて食用油で揚げられて絶命することになるとは想像もしなかっただろう。

ここは日本だ。かつてはアジアの盟主。大東亜の覇者。帝国を自称しながら無謀な戦争に敗れ、占領軍トップの神様仏様マッカーサー様のダグラス・マッカーサーから「(その成熟度は)まだ十二歳の少年である」と断言されながら怒ることなくアメリカにしっかりと従属し、そのアメリカの戦争をきっかけに奇跡的な経済復興を果たして世界有数の経済大国となった国。戦争で果たせなかったアジアの盟主への夢を経済で果たした。ジャパン・アズ・ナンバーワン。世界を席巻するジャパンマネー。でもそんな時代はもう過ぎた。結局は未成熟のままで終わりを迎えようとしている。閉鎖された檻の中で外から投げられたポテトチップスや腐ったニンジンやジャガイモを齧りながら十二歳のままで交尾をして子供を産む。成長はしない。くりかえすだけだ。それなりに日々を過ごしてきた。理不尽な運命に必死に耐えてきた。でもそれももうすぐ終わる。悶絶しながら揚げられるハゼのように日常が断ち切られる。

ランドリーバッグを持って階下に降りる。ロビーで顔を寄せ合って話し込んでいたヨシモトリュウメイと斉藤とウッドワードが、同時にチャンキに視線を向けた。ロビー横の洗濯機の部屋の扉を開ける。洗濯機は五台。運よく一台空いていた。洗濯物と洗剤を洗濯槽に入れるチャンキの背中に、「今日はこれからどうしますか」とウッドワードが言った。

別に予定はない。ぼんやりと考えるチャンキをじっと見つめてから、「疲れているようですな」とヨシモトが言った。「旅は疲れますから」

「旅？」

「昨日東京に着いたばかりですよね」

「あっというまに着きましたよ」

「旅の疲労は経過した時間ではなく、距離に比例するとの説があります。まあこれは説というよりも感覚ですな。でも確かに、飛行機で海外と行き来すると妙に疲れます」

「ヨシモトさんは海外に行ったことはあるのですか」

「何度もありますよ」

「昔ですか」

「いえいえ。最近です」

「アメリカにも？」

「もちろん。ここにいる斉藤さんは以前アメリカに住んでいましたよ。ワシントンＤＣでしたっけ」

視線を向けるチャンキを無表情に見返してから、「そもそもアメリカで生まれていますから」と抑揚の薄い口調で斉藤が言った。ウッドワードは無言だ。ロビーの隅の応接セットではセバスチャンが手にしたｉＰａｄの画面を見つめている。その向かい側の椅子に長い手足を折りたたみながら座るヨハンセンは、じっと手にした本を読んでいる。

「僕もアメリカに行くことはできますか」とチャンキは訊いた。

「行きたいのですか」とヨシモトが言った
「例えばの話です」

「普通は不可能です」

「それは知っています」

「私たちのルートを使えば」と斉藤が言った。「可能性はあります」

数秒だけ間が空いた。本を膝の上に置いたヨハンセンはじっとチャンキを見つめている。紅茶を飲みますかとウッドワードが訊いた。コーヒーにしますと答えながら、チャンキはサイドテーブルの上に置かれている旧式のコーヒーメーカーの傍に近づいた。大人の男の朝はブラックコーヒーだ。コーヒー飲めるようになったのかしら、と斉藤が揶揄うように背中に声をかけてくる。

「前から飲めます」

「コーヒーメーカーの使いかた、わかりますか」

椅子に座ったままヨハンセンが言った。

「大丈夫です」

言いながら紙コップを手にするチャンキの後ろで、「確かにタナトスを無意識下の願望の現れとみなす研究者は少なくないです」とヨシモトが言った。「私もネットで読みました」と斉藤がつぶやき、「確かオランダの心理学会のレポートだったと思います」とウッドワードが言った。熱いコーヒーが入った紙コップを手に、チャンキはゆっくりと振り返った。アメリカ行きの話はまだ終わっていないのに、自分が現れたことで中断された話を三人は再開したようだ。振り返ったチャンキにちらりと視線を送ってから、「まあだからこそタナトスなのです」とヨシモトが言う。「一人ひとりを個としてだけ捉えるならば、死への衝動という見方も間違ってはいない。でも私は同時に、人類という大きな集団で捉えるべきだと考えています」

そこまで言ってからヨシモトは、いきなりチャンキに視線を向けた。「アポトーシスという言葉は知っていますか。高校の生物では教えていないと思いますが」

斉藤とウッドワードに視線を送ってから、チャンキは「僕に質問しているんですか」と念のため確認する。

「もちろん」

「そのアポなんとかは習っていません」

「アポトーシス。要するに細胞の自死です」と斉藤が言った。ウッドワードが立ち上がって、ティーカップを三つテーブルに運んできた。紅茶をいれるつもりのようだが、この会話には加わりたくないとの意思表示のようにも見える。でもヨシモトは気にしない。声が大きくなっている。

「要するにあらかじめプログラムされた細胞の自死です。オタマジャクシの尻尾は、成長とともに細胞が自死することで消えるのです。胎児の指もそうです。指が突き出してくるわけではなく、指のあいだの細胞が死ぬから指の形になるのです。イモムシの筋肉細胞や神経細胞はさなぎの中でいったんは死滅します。チョウになるために。脳の神経細胞や心臓の心筋細胞は別にして、私たちの細胞のほとんどは絶え間なく入れ替わっています。つまり細胞の集合体である個体が成長するためには、細胞が絶え間なく自死しなくてはならないのです」

「アポトーシスはギリシャ語で枯葉が落ちるという意味です」

ティーカップに紅茶を注ぐウッドワードの指先を見つめながら、斉藤が静かに言った。何が嬉しいのか大きくうなずきながら、ヨシモトはふいにその場に立ち上がった。

「樹木のために葉の細胞が自死する。つまり全体のために個が死ぬわけですな」

ウッドワードと斉藤は無表情のままカップを口に運ぶ。奥の椅子でセバスチャンはｉＰａｄを見つめているが、もうずっと指は動いていない。ヨハンセンは本に視線を落としつづけているが、ページはずっと同じ個所だ。

「でも葉が落ちない樹もありますよね」

チャンキが言った。

「それはまた違う適応であり違うメカニズムです」

少し間をおいてからヨシモトが言った。話し始めようとするタイミングをそがれたためか、明らかに不機嫌そうな声だ。やっぱりこいつはガキだ。チャンキは思う。大人のようだけど未成熟だ。すぐにムキになる。

「常緑樹も葉は常に落ちています。いっせいに落ちるかどうかの違いです。私は今ここで、そのメカニズムの違いについての説明もしなければならないでしょうか」

「いいえ。話を戻してください」

「これは私たちの祖先の話です」と言ってからヨシモトは、数秒だけ考え込んだ。たぶん話の順番を頭の中で組み立てているのだろう。

「祖先といっても原人とか猿人とかのレベルではない。もっともっとはるか前。原始の海に漂う単細胞生物の時代です。この頃の祖先たちは死ななかった。それは知っていますか」

「知っています」とチャンキは言った。

「けっこう。では詳しい説明は省きます」

「その時代の単細胞生物が今も生きている可能性はあるんですよね」

「理論的には。ただし理論です。現実に何十億年も単細胞生物が捕食されたり事故にあったりしなかったとは思い難い。そのあいだに温度や紫外線の量など地球環境も大きく変わっていますから」

そう言ってからヨシモトリュウメイは、視線をチャンキの後ろに送る。まるでそこにいる誰かに語りかけるかのように。

「しかし私たちの祖先は単細胞から多細胞になることを決めました。つまり進化です。少し学術的な用語を使えば、ゲノムを一揃いしか持たない一倍体細胞生物から二倍体細胞生物へと進化したとき、死が私たちの生に充塡されたわけです。要するに私たちの祖先は、進化と引き換えに寿命を選択した。生殖と引き換えに死を選んだ。まあ老化のメカニズムは他にもテロメアなどいくつかの要素はありますが、特にアポトーシスの意味は生体にとって大きい。私たち多細胞生物の身体の細胞は、ほぼ日常的にDNAが傷つけられています。その修復に失敗した一部の細胞は、周辺の細胞に影響を与えないようにアポトーシスで自ら死を選択します。ところが癌細胞はアポトーシスを起こさない。無限に増殖する理由のひとつです。こうして全体がダメージを受ける。あるいは存続できなくなる。わかりますか。発生の段階だけではなく、日々の営みを維持するうえでも、アポトーシスはとても重要な機能です」

「その癌細胞は私たち日本人のことですか」

すぐ背後で声が響いた。チャンキは振り向いた。階段のいちばん下に立っているのは梨恵子だ。いつからそこにいたのだろう。ヨシモトは大仰な動作で首を横に振る。

「いえいえ。これはアポトーシスの話です。……まあでも確かに、タナトスとアポトーシスを結びつけて考える研究者はいます。学会でもずっと一定の勢力を持っています」

そう言ってからヨシモトは、「そうですよね」とウッドワードに視線を向け、ウッドワードは仕方がなさそうに小さくうなずいた。

「タナトスの解明には多くの説があります。これはその一つでしかない。暗喩と思ってもらってもいい」

「つまり人類全体のために、日本人は自死をしている。ヨシモトさんは暗喩的にそう考えているということですか」と梨恵子が言った。

「暗喩としてはそういうことになりますな」

「それは神の意思ですか」

「そこまでは言いません。アポトーシスを神の御業だなどと考えるなら、それはもう科学ではない。信仰です。ただし私たちは宗教者です。そう考えても不思議はない」

聞きながら、いったいどっちですかと言いたくなる。少しあわてたような口調でウッドワードが、

「根拠は何もないです」と言った。「そもそもアポトーシスは細胞に起きる現象です。人類全般に当て嵌めることには無理があります」

斉藤はじっと動かない。梨恵子も押し黙って何かを考えている。チャンキは腹が立ってきた。ならばアニマル小早川も風間裕子も僕の父親も、ウッドワードの妻も戸張農林の栗林も中学時代のクラスメートのお姉さんも、何よりもあなたの妻や娘も、そのアポ何とかで死んだということですか。

そうヨシモトに質問しようとしたとき、階下で陽気な声が響く。外から帰ってきたばかりらしいソニーとロスタビッチが、笑いながら階段を上がってきた。

「みなさん、今日はとても気持ちのよい天気です。日本の冬は気持ちいい。私の国は夏ばかりです」

そう早口で言ってから、場の微妙な雰囲気に気がついたソニーは、顔の下半分の微笑をフリーズさせながら沈黙した。ウッドワードが「そろそろ荷作りを始めましょう」と冷静な口調で言った。

「まだ日程は決まっていないけれど、決まったらあまり余裕はないかもしれません」

「キムがちょっと風邪気味」

ロスタビッチが言った。「熱があるみたい。今はぐったりね」

「それはまずい」とウッドワードが言った。「徹底的に治さないとアメリカには入国できない」

「拒否されないまでも、しばらくは隔離される可能性があります」と斉藤が言った。

「いや、拒否でしょう」とヨシモトが言った。「アメリカ政府がそこまで人道的になるとは思えない。受け入れのメリットは何もありません。こっそりと行われるはずです。国民が知ったら大きな反対運動が起きても不思議はない。特にソニーとキムは要注意です。外見はほぼ日本人と変らないから猛反発されるはずです」

そのとき後ろから、梨恵子がチャンキの服の袖を静かに引いた。その感触はチャンキに、数カ月前の図書館の情景を思い起こさせた。梨恵子は階段の数歩下にいた。上では工業高校のワルたちがへらへらと笑っていた。あのときはまだ何も始まっていなかった。でもあのころから始まった。振り返ったチャンキに梨恵子は小声でささやいた。

「ちょっと出ようか」

「どこへ?」

「散歩よ」

初冬の往来は静かだった。通りを歩く人はやはり少ない。目の上に右手のひらを掲げながら空を見上げ、「本当に空が青いね」と梨恵子は嬉しそうに言った。この時期の二人の郷里では、どちらかといえば曇り空が多い。

「何だっけさっきの」

チャンキは言った。横を歩きながら梨恵子は「さっきの?」と首をかしげる。

「アポなんとか」

「アポトーシス」

そこで会話が途切れる。しばらく歩いてから梨恵子が、「アポトーシス自体はよく知られた現象よ」と言った。「確かに今のこの国の暗喩としては面白いわね。とても文学的。でも実際にこの国に生きている私たちとしては、ああそうですかと認めるわけにはゆかないわ」

そこまでを言ってから、「マユミさんからは連絡ないでしょう」と梨恵子は言った。少ししためらってから、チャンキは「ない」とうなずいた。なんでこんなにころころ話題が変わるのだろう。まるで誰もいないグラウンドで思いきり蹴ったラグビーボールのようだ。

「私にはメールが来たわよ」

「マユミさんから?」

それには答えずに、梨恵子はスマホを指先で操作してから、チャンキの目の前に差し出した。

まずは大前提としてあなたがた二人を信じています。とにかく無事にニコニコと笑いながら帰ってきてください。母の願いはそれだけです(^_^)

「……このメールはいつ来たんだ」

「昨日よ」

「どうして教えてくれなかった」

「だって私に来たメールよ」

「じゃあどうして今見せたんだ」

「寂しい思いをしているだろうと思って」

「間違えて送信したのかな」

「梨恵子さまと書いてある」

「どうして僕にはメールくれないのだろう」

「あなたはどうしてメールしないの」

思わず口ごもるチャンキをじっと見つめてから、梨恵子は「せっかくの東京よ」と言った。

「いろいろ気になることはあるけれど、今日は一日遊ぼうよ」

自分が気になることは何だろう。チャンキは頭の中で数えてみる。マユミさんへの連絡。目前に迫った大学受験。梨恵子との別離（いつアメリカに行くのだろう）。そして梨恵子とのメイクラブ。

梨恵子が何か言った。

「なに？」

「どこへ行く？」

「どこへ行きたい？」

「リクエストはないの」

「特にない。考えていなかった」

「いま考えて」

「梨恵子は？」

「ひとつある」

「どこ？」

「国立科学博物館」

「博物館？　どこにあるんだ？」

「上野。地下鉄で行けば近いよ」

「楽しいのか」

「たぶん」

「もっと他に……」とチャンキは言う。「十代の女の子が行きたがるような場所じゃなくていいのかな」

「十代の女の子？」

あらまあびっくりとでもいうように、梨恵子は上下の唇を丸くしてOの形をつくる。

「具体的にどこ？」

「例えば原宿とか青山通りとか」

「まったく行きたくない。時間がたっぷりあるなら試しに一日くらい行ってもいいけれど、今は科学博物館に行きたい」

そう言ってから梨恵子は口を閉ざす。チャンキも無言だ。時間がたっぷりあることなど、この国に生まれた自分たちにあるはずがない。じゃあ行こうと言いかけたとき、二人のスマホがかん高いアラーム音を同時にあげた。揺れている。表通りのほうで誰かの叫び声が聞こえる。自動車のブレーキ音。やがて揺れはおさまった。梨恵子はスマホの画面を見つめている。

「震度5だって。震源は静岡沖」

そう言ってから梨恵子は「何だか断末魔みたい」とつぶやいた。

「何みたいだって？」

「断末魔。悶えている」

悶えているのは誰だろう。多くの日本人。それとも日本列島。

「戻らなくていいのかな」

「家に？」

「まさか。ハウスに」

「このくらいなら被害はないと思うよ」

そう言ってから梨恵子は顔をあげる。

「異議なし？」

「何が？」

「科学博物館」

「ああ。うん。いいよ」

「気乗り薄みたいね」

「そんなことはない」

「もしかして子供のころに行ったことがある？」

「いや。ないと思う」

「スマホは持ってきているわね」

「持ってるよ。でも財布は置いてきている」

「私が持っている。じゃあこのまま行くわよ」

「ウッドワードたちに昼食はいらないって連絡しないと」

「もう伝えてある」

何だそれ。結局最初から決めているんじゃないか。そう思ったけれど言葉にはしない。大人の男は思ったことを簡単には口にしない。梨恵子は歩きだしている。チャンキはあわてて後につづく。

……断末魔、アポトーシス、そして日本への嫌がらせ。


上野駅の不忍口を出る。博物館に行くためには公園口のほうが近いけれど、アメ横にちょっと寄ってみようかと梨恵子が言ったからだ。

年末のニュース番組などで、正月のための買い出しでにぎわうアメ横の映像は何度も見ている。レポーターの声も弾んでいた。年に一度のその混雑に比べればひっそりとはしているが、やはり人は多い。地震が起きてから三日しか過ぎていないのに、すでに日常に戻りかけている。

「スッポンよ」

色とりどりのイセエビやカニや貝を売る店の前で、大きな水槽の中を覗き込んだ梨恵子が言った。

「食べるのかな」

「他にないだろ」

ゆったりと水槽の中を泳ぐ数匹のスッポンを見つめながら「どんな思いなのだろう」と梨恵子が言う。

「誰が？」

「だからスッポンよ。売られて食べられるのよ」

「気づいてないと思うよ」

「そうかな。人の言葉は理解できなくても雰囲気はわかるんじゃない？」

「だとしたらつらいだろうな」

「つらいどころじゃないわよ。食べられちゃうのよ」

言ってから梨恵子は、「まだ私たちはまし」とつぶやいた。

「少なくとも食べられることはない。たぶんそのイセエビやカニは生きたまま熱湯に入れられるのよ」

チャンキは生きたまま熱湯に入れられたり小麦粉をつけられて揚げられたり解体されて活き造りにされる自分と梨恵子を想像する。確かにそれは修羅場だ。断末魔だ。アワビの網焼きなど地獄絵図だ。それに比べればタナトスはましなのかもしれない。

新巻鮭。さまざまな色彩の豆。巨大な豚肉の塊。大量の衣料品のように積み重ねられているスルメ。色とりどりの野菜。……数えきれないほどの食材や食品が、狭い通りの両側で縁日のように並んだ店先に置かれている。多くの人がその前を通る。売り子のしわがれた声が響く。多くの人は行っては戻る。指で示して肉や魚や野菜や豆を買う。地面が揺れてもこの日常は変わらない。チャンキや梨恵子が生まれる前から、そしてチャンキや梨恵子がこの世界から消えたあとも、ここは巨大な商店街だ。多くの人が来る。多くの人が買う。やがて人は老いる。あるいは死ぬ。でも代は替わっても街はつづく。細胞が替わっても全体がつづくように。
「もう行こう」
梨恵子が言った。「人あたりしそう」

アメ横の喧騒とは対照的に、国立科学博物館内は静かだった。受付で生徒手帳を見せる。高校生は無料だった。平日のこんな時間に高校生であることを明かしてしまって大丈夫だろうかと不安だったけれど、受付に座る若い女性はまったく無表情にチケットの半券を手渡してくれた。一日では全部を回りきれないから見たいところだけを見るよと言いながら、梨恵子は地球館のB2に足を運ぶ。フロアの名称は「地球環境の変動と生物の進化」。横にはこんな説明が表示されている。

誕生と絶滅の不思議
約40億年前に誕生した生命は、大きく変動する地球環境の中で誕生と絶滅を繰り返して進化を遂げてきました。恐竜の絶滅後に大発展した哺乳類の中から人類が生まれ、世界中に広がりました。その進化の道のりをたどります。

足を踏み入れると同時に、茶褐色の巨大な石の塊が視界に入る。アンモナイトの化石だ。貝殻の直径は一メートル以上ある。アンモナイトってこんなに大きな貝なのかとチャンキはつぶやく。貝じゃないのよと梨恵子が言う。頭足類だからイカやタコの仲間。だってどう見たって貝だよ。オウムガイって知らないかな。いまも深海に生息している。身体はイカだけどやっぱり大きな貝殻の中にいる。五億年も進化していないんだって。

「詳しいな」

「ここに書いてある」

そう言って説明書きを指で示してから、梨恵子は館内の奥に顔を向ける。

「こっちよ」

何がこっちなのだろう。そう思いながら後につづく。壁いっぱいに展示されているアンモナイトや三葉虫の化石。カンブリア紀にオルドビス紀にシルル紀。有孔虫にウミユリの祖先にマンモスの臼歯。まだまだたくさんある。広い館内はびっしりと古代生物の化石やレプリカで埋め尽くされている。海浜タワーとは規模がずいぶん違う。

少し前を歩いていた梨恵子が立ち止まって上を見ている。チャンキも顔を上げる。高い天井から巨大な蛇のような骨格が吊るされている。頭が大きい。チャンキと梨恵子の大きさなら一飲みだろう。半開きの口腔にナイフのような鋭い歯が並んでいる。恐竜だ。そうつぶやくチャンキに、梨恵子はバシロサウルスよとささやく。

「恐竜みたいな名前だけどクジラの祖先なのよ」

「よく知っているな」

言いながらチャンキは説明書きを探すが見つからない。梨恵子は天井を見上げながらしゃべりつづける。

「学名はバシロサウルス・ケトイデス。生息していたのは四〇〇〇万年くらい前よ」

「もしかして暗記しているのか」

「憧れの生きものだもの。やっと見ることができた。大きさは最大で二五メートルくらい。学校のプールと同じ。このレプリカよりも一回り大きかった」

やっぱりクジラには見えないとチャンキはつぶやく。でも哺乳類なのよと梨恵子が言う。両生類から爬虫類になって陸に上がった哺乳類が、また海に戻ったの。

「どうして?」

「わからない。何かのきっかけよ。たまたま数匹が陸から海の近くに行った。その環境は暮らしやすかったのかな。少しだけ海に入る。天敵もいないし餌もたくさんある。もっともっと深いところに行く。だからどんどん適応した。形態が少しずつ変わっていった。泳ぎかたは今のクジラとは違ってウナギのようだったらしいわ」

四〇〇〇万年前の海でウナギのように泳ぐ二五メートルのバシロサウルス。その映像をチャンキは想像する。絶対に傍にはいたくない。バシロサウルスのすぐ下には巨大なカメの骨格標本がある。アーケロン。中生代白亜紀後期カンパニアン期に生息していたウミガメで、全長は四・五メートルで体重は二トン。石炭紀からペルム紀を過ぎて三畳紀後半に、小さなネズミのような哺乳類が誕生する。やがて哺乳類は恐竜滅亡後に陸上で繁栄する。身体も巨大化する。メガテリウム(オオナマケモノ)は全長六メートルで重さは三トン。

展示スペースの端におかれている巨大な骨格標本の前でチャンキは動けなくなった。パラケラテリウム。頭頂部までの高さは七メートル。キリンよりずっと高い。体重は最大で二〇トン。マンモスよりもはるかに重い。

「何だこれ」

天井近くにある巨大な頭蓋骨を見上げながらチャンキは言う。横に立つ梨恵子も無言で骨格標本を見上げている。

「体重二〇トンだってさ。生きものの重さじゃない」

「だってクジラはもっと重いわよ」

「クジラは海だからまた納得できる」

海浜タワーのクジラの骨格標本の大きさを思いだしながら、チャンキは言った。

「でもこれが地上にいたかと思うと不思議だ」

「恐竜のフロアもあるよ。そこにはもっと大きな骨格標本があるわ」

そう言ってから梨恵子は「アメリカだけど」とつぶやいた。

「うん」

「行かないほうがいい?」

質問されてチャンキはしばらく考える。ああそういうことか。

「答えたほうがいいのか」

「答えてほしいから訊いたのよ」

「僕の答えに意味はあるのか」

「当たり前よ」

「じゃあ行くな」

「わかった」

ゆっくりと視線をチャンキに向けてから、梨恵子は小さく肩で息をついた。

「斉藤さんには断る」

「やっぱり誘われたのか」

「うん」

「いつ？」

「こっちに来る少し前。もしもその気があるなら申請してみるわよって」

そう言ってから梨恵子は、とても真剣な表情でチャンキを見る。チャンキも見つめ返す。

「これから私たちはどうなるの？」

「この国で生きる」

「いつまで？」

「死ぬまで」

「私を大事にする？」

「する」

もう一度パラケラテリウムの頭を見上げてから、梨恵子は「行きましょう」と低い声で言った。

「あなたを失いたくない。でもこのままでは失う。そして私も自分をごまかしたくない」

言っていることの意味が明確にはわからない。でも微妙にはわかる。だからチャンキは緊張した。

咽喉の奥から本能が何かを告げようとしている。そのときまた揺れた。

18　未来へ「世界を否定しないこと」

今度の揺れはかなり大きく、しかも長くつづいた。ふいに何か大きなものが床に落下したような金属音が響き、少し遅れてからたまりかねたような女性の悲鳴が重なった。梨恵子はチャンキの左腕を両手でつかみ、チャンキはすぐ横の壁に取り付けられていた（おそらくは身障者用の）アルミのバーを右手で握りしめた。

下から突き上げるような縦揺れが終わり、横揺れが始まった。アルミのバーを握りしめて両足の裏に力を入れながら、その揺れかたが不自然なほどに不規則であることにチャンキは気づく。ふっと静止したかと思うと、次の瞬間にまた激しく揺れる。とても暴力的だ。悪意を感じるほどに。

最後に長く大きく横に揺れてから、ようやく気が済んだとでもいうかのように、揺れはぴたりと停止した。おそるおそる周囲の人たちが顔を上げる。いくつかの吐息が重なる。終わったのかと誰かが誰かにささやく。終わったみたいよと誰かが誰かに小声で答える。なぜかスマホは沈黙している。館内は圏外なのかもしれない。握りしめていたアルミのバーからチャンキは手を離す。すぐ横で床に座り込んでいた初老の男女が、こころもち上気したような顔を上げて、きょろきょろと周囲を見回している。

チャンキの腕から梨恵子が手を離した。チャンキは梨恵子を見る。でも梨恵子はチャンキを見ていない。上を見ている。チャンキも上を見る。高い天井近くでパラケラテリウムの頭部が、ゆっくりと左右に揺れている。

「生きているみたい」

ささやくように梨恵子が言った。すぐ目の前を、科学博物館のロゴ入りジャンパーを着た数人の男性職員が、緊張した表情で早足に駆け過ぎていった。大きな落下音が聞こえた館内の奥に向かっているのだろう。チャンキはもう一度アルミのバーに手を伸ばす。余震はまだつづいている。それとも頭の中が揺れているのだろうか。巨大な釣り船の中にいるようだ。船酔いしたチャンキはキャビンの畳の上で横になっていた。窓からはゆっくりと上下に揺れる空と海が見えた。海面には時おり茶色に変色した海藻が浮かんでいる。ラベルが剝げたペットボトルが、波に揺れながら窓の外を通り過ぎる。ひしゃげたその形は、何となく苦悶する裸の小さな人のように見える。

視線を後ろに送れば、天井から吊られたティロサウルスやバシロサウルスの骨格標本も微かに軋みながら左右に揺れていて、確かに生きているように見える。そういえば釣り船に乗ったころ、マユミさんに買ってもらったレゴで骨だけの恐竜を何体も作ったことを思いだした。レゴはデンマークで作られたのよ。マユミさんにそう言われて、幼いチャンキはデンマークの風景を想像した。オランダにイタリア。パプアニューギュアにアルゼンチン。サウジアラビアにケニアに韓国にカナダ。行きたい国はたくさんあった。……ふと横を見れば、梨恵子は出口に向かって歩き始めている。

「どこに行くんだ」

振り返った梨恵子はじっとチャンキを見つめてから、「抗うのよ」と言った。

「アラガウ？」

意味がよくわからないまま、チャンキは「……まだここにいたほうがいいんじゃないかな」とつぶやいた。「また揺れるかもしれない」

「もう大丈夫だと思う」と梨恵子は答える。「余震はあると思うけれど、大きいのはもうないわ」

なぜわかるんだよと思いながら、チャンキは梨恵子の後につづく。館内のエスカレーターとエレベーターは停まっていた。どこにこれほどの人がいたのだろうかと思うほどにおおぜいの人たちが、狭い階段に集中している。でも混乱は起きていない。多くの人たちはじっと順番を待っている。割り込みをする人もいない。日本人は礼儀正しいのよ。マドンナが授業中に言っていたことを思いだした。本当ならパニックになっていいはずの状況でも決して冷静さを失わない。それは確かに美徳。今だって世界は称賛しているわ。国と民族が消える瀬戸際なのに、とても倫理的で礼節を失わないって。でもそれは倫理や道徳とは違うのよね。集団に馴染みやすいのよ。その結果としてかどうかわからないけれど、私たちはとても忘れっぽい。現在に適応する力がとても強いとの見方もできるけれど、現実から目をそむける傾向が強いのだと指摘する人もいるわ。とにかくあなたがたも行列に並ぶときは、一瞬でいいからこれは本当に自分の意志なのかと自分に問いかけるようにしてください。もしかしたら集団の意志を自分の意志と思い込んでいるだけかもしれないのよ。こうして人は間違える。取り返しのつかない過ちを犯す。そんな失敗の史実を知るために、あなたたちは世界の歴史を学ぶのよ。

出口から外に出れば真っ青な空だ。広い敷地のいたるところでは、幼い子供を連れた若い夫婦や家族連れが、のんびりとした足どりで歩いている。

「まるで館内だけが揺れたみたいだな」

そうチャンキがつぶやいたとき、やっと受信可能になった二人のスマホのアラームがほぼ同時に鳴った。震度は5。震源は東海沖。

「建物の中は揺れを強く感じるのかもね」

手にしたスマホの画面を見つめながら梨恵子が言った。うなずきながらチャンキは、敷地内を歩く人たちの顔を見つめる。足どりはのんびりしているようだけど、よく見れば表情は硬い。親に手を引かれながら泣いている子供もいる。やはり外も相当に揺れたのだろう。

「まるで嫌がらせ」

梨恵子が言った。

「なんだって」

「日本への嫌がらせ」

「誰が？」

「誰かが」

そう言ってから梨恵子は、「どこへ行く」と小首をかしげる。「行きたいところに行きましょう」

「マユミさんも同じことを言っていた」

「何のこと」

「日本への嫌がらせ」

そう言ってしばらく考えてから、チャンキは「アメリカに行きたい」とつぶやいた。

「何よそれ」

「行きたいところだよ」

「さっき私には行くなと言ったよ」

「一人で行こうとするからだ」

「一緒に行こうと言いました」

「僕が入国できるはずがない」

「私だって同じよ」

「斉藤さんたちがアメリカに行かせたいと思っているのは梨恵子だけだ」

「入国審査するのはアメリカよ」

「アメリカも梨恵子を優先する」

「根拠は何？」

「梨恵子は賢い」

「バカじゃない」

そう言ってから梨恵子は、自分の言葉に少しだけ苦笑して、チャンキはバカじゃないのよと言い直した。「たまに直感はすごいよ」

「バカだということだ」

「十八歳の男の子は基本的に人としてバカなのよ。歳相応。でもいずれ賢くなる」

「そのいずれが来るかどうかは誰にもわからない」

梨恵子は足を止めた。すぐ横の鬱蒼とした茂みの一角を見つめる。数羽のカラスが頭上で啼き交わしている。チャンキも茂みの中を覗き込む。灌木の中で茶色の革靴が地面から二〇センチほどの宙に浮いている。視線を上に送れば、がっくりと首を折った中年男性の頭が枝のあいだに見える。その頭と太い木の枝とのあいだにあるのは、おそらく紺色のネクタイだ。

「生きている？」

そう訊かれて、「たぶんダメだろうな」とチャンキはつぶやいた。周囲には明らかな死臭が漂っている。機能を停止した細胞のたんぱく質が分解されかけている匂いだ。「もう何日もこの状態みたいね」そうつぶやいてから梨恵子は、「通報したほうがいいかな」と言った。

「カラスもたくさん来ている」

　そう言ってから梨恵子はチャンキを見つめる。うなずいてチャンキは小走りに博物館に戻り、受付の女性に「出口のすぐ脇の樹で誰かが首を吊っています」と告げる。

「誰かって誰ですか」

　度の強い眼鏡をかけた女性は、妙に間延びした口調で言った。

「わからないです。年配の男性のようだけど」

「何となく匂いがするとは思っていました」

　表情を変えずにそう言ってから受付の女性は、「ありがとうございます。あとでこちらから警察に通報しておきます」と事務的に言った。

「場所はわかりますか」とチャンキは確認した。藪の中はわかりづらい。案内したほうがいいかもしれないと思ったのだ。でも受付の女性は表情を変えないまま、「歳のころは四十代後半という感じでしょうか」と言った。

「たぶんそのくらいだと思います」

「頭頂部はだいぶ薄かったですか」

「それはわかりません」

「茶色い革靴ですよね」

「茶色い革靴です」

「おそらく木下さんです」

　そう言ってから女性は、「ここのスタッフです。私の上司。三日前から行方不明だったんです」と説明した。そんなこと言われても困る。「場所はだいたいわかります」と女性は言った。「ご報告ありがとうございます」

走って戻ったが梨恵子はいない。周囲を見渡せば五〇メートルほど離れた芝生の上のベンチで、梨恵子はじっともの思いに耽っている。

これからどこへ行こうか。ゆっくりと近づきながらチャンキは考える。今日これからを二人でどのように過ごすか。何をすべきか。梨恵子はきっと決めてほしいと思っている。言葉にしてほしいと思っている。ならば行くべき場所はひとつだ。アメ横の裏通りにいくつかのネオンサインが見えた。肩を組んで歩く何組ものカップルと擦れちがった。おそらくというか間違いなくラブホ街だ。

梨恵子とのメイクラブ。それはこの旅の終着だ。そして始まりでもある。愛し合う二人がひとつになる。レゴのように凸を凹に入れる。結合する。そこで完全体になる。きっと新たな時間がスタートする。梨恵子はタナトスを恐れている。メイクラブとタナトスとの因果関係を恐れている。それは違う。人はカゲロウではない。死と生殖は引き換えではない。大事なことは他にもたくさんある。梨恵子を愛す。そして梨恵子に愛される。それが自分の人生の意味だ。

「伝えたよ」

ベンチに腰をおろしたまま梨恵子は顔を上げる。何となく表情がいつもと違う。

「博物館の職員かもしれないってさ」

小さくうなずきながら梨恵子はチャンキを見つめつづける。周囲の音が消える。視界いっぱいに梨恵子の顔が滲む。何て綺麗なのだろうとあらためて思う。黒目がちの瞳。ちょっと上を向いた鼻先。何よりも唇の形がとても上品だ。東京に来てから多くの女性と擦れちがったけれど、間違いなく梨恵子がいちばん魅力的だ。チャンキは背筋を伸ばして息を吐いた。五メートルほど離れた芝生の上ではネコほどの大きさのカラスが、ベンチの横で勃起しかけているチャンキをじっと見つめている。

「どこへ行こうか」

そう訊いてから、相変わらずリードできない自分の胸ぐらをこの場で掴みたくなる。何も言わずに「行くぞ」と言えばいいのだ。きっと梨恵子は黙ってついてくる。

「……咽喉がかわいたね」

数秒の間を置いてから、梨恵子は静かに言った。少しだけかすれた声だ。チャンキは周囲を見回した。ラブホテルに行けばミネラルウォーターやビールが冷蔵庫に入っているけれど、さすがにそれを言うのは露骨すぎる。まだ時間はある。上野公園内には美術館や博物館が複数ある。おそらくはそのどれもが、中に入れば喫茶店くらいはあるはずだ。でも屋内にはもう入りたくないとの気持ちもある。たぶん梨恵子も同じはずだ。

「お茶を買ってこようか」

ベンチの端に腰を下ろした梨恵子は答えない。黙ってチャンキを見上げている。まるで幼女のようだ。どうしたのだろう。この表情には見覚えがあるような気がする。でも深くは考えないまま、チャンキは向きを変えた。科学博物館の入り口のすぐ横にいくつかの自動販売機が並んでいたはずだ。チャンキは小走りに今来た道を戻る。

日本茶とウーロン茶のペットボトルを一本ずつ買ってから、入り口を挟んだ向かい側に、赤と白と青のストライプの屋根がついた小さなアイスクリーム屋があることに気がついた。買ったばかりの温かいペットボトルを一本ずつダウンジャケットの左右のポケットに入れてから、チャンキはアイスクリーム屋に近づいた。小さな店内で紙の帽子を頭に載せてエプロンをつけた男が、忙しそうに片づけを始めている。まだ昼を過ぎたばかりなのに。

声をかけようとしてチャンキは動けなくなった。顔を上げた男がムハマドだったからだ。

「ああごめんなさい。今日はもう店じまいなんですよ」

ムハマドは言った。チャンキは立ちつくしたまま言葉が出ない。でも数秒後に気がついた。浅黒い肌に人を射るような鋭い眼、口髭の形までもよく似ているけれど、声と全体の雰囲気は微妙に違う。何よりもムハマドはこれほど自然に日本語をしゃべれなかった。黙り込んだチャンキをしばらく見つめてから、男は紙の帽子を頭から外す。

「おれの顔でびっくりしているのかな」

少しべらんめえな口調だ。でも顔は怒っていない。白い歯がのぞく。

「大丈夫。正真正銘の日本人だよ。ただ、さ、じいさんはイラン人だよ。日本に来てばあさんと知り合って結婚した。生まれたおふくろがおやじと一緒になって俺が生まれた。じいさん以外はみんな日本人だ。隔世遺伝ってわかるかな。俺はじいさんに似たらしい。ちょっと彫りが深いんだよな」

「……すいません」

チャンキはようやく言った。でも条件反射のように外国人に対しておびえたわけではないことは言っておきたかった。「知り合いに顔が似ていたので」

「知り合い？」

男は不思議そうに言った。「こんな顔の知り合いがいるのかい」

あわててチャンキは話題を変える。「お店、もうおしまいですか」

「そうおしまい。ちょっと早いけどさ。さっきの地震でもう客は来ないだろ。まあでも最後のひとつだ。いいよ。バニラとチョコとミントと抹茶。どれがいい？」

「バニラをください」

先の丸いディッシャーで掬った白いアイスクリームをコーンにのせながら、「こんな顔でよくこんな商売ができると思っているんだろ」と男は言った。まるで天気の話でもするかのような調子で。チャンキは無言でアイスクリームを受け取った。

「よく言われるよ。大丈夫かって」

小銭をレジの中に入れながら男は言う。「まったく大丈夫。何もないよ。まあまったくないわけじゃないけれど、もうここは長いからな。時おりあんたみたいにびっくりしてしまう人がいるけれど、生まれたときから日本人ですと話せば、だいたい笑ってくれるよ。逆にけっこう覚えてくれるからよ、まあ商売のプラスマイナスとしては若干プラスというところかな」

手慣れた動作で業務用の冷凍庫の蓋を閉めながら、「でも最初のころは、女房や親からは反対されたよなあ」と男は笑う。「何だっけあれ。国粋主義者とか右翼とか、そんな連中に襲撃されるとマジに思っていたみたいだな。でも今は応援してくれているぜ」

そこまで言ってから、男は片付けの手を止める。チャンキの顔を正面から見つめながら、「日本人は優しいよ」と言った。とてもしみじみとした調子で。「まあたまに集団で来られると、おれもちょっと緊張するけどな。子供のころはよくこの顔でいじめられたし。たくさん集まってくると確かに怖い。でも一人ひとりは善良で穏やかなんだよ。うん。もうここで商売始めて六年になるけれど、それはおれの結論だな」

アイスクリームがのったコーンを手にベンチに戻りながら、ムハマドによく似た男について、梨恵子に話す自分をチャンキは想像した。ムハマドがいた！　アイスクリームとお茶のペットボトルを渡しながらいきなりそう言ったら、梨恵子は何と言うだろう。どんな表情をするだろう。とにかく彼の顔を見せたい。会わせたい。

茶色の革靴がぶら下がっていた灌木の横には、顔の半分以上をマスクで覆った数人の警察官と遺体回収業者がいた。コバエが飛び回っている。おいそっち足もて！　と灌木の中から男の声がする。おまえじゃないよそっちだよ！　早くもて！　同時にどさりと柔らかい布の塊のようなものが地面に落ちた音がする。でもそれは布の塊ではない。死臭が鼻をつく。アイスクリームに匂いの微粒子がつくかもしれない。そう考えたチャンキは息を止めながら、灌木を大きく迂回した。

　ベンチには誰もいない。数歩手前で立ち止まったチャンキは、アイスクリームを手にしたまま周囲を見渡した。

　公園内の人の数は明らかに減っている。まだ数組の家族連れがいるけれど、その進む方向は駅や駐車場だ。みんな帰ろうとしている。この場を離れようとしている。

　チャンキはベンチに腰を下ろす。天気は良いけれど風は冷たい。また地面が微かに揺れた。ベビーカーを押す若い夫婦が近くを通りかかった。妻が夫に「早く帰りましょう」と言っている。遠ざかる後ろ姿を見つめながら、チャンキは吐息をついた。梨恵子はおそらくトイレに行ったのだろう。カラスはまだ芝生の上にいる。明らかに溶けかけたアイスクリームを狙っている。また少しだけ揺れた。梨恵子は帰ってこない。見上げれば木々の枝のあいだから、目に沁みるほどに青い空が見える。

　アポトーシスという言葉は覚えた。細胞の自死。全体を生かすため。それは日本人の暗喩。世界のために滅びる日本人。意味がまったくわからない。自分は細胞ではない。誰だって細胞とは違う。灌木の中で首を吊った木下さんは腐りかけていた。彼を構成していた細胞はすべて蕩《とろ》けて腐敗して形を失いかけている。その死は何も意味しない。何の有益性もない。世界は何も得していない。木下さんの家族が泣くだけだ。

さらにしばらく待ってから、チャンキは形を失いかけているアイスクリームを左手に持ち替えて、右手でスマホを操作した。呼び出し音が聞こえる。でも梨恵子は出ない。やがてぷつりと音は途絶え、留守電のメッセージが流れ出した。

通話を切ってから、チャンキは溶けかけたアイスクリームの表面を舐めた。甘い。梨恵子とのキスを思いだした。カラスはチャンキから視線を外さない。コップの中の水に黒いインクを垂らしたように、不安が胸のうちでじわじわと広がり始める。

ウッドワードに電話をかけて、梨恵子とはぐれてしまったことを伝えた。もしかしたら連絡が来ているかもと考えたのだ。でも、こちらにも連絡はないですねとウッドワードは言った。まあでも、梨恵子さんは大丈夫ですよ。

電話を切ってから、半分食べ残したコーンをカラスめがけて投げた。もしも小石ならカラスの頭を直撃したかもしれないが、コーンは風に吹かれてカラスの手前に落ちた。一瞬の動作でコーンに近づいて一口で飲みこむカラスに、梨恵子はどこに行ったのかと質問したい。コーンの礼はいらないから教えてほしい。おまえは見ていたはずだ。頼む。クリームでべたつく指先を、ジーンズの布地にこすりつける。ベンチに戻ってから二〇分以上は過ぎている。

それから長い時間が過ぎた。ベンチから離れたくはなかったけれど、念のためと思って科学博物館に戻り、受付の度の強い眼鏡をかけた女性に事情を説明した。「先ほどはありがとうございます」と言ってから女性は、「いろいろ大変ですね」と感情がまったくこもっていない口調で言った。

館内アナウンスで名前を呼んでもらったけれど、反応はまったくない。「そもそもお客様はもうほとんどいませんからね」と女性職員は言った。チャンキは小さくうなずいた。確かにそうだ。ずっと地面が揺れつづけているときに、何億年も前の地層から掘り出された化石や鉱物、縄文人の住居のジオラマやドードーの骨格標本を見たいと思う人はあまりいないだろう。

外に出る。ムハマドに似た男はもういない。小さな店舗の木の扉は固く閉じられている。スマホを何度も耳に当てる。着信を確認する。周囲を歩き回る。でも状況は変わらない。梨恵子はいない。どこにもいない。

さすがにカラスはもういなかった。ベンチに腰を下ろしてから、ポケットの中の冷えきったお茶のペットボトルをとりだす。そういえば「お茶を買ってこようか」と言ったとき、梨恵子は無言だった。表情も何となくぼんやりしていた。幼い子供のようだった。

今日一日、朝から今まで梨恵子が言った言葉を、お茶を飲みながら順を追って思いだした。アメ横ではスッポンやイセエビが入った水槽を眺めながら、「そのイセエビやカニは生きたまま熱湯に入れられるのよ」と言った。バシロサウルスの骨格標本を見つめながら「憧れの生きものだもの」とうっとりしたようにつぶやいた。アメリカに行くなと言ったときには、「あなたを失いたくない。でもこのままでは失う。そして私も自分をごまかしたくない」と言った。そして地震の直後、出口に向かって歩きだそうとする後ろ姿に「どこに行くんだ」と声をかけたとき、振り返った梨恵子は、「抗うのよ」と小さな声でつぶやいた。

抗うのよ。

あのときは思わず聞き流してしまったけれど、抗うの意味は何だったのだろう。何に対して、どのように抗うつもりだったのだろう。もう一度スマホを手にする。でも梨恵子は出ない。呼び出し音だけが耳に響く。どこに行ったのだろう。どこにいるのだろう。守らなければいけないのに。窮地にいるのなら助けなければいけないのに。今は何もできない。ベンチに座って時おりスマホを耳に当ててため息をつくばかりだ。手がかりがほしい。何でもいいからヒントがほしい。

チャンキは立ち上がった。動悸が速い。呼吸がうまくできない。何かが起きたのではない。何かが起きている。とても嫌な何かだ。

そのときスマホが震えた。チャンキは一瞬の動作でスマホを耳に当てる。ウッドワードの声が響く。今はどこですか。気落ちしながら、上野ですとチャンキは小声で答える。

「梨恵子さんは?」

「まだ見つかっていません。そっちにも連絡はないですよね」

数秒だけ間を置いてから、「残念だけどまだないです」とウッドワードは言った。申し訳なさそうな顔が目に浮かぶ。

「警察に相談してはどうでしょうか」

スマホを耳に当てながらチャンキは無言でうなずいた。確かにそれも選択肢のひとつだ。でも今はこの場から離れたくない。

「考えます。とにかくまた連絡します」

そう言ってからスマホを切った。そろそろ日が沈む。周囲は暗くなりかけている。チャンキは腕の時計を見る。五時を過ぎている。風が冷たい。寒い。じっとしていると身体が小刻みに震えるほどに。でもここから動くことはできない。早く一緒に帰りたい。早くみんなのもとに戻りたい。

それからしばらくベンチで待った。時おり思いだしたように地面が揺れた。余震はつづいている。でも周囲は静かだ。日暮れ時には周囲の木々の上で騒いでいたカラスたちも、今はもうそれぞれの塒《ねぐら》に帰っているのだろう。

スマホをポケットに戻そうとして、ふいに嗚咽が込み上げる。でもぎりぎりで我慢した。泣いてもどうしようもない。泣くのは子供だ。日本民族は世界一優秀だと教わるままに信じこみながら焼けあとに立つくしていた十二歳の少年だ。大人の男は泣かない。とにかく探さなくては。探して見つける。見つけて一緒にホームに帰る。ハウスではなくホーム。二人がいるべき場所に戻る。

上野駅公園口の小さな派出所にいた初老の警察官は、そうかそうかそれは心配だねえとのんびりした口調で言ってから、あなたの家はどこなのかなと訊いてきた。ここで嘘は言えない。観念したチャンキは、二人で昨日から東京の知り合いの家に来ていると説明した。初老の警察官の表情が少しだけ変わる。それは家の人も了解していたのかな。

了解……

ちゃんと許可をもらったの。

言わずに来ました。

つまり二人は、黙って家を出たということになるのかな。

はい。

君たちは高校生だね。

はい。でも家族はもう知っています。こっちに来てから連絡は取っていますから。

二人とも?

はい。

そう答えながら、正確には自分はマユミさんには連絡をしていないのだと思う。梨恵子経由だ。まあでもそこまで説明しなくていいだろう。ボールペンを手に少しだけ考えてから警察官は、A4サイズの紙を机の引き出しから取り出した。ちょっとその彼女の、えーと永井さんの外見の特徴を教えてくれるかな。まず背の高さは?

質問されるままに梨恵子の外見や着ていた服の特徴などを答えながら、一瞬だけ声が裏返りそうになった。スカートの色がどうしても思いだせない。ついさっきまで一緒にいたのに、スカートの色が思いだせない自分に本気で腹が立った。いやそもそもスカートをはいていただろうか。ジーンズかもしれない。ボールペンを手にしながら、ちらりと警官は片側の眉だけを上げてチャンキの顔を見つめる。馴れない東京だし心配だよね。まあでも、こんなケースはよくあるからね。だいたいは友だちの家にいたとかね……。そこまで言ってから自分の言葉で思いだしたかのように、永井さんは東京に知り合いは他にいないのかな、と警官は言った。チャンキは短く息を吸う。

慶應の経済学部に先輩がいるはずです。

その先輩の連絡先は?

わかりません。

名前は?

わかりません。

そう答えてから、かなりイケメンでクラシック音楽を聴くことが趣味らしいです、と言いたくなる。もちろん言わない。それじゃどうしようもないなあとつぶやいてから初老の警察官は、確認するけれどあなたは永井さんの親戚ではないよねと言った。

いいえ、違います。

もちろん配偶者でもない。

はい。

うーんと小さく唸ってから初老の警察官は、行方不明の届けを受理するためには親戚か配偶者の承諾が必要なんだけど、あなたは永井さんの家の電話番号はわかるのかな、と言った。

お母さんの携帯の番号ならわかります。

教えてくれるかな。

和代さんの携帯の電話番号をチャンキは渡されたメモ用紙に記し、目の前で警察官が電話をかけた。

あーもしもし、お忙しいのにおそれいります。永井和代さまの携帯でしょうか。こちらは上野公園口派出所です。

そこまで言ってから初老の警察官は、事情を説明し始めた。時おり和代さんの声が聞こえる。いやいやそうではなくて、と初老の警察官は何度か言った。どうやら和代さんは二人が補導されたと思ったらしい。そうではなくて、はぐれちゃったみたいなんです。はい梨恵子さんが。お母さまにも連絡はないですよね。

俯いて二人のやりとりを聞いていたチャンキの肩を、ふいに警察官が片手で揺する。顔を上げれば目の前に受話器がある。話せということなのだろう。受け取って小さく深呼吸してから、チャンキは「もしもし」と言った。

「ああチャンキ」

和代さんは言った。声は別人のように低い。まるで知らない誰かと話しているようだ。

「今日の昼からずっと連絡がつかなかったの。だから心配していたのよ」

「すみません。公園でお茶を買いに行ったんです。本当に短い時間です。でも周囲に人は何人もいたし、カラスも見ていたし、誰かに無理やり連れて行かれたということはありえないと思います」

「カラスって?」

「同じカラスがずっと傍にいたんです」

言いながら、カラスのことなど言わなければよかったと思う。でも和代さんは、「つまり何か騒動が目の前であったら、カラスが同じ場所にいるはずはないということね」と確認した。

「そうです」と答えながら、確かにそうだと思う。やはり母と娘だ。鋭さが近い。

「でも違うカラスかもしれないわよね」

「たぶん同じです。絶対とは断言できないけれど……」

「まあでも大丈夫よ。私もその心配はしていない。黙って連れて行かれるような娘じゃないから」

そう言ってから和代さんは押し黙った。何か言いたいことがあるけれど言えないというような雰囲気だった。

「……近くは探してくれたのよね」

たっぷり一〇秒ほど沈黙してから和代さんは言った。

「探しました」とチャンキは答える。

「ならばとにかく今日はホテルに帰りなさい」

はいと答えながら、梨恵子は二人でホテルに泊まっていると説明しているのだろうかと考えた。ならば余計なことは言わないほうがいい。たぶんビジネスホテルで別の部屋をとったということになっているのだろう。電話を切った初老の警察官が、「とにかく届けは受理しました」とチャンキに行った。「所轄にもこれを回します。あとはもし何か見つけたら……」

そこまで警察官が言ったとき、チャンキの背中の後ろの引き戸が、いきなり大きな音をたてながら開いた。

「あの、そこの路地の陰で人が死んでいます」

女性の声だ。少し呂律が回っていない。酔っているのだろうか。

「死んでいる?」

「ああ。えーと、倒れています。動かないです」

「性別は？」

「えーと男性」

「あなたの知り合い？　あのさ、戸を閉めてくれるかな」

確認する初老の警察官の口調が何となくぞんざいだ。戸を閉めながら、「いえ。少し」と女性が言う。

「少しって何？　どっちですか」

「さっき知り合いました」

「それでホテルに行ったの？」

「何よそれ。とにかく死んでいるのよ」

「確かですか」

「だって動かないのよ」

「死因は？」

「わかるわけないでしょ。タナトスよ」

「タナトスにしても死因はありますよ」

チャンキは立ち上がった。

「僕はもういいですか」

「ああ。もし何か見つけたら連絡します」

頭を下げて引き戸を開けながら、女性にちらりと視線を送る。髪は茶色で赤いジャケットを着てラメ入りのバッグを手にしている。化粧は濃い。たくさんの色を塗られた爪はキラキラと輝いている。地方に暮らす高校三年生で童貞のチャンキにも、彼女の仕事は何となく察しがつく。

「ふざけんなよ早く現場に行けよ」

外に出ようとするチャンキの後ろで、女性が低い声で言った。「おまわりだろ。怠慢じゃねえかよ」

初老の警察官の返事を聞く前に、後ろ手に引き戸を閉めた。目の前は交差点だ。救急車がすぐ傍らを通り過ぎる。酔った目で見送る多くの男女たち。風俗店やパチンコ店のネオンがまぶしい。郷里の歓楽街とは光の量の桁が違う。もう一度上野公園に戻るために歩き始める。違う方向からもサイレンが聞こえる。さっき渋谷駅で飛び込みがあったぜ。交差点を横切りながら、すぐ横を歩く若い男が連れの若い女に、楽しそうに話している声が聞こえてくる。

まじい？

まじまじ。おばちゃん。

ホームから？

俺のすぐ目の前。頭から線路にダイビング。

やばいじゃん。

すぐに電車がきた。すっげえ音がしたぜ。マジで血が飛んだ。

グロい。

ばらばら。飛び散っていた。

……交差点の真中でチャンキは立ち止った。すぐ後ろを歩いていた年配の女性が背中にぶつかりかけて、何よ急にとぶつぶつ言いながら追い越してゆく。信号が点滅している。背広を着た若い男性が舌打ちしながら通り過ぎる。何だよこいつ。邪魔なんだよなあ。多くの人の声が耳を打つ。背中に突き刺さる。でも動けない。さっき初老の警察官は「何か見つけたら」と言った。その意味に今になって気がついた。梨恵子ではなく梨恵子の「何か」と警察官は言おうとしたのだ。

突然いなくなった。どこかへ走り去った。その理由はない。どう考えてもない。あるならひとつだけだ。

チャンキは暗くなりかけた上野公園へと駆け足で戻る。ベンチには誰もいない。しばらくその周辺を歩きまわる。一本一本の木々の下で立ち止まって梢にも目を凝らす。科学博物館の職員だった木下さんを見つけた茂みの中も覗き込んだ。コバエはまだ多い。微かに死臭も漂っている。梨恵子と小さく呼んでみる。もちろん返事はない。ベンチに走って戻りながら、大きな声で名前を呼ぶ。周囲は静まりかえっている。闇は急速に濃度を増している。

チャンキはベンチに腰を下ろす。どうしよう。顔を両手で覆う。お茶なんて買いに行かなければよかった。アイスクリーム屋で話しこまなければよかった。そもそも上野になど来なければよかった。時間を巻き戻したい。それができるなら何でもする。神に祈る。そのくらいは願いをかなえてほしい。できないのならせめて教えてくれ。梨恵子はどこにいる。お願いだから教えてくれ。

それからまた長い時間が過ぎた。身体が冷える。時おり足音が響く。でも梨恵子ではない。酔っぱらった若いサラリーマンが三人、大声で課長のバカヤロウとか死んでしまえと言いながら目の前を横切ってゆく。その後ろ姿を目で追いながら、自分はあの歳まで生きることができるのだろうかと考える。大学を卒業して就職する。大手ではないけれど中堅のメーカーだ。営業に配属されて必死に働く。やがて昇進する。そのころに会社の後輩の女の子と恋をして結婚する。子供は二人。すぐに大きくなる。責任ある地位になって部下を叱る。髪に白いものが混じり始めるころに小さな一軒家を購入する。どこにでもある家庭だけど、自分にとっては唯一の家族だ。子供はやがて独立して妻と二人だけになる。そのころに梨恵子はどこにいるのだろう。いや、どうして妻は梨恵子ではないのだろう。

　ベンチに座りながら、チャンキは水に濡れた犬のようにぶるぶると頭を振った。寒いだけではなく自分の想像に本気で嫌悪感が湧いてきた。風間裕子の事件後、クラスの女子たちが言っていたことを思いだした。チャンキは不吉。カメ地区に行ったらしい。だから呪われたのよ。あまり近づかないほうがいいらしいわよ。結局はそういうことなのだろうか。穢れている。呪われている。だから梨恵子はいなくなった。梨恵子は離れていった。

　それからまた長い時間が過ぎた。寒さに震えながら、もう一度派出所に行った。初老の警察官が座っていた椅子には、漫画のキャラクターのように髭の剃り跡が蒼い中年の警察官が座っていた。事情を説明するチャンキとカウンターの上に置かれたバインダーの記録を交互に眺めながら、今のところ何も手がかりはないなあと警察官は事務的に言った。短く息を吸ってからチャンキは、「タナトスの報告はないですか」と質問した。少し肩をすくめてから警察官は、「特に今夜は多いよ」と言いながらカウンターの上の別のノートを手にする。

「でも上野界隈で今のところ若い女性の報告は、……ああ、一件あるなあ。タナトスかどうかはわからないけれど、無縁坂で女性の遺体が見つかっているな。通報は二時間前だね」

　そう言ってから警察官は反応を確かめるかのように、ちらりとチャンキに視線を送る。でもチャンキは俯いたまま顔を上げない。

「死因はまだわからない」と言いながら、警察官は眼鏡をかけ直す。「ああ、でも違うかなあ。その女性はショートカットで小太りと書かれているねえ。年齢は推定四十歳前後。外傷ありとも書かれているから、ひょっとしたらタナトスじゃなくて他殺かな。……これは違うよねえ」

そっと歯を食いしばりながら、チャンキは「違うと思います」と首を横に振る。

「そうなると今のところ、上野界隈で該当しそうな報告はないなあ」

そう言ってから髭の剃り跡が蒼い警察官はノートを閉じる。

「ただしこれは、あくまでも上野界隈だからね。まあでも、もしもタナトスなら、電車やタクシーに乗ってどこか遠くに行くことは考えづらい」

そう言ってから警察官は、「ただし例外がまったくないわけじゃないよ」とつづけた。なぜか声が弾んでいるように聞こえる。膝の一点を見つめながら、気のせいだとチャンキは自分に言い聞かせる。こんな話題で声が弾むわけはない。

「この所轄では四年前に、遺体がビルの狭い隙間に挟まれていたという事例があったね。あのときは二週間ほどわからなかった。今みたいに寒い時期だったから発見が遅れたんだよな。夏ならすぐわかる。すごいからねあの匂いは。あるいは隅田川に飛びこんで海に流されたら、それはもうわかりません。私たちにもどうしようもない。ただまあ、もしも上野公園でタナトスが始まったとするならば、隅田川まで移動して飛びこむとはちょっと考えづらいよなあ」

固い棒のようなものが胃袋から込み上げてくる。これ以上は無理だ。短く礼を言ってから派出所を出る。本当なら怒鳴りたい。絶叫したい。さっきの髪の茶色い女性のように。でも今は警察に悪い印象を持たれたくない。頼れるのは彼らしかいない。

寒さのせいなのか疲れなのか、頭がうまく働かない。派出所を出てから、人の気配が急激に薄くなった上野広小路やアメ横などを当てもなく歩く。何人もの客引きに声をかけられる。お兄さんどこ行くの。今ならここは朝までパラダイスだよ。歩道に立っていた女性が擦れちがいざまに耳もとで「時間ある」とか「遊ばない」などと疑問形でささやいてくる。身体の起伏を必要以上に強調する服に身を包んだ女性の息は、口の中でスッポンかイセエビを飼っているかのように生臭い。思わず顔をそむけて歩き過ぎようとしたら、「学生いい気になるなよな!」といきなり背後から毒づかれた。

ベンチに戻る。夜の公園に人の気配はない。白山公園を思いだす。でも怖くはない。もしここに工業のワルたちが現れたなら、土下座でも何でもして捜索を手伝ってもらうだろう。とにかくここで待つしかない。スマホが震えた。いや寒くて自分が震えたのか。それとも地面が揺れているのか。よくわからない。ベンチから立ち上がったチャンキは、震える手でスマホの画面を見る。着信している。息が止まる。あわてて操作する。でもメールはマユミさんからだった。

とにかく探しなさい。何があっても。
それまでは帰れないと思いなさい。

闇に淡く発光するスマホの画面を見つめながら、チャンキはわかっているよとつぶやいた。絶対に二人で帰る。まずは南千住のハウスに。そして郷里の街に。彼女を無事に帰す。またサイレン音がする。足音も聞こえる。一人じゃない。

チャンキは顔を上げる。近づいてきた男の顔が街燈の灯りにぼんやりと浮かび上がる。ヨシモトリュウメイだ。そのすぐ後ろには、斉藤とアポロキャップを目深にかぶったキムとソニーがいる。チャンキの傍に歩み寄ると同時に、ヨシモトは「状況を説明してください」と真剣な表情で言った。

「最後に見たのはここですか」
「ここです」

「何時間前ですか」と斉藤が言った。

「二時頃です」とチャンキは答える。

「ならばもう九時間は経っていますね」と言ってから、ソニーは周囲を見渡す。

「とにかく手分けして探しましょう」

「警察には行きましたか」

斉藤が言う。チャンキは「はい」とうなずいた。「何かわかればスマホに連絡がくるはずです」

「藪の中は見ましたか」

ヨシモトがふいに言った。「それと塀の隙間とか」

つまり死体があるかもしれないと言いたいのだろう。でもチャンキが答える前に斉藤が、「早く探しましょう！」とヨシモトを横から睨みながら声をあげた。「時間がもったいないです。とにかくできることをやりましょう」

キムとソニーが小走りに違う方向に駆けだした。チャンキもベンチから立ち上がる。とにかくここにいても仕方がない。

午前零時を回るころ、疲れきった表情で五人はベンチの周囲にいた。時おりキムは咳こんでいる。思いだした。体調が悪かったはずだ。スマホを耳に当てた斉藤がウッドワードに低い声で状況を報告している。キムとソニーは無言だ。ヨシモトがチャンキに顔を向けた。

「一度帰ったほうがいいかもしれない。私たちは残りますから」

チャンキは顔を上げる。自分を見つめる四人の視線を順に見つめ返してから、「僕は残ります」と言った。「みなさんこそ帰ってください。ここに五人でいても仕方がないし」

「もし何かあれば、警察から連絡が来ますよ」

そう言う斉藤に「でもここに戻ってくるかもしれないです」とチャンキは言い返した。「だから僕はここにいます」

「これからもっと冷えるわ」、そう言ってから斉藤は、寒さを表すかのように肩をすぼめる。まるで女子高生のような仕種だった。

「大丈夫です。帰ってください。特に二人は……」と言いながら、チャンキはキムとソニーに視線を向ける。「夜中にこんなところにいないほうがいいと思います」

少しのあいだ沈黙したヨシモトは「確かに」とつぶやいてから、首に巻いていたマフラーをチャンキに手渡した。キムはニットの手袋を、そしてソニーは着ていたダウンパーカーとセーターを脱いでから、セーターをチャンキに差し出した。「私は何もないわ」困ったように斉藤が言った。「抱きしめてあげなさい」ヨシモトが真顔で言った。それを聞き流して斉藤は、「フランクが本当に心配しています」とチャンキに言った。

「一緒に探したいって。でもさすがに彼がここに来たら騒動になってしまう。フランクだけじゃないです。みんな梨恵子さんのことを心配しています。そして何もできない自分たちに苛立っています」

四人が駅に向かってから、チャンキはしばらくベンチで動かなかった。遠くでサイレン音が聞こえる。近くなったり遠くなったり。絶え間なくどこかで人が死んでいる。交差点で。ビルの屋上で。ラブホのエレベーターで。車を運転しながら。家族と朝食をとりながら。仕事帰りに同僚たちとビールの大ジョッキに口をつけた瞬間に。歩きながら。笑いながら。愛していると言った翌日に。子供が生まれたと歓声をあげた翌日に。死ぬまで大事にするよとささやいた直後に。

チャンキは周囲を見回した。これはいなくなる直前に梨恵子が見ていた景色のはずだ。でも今は暗い。ロビーで集まっている男たちの顔が浮かんだ。フランク・ルーカスは眉間に皺を寄せている。ジョージはじっと黙りこんでいる。マユミさんは今この瞬間、部屋のリビングでテーブルの上に置いた携帯をじっと見つめているはずだ。和代さんと今日子ちゃんの顔も浮かんだ。みんなが心配している。みんなが祈っている。梨恵子が無事に戻ることを。チャンキが探し出すことを。

チャンキは身体を震わせた。寒いからではない。マフラーと手袋とセーターの効果は絶大だった。さっきまでとはぜんぜん違う。このままシベリア縦断でもできそうだ。でも身体の小刻みな震えは止まらない。身体の内側で何かが起きている。何かが揺れている。タナトスだろうか。ならば望むところだ。今ここで姿を現せ。喉笛に咬みついてやる。もしもおまえが神の形をしているのなら、眼を潰して頸動脈を嚙み切ってやる。脅しじゃないぞ。これまでおまえがしてきたことに比べれば可愛いものだ。おまえに慈悲などない。公正でもなければ万能でもない。おまえは有害なだけだ。頸動脈を嚙み切ってから肋骨を粉々に踏みにじってやる。柔道の関節技で肘と膝の関節をすべて逆に曲げてやる。本気だ。目の前に現れたことを後悔させてやる。本気でそのくらいはするぞ。本気で闘うぞ。

……それが嫌なら言うことを聞け。梨恵子を返せ。お願いだ。彼女を戻してくれ。他にはもう何もいらない。何も望まない。もしも戻してくれるなら、もうメイクラブはあきらめる。一生キスだけでかまわない。舌もたまに入れるだけでいい。お正月とか誕生日とか。それ以外は唇が触れ合うだけのキスだ。それで我慢する。我慢できる。だからお願いです。一生のお願いです。梨恵子を僕に返してください。お願いです。返してください。

それから長い時間が過ぎた。とてもとても長い時間だった。

「ただいま」

チャンキは顔を上げる。目の前に梨恵子が立っている。

「待っていてくれたんだ。ごめんね」

立ち上がって抱きしめたい。でも身体が動かない。なぜか視界がかすんでいる。雨の日の車のフロントガラスのようだ。

「疲れたよお」

肩で大きく息をついてから、子供が何かを訴えるかのような口調で梨恵子は言った。頬に大きな傷があるようだ。街燈の赤い灯りで塗りつぶされて正確な色はわからないが、血のような液体が首から下に貼りついている。

「……どうして血が出ているんだ」

ようやくチャンキは言った。声が頭の内側で響いていて、自分の声ではないみたいだと一瞬だけ思う。血をぬぐった指先を見つめてから、梨恵子は小さな声で「転んだからかな」と答える。

「転んだ？」

「うん」

「どこで？」

「どこだかわからない」

「転んだだけ？」

「ごろごろ転がった」

「なんで？」

少し間を置いてから、「抗ったのよ」と梨恵子は言った。「よく覚えていないけれど」

抗った、とチャンキは言葉をくりかえした。うん、抗った。こっくりとうなずく梨恵子に質問したいことは三つ。


何に抗ったのか。

なぜ抗う必要があったのか。

抗った結果はどうなったのか。


同時に三つは訊けない。「抗って勝ったのか」とチャンキは言った。梨恵子は無言で肩をすくめる。どっちなのだろう。


「立てる?」

梨恵子が言った。

「立てないんだ」

「大丈夫。立てるよ」

大きく息を吸ってから、チャンキはゆっくりと立ち上がる。目の前の梨恵子の肩に両手を置いて引き寄せた。髪からは土の匂いがした。ごろごろ転がった土と草の匂い。両腕で抱きしめる。良かった。じわじわと感覚が戻ってきた。本当に良かった。ここに梨恵子がいる。最悪の事態は回避できた。質問はあとでいい。今は抱きしめる。ただ抱きしめる。遠くからサイレン音が聞こえる。濃密な死と夜の帳《とばり》が一体化しながら、闇のいたるところに浸みだしている。


チャンキ痛いよ。そう言って少し身動きしてから、梨恵子は身体から力を抜いて目を閉じた。頰を密着させながら、チャンキも目を閉じる。その頰は氷のように冷たい。抱きしめているのに体温を感じない。互いに身体が冷えきっているせいだろうか。だからチャンキは梨恵子を抱きしめつづける。もう離れない。二度と離さない。とにかくアメリカに行く。もう決めた。アメリカで考える。これからどう生きるかを。どのように抗うかを。

「抗ってね」

すぐ耳もとで、梨恵子が心を読んだかのようにささやいた。チャンキは薄く目を開ける。闇が微かに白み始めている。

「抗うよ」

「どうやって？」

少し考えてから、「ごろごろ転がる」とチャンキは答える。

「それじゃダメ」

耳もとに梨恵子の声が響く。「考えて」

「わからない」

「おびえないで生きることよ」

梨恵子は言った。

「死なない人はいない。みんな死ぬ。自分がいつ死ぬかは誰にもわからない。それはタナトスが始まる前から同じ。実は何も変わっていない。そう考えることもできる」

チャンキは両腕から少しずつ力を抜く。胸の動悸が速い。抱きしめる梨恵子の身体の体温は冷たいままだ。

「楽しいことばかりに反応しないでね。積み重ねるのよ。たしなみを持つこと。常に自分を主語にすること。人を愛して愛されること。誰かを恨まないこと。感謝の気持ちを忘れないこと」

「当たり前のことばかりだ」

チャンキは言った。標語にしてトイレの壁に貼りたいくらいだ。そうつづけようとしたとき、「そうよ。当たり前のことばかり」と梨恵子は言った。「それを持続すること。そしてこの先に何が起きても……」

梨恵子は黙り込む。何かを考えている。言葉を探しているのだろうか。その表情を見たい。キスをしたい。ひとつになりたい。

でも抱きしめる梨恵子の身体は氷のように冷たい。すぐ近くでカラスが啼いた。あのカラスだろうか。やがて梨恵子は静かに言った。

「世界と自分を絶対に否定しないこと」

チャンキは目を閉じて、もう一度両腕に力を込める。わかった。人を愛す。愛される。日常を維持する。持続する。そして世界を恨まない。世界と自分を肯定する。それが抗うこと。それが生きること。よくわかった。だからもうどこにも行かないでくれ。これからもずっと傍にいる。一緒に生きるんだ。冷えきった梨恵子の身体を抱きしめながら、チャンキは必死にささやきつづける。言葉を口にしつづける。

夜は明け始めた。新たな一日が始まる。大丈夫だ。体温が戻らない梨恵子の身体を抱きしめながらチャンキは言う。何度も言う。時間はまだある。この先もずっとつづく。

本書は、二〇一五年一〇月に新潮社より刊行された『チャンキ』に加筆したものである。

森 達也（もり・たつや）

１９５６年、広島県呉市生まれ。映画監督、作家、明治大学特任教授。テレビ番組制作会社を経て独立。98年、オウム真理教を描いたドキュメンタリー映画『Ａ』を公開。２００１年、続編『Ａ２』が山形国際ドキュメンタリー映画祭で特別賞・市民賞を受賞。佐村河内守のゴーストライター問題を追った16年の映画『ＦＡＫＥ』、東京新聞の記者・望月衣塑子を密着取材した19年の映画『ｉ―新聞記者ドキュメント―』が話題に。10年に発売した『Ａ３』で講談社ノンフィクション賞。著書に、『放送禁止歌』（光文社知恵の森文庫）、『「Ａ」マスコミが報道しなかったオウムの素顔』『職業欄はエスパー』（角川文庫）、『Ａ２』（現代書館）、『ご臨終メディア』（集英社）、『死刑』（朝日出版社）、『東京スタンピード』（毎日新聞社）、『マジョガリガリ』（エフエム東京）、『神さまってなに？』（河出書房新社）、『虐殺のスイッチ』（出版芸術社）、『フェイクニュースがあふれる世界に生きる君たちへ』（ミツイパブリッシング）、『Ｕ 相模原に現れた世界の憂鬱な断面』（講談社現代新書）など多数。

チャンキ

2021年10月1日　初版第1刷発行

著　者　森 達也
発行者　森下紀夫
発行所　論創社
東京都千代田区神田神保町2-23　北井ビル
電話　03(3264)5254
振替口座　00160-1-155266

イラスト　遠藤拓人
カバーデザイン　奥定泰之
組　版　アジュール
印刷・製本　精文堂印刷株式会社
編　集　谷川茂

ISBN 978-4-8460-2063-7 C0093